Komparatistik

Jahrbuch der Deutschen Gesellschaft für Allgemeine und Vergleichende Literaturwissenschaft

2002/2003

DGAVL

SYNCHRON
Wissenschaftsverlag der Autoren

Herausgegeben vom Vorstand der
Deutschen Gesellschaft für Allgemeine und Vergleichende Literaturwissenschaft

Redaktion: Monika Schmitz-Emans und Uwe Lindemann

ISBN 3-935025-52-1
ISSN 1432-5306

Synchron Publishers GmbH, Heidelberg
http://www.synchron-publishers.com

Satz: Michaela Schmidt
Umschlaggestaltung: Reinhard Baumann, München
unter Verwendung eines Motivs aus Diderots *Enzyklopädie*
Druck und Weiterverarbeitung: Strauss Offsetdruck, Mörlenbach

Printed in Germany

INHALTSVERZEICHNIS

BERICHTE VON TAGUNGEN

REZENSIONEN

IN EIGENER SACHE

Vom 22. bis 25. Mai 2002 fand in Jena die von der DGAVL veranstaltete Tagung *Komparatistik als Arbeit am Mythos* statt. Über den Verlauf der Tagung informiert der Tagungsbericht in diesem Heft; allen, die an der Vorbereitung, Durchführung und Nachbereitung der Tagung mitwirkten, sei im Namen des Vorstandes nochmals ganz herzlich gedankt - insbesondere Gerhard Kaiser und Stefan Matuschek in Jena. Der Tagungsband wird voraussichtlich schon 2003 erscheinen können.

Bei der DGAVL-Mitgliederversammlung, die in Jena im Rahmen der Tagung stattfand, standen unter anderem neuerliche Vorstandswahlen an. Stéphane Michaud stellte nach der satzungsgemäßen Maximalfrist von sechs Jahren sein Amt als Beisitzer zur Verfügung - auch ihm gilt für seinen Einsatz an dieser Stelle ein herzlicher Dank. Die übrigen Mitglieder des Vorstands wurden in ihrem Amt bestätigt. Als neue Beisitzerin gewählt wurde Gertrud Lehnert.

Wünschenswert wäre es, so der Konsens auf der Mitgliederversammlung, wenn die DGAVL auch und gerade unter Studierenden neue Mitglieder gewinnen könnte. Alle Kollegen sind daher gebeten, hier gegebenenfalls informierend und vermittelnd tätig zu werden; der Vorstand unterstützt sie dabei gerne.

Auf die DGAVL-Homepage sei nochmals ausdrücklich verwiesen.

Alle Mitglieder der DGAVL sind zudem weiterhin gebeten, die Redaktion der *Komparatistik* mit Informationen aus dem Fach zu versorgen: mit Hinweisen auf Tagungen und Tagungsberichten, Mitteilungen über Rufe und Ernennungen, Hinweisen auf neue fachrelevante Publikationen sowie mit Rezensionen.

Im Namen des Vorstandes,
Monika Schmitz-Emans

ABHANDLUNGEN

Achim Geisenhanslüke

»Drum sind auch alle französische Trauerspiele Parodien von sich selbst«

Racine und die Rezeption der klassischen französischen Tragödie bei Schiller und Goethe

I.

»Wenn man die Meisterstücke des *Shakespeare*, mit einigen bescheidenen Veränderungen, unsern Deutschen übersetzt hätte, ich weiß gewiß, es würde von bessern Folgen gewesen sein, als daß man sie mit dem *Corneille* und *Racine* so bekannt gemacht hat.« (*Briefe, die neuere Literatur betreffend*, Lessing 1967, 616) Mit diesen Worten formuliert Lessing eine Kritik an der französischen klassischen Tragödie, die für die Herausbildung der deutschen Nationalliteratur von kaum zu unterschätzender Bedeutung gewesen ist. Sie hat dazu beigetragen, daß die Vorbildfunktion der französischen Tragödie im ausgehenden 18. Jahrhundert durch das Naturgenie Shakespeare und dessen melancholischen Helden Hamlet abgelöst wird. Von einem Einfluß der französischen auf die deutsche Bühne ist seither kaum noch die Rede.[1] Dabei sind die literaturgeschichtlichen Veränderungen, die sich in Lessings Diktum abzeichnen, in einem übergreifenden Paradigmenwechsel verankert, den Michel Foucault in *Les mots et les choses* auf den Begriff der Ablösung der klassischen Kunst der Repräsentation durch die moderne Anthropologie gebracht hat (vgl. Foucault 1966). Die von Foucault diagnostizierte Abkehr von der Repräsentation läßt sich an der Kritik der höfischen Gesellschaft nachvollziehen, die Lessing auf dem Weg zu einer deutschen Nationalliteratur vorgibt: »Ich habe es schon lange geglaubt, daß der Hof der Ort eben nicht ist, wo ein Dichter die Natur studieren kann« *(Hamburgische Dramaturgie*, Lessing 1967, 361). Mit dem Begriff der Natur setzt Lessing das Paradigma ein, das die neue Lehre vom Menschen bestimmt. Natur steht dabei nicht nur für einen Rückgang auf die Tradition der aristotelischen Poetik ein, das Ideal der Natürlichkeit repräsentiert darüber hinaus eine tiefgreifende Veränderung der sozialen Kommunikations- und Affektregulierung. An die Stelle der höfischen Kunst der *dissimulation*, des Verbergens der eigenen Affekte, tritt in der bürgerlichen Gesellschaft das Ideal der natürlichen Aufrichtigkeit. So ist es nicht nur die Kritik an der starren Regelgebundenheit des klassischen Theaters, die die Abwendung

1 Eine Ausnahme bildet Robert Minders Beitrag zum Verhältnis Racine und Schiller (vgl. Minder 1977).

der deutschen Literatur vom französischen Vorbild leitet, sondern zugleich die Abwehr spezifisch höfischer Umgangsformen im Kontext einer bürgerlich-moralischen Haltung, die Lenz in seinen Anmerkungen übers Theater stellvertretend für eine ganze Generation formuliert:

Ich öffne also das vierte Departement, und da erscheint - ach schöne Spielewerk! da erscheinen die fürchterlichsten Helden des Altertums, der rasende Oedip, in jeder Hand ein Auge, und ein großes Gefolge griechischer Imperatoren, römischer Bürgermeister, Könige und Kaiser, sauber frisiert in Haarbeutel und seidenen Strümpfen, unterhalten ihre Madonnen, deren Reifröcke und weiße Schnupftücher jedem Christenmenschen das Herz brechen müssen, in den galantesten Ausdrücken von der Heftigkeit ihrer Flammen, daß sie sterben, ganz gewiß und unausbleiblich den Geist aufgeben sich genötigt sehen, falls diese nicht. (*Anmerkungen übers Theater*, Lenz 1992 II, 643)

Hinter Lenzens kritischem Urteil über das französische Theater, das nicht weniger auf Wieland als auf Corneille und Racine gemünzt ist, scheint deutlich die Tendenz einer Abwehr höfischer Liebeskunst durch. Die Kritik des französischen Theaters ist zugleich die einer bestimmten sozialen, auf Galanterie, äußerem Anstand und Konversationskunst beruhenden Verhaltenslehre, die der protestantische Pfarrersohn Lenz in Übereinstimmung mit »jedem Christenmenschen« nicht akzeptieren kann. Nicht verzeihbar scheint ihm insbesondere zu sein, daß bei Racine die griechischen Heroen im Mantel des Höflings auftreten und auch noch dessen Sprache sprechen. »A force de parler d'amour, on devient amoureux; il n'y a rien si aisé, c'est la passion la plus naturelle à l'homme« (Pascal 1954, 540 f.), faßte Pascal die Vernetzung von Liebe und Sprache im höfischen Diskurssystem zusammen. In dem kritischen Bild, das Lenz von der französischen Tragödie zeichnet, erscheint die französische Konversations- und Liebeskunst hingegen nur noch als Inbegriff der Verstellung und als Verstoß gegen die neue Norm der Natürlichkeit.

II.

Daß die Verhaltenslehren der höfischen Gesellschaft im Unterschied zu dem kritischen Urteil der deutschen Literatur des 18. und 19. Jahrhunderts nicht nur negativ zu werten sind, hat bereits Norbert Elias unterstrichen. Für Elias ist die höfische Gesellschaft durch einen Zwang zur Affektkontrolle und Selbstdistanzierung geprägt, dem in der Geschichte der europäischen Rationalität eine herausragende Funktion zukommt:

Der Druck des Hoflebens, die Konkurrenz um die Gunst des Fürsten oder der ›Großen‹, dann ganz allgemein die Notwendigkeit, sich von Anderen zu unterscheiden und mit relativ friedlichen Mitteln, durch Intrigen und Diplomatie, um Chancen zu kämpfen, erzwang eine Zurückhaltung der Affekte, eine Selbstdisziplin oder ›self-control‹, eine eigentümliche höfische Rationalität, die dem oppositionellen Bürgertum des 18. Jahrhunderts, besonders in Deutschland, aber auch in England, den Hofmann zunächst immer als Inbegriff des Verstandesmenschen erscheinen ließ. (Elias 1976 II, 7)

Elias' These, daß sich die sozialen und anthropologischen Voraussetzungen der höfischen Gesellschaft (vgl. auch Stierle 1985) durch die Forderung nach einer umfassenden Beherrschung der Leidenschaften kennzeichnen, läßt sich durch die cartesianische Affektenlehre belegen: »ceux même qui ont les plus faibles âmes pourraient acquérir un empire très absolu sur toutes leurs passions, si on employait assez d'industrie à les dresser et à les conduire«, versichert Descartes in seinem Spätwerk über die *Passions de l'âme* (Descartes 1989, 996). »Überlegung, Berechnung auf längere Sicht, Selbstbeherrschung, genaueste Regelung der eigenen Affekte, Kenntnis der Menschen und des gesamten Terrains werden zu unerläßlichen Voraussetzungen jeden sozialen Erfolges«, kommentiert Elias die sozialgeschichtlichen Grundlagen der klassischen französischen Anthropologie, derzufolge der höfische Mensch seine Leidenschaften zu verbergen, sein Herz zu verleugnen und gegen sein Gefühl zu handeln lernt (Elias 1976 II, 370). Die Verstandesgebundenheit der Leidenschaften in der höfischen Gesellschaft schließt eine rein natürliche Begründung der Affekte, wie sie sich in Deutschland im 18. Jahrhundert durchsetzt, dagegen aus: »L'amour donne de l'esprit, et il se soutient par l'esprit. Il faut de l'adresse pour aimer«, formuliert wiederum Pascal den unauflöslichen Zusammenhang von Liebe und Geist im klassischen Zeitalter (Pascal 1954, 541). Bloße Liebe reicht hier nicht aus. Um erfolgreich sein zu können, muß Liebe vielmehr im Rahmen der höfischen Gesellschaft kultiviert und sprachlich inszeniert werden. Führt die französische klassische Tragödie mit ihren Leitbegriffen der *gloire* und der *amour-passion* die Notwendigkeit und die Schwierigkeit der Affektdisziplinierung am dramatischen Konflikt vor, so übernimmt die bürgerliche Literatur in Deutschland dagegen eine umgekehrte Rolle, indem sie die höfische Affektkontrolle durch das Ideal der natürlichen Aufrichtigkeit des Menschen außer Kraft setzt: Fortan reicht es im Leben wie auf der Bühne aus, wirklich und aufrichtig zu lieben. Niklas Luhmann hat diese tiefschneidende Veränderung auf die Formel einer dreistufigen Entwicklung gebracht:

> Die Form des Code ändert sich in der zweiten Hälfte des 17. Jahrhunderts von *Idealisierung* zu *Paradoxierung*. Sie ändert sich erneut im Übergang zur romantischen Liebe um 1800 in eine Form der *Reflexion* von *Autonomie* bzw. *Selbstreferenz*. Die Einheit des Code ist entsprechend zunächst ein Ideal, dann ein Paradox, und schließlich eine Funktion, nämlich die Funktion, Autonomie zur Reflexion zu bringen. (Luhmann 1982, 51)

Beruht die mittelalterliche Idealisierung Luhmann zufolge noch auf der genauen Kenntnis des Liebesobjektes, die Paradoxierung des Liebescodes in der höfischen Gesellschaft dagegen auf der trügerischen Kraft der Imagination, so gründet sich die Autonomie der Liebe auf die simple Tatsache, daß man sich liebt. Mit dieser Öffnung der Affektdisziplinierung geht eine Umstrukturierung des Liebescodes einher, die von der außerehelichen Erfüllung der *amour-passion* in der höfischen Gesellschaft zum bürgerlichen Idyll der Kleinfamilie führt.[2] Dabei verändert sich

2 »Auch die Sexualität wird im Prozeß der Zivilisation mehr und mehr hinter die Kulissen des gesellschaftlichen Lebens verlegt und in einer bestimmten Enklave, der Kleinfamilie, gleichsam eingeklammert«. (Elias 1976 I, 247)

insbesondere das Ideal der Frau, das die Literatur zeichnet. Es entspricht nicht mehr dem Bild der selbstbewußten und intrigesicheren Hofdame, sondern dem der empfindsamen Weiblichkeit, das Sophie de La Roche im *Fräulein von Sternheim* zeichnet und das Caroline Flachsland in einem Brief an ihren zukünftigen Gatten Johann Gottlieb Herder folgendermaßen zusammenfaßt: »sanft, zärtlich, wohltätig, stolz und tugendhaft und betrogen« (zit. nach Elias 1976 I, 26). Da Liebe sich im bürgerlichen Kommunikationssystem allein durch die demütige Aufrichtigkeit der Frau zeigen kann, wandelt sich ihr Bild von dem der Betrügerin zu dem der Betrogenen, die dem Mann um so teurer wird, je tiefer sie fällt: »Dieser Fehltritt macht sie mir nur noch teurer - macht ihr Herz nur noch englischer - [...] O was hab ich von einer solchen Frau anders zu erwarten als einen Himmel?«, formuliert Lenz am Schluß des *Hofmeisters* die Aporien des neuen Liebesdiskurses zwischen tragischer Verführung und natürlicher Unschuld des Herzens (Lenz 1992 I, 122).

III.

Die Ablösung der höfischen Kunst der *dissimulation* durch die bürgerliche Kunst der Aufrichtigkeit läßt sich exemplarisch am Übergang von der cartesianischen zur kantischen Anthropologie nachvollziehen. In seiner *Anthropologie* lehrt Kant das einzige Ideal der Natürlichkeit:

> Man nennt die Freimütigkeit in der Manier, sich äußerlich zu zeigen, die zu keinem solchen Verdacht Anlaß gibt, das natürliche Betragen (*welches darum* doch nicht *alle* schöne Kunst und Geschmacksbildung *ausschließt*), und es gefällt durch die bloße Wahrhaftigkeit in Äußerungen. (Kant 1977, BA 12)

Der natürlichen Wahrhaftigkeit setzt Kant die täuschende Kunst der Repräsentation entgegen:

> Der, welcher sich so stellt, als ob er sich vor dem Spiegel beurteilen wolle, wie es ihm lasse, oder so spricht, als ob er sich (nicht bloß als ob ein anderer ihn) sprechen höre, ist eine Art Schauspieler. Er will repräsentieren und erkünstelt einen Schein von seiner eigenen Person; wodurch, wenn man diese Bemühung an ihm wahrnimmt, er im Urteil anderer einbüßt, weil sie *den* Verdacht einer Absicht zu betrügen erregt. (Kant 1977, BA 12)

Die höfische Kunst der Selbstdarstellung wird dem bürgerlichen Tugendwächter zum Ausdruck bloßen Betrugs. Trotz dieser scheinbar eindeutigen Gegenüberstellung von natürlicher Wahrheit und täuschendem Schein der Repräsentation muß auch Kant anerkennen, daß der von ihm geforderten Natürlichkeit gerade in Liebesdingen enge Grenzen gezogen sind:

> Ein Akteur, der selbst kalt ist, übrigens aber nur Verstand und starkes Vermögen der Einbildungskraft besitzt, kann durch einen affektierten (gekünstelten) Affekt oft mehr rühren als durch den wahren. Ein ernstlich Verliebter ist in Gegenwart seiner Geliebten verlegen, ungeschickt und wenig einnehmend. Einer aber, der bloß den Verliebten

macht und sonst Talent hat, kann seine Rolle so natürlich spielen, daß er die arme Betrogene ganz in seine Schlingen bringt; gerade darum, weil sein Herz unbefangen, sein Kopf klar und er also im ganzen Besitz des freien Gebrauchs seiner Geschicklichkeit und Kräfte ist, den Schein des Liebenden sehr natürlich nachzumachen. (Kant 1977, B 224)

Kant scheint in seiner *Anthropologie* zwar das Hohelied der unverstellten Natürlichkeit zu singen. Seine kritische Einschätzung des Liebesschauspiels weist jedoch zugleich darauf hin, daß das neue Paradigma von Offenheit und Ehrlichkeit nicht immer von Vorteil ist, und daß die Überwindung höfischen Scheins durch das bürgerliche Vorbild der Wahrhaftigkeit nicht nur als Fortschritt zu werten ist. So kommt Kant zu Einsichten, die sein Lob der natürlichen Wahrhaftigkeit Schritt für Schritt zurücknehmen: »Die Menschen sind insgesamt, je zivilisierter, desto mehr Schauspieler.« (Kant 1977, BA 42) Was zunächst nur die menschliche Kultur zu betreffen scheint, gilt aber mehr noch für die Natur selbst: »Die Natur hat den Hang, sich gerne täuschen zu lassen, dem Menschen weislich eingepflanzt, selbst um die Tugend zu retten, oder doch zu ihr hinzuleiten.« (Kant 1977, BA 44) Vor diesem Hintergrund schließt Kant mit einer äußerst realistischen Einschätzung der menschlichen Tugendhaftigkeit:

Der gute ehrbare Anstand ist ein äußerer Schein, der andern Achtung einflößt (sich nicht gemein zu machen). Zwar würde das Frauenzimmer damit schlecht zufrieden zu sein, wenn das männliche Geschlecht ihren Reizen nicht zu huldigen schiene. Aber Sittsamkeit (pudicitia), ein Selbstzwang, der die Leidenschaft versteckt, ist doch als Illusion sehr heilsam, um zwischen einem und dem andren Geschlecht den Abstand zu bewirken, der nötig ist, um nicht das eine zum bloßen Werkzeuge des Genusses des anderen abzuwürdigen. – Überhaupt ist alles, was man Wohlanständigkeit (decorum) nennt, von derselben Art, nämlich nichts als schöner Schein. (Kant 1977, BA 45)

Kants Thesen über den gesellschaftlichen Umgang der Geschlechter miteinander sind von einer beispiellosen Offenheit: Das Ideal der Sittlichkeit, das er in der *Kritik der praktischen Vernunft* entwickelt, gerinnt ihm in der *Anthropologie* zu einem bloßen Mittel der Selbsttäuschung. Kants kritische Gesellschaftsdiagnose kulminiert in der resignativen Einsicht in die unüberwindbare Herrschaft des schönen Scheins menschlicher Kommunikationsformen: »Alle menschliche Tugend im Verkehr ist Scheidemünze; ein Kind ist der, welcher sie für Gold nimmt.« (Kant 1977, BA 45) Einen Ausweg aus dieser ausweglosen Situation kann allein die – für Kant allerdings den Männern vorbehaltene – »Naturgabe einer Apathie« (Kant 1977, B 207) schaffen:

Die Affektlosigkeit, ohne Verminderung der Stärke der Triebfedern zum Handeln, ist das Phlegma im guten Verstande: eine Eigenschaft des wackeren Mannes (animi strenui), sich durch jener ihrer Stärke nicht aus der ruhigen Überlegung bringen zu lassen. (Kant 1977, B 203)

So endet Kants moderne Neubewertung der klassischen Affekte mit ihrer Selbstaufhebung im Ideal einer von keinem Reiz des Geschlechtlichen mehr betroffenen Affektlosigkeit, einer Apathie, die nur noch eine einzige Form des Sinnengenusses als die ihre anzuerkennen vermag: »Der größte Sinnengenuß, der gar keine Beimischung von Ekel bei sich führt, ist, im gesundern Zustande, Ruhe nach der Arbeit.« (Kant 1977, B 241)

IV.

Klarer noch als Kant hat Nietzsche die Abgründe der bürgerlichen Tugendmoral erkannt. Süffisant kehrt er ihre an den jeweiligen Nationalcharakter gebundene Kehrseite hervor:

> [...] so liebt der Deutsche die ›Offenheit‹ und ›Biederkeit‹: wie bequem ist es, offen und bieder zu sein! – Es ist heute vielleicht die gefährlichste und glücklichste Verkleidung, auf die sich der Deutsche versteht, dies Zutrauliche, Entgegenkommende, die-Karten-Aufdeckende der deutschen Redlichkeit: sie ist seine eigentliche Mephistopheles-Kunst, mit ihr kann er es ›noch weit bringen‹! Der Deutsche lässt sich gehen, blickt dazu mit treuen blauen leeren deutschen Augen – und sofort verwechselt das Ausland ihn mit seinem Schlafrocke! (Nietzsche 1980 V, 186)

Aus dem Einblick in die Abgründe der deutschen Seele zieht Nietzsche zugleich weitreichende Konsequenzen für die Geschichte des europäischen Theaters:

> Der strenge Zwang, welchen sich die französischen Dramatiker auferlegten, in Hinsicht auf Einheit der Handlung, des Ortes und der Zeit, auf Stil, Vers- und Satzbau, Auswahl der Worte und Gedanken, war eine so wichtige Schule, wie die des Contrapunkts und der Fuge in der Entwicklung der modernen Musik oder wie die Gorgianischen Figuren in der griechischen Beredtsamkeit. (Nietzsche 1980 II, 180 f.)

Mit diesen Worten leistet Nietzsche eine in der deutschen Geistesgeschichte wohl einmalige Aufwertung der klassischen französischen Form. Sie geht mit einer entsprechenden Herabsetzung des deutschen Theaters einher:

> Lessing machte die französische Form, das heisst die einzige moderne Kunstform, zum Gespött in Deutschland und verwies auf Shakespeare, und so verlor man die Stetigkeit jener Entfesselung und machte einen Sprung in den Naturalismus – das heißt in die Anfänge der Kunst zurück. Aus ihm versuchte sich Goethe zu retten, indem er sich immer von Neuem wieder auf verschiedene Art zu binden wusste; aber auch der Begabteste bringt es nur zu einem fortwährenden Experimentieren, wenn der Faden der Entwicklung einmal abgerissen ist. Schiller verdankt die ungefähre Sicherheit seiner Form dem unwillkürlich verehrten, wenn auch verleugneten Vorbilde der französischen Tragödie und hielt sich ziemlich unabhängig von Lessing. (Nietzsche 1980 II, 181)

Den Fortschritt, den die deutsche über die französische Bühne zu erringen meinte, buchstabiert Nietzsche auf einen barbarischen Naturalismus zurück. Sein Lob der französischen Tragödie verdankt sich zwar zu großen Teilen der Abwendung von der romantischen Kunst Wagners und ist ähnlich wie seine Wertschätzung Bizets nicht in allen Punkten für bare Münze zu nehmen. Mit dem Skandalon, daß »die Natur des Franzosen der griechischen viel verwandter ist, als die Natur der Deutschen« (Nietzsche 1980 II, 182), formuliert Nietzsche jedoch eine Einsicht, die noch immer nichts an Brisanz verloren hat. Vor dem

Hintergrund von Nietzsches grundsätzlichen Überlegungen zum Verhältnis des deutschen und französischen Theaters läßt sich dabei nicht allein eine weitaus stärkere Berührung beider Tragödienformen herausstellen als gemeinhin angenommen wird.[3] Schillers Übersetzung von Racines *Phädra* sowie der Vergleich von Racines und Goethes Bearbeitung des Iphigenie-Stoffes zeigen vielmehr zugleich, daß die klassische französische Tragödie dem deutschen Theater der Klassik nicht nur ebenbürtig, sondern in manchen Punkten sogar überlegen ist.

V.

An Lessings Kritik des französischen Theaters scheint auch Schiller zunächst anzuschließen.

> Kaum können wir es einem französischen Trauerspielhelden glauben, daß er leidet, denn er läßt sich über seinen Gemütszustand heraus wie der ruhigste Mensch, und die unaufhörliche Rücksicht auf den Eindruck, den er auf andere macht, erlaubt ihm nie, der Natur in sich ihre Freiheit zu lassen. Die Könige, Prinzessinnen und Helden eines Corneille und Voltaire vergessen ihren Rang auch im heftigsten Leiden nie und ziehen weit eher ihre Menschheit als ihre Würde aus. (Schiller 1959 V, 513)

Natur, Freiheit, Menschheit und Würde lauten die Begriffe, die Schiller gegen das falsche Pathos der französischen Tragödie anführt. »Der leidige Anstand in Frankreich hat den Naturmenschen verschnitten. [...] Zu Paris liebt man die glatten, zierlichen Puppen, von denen die Kunst alle kühne Natur hinwegschliff.« (Schiller 1959 V, 814) Es zählt zu den grundsätzlichen Paradoxien der Diskussion um das Verhältnis der französischen und der deutschen klassischen Theaterform, daß sich Schillers Vorwürfe gegen das französische Theater an ihn selbst zurückgeben lassen, gilt seine dramatische Kunst doch heute ebenso als Ausdruck eines bisweilen verfehlten rhetorischen Pathos (vgl. Berghahn 1971). So stellt sich die Frage, ob Schiller nicht gerade in der oft als barock empfundenen rhetorischen Dimension seiner Dramatik an die Heroisierung der Affekte in der französischen Klassik anknüpft und so mit Mendelssohn Corneilles Prinzip der *gloire* gegen Lessings Poetik des Mitleids ausspielt.[4] Vor diesem Hintergrund ergibt sich zugleich ein differenzierteres Bild von Schillers Verhältnis zur französischen Klassik, als es zunächst den Anschein hat. Am 24. August 1784 schreibt Schiller an Dalberg:

> Ich habe gegenwärtig meine Zeit zwischen eigenen Arbeiten, und französischer Lecture getheilt. Warum ich das letztere thue, werden E. E. gewiß billigen. Fürs Erste erweitert es überhaupt meine dramatische Kenntniß, und bereichert meine Phantasie – fürs andere hoffe ich dadurch zwischen zwei Extremen, Englischem und Französischem Geschmak in ein heilsames Gleichgewicht zu kommen. Auch nähre ich insgeheim eine kleine Hoffnung, der teutschen Bühne mit der Zeit durch Versetzung der klaßischen Stüke Cor-

3 Zur Racine-Rezeption vgl. Theile 1974 sowie Dach 1941.
4 Vgl. die Darstellung des Streites um die Poetik des Mitleids zwischen Lessing und Mendelssohn bei Schings 1980 sowie bei Martini 1972.

neilles, Racines, Crebillons und Voltaires auf unserem Boden eine wichtige Eroberung zu schaffen. (Schiller 1956, 155)

Liest man Schillers Brief nicht nur als Konzession an den Intendanten Dalberg und die Interessen der zeitgenössischen Bühne, so scheint er den eigenen Weg des deutschen Nationaltheaters zwischen der Skylla der englischen und der Charybdis der französischen Bühne zu suchen. Von einer blinden Verurteilung der französischen Tragödie kann jedenfalls nicht die Rede sein, und so ist es vielleicht auch kein Zufall, daß sich Schillers Kritik wie bereits die Lessings auf Corneille und Voltaire bezieht, Racine aber ausläßt. »Racine ist ohne allen Vergleich dem Vortrefflichen viel näher, obgleich er alle Unarten der französischen Manier an sich trägt und im Ganzen etwas schwach ist«, schreibt Schiller im Juni 1799 an Goethe (Schiller 1961, 52). Trotz der von Schiller formulierten Kritik an Racines Tragödien ist die Lektüre des französischen Klassikers nicht ohne Folgen für die eigene dramatische Produktion geblieben. Der Konflikt von Octavio und Max Piccolomini sowie die Leidenschaft von Max für Thekla im *Wallenstein* erinnert nicht nur aufgrund der Racines *Phèdre* entlehnten Berichtsszene von Max' Tod an die Figur des Hippolyte aus Racines Meisterwerk. Im Dezember 1804 kommt es endgültig zu einer Begegnung mit Racines berühmtester Tragödie.[5] Am 5. Januar 1805 schreibt Schiller an Iffland:

Indessen habe ich, um nicht ganz unthätig zu sein, und um das verstimmte Instrument wieder einzurichten, Racine's Phèdre übersetzt, weil diese unter allen französischen Trauerspielen sich nicht nur in Frankreich am Längsten in Credit erhalten hat und noch erhält, sondern auch wirklich das meiste dramatische Interesse enthält. Ich habe mit möglichster Sorgfalt und Liebe daran gearbeitet, um dieses gepriesene Meisterstück der französischen Bühne nicht unwürdig auf die deutsche zu verpflanzen.
(Schiller 1984, 182)

Bevor er sich dem Demetriusprojekt widmet, wendet sich Schiller nach scheinbar überstandener Krankheit Racines Trauerspiel *Phèdre* zu. Am 17. Dezember nimmt er die Arbeit auf, am 14. Januar schließt er sie ab. Eine letzte Überarbeitung insbesondere der Versifikation - Schiller ersetzt den französischen Alexandriner durch den jambischen Blankvers, wollte die Arbeit aber noch einmal durchgehen - bleibt aus. Der Anlaß für die Übersetzung ist neben dem grundsätzlichen Interesse Schillers an Racine ein äußerlicher: Die Uraufführung des Stücks war für den Geburtstag der Herzogin am 30. Januar geplant und fand mit großem Erfolg in Weimar statt.

VI.

Trotz der Änderung des französischen Versrhythmus' hat Schiller in einem Brief an Körner vom 20. Januar 1805 seine Treue gegenüber dem Original hervorgehoben: »Ich habe es in den gewöhnlichen reimlosen Jamben übersetzt und mit gewißenhafter Treue, ohne mir eine Abänderung zu erlauben.« (Schiller 1984,

5 Zu Schiller und Racine vgl. Cunningham 1930 und Bloch 1968.

187) Die zeitgenössische Rezeption wie die moderne Literaturkritik haben ihm dafür gedankt, und so gilt Schillers Übertragung meist als gelungene, ja kongeniale Übersetzungsleistung.[6] Am weitesten in seinem Urteil gegangen ist Grillparzer:

> Schiller ist gut. Er ist der deutsche Racine... Lies seine Übersetzung der Phädra, und du wirst glauben, Racine habe sich selbst übersetzt. Sie decken sich. Wenn Schiller weiter ist, so ist es die im Wissen vorgeschrittene Zeit. Versetze Schiller in die Zeit Ludwig des Vierzehnten und mache Racine zum deutschen Professor im 19ten Jahrhundert, und jeder Unterschied hat aufgehört. Shakespeare hat einen übeln Einfluß auf deinen Landsmann ausgeübt, indem er seine Form erweiterte. Wäre der Wallenstein in fünf Akte zusammengedrängt, ich wüßte ihm nichts an die Seite zu setzen. (Grillparzer 1930, 138)

Grillparzer schießt mit seiner Einschätzung, Schiller sei der deutsche Racine, zwar weit über das Ziel hinaus. Unbestritten aber bleibt Schillers Übersetzung eine der bedeutendsten Leistungen der deutschen Racine-Rezeption. Allerdings unterliegt auch Schillers Treue gegenüber dem Original einem verfremdenden Zugriff, der insbesondere die Darstellung des Liebesaffektes der Heldin betrifft. »Les passions n'y sont présentées aux yeux que pour montrer tout le désordre dont elles sont cause«, hatte Racine im Vorwort zur *Phèdre* noch in scheinbarer Übereinstimmung mit dem Gebot der Affektkontrolle und Selbstdisziplinierung der höfischen Gesellschaft formuliert (Racine 1983b, 279). Am Beispiel Phèdres zeigt er die unüberwindliche Macht der Leidenschaft jedoch zugleich als gründliche Entfernung von Descartes' Gebot der *clarté* und *transparence* auf. Das zeigt sich bereits an Phèdres erstem Geständnis vor ihrer Amme:

> Je le vis, je rougis, je pâlis à sa vue.
> Un trouble s'éleva dans mon âme éperdue;
> Mes yeux ne voyaient plus, je ne pouvais parler,
> Je sentis tout mon corps et transir et brûler.
> Je reconnus Vénus, et ses feux redoutables,
> D'un sang qu'elle poursuit tourments inévitables.
> (Racine 1983b, v. 273-278).

Wie so oft bei Racine verdankt sich die verhängnisvolle Leidenschaft der tragischen Heldin nur einem einzigen, dem ersten Blick (vgl. Starobinski 1961). Die parataktische Reihe »Je le vis, je rougis, je pâlis à sa vue« unterstreicht die zerstörerische Dynamik, die die Liebesleidenschaft auf die Heldin ausübt. Hatte sich Descartes in den *Passions de l'âme* von der antiken Affekttradition absetzen wollen - »toutefois ce que les anciens en ont enseigné est si peu de chose, et pour la plupart si peu croyable, que je ne puis avoir aucune espérance d'approcher la vérité qu'en m'éloignant des chemins qu'ils ont suivis« (Descartes

---

6 »Am besten läßt sich indessen Schillers Verwandtschaft mit Frankreichs Tragödientradition doch an seiner Phädra-Übersetzung nachweisen; denn mühelos erreicht hier die natürliche Klangpracht der Schillerschen Verse die ganze gedrungene Ausdruckskraft Racinescher Wortmusik«, urteilt Peter André Bloch (Bloch 1968, 301). In ähnlicher Weise äußert sich Heinz Gerd Ingenkamp: »Schillers Wiedergabe der *Phèdre* Racines ist als Übersetzung kongenial und sollte zu den Meisterwerken der deutschen Literatur gezählt werden.« (Schiller 1995, 1164).

1989, 951) –, so geht Racine in seiner Tragödie den umgekehrten Weg. Die Schilderung von Phèdres Liebesaffekt greift auf Sapphos Darstellung der allumfassenden Sinnenverwirrung durch das Pathos der Liebe zurück: Augen und Zunge versagen Phèdre, ihr Körper wird im Wechsel von Hitze und Kühle von Konvulsionen durchflutet, die sie nicht mehr zu beherrschen vermag.[7] Im Vergleich zum euripideischen Vorbild nimmt Racine damit eine enorme Aufwertung der weiblichen Heldin vor. Gerade die Einarbeitung der in der Tradition des Erhabenen verwurzelten Ode Sapphos verleiht der Figur der Phèdre bei Racine eine tragische Größe, die sie in der griechischen Vorlage nicht besitzt. Angesichts der erhabenen Sprachgewalt von Racines Darstellung der Leidenschaft (vgl. Auerbach 1947) bleibt Schillers Übersetzung jedoch deutlich hinter dem Original zurück:

> Ich sah ihn, ich errötete, verblaßte
> Bei seinem Anblick; meinen Geist ergriff
> Unendliche Verwirrung, finster ward's
> Vor meinen Augen, mir versagte die Stimme,
> Ich fühlte mich durchschauert und durchflammt,
> Der Venus furchtbare Gewalt erkannt'ich
> Und alle Qualen, die sie zürnend sendet.
> (Schiller 1959 III, v. 299–305)

Was bei Racine den weiblichen Körper durchschüttelt, verlegt Schiller in den Geist: aus der Seelen- und Sinnenverwirrung Phèdres wird ihm unversehens eine Geisteszerrüttung. Damit rationalisiert Schiller zugleich, was Racine ganz auf der Ebene des Natürlichen, darum aber Verhängnisvollen beläßt. Trotz dieser Modifikation von Racines lyrischem Grundton überzeugt Schillers Übersetzung durch ihre rhetorische Schärfe: Schiller beläßt die parataktische Ordnung der Eingangszeile und unterstreicht noch die zerstörerische Dynamik der Liebesleidenschaft durch den doppelten Zeilensprung in den folgenden beiden Versen sowie die anaphorische Wendung »durchschauert und durchflammt«. Die Grenzen seiner Übersetzungsleistung offenbart sich dagegen im Vergleich von Phèdres *aveu* mit der ungleich gelungeneren Übertragung von Hippolytes Geständnis vor Aricie:[8]

> Depuis près de six mois, honteux, désespéré,
> Portant partout le trait dont je suis déchiré,
> Contre vous, contre moi, vainement je m'éprouve.
> Présente je vous fuis, absente je vous trouve.
> Dans le fond des forêts votre image me suit.
> (Racine 1983b, v. 539–543)

Schillers Übersetzung lautet:

---

7 Vgl. Sapphos Ode in der Überlieferung durch Longinus (1988).

8 Eine scharfe, alles in allem aber nicht unberechtigte Kritik findet Schillers Übersetzung dagegen bei Spitzer: »Die dämpfenden Elemente in Racines Sprache hat Schiller entweder weggelassen oder durch noch konventionellere Ausdrucksweisen ersetzt, die lyrischen Glanzpunkte dagegen verwischt, die ›doppelseitige Belichtung‹, das Geistleibliche an der Auffassung des Liebesproblems, den Symbolismus Racines beseitigt.« (Spitzer 1931, 266)

Sechs Monde trag ich schon, gequält, zerrissen
Von Scham und Schmerz, den Pfeil in meinem Herzen.
Umsonst bekämpf ich dich, bekämpf ich mich;
Dich flieh ich, wo du bist; dich find ich, wo du fehlst;
Dein Bild folgt mir ins Innerste der Wälder;
(Schiller 1959 III, v. 575-579).

Im Vergleich zur rhetorisch gelungenen, gerade darum aber seltsam kühlen Übertragung von Phèdres *aveu* wirkt die Übersetzung von Hippolytes Liebesgeständnis ungleich inspirierter. Aus den »six mois« macht Schiller in einer poetisierenden Wendung »Sechs Monde«, Racines kurze Andeutung »honteux, déchiré« erläutert Schiller durch die Hinzusetzung »gequält, zerrissen / Von Scham und Schmerz.« Eine eigene Hinzusetzung, äußerst selten in Schillers Übertragung, ist der Topos vom Pfeil im Herzen, der Hippolytes Leidenschaft veranschaulicht und dabei ganz in den Bereich der Innerlichkeit verlegt. Eindrucksvoll ist die Übertragung der parallel gebauten Zeilen »Contre vous, contre moi« und »Présente je vois fuis, absente je vous trouve«: Schiller gibt sie durch die reduplicatio »Umsonst bekämpf ich dich, bekämpf ich mich« und die Antimetabole »Dich flieh ich, wo du bist, dich find ich, wo du fehlst« wieder. Damit bestätigt sich, was sich bereits in der Figur des Max Piccolomini aus dem *Wallenstein* andeutete: daß Schillers Interesse sich vorrangig auf den männlichen Helden der Tragödie, auf Hippolyte richtet. Hatte Racines Neuerung gegenüber Euripides gerade darin bestanden, Phèdre und nicht Hippolyte zur Hauptperson seines Stückes zu machen, Hippolyte darüber hinaus aber als Verliebten darzustellen, um Phèdres Leidenschaft und Eifersucht noch deutlicher herauszustellen, so nimmt Schiller die modernisierenden Neuerungen Racines zugunsten eines romantisierenden Bildes des jugendlichen Helden zurück. Das unterstreicht das zweite Geständnis Phèdres vor Hippolyte: »Je l'aime«, beginnt die enttäuschte Frau ihr Geständnis zunächst noch im Bezug auf ihren Gatten Theseus. Bald aber vermischen sich die Bilder von Vater und Sohn vor ihren verwirrten Augen: »Mais fidèle, mais fier, et même un peu farouche«. Schiller übersetzt: »Ich seh ihn treu, ich seh ihn stolz, ja selbst / Ein wenig scheu«. Die assonante Engführung von Theseus und Hippolyte unter dem widersprüchlichen Bild der Treue, des Stolzes und der Ungezähmtheit überträgt Schiller wiederum durch die Zusammenstellung von Parataxe und Enjambement. Der klanglich äußerst gelungene Binnenreim von »treu« und »scheu« modifiziert allerdings das Bild Hippolytes, das Racine vermittelt. Vor Phèdres Augen entfaltet sich die Gestalt Hippolytes als das verjüngte Abbild ihres untreuen, deutlich älteren Gatten Theseus, und ihre Leidenschaft scheint nicht allein dem Stiefsohn selbst, sondern zugleich den Zügen des Vaters zu gelten, den sie sich jung wünscht, um noch einmal von vorne beginnen zu können. Diese resignative Einschätzung der Ehe von Theseus und Phädra, in der Hippolyte, der bei Racine mehr an den unglücklichen Sohn des Odysseus als an den griechischen Hippolyte erinnert, nur als Stellvertreter fungiert, ersetzt Schiller auch hier durch eine romantisierende Darstellung: Aus dem jungen Löwen, den Phädra zu zähmen versucht, macht Schiller in Anknüpfung an die Hippolyte-Aricie-Handlung ein scheues Reh, das in die Dunkelheit der

Wälder flüchtet. Schillers Übersetzung nimmt damit eine doppelte Veränderung vor, die Hippolyte alles in allem kaum griechischer, wohl aber deutscher erscheinen läßt: Neben der zentralen Positionierung der Figur geht bei Schiller Racines Bild des Hippolyte in das eines stolzen und scheuen und dabei treuen Jünglings über. Fast scheint es, als hätte die von Racine inspirierte Konzeption des Max Piccolomini aus dem *Wallenstein* das Bild Hippolytes aus der *Phèdre* endgültig verdrängt.

VII.

Daß Schillers Übertragung grundsätzlich mehr an der Figur des Hippolyte als an der der Phädra orientiert ist, zeigt sich deutlich an dem »Prunkstück« (Vossler 1948, 97) des Dramas, Theramens Bericht über den Tod Hippolytes. »Theramens Bericht ist der am besten übersetzte Abschnitt« (Bloch 1968, 313), bemerkt bereits Peter André Bloch angesichts der barocken Sprachgewalt, die Racine und Schiller verbindet:

> Un effroyable cri, sorti du fond des flots,
> Des airs en ce moment a troublé le repos;
> Et du sein de la terre une voix formidable
> Répond en gémissant à ce cri redoutable.
> Jusqu'au fond de nos cœurs notre sang s'est glacé;
> Des coursiers attentifs le crin s'est hérissé.
> (Racine 1983b, v. 1507-1512)

Racine bemüht in seiner barock anmutenden Darstellung Himmel und Erde, um den monströsen Tod Hippolytes darzustellen. Schiller kann ihm scheinbar mühelos folgen:

> Plötzlich zerriß ein schreckenvoller Schrei,
> Der aus dem Meer aufstieg, der Lüfte Stille,
> Und schwer aufseufzend aus der Erde Schoß
> Antwortet eine fürcherliche Stimme
> Dem grauenvollen Schrei. Es trat uns allen
> Eiskalt bis an das Herz hinan; aufhorchten
> Die Rosse, und es sträubt' sich ihre Mähne.
> (Schiller 1959 III, v. 1632-1638)

Wiederum unter häufigem Gebrauch des Enjambements, das die Kürze des Blankverses gegenüber dem Alexandriner auszugleichen sucht, dynamisiert Schiller das Geschehen durch eine Folge von anaphorischen Anastrophen: »aufseufzend aus der Erde Schoß«, »aufhorchten / die Rosse«, »Auf bebt die Erde« (Schiller 1959 III, v. 1650), »Auf springt das Ungetüm für Wut und Schmerz« (Schiller 1959 III, v. 1660). Es scheint gerade das in der französischen Rezeption oft als Verstoß gegen das Gebot der *bienséance* gerügte erhabene Pathos des Berichts zu sein,[9] das Schiller zu dieser beeindruckenden Sprachleistung inspiriert hat.

VIII.

Ganz im Gegensatz zu der barocken Sprachgewalt von Hippolytes Tod steht bei Racine die erhabene Schlichtheit von Phèdres letzten Worten. Sie lauten: »Et la mort à mes yeux dérobant la clarté / Rend au jour, qu'ils souillaient, toute sa pureté.« (Racine 1983b, v. 1643–1644). Wie der Schluß des Dramas zeigt, kann auch der Tod die Klarheit, die durch Phädras Leidenschaft für ihren Stiefsohn getrübt wird, nicht wieder herstellen. An die Stelle der Klarheit tritt eine Form der Reinheit, die sich nicht mehr der subjektiven Gewißheit des Verstandes, sondern einer transzendenten, letztlich wohl theologisch bestimmten Ordnung verdankt (vgl. Goldmann 1955). Es ist diese Form von Reinheit und Schlichtheit in der Schuld, die die Figur der Phèdre bei Racine auszeichnet und die Schiller in seiner Übertragung verfehlt: »Der Tod / Raubt meinem Aug' das Licht und gibt dem Tag, / Den ich befleckte, seinen Glanz zurück.« (Schiller 1959 III, v. 1785–1787) Licht und Glanz setzt Schiller an die Stelle des unaufhebbaren Gegensatzes von *clarté* und *pureté* bei Racine. Damit gewinnt der Tag bei Schiller zurück, was Racine ganz an die Ordnung des Profanen gebunden hatte: die repräsentative Funktion eines Scheins, der zugleich auf die höfische Gesellschaft zurückverweist. Setzt Schiller in seiner rhetorisch brillanten Übersetzung am Beispiel Hippolytes das Bild romantischer Jugend in das französische Original ein, so bleibt ihm der Zugang zur tragischen Heldin des Stücks verwehrt. Darin liegen die Grenzen seiner Übersetzung, die zugleich seine letzte abgeschlossene dramatische Arbeit geblieben ist.

IX.

Daß Schiller und Goethe sich als Klassiker der deutschen Literatur durchgesetzt haben, kann nicht darüber hinwegtäuschen, daß die klassische Tendenz bei beiden nur eine Episode war. Dies zeigt sich nirgends deutlicher als in Goethes *Iphigenie auf Tauris*. Daß der Verfasser selbst sie schon kurz nach der Fertigstellung kaum noch ertragen konnte,[10] ist noch der geringste Einwand gegen die immer wieder als vorbildlich angeführte Klassizität des Stücks, die einer Abwendung vom Sturm-und-Drang-Vorbild Shakespeare zugunsten der griechischen Tragödie zu verdanken zu sein scheint. Ganz in diesem Sinne wurde die klassische Tendenz des »gräzisierienden Schauspiels« (Goethe 1948 ff. V, 408) Goethes zunächst auch von Schiller wahrgenommen:

> Hier sieht man ihn ebenso und noch weit glücklicher mit den griechischen Tragikern ringen, als er in seinem Götz von Berlichingen mit dem britischen Dichter gerungen hat. In griechischer Form, deren er sich ganz zu bemächtigen gewußt hat, die er bis zur höchsten Verwechslung erreicht hat, entwickelt er hier die ganze schöpferische Kraft sei-

9 Zum barocken Stil Racines vgl. Spitzer 1962.

10 »Mit der Iphigenie ist mir unmöglich etwas anzufangen«, schreibt Goethe bereits 1802 in einem Brief an Schiller (Goethe 1948 ff. V, 408).

nes Geistes und läßt seine Muster in ihrer eignen Manier hinter sich zurück. (*Über die Iphigenie auf Tauris*, Schiller 1959 V, 943)

Seinem Freund Körner gegenüber äußerte sich Schiller jedoch schon bald weniger überzeugt: »Sie ist aber so erstaunlich modern und ungriechisch, daß man nicht begreift, wie es möglich war, sie jemals einem griechischen Stück zu vergleichen.« (vom 21. Januar 1802, zit. nach Goethe 1948 ff. V, 415). Schiller kommt damit auf einen Kritikpunkt zurück, den bereits Bodmer angesprochen hatte:

Ich habe ein Manuskript von Goethes Iphigenie in Tauris gesehen, welches ich mehr anstaune als beneide. Man erzählt da in Monologen, die Personen antworten einander in Sentenzen, Iphigenia hört Orestes, der sich ihr entdeckt, mit frommen Betrachtungen und hat die Gewalt über sich, daß sie ihm nicht in die Arme springt. Thoas kommt in Wut und wird durch Raisonnements besänftiget. (Brief von Johann Jacob Bodmer an Pfarrer Schinz, Zürich, 25. Januar 1782, zit. nach Goethe 1948 ff. V, 410)

Aus einer grundsätzlich kritischen Haltung der höfischen Klassik gegenüber trägt Bodmer Stück für Stück die französischen Elemente, die sich hinter dem Schleier des Griechischen verbergen, in die *Iphigenie* ein. Eine Französisierung seiner klassischen Tragödie scheint Goethe selbst dabei keineswegs abzulehnen: »Iphigénie en Tauride, tragédie en cinq actes, tout à fait selon les règles« (Goethe 1948 ff. V, 438) vermerkt er in einer Übersicht seiner Werke für Louis Bonaparte. Die Abwendung der Weimarer Klassiker von der Genie-Poetik des Sturm und Drang scheint nicht allein eine Rückwendung zur griechischen, sondern zugleich eine zur französischen klassischen Tragödie zu sein.

X.

Daß die auf das formstrenge französische Theater zurückweisende Gestalt der Goetheschen *Iphigenie* von der Forschung kaum bemerkt wurde,[11] verdankt sich zu großen Teilen Goethes früher Kritik an den Franzosen: »›Französchen, was willst du mit der griechischen Rüstung, sie ist dir zu groß und zu schwer.‹ Drum sind auch alle französische Trauerspiele Parodien von sich selbst«, ruft der junge Goethe in seiner Rede zum Shakespearestag emphatisch aus (Goethe 1948 ff. XII, 225). Ganz in Übereinstimmung mit der von den neuen bürgerlichen Tugendvorstellungen geforderten Abwehr höfischer Affektkontrolle setzt auch Goethe das durch Shakespeare vermittelte Bild der Natur da ein, wo im französischen Theater scheinbar die bloße Konvention regierte: »Und ich rufe: Natur! Natur! nichts so Natur als Shakespeares Menschen.« (Goethe 1948 ff. XII, 226)

11 Die Ausnahme bildet Maurer 1997.

Shakespeare und kein Ende. Die polemische Kritik des französischen Theaters läßt sich jedoch zugleich als eine Etappe innerhalb einer umfassenden Entwicklung begreifen, die von der französischen Bühne über Shakespeare und die Griechen mit der *Iphigenie* zu Frankreich zurückfindet. Dafür sprechen nicht nur die zahlreichen Hinweise auf Goethes frühe Vertrautheit mit dem Racineschen Theater in seiner Autobiographie, die sogar eine Aufführung des *Britannicus* mit Goethe in der Hauptrolle notiert,[12] sondern auch die Schilderung der anfänglichen Begeisterung Wilhelm Meisters für Racine in den *Lehrjahren*.[13] Daß der Weg für die deutsche Bühne von Frankreich nach England nicht umstandslos nach Griechenland, sondern wieder nach Frankreich zurückführt, hat Hans Robert Jauß nachgewiesen.

Goethes ›Iphigenie‹, die man genetisch zumeist als Nachahmung des euripideischen Vorbilds erklärt, läßt sich auch als eine neue Lösung der formalen und inhaltlichen Probleme verstehen, die Racines ›Iphigenie‹ für eine bestimmte Position des aufgeklärten Denkens hinterließ. (Jauß 1982, 716)

Dabei sind es zunächst formale Merkmale, die sich unter dem Stichwort der »Klassischen Dämpfung« auf Racine und Goethe zurückbeziehen lassen. Mit klassischer Dämpfung hatte Leo Spitzer das »Nüchtern-Gedämpfte, Verstandesmäßig-Kühle, fast Formelhafte an diesem Stil« (Spitzer 1931, 135) bezeichnet. Dabei hat schon Spitzer auf die Verwandtschaft von Goethes Iphigenie mit Racines klassischem Stil hingewiesen:

Ich habe das Schwammwort ›klassisch‹ im Titel deshalb dem Substantiv ›Dämpfung‹ zugesellt, weil ja gerade das Abdämpfende in Racines Stil jenen Eindruck der vornehmen und abgeschlossenen, mustergültigen und historisch anmutenden Verhaltenheit macht,

---

12 Goethe schildert im dritten Buch von *Dichtung und Wahrheit* seinen durch ein Freibillet des Großvaters ermöglichten Besuch des Theaters während der französischen Okkupationszeit. In der Folge, so Goethes Selbstdarstellung, »nahm ich den Racine, den ich in meines Vaters Bibliothek antraf, zur Hand, und deklamierte mir die Stücke nach theatralischer Art und Weise [...]. Ja ich lernte ganze Stellen auswendig und rezitierte sie, wie ein eingelernter Sprachvogel« (Goethe 1948 ff. IX, 91).

13 Im *Meister* war Wilhelm ebenfalls zunächst als Verehrer Racines vorgestellt worden, der zu unpassender Gelegenheit dem Prinzen das Loblied des französischen Dichters singt: »›Ich kann mir, wenn ich seine Stücke lese, immer den Dichter denken, der an einem glänzenden Hofe lebt, einen großen König vor Augen hat, mit den Besten umgeht und in die Geheimnisse der Menschheit dringt, wie sie sich hinter kostbar gewirkten Tapeten verbergen. Wenn ich seinen Britannicus, seine Berenice studiere, so kommt es mir wirklich vor, ich sei am Hofe, sei in das Große und Kleine dieser Wohnungen der irdischen Götter geweiht‹« (Goethe 1948 ff. VII, 179). Aus dem Gleichgewicht gebracht wird Wilhelm durch die Frage Jarnos, ob er denn niemals ein Stück von Shakespeare gesehen habe. Wehrt Wilhelm unter Verweis auf die französischen Regel der *vraisemblance* und der *bienséance* noch ab, »›solche seltsame Ungeheuer näher kennen zu lernen, die über alle Wahrscheinlichkeit, allen Wohlstand hinauszuschreiten scheinen‹« (Goethe 1948 ff. VII, 180), so endet das Kapitel mit dem ersten Shakespeare-Erlebnis: »In dieser Stimmung erhielt er die versprochenen Bücher, und in kurzem, wie man es vermuten kann, ergriff ihn der Strom jenes großen Genius und führte ihn einem unübersehlichen Meere zu, worin er sich gar bald völlig vergaß und verlor.« (Goethe 1948 ff. VII, 180 f.) Goethe reproduziert im *Wilhelm Meister* den Mythos von der Überlegenheit des Shakespearschen über das französischte Theater anhand der symbolischen Ablösung des *Britannicus* durch den *Hamlet*. Vgl. dazu Borchmeyer 1977, 139 f.

den wir, auch an deutsche Dichtwerke wie die ›Iphigenie‹ denkend, als klassisch bezeichnen. (Spitzer 1931, 136)

Entindividualisierung, Distanzierung und Objektivierung sind nach Spitzer die Hauptmerkmale der klassischen Dämpfung bei Racine. Sie finden sich in der gleichen Weise bei Goethe, am auffälligsten, wie bereits Bodmer kritisch bemerkt hatte, in der Gestaltung des Wiedersehens von Orest und Iphigenie: Fern von einem unmittelbaren Freudenausbruch wendet sich Iphigenie, bevor sie sich dem Bruder offenbart, an die Göttin Charis: »So steigst du denn, Erfüllung, schönste Tochter / Des größten Vaters, endlich zu mir nieder!« (Goethe 1948 ff. V, v. 1094–1095) Für die Zeitgenossen fast schon unpassend distanziert ist hier der vermittelnde Rückgriff auf die Göttin, der stellvertretend für die eigene Freude gedankt wird. Darüber hinaus trägt aber auch der Vers das seine zur Dämpfung der Affekte bei Goethe bei. Indem Goethe sich mit der *Iphigenie* von den Prosaformen seiner frühen Dramen löst und im Übergang von der offenen zur geschlossenen Dramenform wie Schiller in seiner Phädra-Übertragung einen fünffüßigen Jambus wählt, der im Unterschied zu Schillers Bearbeitung in manchem wie ein bloß um einen Fuß verkürzter Alexandriner wirkt, nähert er sich auch im Versmetrum der klassischen Form Racines an (vgl. Maurer 1997, 28). So verbindet Goethes *Iphigenie* mit Racines Tragödien ein lyrischer Ton, der das Dramatische durchdringt und zugleich Ausdruck der Modernität beider Autoren ist.

XI.

Über die formalen Vergleichspunkte hinaus lassen sich auch inhaltliche Gemeinsamkeiten ausmachen. Goethe hat Racines Drama nicht nur die Figur des Arkas entnommen. Auch an der Konzeption Iphigenies sowie der abschließenden Lösung des Dramas ist Racine mehr zu verdanken, als auf den ersten Blick zu vermuten ist.

»Quel bonheur de me voir la fille d'un tel père!« (Racine 1983a, v. 446). Mit diesem Worten faßt Racines Iphigénie ihre Wiedersehensfreude mit dem Vater zusammen. Zu diesem Zeitpunkt weiß sie noch nicht, daß er sie zum Opfer an die Götter auserkoren hat – widerwillig zwar, aber doch der *gloire* seiner Familie und der griechischen Heroen verpflichtet: »Ne déliberons plus. Bravons sa violence. / Ma gloire intéressée emporte la balance.« (Racine 1983a, v. 1425–1426) Klytaimnestra nennt ihn dafür den »bourreau de votre fille« (Racine 1983a, v. 1247), gemeinsam mit dem zukünftigen Schwiegersohn Achill bezeichnet sie ihn als »barbare« (Racine 1983a, v. 1249). Allein die Betroffene, Iphigenie selbst, hält in unbedingter Treue zu ihrem Vater:

Quand vous commanderez, vous serez obéi.
Ma vie est votre bien. Vous voulez le reprendre;
Vos ordres sans détour pouvaient se faire entendre.
D'un œil aussi content, d'un cœur aussi soumis
Que j'acceptais l'époux que vous m'aviez promis,

Je saurai, s'il le faut, victime obéissante,
Tendre au fer de Calchas une tête innocente,
Et respectant le coup par vous-même ordonné,
Vous rendre tout le sang que vous m'aviez donné.
(Racine 1983a, v. 1170-1180)

Racines große, in der Folgezeit umstrittene Neuerung in der *Iphigénie* hatte vor allem darin bestanden, Iphigenie als Verlobte des Achill vorzustellen. Um so erstaunlicher ist es, daß Iphigenies Neigung zu Achill in ihrer Entscheidung keine Rolle spielt: Bedingungslos unterwirft sie sich dem Gesetz des Vaters, das keiner weiteren Begründung zu bedürfen scheint. Es sind die nackten mythischen Banden des Blutes, die Iphigenie an den Vater und an den Altar binden, auf dem sie geopfert werden soll. In den Kreis der höfischen Gesellschaft, den Racines Adaptation der Euripideischen *Iphigenie* nachzeichnet, bricht mit der Opferproblematik unvermittelt das Problem mythischen Rechts ein. Die Tragik der Racineschen Iphigenie, die nach Roland Barthes allein in der Figur der Eriphilie beschlossen liegt (vgl. Barthes 1960, 109), verdankt sich im wesentlichen diesem selbst die griechische Vorlage noch übertreffenden archaischen Zug. Daß die grausame Darstellung des mythischen Blutopfers bei Racine darüber hinaus jeden Versuch relativiert, sein Drama als bloße Konversationskunst darzustellen, wie es im 18. Jahrhundert üblich war, bedarf vor diesem Hintergrund kaum noch eines Zusatzes.

XII.

Hatte die Radikalität von Racines Begriff des Tragischen zunächst in der Wiedereinsetzung der Opferung Iphigenies durch den eigenen Vater bestanden, so überrascht seine Lösung der Konfliktsituation durch einen nicht minder entschlossenen Gewaltstreich. Eine Tochter aus dem Geschlecht Helenas muß geopfert werden, damit die Griechen Wind erhalten, um unendlichen Ruhmes willen nach Troja segeln zu können, lautet der Orakelspruch bei Euripides. Racine jedoch läßt nicht Iphigenie sterben, sondern eine zweite Iphigenie: Eriphilie, die sich dem überraschten Zuschauer als uneheliche Tochter von Theseus und Helena präsentiert. Odysseus, bei Racine die Inkarnation der verschlagenen List, berichtet von Eriphilies Selbstopfer:

Ainsi parle Calchas. Tout le camp immobile
L'écoute avec frayeur, et regarde Eriphile.
Elle était à l'autel, et peut-être en son cœur
Du fatal sacrifice accusait la lenteur.
Elle-même tantôt, d'une course subite,
Était venue aus Grecs annoncer votre fuite.
On admire en secret sa naissance, et son sort.
Mais puisque Troie enfin est le prix de sa mort,
L'armée à haute voix de déclare contre elle,
Et prononce à Kalchas sa sentence mortelle.
Déjà pour la saisir Calchas lève le bras:

Arrête, a-t-elle dit, ne m'approche pas.
Le sang de ces héros dont tu me fais descendre,
Sans tes profanes mains saura bien se répandre.
Furieuse elle vole, et sur l'autel prochain,
Prend le sacré couteau, le plonge dans son sein.
(Racine 1983a, v. 1757-1772)

Eriphilie, die eigentlich nur am Altar erschienen war, um von Klytaimnestras entsetzter Flucht ob der bevorstehenden Schlachtung der eigenen Tochter zu berichten, wird vom Kamp der Griechen, einer archaischen Männerhorde, die erst wie aus einem Atem verstummt, um dann wie aus einem Mund ihren Tod zu fordern, selbst zum Opfer auserkoren. Eriphilies Selbstmord ist nichts anderers als ein vorauseilender Gehorsam, symbolischer Vollzug des Willens eines ganzen Volkes, das nach Ruhm und Krieg dürstet. Racines sophistische Lösung, die Stellvertretung Iphigenies durch Eriphilie, ist den meisten Rezipienten als bloße Konzession an die sozialen Normen seiner Zeit erschienen: Daß eine Prinzessin königlichen Geblüts auf dem Altar bluten soll wie ein Schlachttier, hätte wohl manches zerrissene Schnupftuch gekostet, das mit süßen Tränen benetzt werden kann, wenn die Prinzessin zum guten Ende auf Kosten einer anderen von minder noblem Geblüt noch einmal davonkommt. Eine solche Deutung macht es sich jedoch zu leicht. Sie vergißt, daß bei Racine im Unterschied zur griechischen Vorlage wie zur Goetheschen Nachbildung doch geopfert wird, daß jemand sein Blut lassen muß, um die soziale Integrität des griechischen Lagers zu bewahren. Damit nimmt Racine in beängstigender Radikalität die zivilisatorische Entwicklung zurück, die die griechische Kultur der Humanität ermöglicht hat und die Goethe in seiner Adaptation der Iphigenie zu erneuern versucht: die stellvertretende Opferung eines geweihten Tieres anstelle des Menschenopfers. Zwar beläßt Racine den Zusammenhang von Opfer und Stellvertretung intakt, der noch Goethes Begriff des Symbolischen zugrundeliegt. Aber kein Tier vermag bei ihm den vom Opfer bedrohten Menschen zu erretten, sondern nur ein anderer Mensch. Racines archaisches Spiel, von Roland Barthes zu Recht als ein Theater der Grausamkeit gerühmt, zeigt in schonungsloser Weise die Kehrseite humanistischer Zivilisiertheit, indem es deren Mechanismen auf uralte Praktiken mythischen Ursprungs zurückführt.

XIII.

Im Vergleich zur griechischen Vorlage beschreiten Goethe Racine zunächst den gleichen Weg in der Darstellung des Verhältnisses von Agamemnon und Iphigenie. Trotz der Bereitwilligkeit, seine Tochter den Göttern zu opfern, ist auch Goethes Iphigenie des Lobes für ihren Vater voll: »Des Atreus ältster Sohn war Agamemnon: / Er ist mein Vater. Doch ich darf es sagen, / In ihm hab ich seit meiner ersten Zeit / Ein Muster des vollkommenen Manns gesehn.« (Goethe 1948 ff. V, v. 400-403) Ebenso überraschend und irrational wie die bedingungslose Unterwerfung unter das Gesetz des Vaters bei Racine ist die unbedingte Liebe der Tochter zu ihrem Vater bei Goethe. Bis Iphigenie von seinem Tod erfährt, steht sie allen anderen Bindungen im Weg. Erst die Bruderliebe ersetzt die fatale Bindung Iphigenies an Agamemnon. Indem er das zerstörerische Moment des Eros im scheinbar ungetrübten Geschwisterverhältnis still zu stellen versucht, geht Goethe jedoch zugleich einen Schritt hinter Racine zurück. »Das unvermischte Verhältnis aber findet zwischen *Bruder* und *Schwester* statt«, deutet Hegel im Blick auf die *Antigone* das Begehren von Bruder und Schwester als höchste Form der Familienbande (Hegel 1956, 325). Indem auch Goethe den Eros seiner Heldin ganz in den Bereich der Familie verweist und in der Beziehung zum Bruder neutralisiert, verbannt er den Bereich der Geschlechtlichkeit aus dem Leben seiner Heldin. Als Priesterin und Heilige bleibt Iphigenie bei Goethe in ihrem umfassenden Humanitätsanspruch im Vergleich mit dem Racineschen Vorbild daher seltsam unterkühlt und leidenschaftslos - mehr eine Ikone als eine Frau.

XIV.

Das zeigt sich besonders zum Schluß des Dramas, in dem Goethe den allumfassenden Humanitätsbegriff durch den Verzicht auf das Menschenopfer wiedereinzusetzen versucht. Die abschließende Lösung seines Dramas steht dabei unter dem gleichen Verdacht des Sophistischen wie die Racines: »Hole das Bild der Schwester aus dem Tempel«, lautete der doppeldeutige Auftrag Apollons an Orest. Zum Schluß des Dramas geht dem Bruder, der zunächst vergeblich zum Schwert und damit nach der heroischen Vergangenheit seiner Familie gegriffen hatte, ein Licht auf:

> Wir legten's von Apollens Schwester aus,
> Und er gedachte dich! Die strengen Bande
> Sind nun gelöst; du bist den Deinen wieder,
> Du Heilige, geschenkt.
> [...]
> Schön und herrlich zeigt sich mir
> Der Göttin Rat. Gleich einem heil'gen Bilde,
> Daran der Stadt unwandelbar Geschick
> Durch ein geheimes Götterwort gebannt ist,
> Nahm sie dich weg, dich Schützerin des Hauses;
> Bewahrte dich in einer heil'gen Stille
> Zum Segen deines Bruders und der Deinen.
> (Goethe 1948 ff. V, v. 2116-2132)

Nicht minder scharfsinnig als sein Racinesches Vorbild Odysseus erzählt Orest bei Goethe des Rätsels Lösung. Dabei ist es nicht allein, wie Adorno kritisierte (vgl. Adorno 1981, 509), der betrogene Thoas, der letztlich mit leeren Händen, aber übervollem Herz dasteht, sondern Iphigenie selbst. Mit dem Attribut des Heiligen geht Goethe in der Schlußpassage zwar nicht gerade sparsam um. Eine »Heilige« bleibt Iphigenie jedoch gerade nicht als Mensch, sondern, »Gleich einem heil'gen Bilde«, als Abbild der Göttin in »einer heil'ger Stille«, nicht zu ihrem Segen, sondern mehr zu dem des nun endgültig von den Erinnyen befreiten Bruders. Daß in dieser ikonischen Funktion Iphigenies als »Schützerin des Hauses« im Unterschied zum Bilde Iphigenies bei Racine zugleich eine geheime Sterilität steckt, ist der Preis, den Goethe für sein Humanitätsangebot und das damit verbundene Attribut des zeitlos Klassischen zahlen muß.

XV.

Schillers und Goethes Auseinandersetzung mit Racine bestätigen damit, was bereits Nietzsche vermutet hatte: daß das deutsche Nationaltheater nicht nur als Fortschritt, sondern in manchem als Rückschritt hinter die Errungenschaften der französischen Klassik gelten kann. In Racines Dramen *Iphigénie* und *Phèdre* verbinden sich die lyrische Darstellung der Weiblichkeit und die archaische Thematik von Mythos und Opfer zu einer einzigartigen Synthese, die im Sinne eines modernen Theaters der Grausamkeit als Einspruch gegen einen Begriff des Klassischen gewertet werden kann, der auf den scheinbar zeitlosen Idealen von Natur und Humanität beruht.

Der archaische Aspekt verbindet Racine dabei mit einem ganz anderen Dichter, mit dem er sonst kaum etwas gemein hat: mit Heinrich von Kleist. Die vielfältigen Bezüge von Kleists Werk zu Frankreich sind meist auf den Themenkomplex des *Amphitryon* und damit auf die Gestalt Molières zentriert worden (vgl. David 1969).[14] Darüber hinaus fördert der Blick auf die Darstellung des zerstörerischen Liebesaffektes bei Racine und Kleist jedoch eine Gemeinsamkeit beider Autoren hervor, die ihr Verhältnis zur deutschen Klassik betrifft. Zwar scheint Kleists *Penthesilea* zunächst eine spektakuläre Rücknahme der klassischen Dämpfung zugrundezuliegen, die Racines wie Goethes Theater auszeichnet, und so ist die zügellose Entfesselung der Affekte, die Kleist in der Zerfleischung Achills durch Penthesilea aufzeigt, auch in keiner Weise mit der französischen Forderung nach *vraisemblance* und *bienséance* vereinbar. Der Bezugspunkt von Racine und Kleist liegt aber tiefer. Er betrifft einen Einwand gegen den klassischen deutschen Humanismus, der sich von der französischen Tragödie herleiten läßt. Wenn Kleist in der *Penthesilea* die symbolische Stellvertretung des Gottes durch den Menschen aus Goethes *Iphigenie*-Drama revidiert, indem er den Menschen zum Tier erniedrigt und Penthesilea in ermüdenden Vergleichen bald als Wölfin, bald als Hündin, erscheinen läßt, die zu guter Letzt ihr Beutetier zerfleischt, dann ist Kleists Revision der Weimarer Klassik nicht nur der Beginn der Moderne, wie seit Nietzsches Urteil meist zugestanden wird (vgl. Nietzsche 1980 VII, 97),[15] sondern ebenso Zeichen eines Einspruches gegen den scheinbar ungehinderten Fortschritt der Zivilisation im Zeichen der Humanität

14 Einen Vergleich von Kleist und der französischen Klassik gibt bereits Clemens Lugowski. Er stellt dort etwa die Funktion des Mißverständnisses bei Kleist in die Tradition der Intrige in der Klassik (vgl. Lugowski 1936, 17 f.).

15 Nietzsche notiert zu Schiller und Kleist: »Letzterer ist viel höher zu stellen. Er ist bereits aus der Aufklärungsperiode völlig heraus.« (Nietzsche 1980 VII, 97)

durch ein Theater der Grausamkeit, das mit der Wiedereinführung archaischer Muster in die Tragödie die Aporien der modernen Kultur aufzuzeigen versucht.[16] Darin weist Kleist weniger auf die Moderne voraus als vielmehr auf die barocke Sprachgewalt Racines zurück. Dem inzwischen längst schon zum Klischee erstarrten Bilde des Modernisierers Kleist läßt sich vor dem Hintergrund von Racines Theater der Grausamkeit das des Anti-Modernen Kleist gegenüberstellen, der nicht dazu bereit ist, die harmonisierende Wendung der Weimarer Klassik mitzutragen und der sich daher in seiner dramatischen Tätigkeit auf ein archaisches Moment der Gewalt zurückwendet, das bereits im barocken Stile Racines - etwa im Bericht des Theramen - zum Ausdruck kam. Und so enteilt Kleist der Moderne selbst da, wo er ihr am tiefsten verpflichtet zu sein scheint, im *Amphitryon*, dorthin, wo die französische klassische Tragödie schon auf ihn wartet: »Ach«, lautet das berühmte Schlußwort von Kleists Adaptation Molières. Nicht minder berühmt ist das letzte Wort in Racines Bérénice, das zugleich gleichnishaft über der undankbaren Rezeptionsgeschichte der französischen Klassik in Deutschland steht: »Hélas.«

Bibliographie

Adorno, Theodor W.: Zum Klassizimus von Goethes Iphigenie, in: Noten zur Literatur, Frankfurt/Main 1981, 495-514. [zitiert als: Adorno 1981]

Auerbach, Erich: Racine und die Leidenschaften, in: Gesammelte Aufsätze zur romanischen Philologie, Bern 1947, 196-203. [zitiert als: Auerbach 1947]

Barthes, Roland: Sur Racine, Paris 1960. [zitiert als: Barthes 1960]

Berghahn, Klaus L.: ›Das Pathetischerhabene‹. Schillers Dramentheorie, in: Deutsche Dramentheorien, hg. von Reinhold Grimm, Frankfurt/Main 1971, 214-244. [zitiert als: Berghahn 1971]

Bloch, Peter André: Schiller und die klassische französische Tragödie. Versuch eines Vergleichs, Düsseldorf 1968. [zitiert als: Bloch 1968]

Borchmeyer, Dieter: Höfische Gesellschaft und französische Revolution bei Goethe, Kronberg/Ts. 1977. [zitiert als: Borchmeyer 1977]

Grillparzer, Franz: Sämtliche Werke, Band 13, Wien 1930. [zitiert als: Grillparzer 1930]

Cunningham, Kathleen: Schiller und die französische Klassik, Bonn 1930. [zitiert als: Cunningham 1930]

Dach, Charlotte von: Racine in der deutschen Literatur des 18. Jahrhunderts, Bern, Leipzig 1941. [zitiert als: Dach 1941]

---

16 Man kann diesen Zusammenhang natürlich auch als Zeichen der Modernität der französischen Klassik deuten. Das hat Karlheinz Stierle getan: »Die französische Klassik setzt in ihren signifikativsten Werken einen Horizont unserer neuzeitlichen Erfahrung von Literatur. Eben deshalb kann die Klassik auch der Moderne nicht als Begriff entgegengesetzt werden. Als Horizont der Moderne kommt der französischen Klassik eine Geltung zu, die sie prinzipiell von allen anderen europäischen ›Klassiken‹ der Neuzeit unterscheidet.« (Stierle 1985, 83)

David, Claude (Hg.): Kleist und Frankreich. Mit Beiträgen von Claude David, Wolfgang Wittowski, Lawrence Ryan, Berlin 1969. [zitiert als: David 1969]

Descartes, René: Les passions de l'âme, in: Œuvres Philosophiques III. 1643-1650, Paris 1989, 951-1103. [zitiert als: Descartes 1989]

Elias, Norbert: Über den Prozeß der Zivilisation, 2 Bände, Band 1: Wandlungen des Verhaltens in den westlichen Oberschichten des Abendlandes, Frankfurt/Main 1976. [zitiert als: Elias 1976 I]

Elias, Norbert: Über den Prozeß der Zivilisation: soziogenetische und psychogenetische Untersuchungen, 2 Bände, Band 2: Wandlungen der Gesellschaft; Entwurf zu einer Theorie der Zivilisation, Frankfurt/Main 1976. [zitiert als: Elias 1976 II]

Foucault, Michel: Les mots et les choses, Paris 1966. [zitiert als: Foucault 1966]

Goethe, Johann Wolfgang von: Goethes Werke. Hamburger Ausgabe in 14 Bänden, hg. von Erich Trunz, Hamburg 1948 ff., Band 5: Dramatische Dichtungen 3, 12. durchgesehene Aufl. 1994. [zitiert als: Goethe 1948 ff. V]

Goethe, Johann Wolfgang von: Goethes Werke. Hamburger Ausgabe in 14 Bänden, hg. von Erich Trunz, Hamburg 1948 ff., Band 7: Romane und Novellen 2, 13. durchgesehene Auflage 1994. [zitiert als: Goethe 1948 ff. VII]

Goethe, Johann Wolfgang von: Goethes Werke. Hamburger Ausgabe in 14 Bänden, hg. von Erich Trunz, Hamburg 1948 ff., Band 9: Autobiografische Schriften 1, 12. durchgesehene Aufl. 1994. [zitiert als: Goethe 1948 ff. IX]

Goethe, Johann Wolfgang von: Goethes Werke. Hamburger Ausgabe in 14 Bänden, hg. von Erich Trunz, Hamburg 1948 ff., Band 12: Schriften zur Kunst. Schriften zur Literatur. Maximen und Reflexionen, 12. durchgesehene Aufl. 1994. [zitiert als: Goethe 1948 ff. XII]

Goldmann, Lucien: Le dieu caché. Etude sur la vision tragique dans les Pensées de Pascal et dans le théâtre de Racine, Paris 1955. [zitiert als: Goldmann 1955]

Hegel, Georg Wilhelm Friedrich: Phänomenlogie des Geistes, Stuttgart 1956. [zitiert als: Hegel 1956]

Jauß, Hans Robert: Ästhetische Erfahrung und literarische Hermeneutik, Frankfurt/Main 1982. [zitiert als: Jauß 1982]

Kant, Immanuel: Anthropologie in pragmatischer Hinsicht, in: Werke, Band 12: Schriften zur Anthropologie, Geschichtsphilosophie, Politik und Pädagogik, hg. von Wilhelm Weischedel, Frankfurt/Main 1977,399-690. [zitiert als: Kant 1977]

Lenz, Jakob Michael Reinhold: Werke und Briefe, 3 Bände, hg. von Sigrid Damm, Frankfurt/Main 1992, Band I und Band II. [zitiert als: Lenz 1992 I und Lenz 1992 II]

Lessing, Gotthold Ephraim: Werke, 3 Bände, Zweiter Band: Schriften 1, hg. von Kurt Wölfel, Frankfurt/Main 1967. [zitiert als: Lessing 1967]

Longinus: Vom Erhabenen, übers. und hg. von Otto Schönberger, Stuttgart 1988. [zitiert als: Longinus 1988]

Lugowski, Clemens: Wirklichkeit und Dichtung. Untersuchungen zur Wirklichkeitsauffassung Heinrich von Kleists, Frankfurt/Main 1936. [zitiert als: Lugowski 1936]

Luhmann, Niklas: Liebe als Passion. Zur Codierung von Intimität, Frankfurt/Main 1982. [zitiert als: Luhmann 1982]

Martini, Alberto: Geschichte der dramatischen Theorien in Deutschland im 18. Jahrhundert I. Die Dramaturgie der Aufklärung (1730–1780), Tübingen 1972. [zitiert als: Martini 1972]

Maurer, Karl: Goethe und die romanische Welt. Studien zur Goethezeit und ihrer europäischen Vorgeschichte, Paderborn u.a. 1997. [zitiert als: Maurer 1997]

Minder, Robert: Schiller, Frankreich und die Schwabenväter, in: Kultur und Literatur in Deutschland und Frankreich. Fünf Essays, Frankfurt/Main 1977, 108–137. [zitiert als: Minder 1977]

Nietzsche, Friedrich: Sämtliche Werke in 15 Einzelbänden (Kritische Studienausgabe), hg. von Giorgio Colli und Mazzino Montinari, Berlin, New York 1980, Band 2: Menschliches, Allzumenschliches I und II. [zitiert als: Nietzsche 1980 II]

Nietzsche, Friedrich: Sämtliche Werke in 15 Einzelbänden (Kritische Studienausgabe), hg. von Giorgio Colli und Mazzino Montinari, Berlin, New York 1980, Band 5: Jenseits von Gut und Böse, Zur Genealogie der Moral. [zitiert als: Nietzsche 1980 V]

Nietzsche, Friedrich: Sämtliche Werke in 15 Einzelbänden (Kritische Studienausgabe), hg. von Giorgio Colli und Mazzino Montinari, Berlin, New York 1980, Band 7: Nachgelassene Fragmente 1869–1874. [zitiert als: Nietzsche 1980 VII]

Pascal, Blaise: Œuvres Complètes, texte établi et annoté par Jacques Chevalier, Paris 1954. [zitiert als: Pascal 1954]

Racine, Jean: Iphigénie, in: Théâtre complet II. Edition établie par Jean-Pierre Collinet, Paris 1983. [zitiert als: Racine 1983a]

Racine, Jean: Phèdre, in: Théâtre complet II. Edition établie par Jean-Pierre Collinet, Paris 1983. [zitiert als: Racine 1983b]

Schiller, Friedrich: Phädra, in: Sämtliche Werke, Band 3: Dramatische Fragmente/ Übertragungen / Bühnenbearbeitungen, hg. von Gerhard Fricke und Herbert G. Göpfert, München 1959. [zitiert als: Schiller 1959 III]

Schiller, Friedrich: Über das Pathetische, in: Sämtliche Werke, Band 5: Erzählungen, Theoretische Schriften, hg. von Gerhard Fricke und Herbert G. Göpfert, München 1959, 512–537. [zitiert als: Schiller 1959 V]

Schiller, Friedrich: Werke. Nationalausgabe, hg. von Julius Petersen und Hermann Schneider, Band 23: Schillers Briefe 1772-1785, hg. von Walter Müller-Seidel, Weimar 1956. [zitiert als: Schiller 1956]

Schiller, Friedrich: Werke. Nationalausgabe, begr. von Julius Petersen, fortgef. von Lieselotte Blumenthal und Benno von Wiese, Band 30: Schillers Briefe 1798-1800, hg. von Lieselotte Blumenthal, Weimar 1961. [zitiert als: Schiller 1961]

Schiller, Friedrich: Werke. Nationalausgabe, begr. von Julius Petersen, fortgef. von Lieselotte Blumenthal und Benno von Wiese, hg. von Norbert Oellers und Siegfried Seidel, Band 32: Schillers Briefe 1803-1805, hg. von Axel Gellhaus, Weimar 1984. [zitiert als: Schiller 1984]

Schiller, Friedrich: Werke und Briefe, Band 9: Übersetzungen und Bearbeitungen, hg. von Heinz Gerd Ingenkamp, Frankfurt/Main 1995. [zitiert als: Schiller 1995]

Schings, Hans-Jürgen: Der mitleidigste Mensch ist der beste Mensch, München 1980. [zitiert als: Schings 1980]

Spitzer, Leo: Die klassische Dämpfung in Racines Stil, in: L.S.: Romanische Stil- und Literaturstudien I, Marburg 1931, 135-268. [zitiert als: Spitzer 1931]

Spitzer, Leo: The récit of Théramène, in: L.S.: Linguistics and Literary History. Essays in Stylistics, New York 1962, 87-134. [zitiert als: Spitzer 1962]

Starobinski, Jean: Racine et la poétique du regard, in: J. S.: L'œil vivant, essai: Corneille, Racine, Rousseau, Stendhal, Paris 1961, S. 71-92. [zitiert als: Starobinski 1961]

Stierle, Karlheinz: Die Modernität der französischen Klassik. Negative Anthropologie und funktionaler Stil, in: Französische Klassik, Theorie - Literatur - Malerei, hg. von Fritz Nies und Karlheinz Stierle, München 1985, 81-128. [zitiert als: Stierle 1985]

Theile, Wolfgang: Die Racine-Kritik bis 1800. Kritikgeschichte als Funktionsgeschichte, München 1974. [zitiert als: Theile 1974]

Vossler, Karl: Jean Racine, Bühl 1948. [zitiert als: Vossler 1948]

Keiji Hirayama

Die Idee des ästhetischen Staates bei Friedrich Schiller und Joseph Beuys

1. Prolog

Bei oberflächlicher Betrachtung scheinen Schiller und Beuys Kunsttheorien zu vertreten, die einander polar entgegengesetzt sind. Schiller vertritt den traditionellen Begriff von der Autonomie der Kunst in der modernen Zeit, während Beuys als Zerstörer des traditionellen Kunstbegriffs gilt. Aber wenn man sich ihre Schriften genauer ansieht, stellt man bemerkenswerte Gemeinsamkeiten zwischen beiden fest. Es läßt sich eine Traditionslinie von Schillers Denken und künstlerischem Schaffen bis zu Beuys, von der Aufklärung bis zum gegenwärtigen Zeitalter nachweisen. Schiller und Beuys glichen sich auch als Persönlichkeiten. Beide waren Künstler und Denker zugleich, beide hatte ihren Ausgangspunkt in der naturwissenschaftlichen Forschung[1], beide haben sich für die Beziehungen zwischen Kunst und Gesellschaft interessiert und die Aufgabe des Künstlers in der Gesellschaft immer wieder reflektiert.

Schiller lebte im Zeitalter der Aufklärung und der Französischen Revolution. Unter diesen Zeitumständen einer tiefgreifenden Umwälzung der gesamten Verhältnisse entwickelte er die Idee von der friedlichen Veränderung der Gesellschaft durch die ästhetische Erziehung des Menschen und die Utopie des ästhetischen Staates. Beuys lebte im Zeitalter des Kapitalismus und des zweiten Weltkrieges; in dieser Zeit erschien es ihm unerläßlich, den traditionellen Kunstbegriff zu erweitern. So konzipierte er den Gedanken der sozialen Plastik. Schiller wie Beuys wirkten im Bewußtsein der Krisis in der modernen Zeit und faßten die Idee, diese Krise durch die Entwicklung der ästhetischen Dimension im Menschen und in der Gesellschaft zu überwinden. Natürlich gewinnt der Begriff »moderne Zeit« eine unterschiedliche Bedeutung, je nachdem, auf welche Epoche man ihn anwendet. Er bedeutet etwas anderes in Schillers Zeitalter als im Zeitalter Baudelaires, wiederum etwas anderes am Anfang des 20. Jahrhunderts zur Zeit Picassos als in der Zeit des zweiten Weltkrieges und der Nachkriegszeit, in der Beuys wirkte. Entsprechend wandelt sich das Bewußtsein der Krise. Aber in bezug auf das grundlegende Krisenbewußtsein gibt es eine fundamentale Gemeinsamkeit zwischen Schiller und Beuys. Beuys hat dem ästhetischen Denken Schillers eine besondere Wichtigkeit auch für die Gegenwart beigemessen. Deshalb möchte ich im folgenden auf die Beziehung beider näher eingehen.

---

1 Schillers Dissertation mit dem Titel: *Versuch über den Zusammenhang der tierischen Natur des Menschen mit seiner geistigen* (1780) war eine philosophische Untersuchung über den Menschen auf der Grundlage der damaligen medizinischen Forschungen.

Bekanntlich beruft sich Beuys in entscheidenden Punkten auf die Anthroposophie Rudolf Steiners. Steiners Gedanke der »Dreigliederung des sozialen Organismus« in *Die Kernpunkte der sozialen Frage* (1919) und seine Bücher *Die Philosophie der Freiheit* (1894) sowie *Über das Wesen der Bienen* (1923) haben den künstlerischen Tätigkeiten von Beuys Grundlage und Richtung vorgegeben. Darüber besteht in der bisherigen Beuys-Forschung kein Zweifel.[2] Aber wenn man Beuys nicht nur als einen Künstler aus dem Geiste von Steiners Anthroposophie ansieht, sondern ihn auch aus der Tradition der deutschen philosophischen Ästhetik begreift, wird man erkennen, daß es besonders die Ästhetik Schillers gewesen ist, die entscheidend auf Beuys' Kunst und Kunsttheorie gewirkt hat.

Beuys erwähnt Schillers Schriften nicht häufig, doch äußert er sich in den wenigen Erwähnungen durchgehend positiv über Schillers ästhetische Ideen, ja, es findet sich keine einzige negative Erwähnung.[3] Natürlich will ich damit nicht behaupten, daß die ästhetischen Gedanken von Schiller und Beuys in allen Punkten übereinstimmen. Beuys hat den Kunstbegriff erweitert, und es ist klar, daß dieser erweiterte Kunstbegriff weder dem Kunstbegriff von Schillers Zeitalter noch dem der Epoche danach entspricht. Beuys' Erweiterung des Kunstbegriffs hat für seine Zeit eine epochemachende Bedeutung. Aber in Schillers Ästhetik läßt sich schon der Keim für eine Erweiterung des Kunstbegriffs erkennen. Die Krisis der modernen Zeit, auf die Schiller mit der Theorie des ästhetischen Staates geantwortet hat, forderte nach dem Zweiten Weltkrieg mit geschichtlicher Notwendigkeit Beuys' Theorie der sozialen Plastik.

2. Die Theorie der sozialen Plastik und die Theorie des ästhetischen Staates

Als jemand auf einer Diskussionsveranstaltung 1972 in Essen Beuys wütend zurief: »Sie reden über Gott und die Welt, nur nicht über Kunst«, da antwortete Beuys: »Aber Gott und die Welt ist die Kunst!« (Stachelhaus 1998, 86) In einem Gespräch mit Michael Ende sagte Beuys, er könne kein Atelierkünstler sein; für ihn stehe das Atelier zwischen den Menschen, und das Kunstwerk geschähe in den Gesprächen mit den Menschen (Beuys/Ende 1989, 117). Ein Kunstwerk bedeutet für Beuys, den Menschen die Fraglichkeit ihrer Existenz und der Gesellschaft bewußt zu machen und sie anzuregen, den Weg in eine bessere Zukunft zu suchen. Hinter den Werken und den Aktionen, die Beuys ausführt, stehen seine Ideen über den Menschen und die Gesellschaft; sein Werk gewinnt seine Bedeutung erst durch die Verbindung mit diesen gedanklichen Hintergründen.

---

2 Harlan berichtet, daß Beuys fast einhundert von Steiners Schriften besaß, und daß ein gutes Drittel davon intensive Bearbeitungsspuren mit Anstreichungen oder Randzeichnungen aufweist. Die Forschung über die Beziehung zwischen Beuys und Steiners Anthroposophie wird sich künftig noch intensivieren. Vgl. Harlan/Koepplin/Velhaben 1991, 292-295 .

3 In *Beuysnobiscum* findet sich eine Bemerkung, die man so verstehen könnte, daß Beuys sich im Gespräch mit Oliva kritisch über Schiller geäußert habe. Aber wenn man diese Stelle nachliest, zeigt sich, daß das ein Mißverständnis ist. Vgl. Szeemann 1997, 57.

Darüber hat er selbst immer wieder gesprochen.[4] Die pädagogischen, politischen und künstlerischen Tätigkeiten sind für ihn alle in erweiterter Bedeutung künstlerische Tätigkeiten. Alle diese Tätigkeiten und die durch sie gestalteten Werke faßt Beuys unter dem Begriff »Soziale Plastik« (Beuys/Ende 1989, 96) zusammen. Andererseits gebraucht er auch Ausdrücke wie »die Gesellschaft als Kunstwerk, als Utopie, die Gesellschaft als das höchste Kunstwerk« (Beuys/Ende 1989, 21). Nach Beuys' erweitertem Kunstbegriff (Beuys/Ende 1989, 21) ist es die größte Aufgabe der Künstler in der Gegenwart, die Gesellschaft selbst zu dem zukünftigen Seienden zu gestalten. Das künstlerische Produkt dieser Aufgabe ist für ihn die »soziale Plastik«.

»Das Schönste vom Schönen muß ja erst erreicht werden: der soziale Organismus als Lebewesen in seiner Freiheitsgestalt und als die große Errungenschaft einer Kultur jenseits der Moderne und jenseits der Tradition.« (Beuys/Ende 1989, 52-53, 34)

»[...] also handelt es sich bei dem Eingriff, ein richtiger Zugriff in diese Ungestalt, diese schlechte Skulptur, da muß ein solcher Eingriff vorgenommen werden, damit das eine schöne Skulptur wird«, sagt Beuys in dem Gespräch mit Ende. (Beuys/Ende 1989, 52-53, 34) Diese Aufgabe ist eine Aufgabe für jeden Menschen, deshalb muß im Grunde jeder Mensch ein Künstler sein. Und tatsächlich sieht Beuys in jedem Menschen zugleich schon einen Künstler. Diese Aussage von Beuys »Jeder Mensch ist ein Künstler« (Beuys/Ende 1989, 17; Beuys 1984c, 121) gibt häufig und leicht Anlaß zu Mißverständnissen. Aber es ist eine sehr wichtige Äußerung, die dem ästhetischen Gedanken Schillers grundsätzlich entspricht, der von der ontologischen Übereinstimmung vom Schönen und der Menschheit ausgeht. In *Über die ästhetische Erziehung des Menschen* (1795) sagt Schiller: »Der Mensch spielt nur, wo er in voller Bedeutung des Worts Mensch ist, und er ist nur da ganz Mensch, wo er spielt.« (Schiller 1993b, 618) Das Wort »spielen« bedeutet hier, mit Schönheit spielen; daher kann man sagen, daß dies in seiner wesentlichen Bedeutung bei Schiller heißt, ein Künstler zu sein. Für Schiller ist ein Mensch also erst im wesentlichen Sinne ein Mensch, wenn er ein Künstler ist. In diesem Zusammenhang ist auch Schillers Aussage zu sehen: »Sobald die Vernunft demnach den Ausspruch tut: es soll eine Menschheit existieren, so hat sie eben dadurch das Gesetz aufgestellt: es soll eine Schönheit sein.« (Schiller 1993b, 615) Er geht davon aus, daß jeder Mensch diese Begabung hat, sofern er ein Mensch ist, und daß es die Aufgabe der »ästhetischen Erziehung des Menschen« sei, diese Begabung auszubilden und einen Menschen so im wahrsten Sinne des Wortes zum Menschen werden zu lassen.

Schiller wollte durch die ästhetische Erziehung des einzelnen Menschen zugleich die gegenwärtige Gesellschaft zum »ästhetischen Staat« reformieren. In *Über die ästhetische Erziehung des Menschen* sagt Schiller, »daß man, um jenes

4 Vgl. zum Beispiel Burckhardt 1986, 169. An dieser Stelle sagt Beuys: »Ich muss ehrlich sagen, ich käme mir sehr dumm vor, wenn ich solche Dinge wie das Erdtelephon hinstellen würde, ohne die Konsequenzen zu nennen, ohne zu sagen, wie ich diese Dinge gemeint habe, wie das Rätsel des Werkes zu einem viel grösseren Rätsel führt, nämlich zu dem, was die Menschen im allgemeinen bewegt. In bezug auf die Kunst als dem alleinigen Mittel, um die Kathedrale zu bauen, brauche ich doch die gesprochene Sprache.«

politische Problem in der Erfahrung zu lösen, durch das ästhetische den Weg nehmen muß, weil es die Schönheit ist, durch welche man zu der Freiheit wandert«. (Schiller 1993b, 573) Das hier erwähnte »politische Problem« bezieht sich auf die Französische Revolution und die in ihrem Gefolge aufgetretenen Gewaltsamkeiten und Grausamkeiten. Schiller erkennt, daß der Mensch noch nicht reif geworden ist für einen gewaltfreien Staat. Deshalb muß der Weg der sozialen Reform über die ästhetische Erziehung des Menschen führen. Nach Schiller kann nur das Schöne dem Menschen die wahre Freiheit sichern. Der Weg zu »einer wahren politischen Freiheit« als »dem vollkommensten aller Kunstwerke« (Schiller 1993b, 572) kann nur gebahnt werden, wenn man jedem Menschen und jeder Gesellschaft die ästhetische Erziehung angedeihen läßt. »Der ästhetische Staat allein kann die Gesellschaft wirklich machen, weil er den Willen des Ganzen durch die Natur des Individuums vollzieht.« »Freiheit zu geben durch Freiheit ist das Grundgesetz des ästhetischen Reichs« (Schiller 1993b, 667), so sagt Schiller, aber auch er betrachtet diese Aufgabe als »eine Aufgabe für mehr als ein Jahrhundert« (Schiller 1993b, 590) und geht davon aus, daß es »einer totalen Revolution in seiner (des Menschen) ganzen Empfindungsweise« (Schiller 1993b, 662) bedarf, um zum Ästhetischen zu gelangen.

3. Erweiterter Kunstbegriff und Gedanke des ästhetischen Spiels

Beuys sagt im Gespräch mit Michael Ende:

»Aber dennoch gehören zu diesen progressiven Künstlern, die die Sache aus der Zukunft herausgeholt haben, gerade Goethe und Schiller. Sie sind nicht nur Zeitgenossen von uns, sondern sie sind schon viel weiter in der Zukunft. Deswegen sind sie ja unsere Mitstreiter.« (Beuys/Ende 1989, 28)

Und an anderer Stelle dieses Gesprächs:

»Wenn da eine kleine Zeitdifferenz ist, so gibt es aber dennoch keine Notwendigkeit, sie als historische Figuren darzustellen. Gerade sie sind in höchstem Grade aktuell. Dort ist eine Form der Gesellschaft bereits bearbeitet, besprochen und ein Menschenbild dargestellt und ausgeführt worden, auch ein Wissenschaftsbegriff durch Goethe dargestellt worden, der wirklich aus der Zukunft genommen ist.« (Beuys/Ende 1989, 28)

Oliva hält in einem Interview Beuys entgegen:

»Mir scheint, daß Sie zwar einen bestimmten Teil dessen akzeptieren, was Nietzsche sagt, daß Sie aber den anderen Teil, den Sie nicht akzeptieren, korrigieren, indem Sie Ideen von Schiller einführen, hinsichtlich der Kunst als befreiender Aktion, als Pädagogik, Kunst als Erziehung der Gemeinschaft und der Gesellschaft.« (Beuys/Oliva 1986, 76)

Beuys antwortet:

»Das ist richtig. Man kann sich schon auf Schiller beziehen. Auch er spricht von Kreativität, und er verstand auch viele Aspekte davon, weil er den Menschen so betrachtet, wie er sich als Wesen in der Kunst manifestiert. Er hätte auch die Konsequenzen ziehen und direkt sagen können: der Mensch ist das Werk der Kunst. Ich meine, Schiller hätte den Menschen als gleichrangig mit der Kunst ansehen können, als gleichrangig mit der Kreativität«. (Beuys/Oliva 1986, 76)

Die Gedanken von Goethe und Schiller sind also für Beuys, zusammen mit den Gedanken von Steiner, besonders bedeutungsvoll gewesen. Wenn man daran denkt, daß Steiner seine Ideen im Zusammenhang mit seiner Goetheforschung entwickelt und zugleich gefordert hat, daß man der Methode Schillers folgen solle, um die Goethesche Weltanschauung wissenschaftlich zu erforschen[5], dann erkennt man die Folgerichtigkeit des Beuys'schen Gedankenganges. Aber es scheint, daß Beuys eher mit Schiller als mit Goethe sympathisiert hat. Beuys hat zwar Goethes Größe und die Wichtigkeit auch seines naturwissenschaftlichen Denkens erkannt, aber er weist selbst auf einen gewissen Unterschied seiner eigenen Weltauffassung zu der Goethes hin: »Da gehe ich allerdings einen anderen Weg als Goethe. Für ihn war es die Frage nach Wissenschaft und Kunst, es war nicht so sehr die Frage nach der Verbindung zur Gesellschaft.« (Beuys/Ende, 108)[6] Beuys hat immer die Frage nach dem Zusammenhang zwischen Kunst und Gesellschaft in den Vordergrund gestellt. Die »soziale Plastik« von Beuys bedeutet nichts anderes, als daß man durch die für die Menschen wesentliche und der Kunst immanenten Kraft die Gesellschaft selbst zu einer idealeren umgestaltet, d. h., daß anders als in der bisherigen Kunstauffassung die Gesellschaft sich selbst als Gegenstand der künstlerischen Tätigkeiten ansieht und zur zukünftigen Form gestaltet.

Schillers Gedanke der ästhetischen Erziehung ist zugleich auch der Gedanke der sozialen Reform. Schiller hat nach seinem Studium von Kants Ästhetik den Weg gebahnt, einen objektiven Begriff des Schönen zu gewinnen. Er definierte das Schöne als »Freiheit in der Erscheinung« (Schiller 1993a, 409). Nach seiner Auffassung entsteht aus dem ästhetischen Zustand beziehungsweise in der ästhetischen Stimmung, die sich aus dem harmonischen Spiel zwischen Sinnlichkeit und Vernunft oder zwischen Natur und Geist im Gemüt des Menschen ergibt, »ästhetische Freiheit« (Schiller 1993b, 633 f.). Er begreift sie als die wahre Freiheit. Der Ort, an dem die ästhetische Freiheit zustande kommt, ist zugleich auch der Ort, wo der Mensch in voller Bedeutung des Worts Mensch ist, das heißt, wo die wahre Menschheit entsteht. Sowohl das bloß Sinnliche als auch das bloß Vernünftige sind für die Menschen nur einseitige Bestimmungsfaktoren. Erst das Ästhetische, das aus der Wechselwirkung von beiden entsteht, gibt dem Menschen seine Totalität. So kann der Weg zur wahren Freiheit für Schiller nur über das Ästhetische führen. Schillers Gedanke der ästhetischen Erziehung beschränkt sich keineswegs auf den Bereich der Kunst im engeren Sinne, sondern zielt auch auf die Reform der Lebensweise des Menschen und der Verfassung der Gesellschaft selbst. Im oben schon zitierten Satz über den Begriff des ästhetischen Spiels, der für Schillers Ästhetik eine schlechthin fundamentale Bedeutung hat,

5 Vgl. Steiner 1985, 57–59; Steiner 1988, 23–25.
6 Vgl. Adriani/Konnerz/Thomas 1973, 43.

»der Mensch spielt nur, wo er in voller Bedeutung des Worts Mensch ist, und er ist nur da ganz Mensch, wo er spielt«, ist diese Totalität bereits angelegt.

4. Bewußtsein der Krise in der Moderne

Den Gedanken von Schiller und Beuys ist das Bewußtsein der grundsätzlichen Krise der Seinsweise des Menschen in der modernen Zeit gemeinsam. Obwohl beide es als geschichtliche Notwendigkeit bejahen, daß in der Moderne der Mensch durch die spezialisierte Tätigkeit des Verstandes eine bisher nie erfahrene Machtfülle erworben hat, sehen sie beide die Gefahr, daß der Mensch gerade dadurch in eine tiefe Krise gerät. Die eigentliche Ursache der Krise sehen sie darin, daß der Ansatzpunkt fehlt, das Wesen des Menschen in seiner Totalität zu fassen, das heißt, es als im Ästhetischen fundiert zu begreifen. Schiller schildert den Entfremdungszustand seines Zeitalters folgendermaßen:

»Auseinandergerissen wurden jetzt der Staat und die Kirche, die Gesetze und die Sitten; der Genuß wurde von der Arbeit, das Mittel vom Zweck, die Anstrengung von der Belohnung geschieden. Ewig nur an ein einzelnes kleines Bruchstück des Ganzen gefesselt, bildet sich der Mensch selber nur als Bruchstück aus, ewig nur das eintönige Geräusch des Rades, das er umtreibt, im Ohre, entwickelt er nie die Harmonie seines Wesens.« (Schiller 1993b, 584)

»Kann aber wohl der Mensch dazu bestimmt sein, über irgend einem Zwecke sich selbst zu versäumen? [...] Es muß also falsch sein, daß die Ausbildung der einzelnen Kräfte das Opfer ihrer Totalität notwendig macht; oder wenn auch das Gesetz der Natur noch so sehr dahin strebte, so muß es bei uns stehen, diese Totalität in unserer Natur, welche die Kunst zerstört hat, durch eine höhere Kunst wieder herzustellen.« (Schiller 1993b, 588)

Die hier von Schiller beschriebene Krise der Menschheit ist tatsächlich ein wesentliches Problem der modernen Zeit. Und zwar so, wie Schiller es bereits dargestellt hat: »Die Kultur selbst war es, welche der neueren Menschheit diese Wunde schlug.« (Schiller 1993b, 583) Seit der Zeit Schillers ist diese Wunde nicht im entferntesten geheilt. Im Gegenteil, durch die rasche Entwicklung der Technologie und der Herrschaft der kapitalistischen Wirtschaft in allen Bereichen wandelte sie zwar ihren Zustand, doch verschlechtert sie sich mehr und mehr. Beuys beschreibt die Krisis der Menschheit in der gegenwärtigen Zeit folgendermaßen:

»Die meisten Menschen fühlen sich den Verhältnissen, die sie umgeben, hilflos ausgeliefert. Das führt zur Vernichtung auch ihrer Innerlichkeit. Sie können in den Destruktionsprozessen, denen sie unterworfen sind, in dem undurchschaubaren Knäuel staatlicher und ökonomischer Macht, in den Ablenkungs- und Zerstreuungsmanövern einer billigen Vergnügungsindustrie keinen Lebenssinn mehr erkennen. Insbesondere junge Menschen verfallen in wachsender Zahl dem Alkoholismus, der Drogensucht, begehen Selbstmord. Hunderttausende fallen religiös getarnten Fanatikern zum Opfer. Weltflucht hat Hochkonjunktur.« (Beuys 1984a, 130)

Die »Soziale Plastik« von Beuys geht also hervor aus dem Bewußtsein der Krise. Beuys ist zu der Überzeugung gelangt, daß diese Krise durch die traditionelle Kunst nicht mehr überwunden werden kann, daß aber dennoch nur allein die Kraft der Kunst, und zwar einer Kunst im wesentlichen Sinne, in der Lage ist, diese Krise zu überwinden. Dazu muß vor allem der Begriff der Kunst in einem wesentlich erweiterten Sinne aufgefaßt und theoretisch gerechtfertigt werden.

»Der so erweiterte Kunstbegriff, das Wesen, das gestalten kann auf allen Feldern des Lebens, und der Arbeit, auf allen Kraftfeldern der Gesellschaft. Ist aber damit schon eine Aussage gemacht, über die Möglichkeit, tatsächlich das, was gefordert wird und was sich in einer logischen Folge, als Beschreibung operationell einmal dargestellt hat, daß sich die Kunst ja auf das Leben und auf alle Menschen beziehen soll?« (Beuys 1984b, 124)

Beuys setzt also seine ganze Zuversicht auf die Erkenntnisse, daß es die ursprünglichen Zwecke des Menschen und der Gesellschaft sein sollen, in weitem Sinne ästhetisch zu sein, und daß jeder Prozeß, der den Menschen und die Gesellschaft zu diesem Zustand, d. i. zum Ästhetischen, bildet, in der Gegenwart als Kunst angesehen werden kann, und daß ohne Berücksichtigung dieses Gesichtspunktes die Krise der Gegenwart niemals zu überwinden ist.

5. Richtung der Problemlösung

Durch die bisherigen Überlegungen sollte gezeigt werden, daß die Gedanken von Beuys der Ästhetik von Schiller im wesentlichen verwandt sind. Aber das bedeutet keineswegs, daß man beide gleichsetzen kann. Die Theorie der sozialen Plastik und der erweiterte Kunstbegriff von Beuys sowie jede seiner Tätigkeiten als Künstler gewinnen ihren Sinn erst im Zusammenhang mit den konkreten Zeitumständen der Gegenwart. Die von Beuys dargelegten verschiedenen Probleme in Politik, Wirtschaft, Pädagogik ernst zu nehmen und zu durchdenken, würde bedeuten, an der Gestaltung der sozialen Plastik mit Beuys teilzunehmen. Es war Beuys' epochemachende Leistung, einen in diesem Sinne erweiterten, neuen Kunstbegriff geschaffen zu haben. Sein Konzept, die Gesellschaft selbst als ein Gesamtkunstwerk aufzufassen und jeden Menschen für einen an dessen Gestaltung teilnehmenden Künstler zu halten, könnte uns sicher ein neues Selbstbewußtsein geben. Und mit diesem Bewußtsein könnten wir eine Lebensweise wiedererlangen, in der nicht nur der sogenannte Künstler, sondern jeder Mensch seine Totalität über das Ästhetische zurückgewinnen kann.

Wie wir gesehen haben, wird im ästhetischen Gedanken Schillers dieser Gesichtspunkt von Beuys, die Ideale des Menschen und der Gesellschaft auf das Ästhetische zurückzuführen, schon vorweggenommen. Aber bei Schiller wird die Frage des ästhetischen Staates als einer real zu verwirklichenden Sache auf die Innerlichkeit des Menschen umgestellt und wird so zur Frage der ästhetischen Erziehung bzw. der ästhetischen Bildung des einzelnen Menschen.

»Alle Verbesserung im Politischen soll von Veredelung des Charakters ausgehen – aber wie kann sich unter den Einflüssen einer barbarischen Staatsverfassung der Charakter veredeln? Man müßte also zu diesem Zwecke ein Werkzeug aufsuchen, welches der Staat nicht hergibt, und Quellen dazu öffnen, die sich bei aller politischen Verderbnis rein und lauter erhalten.[...] Dieses Werkzeug ist die schöne Kunst, diese Quellen öffnen sich in ihren unsterblichen Mustern.« (Schiller 1993b, 592 f.)

Schiller sagt weiter über die Existenz des ästhetischen Staates:

»Existiert aber auch ein solcher Staat des schönen Scheins, und wo ist er zu finden? Dem Bedürfnis nach existiert er in jeder fein gestimmten Seele, der Tat nach möchte man ihn wohl nur, wie die reine Kirche und die reine Republik, in einigen wenigen auserlesenen Zirkeln finden.« (Schiller 1993b, 669)

Für Schiller heißt der zu verwirklichende ästhetische Staat auch »fröhliches Reich des Spiels und des Scheins« (Schiller 1993b, 667). Er wird als etwas begriffen, das durch die ästhetische Erziehung, durch Vermittlung der Kunst, mit einem ziemlichen Abstand von der Wirklichkeit als etwas Innerliches still entsteht. Dagegen betrifft die soziale Plastik bei Beuys nicht nur die Frage der Innerlichkeit des Menschen, sondern konkrete Beziehungen zu verschiedenen Sphären der gesellschaftlichen Realität:

»Die Bewegung der Bürgerinitiativen, die ökologische, die Friedens- und die Frauenbewegung, die Bewegung der Praxismodelle, die Bewegung für einen demokratischen Sozialismus, einen humanistischen Liberalismus, einen dritten Weg, die anthroposophische Bewegung und die christlich konfessionell orientierten Strömungen, die Bürgerrechtsbewegung und die Dritte-Welt-Bewegung müssen erkennen, daß sie unverzichtbare Bestandteile der gesamtalternativen Bewegung sind; Teile, die sich nicht ausschließen und widersprechen, sondern ergänzen.« (Beuys 1984b, 135 f.)

»Also ist die Aufgabe der Kunst, der anthropologischen Kunst, die Gestaltung des gesellschaftlichen Leibes als die große Möglichkeit für das Kunstwerk.« (Beuys/Ende 1989, 22)

6. Die Form der Zukunft

Der Unterschied zwischen Beuys und Schiller besteht vor allem darin, daß Beuys die Kunst anders als die bisherige Kunsttradition in einem erweiterten Begriff faßt. Das ist zwar schon in den Gedanken Schillers angelegt, weil er bereits die Errichtung des ästhetischen Staates als Ideal fordert. Aber Schiller sieht es noch nicht, wie Beuys, als konkrete Aufgabe der Künstler an, die reale Gesellschaft zum Ästhetischen hin zu gestalten. Denn für Schiller gibt es noch den großen Abstand zwischen der realen und der künstlerischen Welt, und eben dieser Abstand ist das, was die Reinheit der Kunst garantiert. Bei Beuys wird die im bisherigen Sinne von der realen Welt abgetrennte Reinheit der Kunst aufgegeben. Beuys sieht die gegenwärtig echte Reinheit der Kunst darin, daß die reale Welt sich selbst ästhetisch gestaltet. Beuys hat, geprägt von der Erfahrung der Krisen des 20. Jahrhunderts, einen Kunstbegriff und eine Kunstpraxis geschaffen, die zur Zeit Schillers so noch nicht möglich waren. In einem Gespräch mit Kounellis, Kiefer und Cucchi, das in Basel drei Monate vor dem Tod von Beuys stattfand, stellte Kiefer den Gedanken von Beuys, jeder Mensch sei ein Künstler, in Frage. Beuys antwortete darauf:

»Wenn du ein waches Auge hast für das Menschliche, kannst du sehen, dass jeder Mensch ein Künstler ist. Ich war jetzt in Madrid und habe gesehen, wie die Männer, die bei der Müllabfuhr arbeiten, große Genies sind. Das erkennt man an der Art, wie die ihre Arbeit tun und was für Gesichter sie dabei haben. Man sieht, dass sie Vertreter einer zukünftigen Menschheit sind. Und ich habe etwas bei den Müllabfuhrleuten gesehen, was ich bei den Scheisskünstlern vermisse.« (Burckhardt 1986, 109)

Als Kounellis behauptete: »Das mögen zwar grössere Dichter sein. Aber sie haben keine Form, um sich auszudrücken«, antwortete Beuys: »Und ob (sie) eine Form haben!« (Burckhardt 1986, 111) Beuys sieht in ihnen die Seinsart einer zukünftigen Kunst vorweggenommen.

Nach den obigen Betrachtungen kann man verstehen, daß das, worauf Beuys abzielt, über die bisherigen Vorstellungen von Kunst hinausgreift. Er zielt unmittelbar auf den Menschen und die Welt des Menschen, d. h. die Gesellschaft. Bei Beuys kann man Ausdrücke wie »ästhetischer Mensch« und »ästhetische Gesellschaft« im alten Sinne nicht mehr verwenden. Denn für ihn ist es eine notwendige Voraussetzung für das Ideal des Menschen und der Gesellschaft, in einem wesentlichen Sinne ästhetisch zu sein. Wenn man Ausdrücke wie »ästhetischer Mensch« und »ästhetische Gesellschaft« benutzt, so würde das nur die Auffassung vom Künstler und der künstlerisch interessierten Gesellschaft im traditionellen Sinne bedeuten. Auch Schiller suchte das Ideal des Menschen, der Gesellschaft und der Kunst. Durch seine Forschungen zur Ästhetik kam er zu der Überzeugung, daß die ästhetische Erziehung des Menschen unentbehrlich ist, um die ideale Gesellschaft zu verwirklichen. Aber Beuys ist im Unterschied zu den bisherigen Künstlern und Kunsttheoretikern viel direkter auf die Gesellschaft zugegangen. Er wollte als Künstler unmittelbar schöpferisch auf die Gestaltung des Menschen und der Gesellschaft einwirken. So hat er die Menschen und die Gesellschaft mit neuen Methoden, die bisher niemand ausprobiert hat, dazu provozieren wollen, sich auf ihre Totalität zu besinnen und sich der Realisierung ihres freien ästhetischen Wesens zuzuwenden.

Keiji Hirayama ist außerordentlicher Professor an der Kunsthochschule der Präfektur Okinawa in Japan.

Bibliographie

Adriani, Götz/Konnerz, Winfried/Thomas, Karin: Joseph Beuys, Köln 1973. [zitiert als: Adriani/Konnerz/Thomas 1973]

Beuys, Joseph: Aufruf zur Alternative (Erstveröffentlichung in der Frankfurter Rundschau am 23. 12. 1978), in: Harlan, Volker/Rappmann, Rainer/Schata, Peter: Soziale Plastik: Materialien zu Joseph Beuys, Achberg, 3. erweiterte und ergänzte Auflage 1984, 129–136. [zitiert als: Beuys 1984a]

Beuys, Joseph: Eintritt in ein Lebewesen (Vortrag - gehalten am 6.8.1977 im Rahmen der Free International University, documenta 6 in Kassel), in: Harlan, Volker/Rappmann, Rainer/Schata, Peter: Soziale Plastik: Materialien zu Joseph Beuys, Achberg, 3. erweiterte und ergänzte Auflage 1984, 123-128. [zitiert als: Beuys 1984b]

Beuys, Joseph: Ich durchsuche Feldcharakter, in: Harlan, Volker/Rappmann, Rainer/Schata, Peter: Soziale Plastik: Materialien zu Joseph Beuys, Achberg, 3. erweiterte und ergänzte Auflage 1984, 12. [zitiert als: Beuys 1984c]

Beuys, Joseph und Ende, Michael: Kunst und Politik: ein Gespräch / Joseph Beuys, Michael Ende, Wangen 1989. [zitiert als: Beuys/Ende 1989]

Beuys, Joseph und Oliva, Achile Bonito: Der Tod hält mich wach (Joseph Beuys im Gespräch mit Achile Bonito Oliva), in: Beuys zu Ehren (Ausstellungs-Katalog), hg. von Arnim Zweite, München 1986, 72-82. [zitiert als: Beuys/Oliva 1986]

Burckhardt, Jacqueline (Hg.): Ein Gespräch: Joseph Beuys, Jannis Kounellis, Anselm Kiefer, Enzo Cucchi, Zürich 1986. [zitiert als: Burckhardt 1986]

Harlan, Volker; Koepplin, Dieter; Velhaben, Rudolf (Hg.): Beuys-Tagung: Basel 1.-4. Mai 1991, Basel 1991. [zitiert als: Harlan/Koepplin/Velhaben 1991]

Harlan, Volker; Rappmann, Rainer; Schata, Peter: Soziale Plastik: Materialien zu Joseph Beuys, Achberg, 3. erweiterte und ergänzte Auflage 1984. [zitiert als: Harlan/Rappmann/Schata 1984]

Schiller, Friedrich: Kallias oder über die Schönheit, 1793, in: ders.: Sämtliche Werke, Bd. 5, hg. von G. Fricke und Herbert G. Göpfert, München, 9. durchgesehene Auflage 1993, 394-433. [zitiert als: Schiller 1993a]

Schiller, Friedrich: Über die ästhetische Erziehung des Menschen in einer Reihe von Briefen, 1795, in: ders.: Sämtliche Werke, Bd. 5, hg. von G. Fricke und Herbert G. Göpfert, München, 9. durchgesehene Auflage 1993, 570-669. [zitiert als: Schiller 1993b]

Stachelhaus, Heiner: Joseph Beuys, Düsseldorf und München 1991, 3. Auflage 1998. [zitiert als: Stachelhaus 1998]

Steiner, Rudolf: Goethes Weltanschauung, Dornach (CH) 1985. [zitiert als: Steiner 1985]

Steiner, Rudolf: Grundlinien einer Erkenntnistheorie der Goetheschen Weltanschauung - mit besonderer Rücksicht auf Schiller, Dornach (CH) 1988 [zitiert als: Steiner 1988]

Szeemann, Harald (Hg.): Beuysnobiscum: eine kleine Enzyklopädie, Amsterdam und Dresden 1997. [zitiert als: Szeemann 1997]

Monika Schmitz-Emans

Die Intertextualität der Bilder

William Turner im Spiegel literarischer Interpretationen

Daß Texte sich auf andere Texte beziehen und jedes literarische Werk als eine Art Schnittpunkt von Linien auffaßbar ist, welche, ihrerseits aus einer komplexen literarischen Tradition kommend, in ihm zusammenlaufen, gilt nicht erst seit der rezenten Karriere des Intertextualitätsbegriffs als eine Leitprämisse der Literaturwissenschaft. Doch auch Werke der bildenden Kunst befinden sich inmitten dieses Geflechts. Sie bilden oftmals - um ein weiteres räumliches Gleichnis zu verwenden - eine »Lage«, welche zwischen dem einen Text und dem anderen Text situiert ist. Solche bildlichen Zwischen-Lagen stiften auch Inter*textualitäts*beziehungen eigener Art: Der spätere Text nimmt auf den oder die früheren Bezug, schließt an diese an oder stellt sich in eine historische Reihe von Texten hinein, und zwar durch Vermittlung des Bildes, welches dazwischentritt und das explizite Bezugsobjekt bildet. Indem über ein Bild oder eine Folge von Bildern gesprochen wird, werden also mittelbar und indirekt zugleich Texte thematisiert, interpretiert, fortgesetzt. Um dies zu erläutern, sei im folgenden ein Beispiel genauer in den Blick genommen - das der literarischen Rezeption der Werke William Turners. Hier wiederum möchte ich mich darauf beschränken, Prosatexte vorzustellen, statt das weite Feld der Bildgedichte zu Turners Werken einzubeziehen.[1]

Das Werk Turners ist mit der Welt der Literatur aufs engste verknüpft. Erstens beziehen sich manche seiner Werktitel auf literarische Texte und Stoffe, zweitens stellte Turner selbst Beziehungen zwischen seinen Werken und bekannten poetischen Zitaten her, drittens bedichtete er die Sujets seiner Bilder vielfach selbst. Robert Wallace weist generalisierend darauf hin, wie stark die Bilder Turners von Sprachlichem durchtränkt sind: »As heavily as Turner loaded his canvas with pigments, so did he load this pigments with words.« (Wallace 1992, 6)[2] Die ›Worte‹ auf den Leinwänden Turners sind vor allem ein Widerhall der Diskurse seines Zeitalters. Turners eigenes Interesse an der Dichtung dürfte vor allem durch Joshua Reynolds geweckt worden sein, der davon überzeugt war, ein Maler müsse literarische Kenntnisse besitzen (vgl. Heffernan 1984, 29).[3] Gute Maler, so sagte Turner selbst, gebe es nicht »without some aid from Poesy« (zit. nach

1 Turners Werk hat ein weites lyrisches Echo gefunden. Nur wenige Beispiele seien genannt: Southey 1909; Flecker 1947; Sassoon 1961, vgl. dazu: Kranz 1973, 71.

2 Vgl. auch Gage 1987, ferner: Shanes 1990.

3 Turner hat Reynolds' Vorlesungen vermutlich gehört, seit er 1789 Student der Royal Academy wurde.

Heffernan 1984, 30).[4] Mit der Deutung von Dichtung und Malerei als Schwesterkünsten hat er sich, im Prinzip zustimmend, kritisch-reflexiv auseinandergesetzt, wobei ihn vor allem die Frage nach der wechselseitigen Übersetzbarkeit beschäftigte. Während er in seinen früheren Jahren seinen Gemälden bei deren Ausstellung wie selbstverständlich lyrische Texte beizufügen pflegte, beschäftigte ihn ab etwa 1809 die Unterschiedlichkeit literarisch-poetischer und malerischer Ausdrucksmittel (vgl. Heffernan 1984, 47).

Es ist üblich, Turners facettenreiches Werk mit dem umfassenden Kontext der romantischen Ästhetik und Kultur in Verbindung zu bringen, es als Manifest der Romantik zu betrachten, auch wenn der Begriff Romantik als Epochen- wie als Stilbegriff alles andere als klar definiert ist. Will man auf ihn gleichwohl nicht verzichten, so bedarf es der Vorverständigung über zumindest die wichtigsten Implikationen, welche mit dem Terminus »Romantik« konnotiert sein sollen. Daher seien zwei miteinander korrelierende Grundthemen des romantischen Diskurses im Sinne solcher Kern-Implikationen in Erinnerung gerufen: Erstens die Deutung der produktiven menschlichen Einbildungskraft als transzendentale Instanz im Sinne Kants und Fichtes, d. h. als eine Instanz, welche die Gegenstände der Erfahrung gemäß ihrem eigenen Auffassungsvermögen konstituiert, so daß sich dem Subjekt eine Wirklichkeit darbietet, die in ihm selbst ihre Begründung findet; und zweitens die damit korrelierende Anfechtung durch nihilistische Ideen und solipsistische Visionen. Mit der Wende zur Romantik vertieft und verschärft sich das Kontingenzbewußtsein, das als spezifisch für die Neuzeit angesehen werden muß - ein Bewußtsein »ontologischer Kontingenz«, wie es Maurice Merleau-Ponty von dem Wissen um »ontische Kontingenzen« unterschieden hat (vgl. Merleau-Ponty 1945, 456, Deutsche Übersetzung: Merleau-Ponty 1966, 453). Das neuzeitliche Denken der Kontingenz nimmt seinen Ausgang bei der Vorstellung, daß die Ordnung der erfahrenen Welt nicht *vorgegeben*, sondern *geschaffen* sei, und betont zunehmend den Anteil des Menschen an den Ordnungsmustern, auf die er sich erkennend und erfahrend bezieht und in denen er lebt. Diese Tendenz radikalisiert sich noch einmal mit der Überformung durch den Transzendentalen Idealismus, demzufolge das Subjekt der Erfahrung selbst der Erscheinungswelt seine eigene kategoriale Ordnung gibt. Fichtes Radikalisierung des philosophischen Idealismus kann als Versuch betrachtet werden, mit der gedanklichen Konstruktion einer absoluten Subjektivität der vom Kontingenzgedanken ausgehenden Irritation und Verunsicherung durch Affirmation und Überbietung zu begegnen. Gleichwohl zeigen sich im romantischen Diskurs vielfältige Spuren dieser Verunsicherung. Zu beobachten ist eine Art verstörter Faszination durch solipsistische Anfechtungen, durch die gerade literarisch wiederholt aufgegriffene und durchgespielte Idee, ein jedes Bewußtsein lebe eingeschlossen in einer selbstgeschaffenen Welt, gebe seiner Privatwelt seine eigene subjektive Ordnung, vermöge diese aber nicht zu verlas-

4 Turner hat sich für die Frage nach der Verwandtschaft und der Differenz zwischen Malerei und Dichtung auch theoretisch interessiert; dafür spricht u. a. eine Bemerkung von 1812, die betont, daß »Painting and Poetry, flowing from the same fount mutually by vision [...] reflect, and heighten each other's beauties [...] like mirrors« (zit. nach Wallace 1992, 6).

sen und folglich auch nicht mit anderen Subjekten zu kommunizieren. Nihilistische Tendenzen machen sich geltend, ausgehend von den Ideen der metaphysischen Grundlosigkeit der Welt, der Nichtigkeit aller Erfahrungen und Begriffe sowie der Existenz des Ichs selbst. Damit verbunden sind aber auch Vertiefung und Radikalisierung des Bewußtseins von Zeitlichkeit und Geschichtlichkeit. Die Strukturen der Welt und der Werte erscheinen als historische Ordnungen und - zumindest ansatzweise - bereits als Produkte der historisch wechselnden Diskurse. Zur Kennzeichnung der beiden Hauptthemen, welche den romantischen Diskurs prägen, scheinen die Begriffe »Kontingenz« und »Verzeitlichung« brauchbar. Im folgenden soll an einigen Beispielen gezeigt werden, wie William Turners Werke seit der Romantik zum Anlaß genommen wurden, diese beiden Themen zu exponieren, genauer: sie sprachlich zu erörtern - und zwar im Medium Literatur. Daß die Zeit selbst in die Malerei Einzug hielt, mußte, zumal in Erinnerung an Lessings *Laokoon*, spektakulär wirken.

Turner scheint zu visualisieren, was seine Zeit beschäftigte: Das erfahrende Subjekt nimmt keine vorgegebene Ordnung der Dinge wahr, sondern sein Blick selbst ist es, der die Dinge zurecht liest und ihnen dadurch eine Ordnung gibt. Diese Ordnung besitzt keine Notwendigkeit und ist zudem dem Wandel unterworfen, so daß sich die Erscheinungen immer wieder zu anderen Konstellationen fügen. Turner malt die Dynamik der Welt, den Antagonismus widerstreitender Kräfte. Gerade seine berühmtesten Bilder zeigen ihre Gegenstände in einem Moment, da sich Konturen ausdifferenzieren, Gegenstände also prozeßhaft in Erscheinung treten - nicht ohne durch die Unschärfe ihrer Umrisse daran zu erinnern, daß sie aus dem Grundlosen hervortreten und vom neuerlichen Verschwimmen bedroht sind. Von dieser Beobachtung ausgehend, hat man als Turners Leitthema die Grundlosigkeit der Dinge und ihrer Ordnungen verstanden, was ihn dem romantisch-nihilistischen Diskurs zumindest naherückte. James Heffernan hat eine Beziehung zwischen dem thematisch einschlägigen Werk Wordsworths und der »form-dissolving world of Turner« hergestellt (Heffernan 1984, 135). Und schon 1816 sprach der Kritiker William Hazlitt von Turners chaotischen Darstellungen und zitierte ein Bonmot, demzufolge diese Bilder »nichts« darstellten - und zwar auf eine sehr »ähnliche« Weise (vgl. Hofmann 1989, 194).

Heffernan hat die Beziehung zwischen Turner und den englischen Romantikern, deren Affinitäten und Differenzen unter diesem Vorzeichen einer vergleichenden Analyse unterzogen. Daß er dabei Zusammenhänge konstruiert, die nur wenig mit direkten Einflüssen zu tun haben, ist ihm bewußt, und er verschweigt dies nicht (vgl. Heffernan 1984, 228). Sein Vergleich gilt vor allem den Landschaftsauffassungen Turners, Wordworths, Coleridges und Constables. Die romantische Landschaft - sei sie Gegenstand der Dichtung oder der Malerei - ist subjektiv gestaltet und überformt. Dem Rezipienten bietet sich kein autonomer Bereich des Gegenständlichen, sondern eine Spiegelung des die Erscheinungswelt erlebenden Ichs. »[...] sein Ich leiht er dem All, sein Leben der Materie um ihn her«, so charakterisiert Jean Paul in seiner *Vorschule der Ästhetik* den Menschen in einer weltgeschichtlichen Ära, da Immanenz und Transzendenz auseinanderklaffen (Jean Paul 1980, 185). Entsprechendes gilt auch für die für Turner typischen Kombinationen aus landschaftlichen und historischen Sujets. Was auf diesen Bildern dargestellt ist, sind nicht Dinge im konventionellen Sinn, sondern Reflexe individueller oder kollektiver Subjektivität. Turner malt symbolische Prozesse, er malt Bedeutungen, wenn er ›Natur‹ malt. William Makepeace Thackeray, der unter dem Pseudonym Michael Angelo Titmarsh als Kunstkritiker wirkte, hat anläßlich eines Kommentars zu Turners *Fighting Temeraire* den hochgradig symbolischen Charakter der Szenerie hervorgehoben und betont, wie nachdrücklich dieses kleine Stück bemalter Leinwand sich an die Gefühle wende und welches Potential an politischer Macht in solchen Kunstwerken liege.[5] Daß Thackeray/Titmarsh eine Analogie zwischen Turners Malerei und musikalischen Kompositionen entdeckt, korrespondiert zum einen romantischen Vorstellungen über Synästhesie, zum anderen bringt es zwei Künste in eine Beziehung, die mit der tradierten Mimesis-Formel nicht beschreibbar sind.

It is absurd, you will say (and with a great deal of reason), for Titmarsh, or any other Briton, to grow so politically enthusiastic about a four-foot canvas, representing a ship, a steamer, a river, and a sunset. But herein surely lies the power of the great artist. He makes you see and think of a great deal more than the objects before you; he knows how to soothe or intoxicate, to fire or to depress, by a few notes, or forms, or colours, of which we cannot trace the effect to the source, but only acknowledge the power. I recollect some years ago, at the theatre at Weimar, hearing Beethoven's »Battle of Vittoria« in which, amidst a storm of glorious music, the air of »God save the King« was introduced. The very instant it began, every Englishman in the house was bolt upright, and so stood reverently until the air was played out. Why so? From some such thrill of excitement as makes us glow and rejoice over Mr. Turner and his »Fighting Téméraire« which I am sure, when the art of translating colours into music or poetry shall be discovered, will be found to be a magnificent national ode or piece of music.
(Thackeray 1899, 274f.)

Die gemeinsame Überzeugung von der Konstitution der Wirklichkeit durch die subjektive Instanz läßt Turners Werk als ein Parallelprojekt zu dem der schreibenden Romantiker erscheinen. Das Auge galt den Romantikern als der eigentliche Schöpfer des Gesehenen.[6] Eine weitere Gemeinsamkeit zwischen Turner und den beiden großen romantischen Dichtern sieht Heffernan in der Bedeutung der reflexiven Grundstruktur für deren Werke. Der Prozeß des Sehens, der die Landschaft im romantischen Sinn erst entstehen läßt, wird sich über das Motiv der Reflexion selbst thematisch.[7] Insbesondere durch vielfache Variationen des Spiegelmotivs thematisieren romantische Malerei und Kunst den Akt der Reflexion. Die Rezeption Turners stand nicht zufällig schon bei seinen Zeitgenossen im Zeichen der Idee seiner Modernität, sei es in affirmativem, sei es in kritischem Sinn. Als modern wurde dabei gerade die radikale Verzeitlichung

---

5 Die Temeraire, bei Turner dargestellt in einem Moment, da sie zum Abwracken abgeschleppt wird, hatte eine ruhmreiche Rolle in der historischen Seeschlacht von Trafalgar gespielt, in der Admiral Horatio Lord Nelson die spanisch-französische Flotte vernichtend schlug und die englische Seeherrschaft befestigte (1805). Die Temeraire war ein Symbol der Marine; Turner hatte sie schon 1808 in seinem Gemälde *The Battle of Trafalgar* gemalt.

ästhetischer Wahrnehmung und Gestaltung empfunden. Turner stellte ja nicht allein die Dynamik natürlicher Prozesse, sondern in Zusammenhang damit auch die Vergänglichkeit von Artefakten und Bedeutungsträgern dar. Und so wurde sein Werk zum willkommenen Anlaß, die modernespezifische Erfahrung eines allgemeinen Verzeitlichungsprozesses zu artikulieren. Kontingenz und Verzeitlichung: Die Stationen der Rezeption William Turners durch Dichter und Schriftsteller können unter diesen beiden Aspekten als Leitfaden durch die literarische Moderne dienen.

John Ruskin: Ein Plädoyer für »soapsuds and whitewash«

Ruskin, der beste Kenner des Turnerschen Werkes unter dessen Zeitgenossen, sah in Turners Landschaftsdarstellungen symbolische Botschaften. Über die *Fighting Temeraire* (1838) schrieb Ruskin, ähnlich wie Thackeray/Titmarsh, im Jahr 1839 einen Kommentar, der den symbolischen Charakter des Sujets hervorhebt: die Idee der Vergänglichkeit, aber auch die Vorstellung, daß selbst dem verfaulenden Wrack des alten Kriegsschiffs noch ein geheimes Leben innewohne. Das Bild wird nicht einfach beschrieben, sondern als Geschehen betrachtet und sprachlich nachvollzogen. Ruskins Text verwandelt das Bild in eine explizite Allegorie der Vergänglichkeit.[8] Ruskin betont die symbolische Bedeutung von Ruinen, welche die Idee der Vergänglichkeit vermitteln, und sieht die äußerste Steigerungsmöglichkeit dieser Idee durch die Darstellung einer solchen schwimmenden Ruine ausgeschöpft. Die Temeraire erscheint ihm wie ein lebendiges Wesen

6 Turner »noted in one lecture that while geometry enables us to perceive solids, painting seeks to represent ›not what are solids but what they appear to be‹«. (Heffernan 1984, 194) Vgl. auch 194f.: »The subjectivity of perspective was for Turner an inescapable fact of vision. ›All things‹, he wrote, ›are limited in a picture to the limited power of the Eye‹ [...]. Throughout his lectures, Turner repeatedly insists that the eye naturally alters the forms of things, and that only by taking stock of this alteration can the painter hope to represent the true appearance of such forms.« – 196: »Turner's theory of curvilinear perspective confirms something in which Wordsworth and Coleridge firmly believed: the creative power of the human eye.« – 201: »[...] the act of re-creating landscape led poets and painters alike to focus on the process of perception and on the means of representation itself. To find geometrical forms in landscape is to discover the mind's emblems of permanence and infinity, to perpetuate the sexually dynamic interaction of angle and curve, and to represent its own subjectivity, its own simultaneous consciousness of submission and power.«

7 Heffernan (1984, 202) nennt als verbindend die »self-referential tendency of romantic poetry and painting«. Er verweist in diesem Zusammenhang auf »the richness of water-borne reflections represented in various ways by Turner, Constable, Wordsworth, Coleridge, and Shelley« – Vgl. 224: »When reflections are no longer insubstantial copies of real things, when they become instead embodiments of brilliance, symbols of tranquility, and agents of elemental integration, they paradigmatically express what poets and painters do to ›reality‹ when it is reflected in their own works. The representation of reflections in romantic poetry and painting thus becomes a way of representing the extraordinary complex process of representation itself.«

8 »We have stern keepers to trust her glory to – the fire and the worm. Never more shall sunset lay golden robes on her, nor starlight tremble on the waves that part at her gliding. Perhaps, where the low gate opens to some cottage-garden, the tired traveller may ask, idly, why the moss grows so green on its rugged wood; and even the sailor's child may not answer, nor know, that the night-dew lies deep in the war-rents of the wood of the old Temeraire.« (Ruskin 1904, 171f.)

(»a living creature«, Ruskin 1904, 171) an der Schwelle des Todes. Mit der starken Akzentuierung der Vergänglichkeits- und Todesthematik bahnt Ruskin einer Turner-Lektüre den Weg, welche in dessen Werk Reflexe eines in der Romantik wurzelnden Nihilismus entdeckt. In Ruskins Kommentare zu Turner sind vielfach persönliche Erinnerungen eingeflochten, Erinnerungen an Selbstkommentare des Malers und an zeitgenössische Kritiken. Im Kontext der biographischen Annäherung an Turners Werke zeichnet sich bereits der Topos vom durch Turner stimulierten neuen Sehen ab – dann nämlich, wenn Ruskin betont, wie wenig die Zeitgenossen zunächst fähig waren, tatsächlich zu sehen, was ihnen Turner auf neue Weise (und zu neuem Sehen anleitend) zeigte. Ruskin verteidigt die Subjektivität der Turnerschen Beobachtungen, und so ist es kein Zufall, daß er Turner zitiert, der den idealen Standort des Bildbetrachters im Bild selbst lokalisiert, also an einer Stelle, die keine Distanz zuläßt, und an der man dem chaotischen Geschehen ausgeliefert wäre. Solche Lokalisierung im Geschehen hebt die Differenz zwischen Subjekt- und Objektsphäre auf und reißt das Ich in einen Strudel von Sensationen, gegen welche es sich selbst kaum abhebt.

SNOWSTORM. In the year 1842 this picture was thus described by Turner in the Academy catalogue: – / »Snowstorm. Steamboat off the harbour mouth making signals, and going by the lead. The author was in this storm the night the *Ariel* left Harwich.« / It was characterized by some of the critics of the day as a mass of »soapsuds and whitewash.« Turner was passing the evening at my father's house on the day this criticism came out: and after dinner, sitting in his arm-chair by the fore, I heard him muttering low to himself at intervals, »Soapsuds and whitewash!« again, and again, and again. At last I went to him, asking »why he minded what they said?« Then he burst out; – »Soapsuds and whitewash! What would they have? I wonder what they think the sea's like? I wish they'd been in it.« (Ruskin 1904, 61 f.)[9]

Wenn Ruskin die Kritik der Zeitgenossen an Turners angeblichen Zusammenballungen von Seifenlauge und Waschpulver kolportiert, wenn er durch den Bericht über Turners Kommentar hierzu den abfälligen Vergleich noch einmal betont, so geschieht dies, um zu markieren, von wo aus das neue Sehen seinen Ausgang nimmt: von ungeordneten Eindrücken, die das Ich zu überwältigen drohen. Hier setzt die Strukturierungsleistung des Blicks an, hier beginnt das sehende Ich, Ordnung ins Gesehene hinein zu lesen. Indem Turners Bilder solche Sehprozesse auslösen, verweisen sie auf die Natur des Sehens schlechthin und der von ihm erzeugten kontingenten und dynamischen Strukturen.

9 Ruskin berichtet über eine Selbstaussage Turners zu diesem Bild: »›I did not paint it to be understood, but I wished to show what such a scene was like; I got the sailors to lash me to the mast to observe it; I was lashed for four hours, and I did not expect to escape, but I felt bound to record it if I did. But no one had any business to like the picture.‹« (Ruskin 1904, 162)

Herman Melville: Das Chaos, der Schrecken des »Weißen«, das Nichts

Melville thematisiert in seinem Roman *Moby Dick* (1851) die Fremdheit der Welt, die Bodenlosigkeit des Menschen in einer chaotischen und un-feststellbaren Natur, aus deren amorpher Totalität sich vor seinem Blick nur temporär Gestaltungen ausdifferenzieren, der Formlosigkeit abgerungen und von neuerlicher Absorption durch das Gestaltlose bedroht. Die Beziehung zwischen dem Œuvre Turners und dem Werk Melvilles ist komplex. Robert Wallace hat ihm eine ausführliche und detaillierte Studie gewidmet (vgl. Wallace 1992).[10] Nicht um die Darstellung eines belegbaren Rezeptionsprozesses geht es bei dieser Erörterung der Affinitäten zwischen Melville und Turner, sondern um den indirekten Nachweis von Konvergenzen auf thematischer und ideeller Ebene.[11] Eben darum aber ist die Frage nach Melvilles Turner-›Lektüre‹ eine Frage nach ästhetischen Prinzipien und künstlerischem Selbstverständnis.[12] Wallace beschreibt eine ebenso komplexe wie folgenreiche Aneignung Turners durch Melville. Diese kulminiere in der Konzeption des weißen Wales, dessen Bedeutung einer von Turner repräsentierten Ästhetik des Unbestimmten, des Indistinkten, korrespondiere.[13] Es scheint, daß Melvilles Interesse an Turner zunächst durch Texte anstelle der (ihm erst später zugänglichen) Bilder geweckt worden ist. Ruskins *Modern Pain-*

10 Wallaces Anliegen ist es, die Bedeutung des Turnerschen Œuvres für Melville sowie die konvergenten thematischen und ästhetischen Interessen des Malers und des Schriftstellers zu belegen. Dies ist insofern eine Herausforderung an den Interpreten, als sich die im Alter um rund eine Generation differierenden Künstler nicht allein niemals persönlich getroffen haben, sondern für die Zeit, welche Wallace primär interessiert, nämlich die Jahre bis zur Abfassung des *Moby Dick*, auch - mit einer geringfügigen Ausnahme - keine direkten Belege für eine Auseinandersetzung Melvilles mit Turner zu existieren scheinen, ganz zu schweigen davon, daß über eine Melville-Lektüre Turners nichts bekannt ist und *Moby Dick* erst kurz vor dem Tod des Malers erschien (unter dem Titel *The Whale* in London 1851). In seinen späteren Jahren allerdings hat Melville sich mit Turner nachweislich beschäftigt und eine Kollektion von Nachstichen Turnerscher Werke angelegt; Wallace hat 19 davon aufgespürt, und hier sind unter anderem mehrere der bekanntesten Werke Turners in Reproduktionen vertreten, wie *The Fighting Temeraire, Snow Storm-Steam Boat, Venice - The Dogana, Peace-Burial at Sea, Rain, Steam, and Speed*, ferner Nachstiche mythologischer Szenen, darunter *The Golden Bough* (vgl. Wallace 1992, 4). Mehrere Jahre nach dem Erscheinen von *Moby Dick* besuchte Melville London, wo er Gelegenheit hatte, Werke Turners zu sehen. Doch für die Jahre bis zur Publikation des Wal-Romans bleibt der Interpret auf Vermutungen, die Darstellung von Korrespondenzen sowie auf die Beschreibung möglicher Wege indirekter Beeinflussung angewiesen. Mit detektivischer Akribie spürt Wallace weitere Anlässe einer möglichen Auseinandersetzung mit Turner auf. Eine direkte Folge von Melvilles Turner-Lektüre ist das Gedicht *The Temeraire*, das (so Wallace 1992, 3) durch das Gemälde *The Fighting Temeraire* inspiriert wurde. 1879 erwarb Melville die illustrierte Turner-Biographie Cosmo Monkhouses (vgl. Wallace 1991, 3); dies darf als Indiz einer jahrzehntelangen Anteilnahme an dessen Werk gelten.

11 Vgl. Wallace 1992, 575: »Melville became Turner's soulmate in the process of writing Ishmael's book.«

12 Der einzige konkrete Beweis einer Beschäftigung Melvilles mit Turner vor 1851 findet sich auf der Titelseite seines Exemplars von Thomas Beale's *Natural History of the Sperm Whale*. Hier notierte Melville, daß Turners Darstellungen des Walfangs aus diesem Buch Anregungen bezogen hätten (vgl. Wallace 1992, 1).

13 Vgl. Wallace 1992, 1: »Melville made Turner his own in the process of writing *Moby Dick*. He did so, because Turner's powerful aesthetic of the indistinct allowed Ishmael to articulate Melville's precise sense of the meaning of the whale.«

ters I und II erschienen 1843 und 1846. Die hier abgedruckten Beschreibungen Turnerscher Werke korrespondierten, so Wallace, thematischen Interessen Melvilles und haben in dessen Werken eine deutliche Spur hinterlassen - nicht zuletzt in *Moby Dick*. Melvilles Erzählerfigur, Ishmael, kommentiert eine Reihe von Malern und deren Werke, Turner jedoch bleibt dabei unerwähnt. Wahrscheinlich hatte Melville Turners Darstellungen des Walfangs zur Zeit der Arbeit an seinem Roman noch nicht selbst gesehen. Von ihnen gehört hatte er jedoch (vgl. Wallace 1992, 321 f.). Thematisches Zentrum bei Melville und Turner ist die Natur. Beide stellen elementare Gewalten dar - und den meist scheiternden Versuch des menschlichen Subjekts, diese zu bändigen. Wenn Turners Entwicklung als Ausdruck des Bewußtseins davon gelesen werden kann, daß die Wahrnehmung natürlicher Phänomene keinen verläßlichen Wahrheitsgrund enthüllt, sondern von der Perspektive des Subjekts abhängt, so mußte Melville einer der ersten sein, der in dem ihm persönlich unbekannten, eine Generation älteren Maler jenseits des Atlantik einen Verbündeten sah. Turner und Melville stellen nicht primär Gegenstände dar, sondern Perzeptionsvorgänge, wobei die Objekte dieser Beobachtung gelegentlich diffus bleiben. Die Nicht-Faßbarkeit des Wales in *Moby Dick* kann in ihrer Symbolik mit der Mal-Technik verglichen werden die Turner in späteren Jahren entwickelte, wenn er dynamische Objekte und natürliche Prozesse malte. *Moby Dick*, ursprünglich *The Whale* betitelt, ist in seiner Thematisierung drohender Auflösung der Erscheinungswelt in schemenhafte Wahrnehmungsvorgänge letztlich ein Roman über die Anfechtungen durch das Nichts. Und der weiße Wal ist Chiffre des Schreckens, der vom Nichts ausgeht. Die menschlichen Figuren des Romans werden durch eine flüssige und chaogene Welt getrieben, mit einer dynamischen und zur Gestaltlosigkeit tendierenden Natur konfrontiert, gegen welche sie oft ohnmächtig scheinen - so wie Ahab gegen den weißen Wal, die prägnanteste Chiffre Melvilles für die entstaltenden Kräfte des Nichts. Das konvergente Interesse Turners und Melvilles an der elementaren Sphäre des Wassers ist kein nur inhaltlich-motivliches. Es steht vielmehr in Korrespondenz zu der Konzeption des Malers und des Schriftstellers von der dem Menschen begegnenden, von ihm erfahrenen Natur: diese ist fremd, wenn nicht feindselig in ihrer Unfaßlichkeit - und zugleich ein Element, das die eigene Lebenssphäre dominiert.[14] Der Bericht des Erzählers Ishmael über Ahabs Jagd auf den weißen Wal beschreibt den Kampf zwischen gestaltenden und entstaltenden Kräften als das Kernthema des Romans und ist durchflochten von Passagen, welche den symbolischen Charakter des Geschehens, einzelner Motive und Motivdetails hervorheben (wie etwa den der Farbe Weiß oder des Versuchs, die Welt der Wale naturkundlich-typologisch zu strukturieren und les-

14 Ruskin hatte in seinem Text *The Truth of Water* behauptet, daß gerade Turner auf einzigartige Weise die Macht des Wassers darzustellen vermocht habe: »Turner was the only painter who had represented [...] the force of agitated water« (nach Wallace 1992, 80). Die See und der von ihr dominierte Lebensraum ist in Melvilles Werk der Hauptschauplatz, wenn nicht sogar die Protagonistin. Immer wieder werden dabei die chaotischen und chaogenen Kräfte der Natur zum Gegenstand der Darstellung und Reflexion. Insbesondere Strudel und Strömungen erhalten symbolische Qualitäten.

bar zu machen).[15] Eine Korrespondenz von besonderer Bedeutung entdeckt Wallace in der nach seiner Deutung analogen Thematisierung der Farbe Weiß durch Melville und Turner. Das Weiß ist für Ishmael die Konkretisierung des Schreckens, der Unbestimmtheit und des Unfaßlichen (vgl. Kesting 1970) Turner hat in seinem Aquarell *Stonehenge* programmatischen Gebrauch von der (Nicht-)Farbe Weiß gemacht: Das Bild stellt einen Blitz dar, der technisch gesehen aus nichts (aus Nichts) besteht, da er durch die bloße Aussparung - einen Riss in der Farbe - sichtbar wird, sich weiß gegen die dunkle landschaftliche Szenerie abhebt und das zerstörerische, ja vernichtende Potential einer anonymen Kraft versinnbildlicht (vgl. Wallace 1992, 292).

Die Bildbeschreibung, die Ishmael im dritten Kapitel des *Moby Dick* von einem Ölgemälde gibt, das in einer Matrosenkneipe hängt, ist hinsichtlich des beschreibend evozierten Bildsujets ein Rekurs auf Turners Darstellungen von Walfangschiffen und Seestücken. Zudem stellt die kurze ekphrastische Passage in Melvilles Roman eine *mise-en-abyme* des Gesamtromans dar.[16] Sie steht im Zeichen des selben Themas - der Spannung zwischen dem Gestaltlosen und der buchstäblich und metaphorisch ›bodenlosen‹ Ausdifferenzierung temporärer, flüchtiger Erscheinungen. Damit wird Turners Werk (kaum ein bestimmtes, sondern eher eine Gruppe seiner Bilder) zur Folie, auf welcher sich die Ästhetik des Melvilleschen Romans konfiguriert. Über ein Gemälde im Stile des späteren Turner sprechend, exponiert der Erzähler die Kernthematik des Romans sowie seine eigenen Darstellungsmittel. Denn hier wird nicht eigentlich das Gemälde selbst beschrieben, sondern der dynamische Prozeß der Auseinandersetzung des wahrnehmenden Ichs mit dem Bild. Dieser weist deutliche Parallelen zu Erfahrungen auf, welche Betrachter von Werken Turners zu machen und zu bezeugen pflegten: Auf den ersten Blick scheint sich das Bild im »Spouter-Inn« schon darum jedem Verstehen zu entziehen, weil man auf ihm nichts erkennt. Das Chaos selbst empfängt den Betrachter. Doch gerade vom Chaos, vom Indifferenten, vom Nicht-Geordneten fühlt dieser sich herausgefordert. Der Eintritt in die verräucherte, dunkle Kneipe mit ihrer diffusen Atmosphäre ist als Paraphrase eines Abstiegs in die Unterwelt arrangiert.

Entering that gable-ended Spouter-Inn, you found yourself in a wide, low, straggling entry with old-fashioned wainscots, reminding one of the bulwarks of some condemned old craft. On one side hung a very large oil-painting so thoroughly besmoked, and every way defaced, that in the unequal cross-lights by which you viewed it, it was only by diligent study and a series of systematic visits to it, and careful inquiry of the neighbors, that you could any way arrive at an understanding of its purpose. Such unaccountable

---

15 Komplementär zur Thematisierung des Unbestimmten, des Nichtdistinkten, verhält sich im *Moby Dick* das Verfahren der Klassifikation - die Cetologie. Am Beispiel der naturkundlichen Typologisierung der Wale wird dargelegt, wie das Kartieren und Klassifizieren der Natur ein Distinktmachen von Nicht-Distinktem ist. Ordnung und Chaos sind bei Melville als Antagonisten aufeinander bezogen. Gerade in dieser Hinsicht erscheint Turners Werk als Visualisierung der Kernthematik des Romanciers.

16 Wallace sieht in der Darstellung des Bildes im »Spouter Inn« »an emblem of the novel itself« (Wallace 1992, 330). Vgl. auch Moore 1982, 124: Moore vergleicht die Bildbeschreibung Ishmaels mit Turners Walfang-Bildern von 1854.

masses of shades and shadows, that at first you almost thought some ambitious young artist, in the time of the New England hags, had endeavored to delineate chaos bewitched. But by dint of much and earnest contemplation, and oft repeated ponderings, and especially by throwing open the little window towards the back of the entry, you at last come to the conclusion that such an idea, however wild, might not be altogether unwarranted. (Melville 1964, 35f.)

Ishmael schildert kein Bild, sondern einen Prozeß. Allmählich scheinen vor seinen Augen Gestaltungen zu entstehen, flüchtige und ungreifbare allerdings. Das Bild stellt einen »Cape-Horner« im Hurrikan dar. Doch das Sujet der Schilderung ist nicht dieses Schiff, sondern der Sehvorgang des Betrachters. Die Szene im »Spouter Inn« stellt die Dynamik des Perzeptionsprozesses dar, der seine Objekte selbst hervorbringt. Ähnliches hatten Betrachter Turnerscher Gemälde erlebt: Zunächst schienen die Bilder die blanke Undifferenziertheit selbst zu sein, allmählich erst entstanden dann, in einem dynamischen Prozess der Interaktion zwischen Betrachter und Bild, Konfigurationen und Formen. Gegenstände sind nicht gegeben, sie wollen er-sehen sein. Für den Leser der Passage ergibt sich allerdings eine andere Ausgangssituation als für Ishmael, denn er sieht das Bild ja nicht einmal. Ishmaels ekphrastischer Text muß ihm das Bild ersetzen - und er tut dies, indem er nicht das Bild, sondern den Prozeß der Wahrnehmung des Bildes beschreibt. In diesem Prozeß dann konfigurieren sich allmählich Gegenstände, entstehen Strukturen - für den Leser dadurch, daß sie benannt werden. In den Roman integriert wie das Gemälde in die Walfängerkneipe und die Walfängerwelt ist der Text der Bildbeschreibung charakterisiert durch die Entsprechung zwischen Inhalt und sprachlicher Form: Wir sehen lesend anfangs ein wirres Durcheinander, dann erst Objekte. Die Suche nach einem Bildsujet, welche dessen Ausdifferenzierung aus einer zunächst amorph wirkenden Masse von Farbpartikeln zur Folge hat, korrespondiert dem Bestreben Ahabs, den Wal dingfest zu machen, der ihm dabei immer wieder entgleitet. Der Walfang wird ebenso zum Gleichnis des menschlichen Strebens nach Strukturierung der Natur und nach Kontrolle über diese, wie in der Spouter-Inn-Szene der Sehvorgang. Hier gelingt er - oder scheint zu gelingen: mittels der Wörter, der Sprache Ishmaels. Diesem Befund allerdings ließe sich ein anderer relativierend und ernüchternd entgegensetzen: Ishmael spricht über ein nicht existentes Bild. Die Zuversicht des Lesers, sich ein Bild machen zu können, gründet - in nichts. Es darf Hermann Melville durchaus zugetraut werden, daß er auch dies bedacht hat. Dann wäre es mehr als den beliebigen Umständen geschuldet, wenn sich Ishmaels Beschreibung nicht auf ein konkretes Bild Turners bezieht, das der Leser irgendwann einmal wirklich sehen könnte, sondern auf ein imaginäres Bild, das allerdings im Stile Turners gemalt ist.

But what most puzzled and confounded you was a long, limber, portentous, black mass of something hovering in the centre of the picture over three blue, dim, perpendicular lines floating in a nameless yeast. A boggy, soggy, squitchy picture truly, enough to drive a nervous man distracted. Yet was there a sort of indefinite, half-attained, unimaginable sublimity about it that fairly froze you to it, till you involuntarily took an oath with yourself to find out what that marvellous painting meant. Ever and anon a bright, but, alas, deceptive idea would dart you through. - It's the Black Sea in a midnight gale. - It's the unnatural combat of the four primal elements. - It's a blasted heath. - It's a Hyperborean winter scene. - It's the breaking-up of the ice-bound stream of Time. But at last all these fancies yielded to that one portentous something in the picture's midst. That once found out, and all the rest were plain. But stop; does it not bear a faint resemblance to a gigantic fish? even the great Leviathan himself? (Melville 1964, 36)

Diese Aneinanderreihung von Sätzen, die mit Identifikationsversuchen beginnen (»It's...«) spiegelt die sich wiederholenden Versuche des Betrachters, etwas zu ›fassen‹, zu benennen, durch Benennung zu bannen. Ishmael gewinnt jedoch keine Sicherheit, er einigt sich mit anderen auf eine Hypothese.[17] In dem Moment, da das Wort »Fisch«, dann, pointierter, der Name »Leviathan«, ausgesprochen wird, nimmt das zunächst unförmige Gebilde momentan Gestalt an - und zugleich eine Bedeutung, die an die Konnotationen geknüpft ist, welche der Name »Leviathan« aufruft. Ordnung und Chaos befinden sich im Roman Melvilles auf verschiedenen Ebenen im Widerstreit miteinander, auch auf der sozialen und kulturellen: In der Nachbarschaft des Bildes, an der gegenüberliegenden Wand, hängen zufällig und doch beredsam Symbole der tiefsten Barbarei: primitive Waffen, mit Büscheln von Menschenhaaren geschmückt, Zeugen von Gewalt und Tod. Der Hausflur wird als zwielichtig beschrieben, die Gaststube als noch zwielichtiger. Man bewegt sich also auch an Land in einer Welt, welche dem nach Differenzierungen suchenden Blick Widerstände entgegensetzt. Ishmaels Bemerkungen über das eigenartige Bild sind nicht die eines distanzierten Betrachters, sondern die eines Mannes, der sich in das Objekt seiner Wahrnehmung wie in einen Strudel hineingezogen fühlt. Es gibt keinen festen Standpunkt außerhalb der chaotischen Welt, welche das Bild repräsentiert, keinen soliden Punkt, von dem aus sich das Chaos betrachten und distanziert kommentieren ließe. Die Sogwirkung, die von dem Bild ausgeht, beraubt den Betrachter jeder Standfestigkeit.

Es ist nicht sicher, daß Melville das Walfang-Gemälde Turners je selbst gesehen hat, welches Wallace zufolge am ehesten als Vorbild für das Bild im »Spouter Inn« in Frage kommt: Die *Whalers*. Aber er kann es, wie von Wallace nachgewiesen worden ist - *gelesen* haben: als Gegenstand einer Kunstkritik. Wallace nennt und zitiert als mögliche Anregung einen zu Ishmaels Bild-Erlebnisbericht in mehr als einem Punkt analogen Text: die Rezension Thackerays zu dem Walschiff-Gemälde Turners von 1845, publiziert unter dem Pseudonym Michael Angelo Titmarsh.[18] Er beschreibt analog zu Melvilles späterer Romanpassage den Prozeß einer Auseinandersetzung mit einem zunächst irritierenden Bild: »Go up and look at one of his pictures, and you laugh at yourself and at him, and at the picture. [...] look at the latter for a little time, and it begins to affect you, too -

17 »In fact, the artist's design seemed this: a final theory of my own, partly based upon the aggregated opinions of many aged persons with whom I conversed upon the subject. The picture represents a Cape-Horner in a great hurricane; the half-foundered ship weltering there with its three dismantled masts alone visible; and an exasperated whale, purposing to spring clean over the craft, is in the enormous act of impaling himself upon the three mast-heads.« (Melville 1964, 36f.)

18 Zuerst erschienen 1845, in der Juni-Ausgabe von *Fraser's Magazine*.

to mesmerize you.« Man sehe, so Thackeray/Titmarsh, zunächst eine Leinwand, »merely dabbed over with occasionally streaks of yellow, and flicked here and there with vermillion«; dann würden aus Flecken Boote: »[...] the vermillion blotches become little boats full of harpooners [...]«; und schließlich konfiguriere sich das wahre Bildsujet vor dem Auge des Betrachters: »that is not a smear of purple you see yonder, but a beautiful whale (...)« (zit. nach: Wallace 1992, 325).

Oscar Wilde: Der Maler als Wettermacher

In seinem Dialog *The Decay of Lying* (1889) stellt Oscar Wilde durch einen Dialogpartner die These auf, die Kunst ahme die Natur vor, indem sie das Sehen anleite, wie und als was Natur zu sehen sei. Wilde verkehrt die Platonische Kritik ästhetischer Repräsentationen als bloßer Abbilder in ihr Gegenteil. Dem Dialogpartner Vivian zufolge ändert sich die Natur unaufhörlich, weil sich die Stile ihrer Darstellung ablösen.

Cyril: Nature follows the landscape painter, then, and takes her effects from him?
Vivian: Certainly. Where, if not from the Impressionists, do we get those wonderful brown fogs that come creeping down our streets, blurring the gas-lamps and changing the houses into monstruous shadows? To whom, if not to them and their master, do we owe the lovely silver mists that brood over our river, and turn to faint forms of fading grace curved bridge and swaying barge? The extraordinary change that has taken place in the climate of London during the last ten years is entirely due to a particular school of Art. (Wilde 1956, 259)

Wilde betont die »natur«-schöpferische Dimension der Kunst durch eine vordergründig aberwitzige Behauptung: Er spricht über die Beeinflussung der wahrgenommenen Natur durch die einander ablösenden Malerschulen so, als seien durch die entsprechenden Darstellungen tatsächlich neuartige Natur- und Klimaphänomene erzeugt worden. Insbesondere habe die Malerei die klimatische Atmosphäre verändert.

There may have been fogs for centuries in London, I dare say there were. But no one saw them, and so we do not know anything about them. They did not exist till Art had invented them. Now, it must be admitted, fogs are carried to excess. They have become the mere mannerism of a clique, and the exaggerated realism of their method gives dull people bronchitis. Where the cultured catch an effect, the uncultured catch cold [...]. Indeed there are moments, rare, it is true, but still to be observed from time to time, when Nature becomes absolutely modern. Of course she is not always to be relied upon. The fact is that she is in this unfortunate position. Art creates an imcomparable and unique effect, and, having done so, passes on to other things. Nature, upon the other hand, forgetting that imitation can be made the sincerest form of insult, keeps on repeating this effect until we all become absolutely wearied of it. (Wilde 1956, 259)

Nicht von ungefähr fällt im Zuge der Ausführungen über die Erzeugung von Wirklichkeit durch die Kunst der Name Turners. Doch Vivian nennt ihn nicht als einen Künstler, von dem die Wahrnehmung neuartiger Phänomene zu lernen sei, sondern als einen, der als Angehöriger einer kunsthistorisch vergangenen

Epoche schon einer überkommenen Mode angehört. Die Natur scheint überdies zu Vivians Mißvergnügen gelegentlich zu dem Fehlgriff zu tendieren, schlechte Turners nachzuahmen.

Nobody of any real culture, for instance, ever talks nowadays about the beauty of a sunset. Sunsets are quite old-fashioned. They belong to the time when Turner was the last note in art. To admire them is a distinct sign of provincialism of temperament. Upon the other hand they go on. Yesterday evening Mrs. Arundel insisted on my going to the window and looking at the glorious sky, as she called it. Of course I had to look at it. [...] And what was it? It was simply a very second-rate Turner, a Turner of a bad period, with all the painter's worst faults exaggerated and over-emphasised. [...] Life [...] produces her false Renés and her sham Vautrins, just as Nature gives us, on one day a doubtful Cuyp, and on another a more than questionable Rousseau. [...] I wish the Channel, especially at Hastings, did not look quite so often like a Henry Moore, grey pearl with yellow lights, but then, when Art is more varied, Nature will, no doubt, be more varied also. That she imitates Art, I don't think even her worst enemy would deny now. It is the one thing that keeps her in touch with civilised man. (Wilde 1956, 259f.)

Mit dem Gestus des schnell gelangweilten Ästhetizisten deklariert Vivian die Kunst deshalb für der Natur überlegen, weil sich diese nur schleppend reorganisiert, während die Malerei in schnellem Wechsel neue Codes zur Organisation und damit zur Kreation von ›Natur‹ entwickelt und vorschlägt. Aus der romantischen These, die Kunst leite zum Sehen an, wird die Forderung, immer wieder eine neue »Natur« zu erfinden – wobei Vivian dafür keinen weiteren Grund zu benennen weiß als den sensiblen Geschmack des ästhetisch Gebildeten. Umspielt wird in Verkehrung der platonistischen Konzeption von Urbildern und Abbildern die Erfahrung von der Kontingenz der erfahrenen Welt, und zugleich wird die Bewertung dieser Kontingenz ins Gegenteil verkehrt: Sie erscheint als begrüßenswert, weil unterhaltsam, als ästhetisch interessant, als Voraussetzung dafür, daß das Bedürfnis nach Neuem und nach Irritationen immer wieder befriedigt werden kann. Wenn Wilde hier die prägende Kraft ästhetischer Muster für die Modellierung von Erfahrungsprozessen betont und die Kontingenz der ästhetisch modellierten Welten affirmativ darstellt, so erinnert dies an den bei Nietzsche formulierten Gedanken, eine an sich nicht begründete und gerechtfertigte Welt lasse sich allenfalls ästhetisch rechtfertigen. Vivian, der Sonnenuntergänge signifikanterweise vom Salonfenster aus betrachtet, zieht argumentativ jedem, der ›die Natur‹ sehen möchte, den Boden unter den Füßen weg. Jeder Generation erscheint eine andere Natur, je nachdem, welcher Maler gerade in Mode ist, und sein Plädoyer gilt nicht der Suche nach Wahrheit, sondern der regelmäßigen Auffrischung von Sehpraktiken. Natur ist nicht, sie wird er-malt. Es ist nicht abwegig, Vivians Position als Vorwegnahme konstruktivistischer Auffassungen zu verstehen – eines Konstruktivismus, der an das romantische Theorem von der weltschöpferischen Arbeit der subjektiven Einbildungskraft anknüpft. Ein Reflex der Ästhetik Wildes findet sich aber auch bei George Steiner, der eine Geschichte des Sehens zum Desiderat erklärt und neben anderen Künstlern, welche auf die Interpretation der Erscheinungswelt durch den Blick nachhaltigen Einfluß genommen haben, unter anderem William Turner nennt (vgl. Steiner 1990, 216f.).

Michel Serres: Gewandelte Natur im Spiegel malerischer Repräsentationen

Im dritten Band seiner unter dem Titel *Hermès* zusammengefaßten Studien, der unter dem Leitwort *Traduction* steht, hat Michel Serres (1974) das dritte Kapitel der Malerei gewidmet. In drei Abschnitten erörtert er die Korrespondenzen zwischen jeweils einem malerischen Œuvre und dem zeitgenössischen wissenschaftlichen Weltbild, das jeweils mit unterschiedlichen epistemologischen Prämissen verbunden ist. So ergeben sich drei Paarbildungen: Vermeer und Descartes, LaTour und Pascal, Turner und Carnot. Von welchen ontologischen und erkenntnistheoretischen Prämissen Serres selbst ausgeht und welche thematischen Interessen ihn leiten, dabei folglich auch seinen Blick auf Malerei in ihrer unterstellten Eigenschaft als ›Übersetzung‹ physikalischer und erkenntnistheoretischer Diskurse leiten, wird aus folgender Passage deutlich; sie erläutert die umfassende Thematik der *Hermès*-Reihe insgesamt:

> L'ordre est une île rare, il est un archipel. Le désordre est l'océan commun d'où ces îles émergent. Le ressac érode les rivages, le sol, usé, perd peu à peu son ordre et s'effondre. Ailleurs, un nouvel archipel va sortir des eaux. Le désordre est la fin des systèmes et leur commencement. Tout va toujours vers le chaos et tout en vient, parfois.
> Pour décrire un système, on peut en dessiner le montage et en suivre le fonctionnement. Il s'agit alors des structures, et des forces qui s'y fixent et s'y déplacent. Une topologie et une énergétique suffisent à la description. D'où la communication, les interférences, la traduction, et ainsi de suite, d'où les trois Hermès précédents. (Serres 1977, Klappentext)

Serres deutet Turners Werk als künstlerisches Pendant einer Revolution in den Naturwissenschaften, welche alle Lebensbereiche erfaßt habe: die Thermodynamik wurde zum leitenden naturwissenschaftlichen Paradigma. Zur Illustration des Paradigmenwechsels vergleicht er neben den Theorien verschiedener Physiker der alten und der neuen Ära auch Werke der Malerei. Denn zwischen Künsten und Naturwissenschaften verläuft für ihn keine klare Grenze. Künste wie Wissenschaften modellieren die Welt, partizipieren an umfassenden kollektiven Diskursen, deren Beschreibungsmodalitäten darüber entscheiden, welche Naturgesetzlichkeiten als gültig betrachtet werden und wie sich Natur – als Objekt der Beobachtung – verhält. Aus Turners Bildern liest Serres ein neues Verständnis der Materie ab. Turners Natur ist die Welt der thermodynamischen Kräfte, kein geometrisch vermeßbarer Raum. Der Physiker Nicolas Léonard Sadi Carnot hatte die Energie als zentrales natürliches Prinzip untersucht; die Wärmelehre hatte bei ihm wie schon bei seinem Kollegen Fourier die Mechanik abgelöst.

> Was wir heute Physik nennen, beginnt nicht am Ende der Renaissance mit Bacon und Galilei, sondern sowohl experimentell wie theoretisch mit Fouriers Erforschung der Wärmephänomene. Nach und nach entfernt sie sich von der Geometrie und der Dynamik,

um eigene Gestalt anzunehmen. Dieser Einschnitt reicht viel tiefer, insofern Sadi Carnot - gemessen an Fourier - die Thermodynamik noch revolutionärer [...] begründet, als dieser es [...] tat. (Serres 1998, 621)

Für Carnot gehe es »nicht mehr darum, die Ausbreitung der Wärme zu behandeln, sondern diese selbst als motorische Kraft« (Serres 1998, 621). Der Name Carnots steht für einen Paradigmenwechsel in der Physikalischen Wissenschaft, und laut Serres erfolgt bei Turner eine Spiegelung dieses Paradigmenwechsels in der Kunst. Nicht zuletzt habe sich hier die Kunst auch radikal vom Diktat der Naturnachahmung befreit, indem sie dazu übergegangen sei, die natürlichen Prinzipien selbst - und nicht irgendwelche Objekte - darzustellen. Jede (vorübergehend) feste Form werde hier aufgelöst, um der Zufälligkeit willen, welche in der Natur selbst die Formung der Materie begleite.

En remontant aux sources de la matière, le peintre a brisé le carcan de la recopie des beaux-arts l'un par l'autre. Plus de discours, plus de scènes, plus de sculptures à bords froids: l'objet, directement. Sans détours théoriques. Oui, nous entrons dans l'incandesence. Au hasard. (Serres 1974, 241)

Turner wird als Mater der Elemente und Elementarkräfte beschrieben, einer flüssigen Materie, einer Welt der Zufallswolken. Diese Welt wird in Serres' eigener Beschreibung ansatzweise mythisiert und anthropomorphisiert[19] - analog zu Darstellungspraktiken Turners. Das Bild der Wolke bezeichnet mehr als eine klimatische Erscheinung; es bietet das Modell einer entropischen Natur.

La matière: elle s'agite, elle se forme en nuages aléatoires, le stochastique est d'essence, le bord se perd et ouvre un nouveau temps; l'instant n'est pas statiquement figé, planté comme un mât, c'est un état non prévu, hasardeux, suspendu, noyé, fondu dans la durée, dissour. Jamais il ne reviendra [...]. Passé un demi-siécle, l'Angleterre a connu deux mondes. Et ses peintres l'ont mieux dit que personne. (Serres 1974, 241f.)

La matière n'est plus laissé aux prisons du schéma. Le feu la dissout, la fait vibrer, trembler, osciller, la fait exploser en *nuages*. De Garrard à Turner ou du réseau fibré au nuage hasardeux. Nul ne peut dessiner le bord d'un nuage hasardeux. [...] Sur ces bords tout nouvaux, que le dessin et la géométrie délaissent, un monde neuf va découvrir bientôt la dissolution, la dissémination atomique et moléculaire. Le feu de la chaudière atomise la matière et la rend au hasard, son maître de toujours. Blotzmann va bientôt le comprendre, mais Turner, en son lieu, l'a compris avant lui. Turner entré tout vif dans la cage vibrionnante des démons de Maxwell. (Serres 1974, 237f.)

Wenn Serres Turner hier im Käfig der Maxwellschen Dämonen wahrnimmt, so variiert er damit die von Turner selbst formulierte und von Ruskin kolportierte Idee des distanzlosen Betrachters im Zentrum der Naturkräfte. Ruskin hatte diese Idee in die Form eines wörtlichen Turner-Zitats gekleidet (»I wish they'd been in it«), Serres zitiert Turner auf andere Art: Sein Schreibstil imitiert das dynamische Geschehen zwischen chaotischem Durcheinander und Strukturierung,

19 »Le feu, l'autre, le même. Turner n'a jamais peint que des coïts cosmiques. Si évidents que nul le voit. Les amours du feu et de l'eau« (Serres 1974, 242)

insofern er assoziative und argumentative Passagen ineinanderflicht. Serres zieht seinen Leser in analoger Weise ins Innere einer »Wolke«, wie es seiner Deutung zufolge Turner als Maler mit seinem Publikum tat: Da gibt es keine »Gefängnisse« des Schematischen, da gibt es keine versichernde Distanz: Das von der neuen Naturwissenschaft modellierte Naturgeschehen setzt sich im turbulenten Textgeschehen fort. Die Konfrontation der *Fighting Temeraire* mit dem sie abschleppenden Boot illustriert für Serres den Sieg des neuen physikalischen Weltbildes über das alte, die Ablösung der Geometrie und Mechanik durch die Thermodynamik. In der Welt, die Turner laut Serres korrespondierend zur zeitgenössischen Wärmelehre geschaffen hat, herrscht nicht mehr die Geometrie und die logische Kausalität, sondern der Zufall. Das Segelschiff, abhängig von im weiteren Sinn mechanisch erklärbaren, natürlichen Kräften wird abgelöst und ›abgeschleppt‹ durch ein Dampfschiff, das Symbol der Thermodynamik.[20] So gelesen, ist Turners Gemälde eine Nacherzählung der vorerst letzten Episode in der Wissenschaftsgeschichte. Wenn Serres diese Entwicklung beschreibt, dann in narrativer Form: als spannende Geschichte eines Kampfes auf Leben und Tod.[21] Das Dampfschiff wird zur Heldin der Szene, weil die neue Welt Turners und Carnots nicht mehr aus statischer Materie errichtet ist, sondern aus einem dynamischen Widerspiel polarer Kräfte besteht. Serres nennt - in zweifellos bewußtem und bewußt verfremdendem Rekurs auf die antike und christliche Schiffahrtstopik - das Schiff ein Modell dieser Welt. Wiederum wird Serres' Stil gestisch. Wie die von Carnot und Turner modellierte Natur changiert sein Text zwischen wissenschaftlicher Begrifflichkeit und malerischer Evokation.[22] Serres interessiert sich besonders für die Auflösung von Gegenständlichkeit bei Turner, ja er deutet die Bilder selbst als Schmelzöfen, in welcher Materie zersetzt und in Kräfte verwandelt werde. Auch für Serres ist Turner also ein Maler verzeitlicher Natur und

20 Das Dampfschiff sei, so Serres, auch auf anderen Werken Turners zu sehen, immer dasselbe, immer das Symbol neuentdeckter Naturkräfte, eine Signatur der neuen Welt, die Turner malerisch repräsentiert. Entsprechend kommentiert Serres auch *The Burning of the Houses of Lords and Commons* als eine Visualisierung der modernen Physik. Hier werden antagonistische thermodynamische Kräfte ins Bild gesetzt, und auf dem vom Feuerschein erleuchteten Fluß schwimmt ein kleines Dampfschiff. Er nennt es, einem Vorschlag Victor Hugos folgend, »Durande«, und betont, dies sei weniger ein Eigenname als ein Gattungsname.

21 Serres (1974) zur *Fighting Temeraire*: »Elle est morte, la marine en bois. Le *Fighting Temeraire* est remorqué à son dernier mouillage pour y être démoli. Contrairement à ce que l'histoire des gloires raconte, la vraie bataille n'a pas eu lieu à Trafalgar. Le vieux vaisseau de ligne n'est pas mort de sa victoire. Il est assassiné par son remorqueur. Voyez la proue, le bau et la tonture: la charpente et la géometrie; voyez les mats et les superstructures de ce fantôme gris: C'est l'entrepôt de Samuel Whitbread, c'est la collection primaire des objets de Lagrange, les formes, lignes, points, droites, angles, cercles, résaux, la méchanique actualisée du vent, des hommes et de l'eau. Le vainqueur qui le traîne au supplice, bas, est privé de cette haute forme. Rouge, noir, il crache du feu. Derrière, les voiles du cortège funèbre, blanches, froides, sont des suaires. Le soleil se couche sur le coffre noir du dernier repos. Le nouveau feu est maître, de la mer et du vent, il défie le soleil. Et voici le vrai Trafalgar, la vraie bataille, le vrai affrontement: l'immense partage du ciel et de la mer en deux zones: l'une rouge, jaune, orangée, où gueulent les couleurs chaudes, ignées, brûlantes, l'autre, violette, bleue, verte, glauque, ou gèlent les valeurs froides et glacées. Le monde entier devient, dans sa matière propre, une machine à feu entre deux sources, celles de Carnot, la froide et la chaude. L'eau de la mer, au réservoir. Oui, Turner est entré *dans* la chaudière. Le tableau, 1838, est *dans* le remorqueur.« (Serres 1947, 236f.) Wiederum also wird Turner im Inneren des Geschehens gesehen.

kontingenter Gestaltungsprozesse. Turner malt die Zeitlichkeit aller Dinge auf zwei Ebenen zugleich: Sein Bild verweist auf die Vergänglichkeit des einzelnen Dings (der Temeraire) sowie auf die Ablösung eines alten naturwissenschaftlichen Weltbildes durch ein neues. Die Thermodynamik erscheint als ein Sieg über die starre Materie, als deren Auflösung im Feuer, als deren Dynamisierung. Schon in einem Aquarell von 1797, auf dem Turner eine Gießerei - laut Serres an sich ein programmatisches Sujet - dargestellt hat, sieht Serres einen frühen Hinweis auf die neue Ordnung des Denkens und der erfahrenen Natur.[23] Auch Serres' Stil läßt keine Begrenzung durch einen ›Rand‹ zu. Er imitiert das dynamische Naturgeschehen, von dem er spricht, und er läßt konventionelle Grenzen hinter sich: die zwischen wissenschaftlichem und literarischem Schreiben ebenso wie die zwischen malerischer und schriftstellerischer Modellierung der Welt.

Wolfgang Hildesheimer: *Marbot* und die Kontingenzen der Subjektivität

Wolfgang Hildesheimer hat 1981 mit seiner fiktiven Biographie über den romantischen Kunstkritiker Marbot die Kontingenz von Weltdeutungsmustern erzählerisch reflektiert und dabei die Auseinandersetzung eines Kunstkritikers mit Bildern und malerischen Darstellungsprinzipien als Paradigma gewählt. Mit den ästhetischen Erörterungen innerhalb des Romans geht es durchgängig zugleich um erkenntniskritische und ontologische Fragen - allen voran um die Frage nach der Leitdifferenz zwischen Schein und Sein. Dem korrespondiert der Roman durch seine Struktur: Die an sich fiktive Gestalt Marbots wird mit historischen Gestalten zusammengeführt, die an sich fiktive Erzählung mit den Bildern historischer Personen und Schauplätze ›illustriert‹; die Diskurse fiktiver Personen beziehen sich auf wirkliche Gemälde. Marbot bestreitet anläßlich einer Auseinandersetzung mit dem italienischen Romantiker Leopardi explizit die Differenz zwischen Wahrheit und Täuschung als solche, weil sie die Möglichkeit von Wahrheit voraussetze - ein schönes Thema für den Dialog zwischen einer fiktiven und einer historischen Gestalt.

Ungleich Leopardi sah Marbot die Welt nicht als Trug und Täuschung, und so bezichtigte er Leopardi des konfusen Denkens, ebenfalls nicht zu Unrecht. Denn Täuschung und Trug setzten, so etwa Marbot, einen ungetäuschten, untrügerischen Zustand voraus,

22 Serres erinnert an Victor Hugos Interesse am Dampfschiff-Motiv: »Hugo l'appelait Durande, à peine un nom propre, cette lourde galiote maladroite à long tuyau noir qui traverse les eaux de Turner. Ici, elle n'est pas nommée. Le vaisseau dessiné géométrique, bois et voile, a un nom, un nom propre. Le bateau à vapeur, sale, mal défini, de servitude, n'a de nom que commun. Il est un signe, un signal. Une légende. A quoi on reconnaît ce qu'il faut lire, voir et comprendre. Il porte en soi un incendie, et le maîtrise et l'enveloppe, d'ou il tire sa force. Il porte en soi le feu, l'air et l'eau. Il est le microcosme matériel, le modèle du monde. (Serres 1974, 237)

23 »Remonter lentement la chaîne des transformations matérielles. Bois, fer, martelage, fusion. Aller vers le lingot liquide, aller vers le four. Avant le solide géométrisé, avant la forme froide, était le liquide; avant le liquide, était le gaz, le nuage. De plus en plus chaud, de moins en moins limité par un bord.« (Serres 1974, 239)

der im positiven den Maßstab des Urteils setze, so wie Unwahrheit unkenntlich wäre, wenn man nicht die Wahrheit als Maßstab vor Augen habe. (Hildesheimer 1981, 287)

Eine Anknüpfung an die Tradition der literarischen Auseinandersetzung mit Turner erfolgt indirekt schon dadurch, daß die These Oscar Wildes, die Landschaften ahmten die Landschaftsmalerei nach, von Hildesheimers Figur Marbot paraphrasiert wird (Hildesheimer 1981, 294). Bedenkt man, daß Wilde selbst bereits eine Tradition der Turner-Deutung zitiert hatte, deren maßgebliche Repräsentanten vor ihm Ruskin und Thackeray/Titmarsh sind, so gleicht die Beziehung zwischen diesen, Wilde und Hildesheimer derjenigen russischer Puppen. Die Texte der Turner-Interpreten Ruskin, Thackeray, Wilde und Hildesheimer bilden eine intertextuelle Konstellation; Turners Werke sind ›zwischen‹ Text und Text situiert.

Marbots Interesse gilt den schöpferischen Kräften des Unbewußten, die er für maßgeblich hält. Seine ästhetische Kernthese lautet: Das Kunstwerk entstehe durch das »Diktat der unbewußten Regungen seines Schöpfers« (Hildesheimer 1981, 15). Hildesheimers Romanfigur liegt damit ein ästhetisches Grundkonzept zugrunde, das dem Diskurs in der Zeit seines fiktiven Lebens, der Romantik, durchaus korrespondiert. Andererseits deutet es auf die Psychoanalyse und auf moderne Theorien über die Kreativität und das Unbewußte voraus. Eine wichtige Konsequenz daraus, daß die Bedeutung des Unbewußten für die Entstehung künstlerischer Werke so hoch angesetzt wird, ist das Zurücktreten des bewußten Gestaltungswillens, des Kalküls. Der Künstler ist weniger ›Autor‹ als ein ausführendes Organ seines Inneren. Bei Marbot ist dieses Innere in hohem Maße subjektiv-individuell ausgeprägt. Was ein Künstler darstellt, ist seine innere Welt. Marbot bemerkt über die Landschaftsmalerei:

Landschaft entsteht in der Seele dessen, dem sie Empfindungen auslöst. Der, dem sie nichts bedeutet, hat kein Bild (image) von ihr. [...] Der wahre Künstler [...], der sich in der Landschaft niederläßt, um sie festzuhalten, analysiert zunächst die Gegenstände, aus denen sie sich zusammensetzt, einschließlich der Luft über diesen Gegenständen, so daß in seinem Inneren ein Bild entsteht, das auch das Unsichtbare einschließt, das er sodann mit der ihm eigenen Subjektivität, die ihn zu dem macht, der er ist, auf seine zwei Dimensionen reduziert. (Hildesheimer 1981, 30)

Im Haus seines Großvaters mütterlicherseits lernt Marbot Turner kennen, der seine Vorstellungen von Künstlertum nachdrücklich prägt. Turner, hier zur Romanfigur geworden, beeindruckt den jungen Marbot. Dieser sieht in dem Älteren einen Künstler, »›mit dem sich keiner unserer Zeitgenossen messen kann. Zu ihm sprechen die Phänomene der Natur in ihrer eigenen Sprache, die nur er versteht und unübersetzt wiedergibt, daher verstehen ihn auch viele nicht.‹« (Hildesheimer 1981, 41) Im Sinne der romantischen Ästhetik der Landschaft notiert Marbot in seinen Aufzeichnungen:

Die Wahrheit des Kunstwerkes ist subjektiv, denn es ist die Wahrheit des Künstlers, nicht die seines Gegenstandes. [...] Der große Künstler ist derjenige, der uns von seiner subjektiven Wahrheit so zu überzeugen weiß, daß wir den Gegenstand mit seinen Augen zu sehen beginnen, ja, daß er für uns eine neue Erscheinungsform (structure of appearance) und daher eine metaphysische Qualität gewinnt. Der Künstler aber, der nur das metaphysische Abbild darzustellen sucht, ohne vorher den Gegenstand in allen Dimensionen seiner Körperlichkeit erfaßt zu haben, ist, auch wenn er noch so ehrlich sein mag, ein Stümper und ein Dilettant (a bungler and a dabbler). (Hildesheimer 1981, 80)[24]

Doch die Romanfigur Turner ist keineswegs das *alter ego* des Ästhetikers Marbot, sondern eher eine Komplementärfigur. Während dieser nur vermag, die künstlerischen Schöpfungen anderer zu reflektieren und an der Abgründigkeit der eigenen Psyche verzweifelt, rettet sich Turner (die Romanfigur) durch seine kreative Arbeit vor der Grundlosigkeit aller Dinge und vor der unproduktiven Versenkung in sich selbst (vgl. Hildesheimer 1981, 97f.). Marbot ist literarischer Zwilling des Turner-Apologeten Ruskin; er setzt sich für den in der Öffentlichkeit umstrittenen Turner ein und verspottet dessen Gegner. In einer vielbeachteten Kritik entwickelt er die Idee von der ästhetischen Rekonstruktion der Natur vom Standpunkt eines Beobachters aus, von der Subjektivität der malerisch dargestellten Welt und von der Malerei als einem Medium, das die modernespezifische Erfahrung einer kontingenten Welt in Landschaftsdarstellungen an der Grenze zwischen Gestaltung und Entstaltung vermittelt.

Bei der Eröffnung der alljährlichen Ausstellung der Royal Academy traf er William Turner wieder, der in diesem Jahr sein soeben fertiggestelltes Gemälde *Der Hafen von Dieppe* ausgestellt hatte, das zu heftigen, aus heutiger Sicht in diesem Fall beinah unverständlichen Debatten zwischen den von William Etty angeführten Anhängern des strikten Naturalismus, die den Künstler des Vergehens wider die Natur zeihen, und der anwachsenden Anhängerschaft Turners führte. Wahrscheinlich weniger an diesem Bild, als an Turners Kunst überhaupt, entzündet sich Andrews Eloquenz, es war, als hätte sein polemisches Talent gewartet und hier endlich seinen Gegenstand gefunden. Sein Artikel in der *Literary Gazette*, sein erster Aufsatz, und einer der wenigen, in denen er sich unmittelbar an die Öffentlichkeit gewandt hat, erregte erhebliches Aufsehen, nicht nur als Verteidigung dieses Bildes und seines Malers, sondern vor allem wegen seiner revolutionären Ansichten und des scharfen Tones, in dem er sie vortrug.
»Mr. Etty sagt: ›Wenn Turner die Natur aufgibt, muß ich ihn aufgeben‹. Das bedeutet, daß Mr. Turner für den Rest seines Lebens, das lange währen möge, das schwere Schicksal eines von Mr. Etty Aufgegebenen zu tragen hat, denn es ist unwahrscheinlich, daß er zu dem zurückkehren wird, was Mr. Etty und seine Freunde ›Natur‹ nennen. [...] Der wahre Künstler (›artist‹ - dieses Wort sei hier betont, um klarzustellen, daß Marbot sich ausschließlich auf die bildende Kunst bezieht) portraitiert nicht die Natur, sondern sein eigenes Bild ihres Wesens (his own image of her essence), demnach nicht *die* Natur, sondern *seine* Natur.«
Heute mag diese These wie ein Gemeinplatz klingen, aber damals war solches über Malerei noch nicht gesagt worden. Marbot ging noch weiter. Die Begriffe ›Richtig‹ und ›Falsch‹ seien ein für allemal aus dem Vokabular des Kunstbetrachters zu tilgen, denn sie seien - und zwar in allen Künsten - in Hinsicht auf das Objekt nicht anwendbar, sondern höchstens auf die Technik.

24 Die Bemerkung über die Subjektivität der künstlerischen Wahrheit kommentiert der ›Biograph‹ mit dem Hinweis auf Turner. »Die erste Behauptung hat Marbot später anhand der Bilder des verehrten William Turner erweitert und bewiesen.« (Hildesheimer 1981, 80)

»Erlaubt ist, was gelingt. Gelungen ist, was unsere Vorstellungskraft festigt und unsere Sicht der Natur erweitert, nicht aber sie wiedergibt, denn mit der Natur soll und kann es der Künstler nicht aufnehmen.«
Gewiß hat dieser Artikel ihm manchen Feind eingebracht, von dem wir nichts wissen, doch brachte er ihm vor allem Freunde ein, nicht nur Turner selbst, sondern auch aus anderen, unerwarteten Lagern, nämlich Delacroix, der sich [...] in London aufhielt und mit Marbot in Berührung trat. (Hildesheimer 1981, 170ff.)

Wenn Marbot die Überzeugung vertritt, ein jeder Mensch nehme die Wirklichkeit auf eigene Weise wahr und letztlich gebe es keine gemeinsame, objektiv beschreibbare Welt, so sind solipsistische Anfechtungen und nihilistische Tendenzen vorprogrammiert.[25] Kurz vor seinem Freitod trifft Marbot in Italien nochmals mit dem reisenden Turner zusammen. Seine Aufzeichnungen über diesen setzen die Deutungen von Turners Kunst als einem Ausdruck des sich wandelnden Verständnisses von Wirklichkeit, als einer neuen Modellierung der Welt fort.

[...] Nach Turners Besuch trägt Marbot in seine Aufzeichnungen ein: / »Turner ist auf dem Weg, die konkrete Gegenständlichkeit der Natur in Erscheinungsformen aufzulösen. Allmählich verschwindet alles Festumrissene, es wird zu Atmosphäre, zu Luft, zu Nebel, er malt nicht mehr die Schöpfung, er schöpft selbst. Vielleicht wird eine Zeit kommen, da Menschen einen Sonnenuntergang betrachten und sagen ›Ist das nicht beinah so schön und so wirklich, wie bei Turner?‹« (Hildesheimer 1981, 294f.)

Turner ist die Komplementärfigur zum Protagonisten Marbot und beide repräsentieren in ihrer Bezogenheit aufeinander die beiden komplementären Leitthemen des romantischen Diskurses. Turner, als Romanfigur, repräsentiert jene schöpferische ästhetische Potenz, welche die Natur in ihre Bilder zwingt und damit das Sehen in neue Bahnen lenkt. Marbot, selbst unfähig zu künstlerischer Schöpfung, repräsentiert das reflexive Prinzip und trägt die Last des romantischen und postromantischen Subjekts: Die Welt und das eigene Selbst sind ihm fremd, er ist sich der eigenen Grundlosigkeit bewußt. Gerade darum bewundert er Turner, den er hellsichtig als Inbegriff eines Künstlertums begreift, das nihilistischen Anfechtungen durch ästhetische Gestaltungen einer an sich amorphen und unfaßlichen Natur entgegentritt. Hildesheimer exponiert anläßlich der Be-

25 »Sein [Marbots] Denken geht insofern über die bildende Kunst hinaus, als es an die Quellen des Schöpferischen schlechthin zu gelangen sucht, doch hat er selbst diesen Anspruch niemals betont; vielleicht hat er ihn selbst nicht empfunden: / ›[...] denn objektiv ist das, was wir Wirklichkeit nennen, weder erfahrbar noch darstellbar. Jeder empfindet sie in seiner Seele anders und drückt sie entsprechend aus, gemäß seiner seelischen und technischen Möglichkeiten. Jeder ist mit seiner Wirklichkeit, seinem Glauben und seinem Mythos, seiner Vergangenheit und seiner Gegenwart allein und versucht, obgleich sie nicht mitteilbar sind, sie mitzuteilen, weil er die Widerstände, die Hemmnisse, die Barrieren und die Barrikaden im anderen, der seine eigene Wirklichkeit hat, nicht kennt oder nicht wahrhaben will oder ihrer nicht gewahr wird.‹ / So sieht er den großen Künstler, als denjenigen, dem es gegeben ist, diese Widerstände im ›anderen‹, also im Betrachter, zu brechen, indem er die Ausdruckskraft besitzt, ihm seine Wirklichkeit bildhaft aufzuzwingen. Sofern er das Thema nicht von seinem Auftraggeber diktiert bekommen hat, offenbart er für jeden, der in das Kunstwerk einzudringen versteht, der es also ›lesen kann‹, die Tiefe seiner Seele, in der die Themenwahl sich vollzog, das gewählte Thema Gestalt annahm [...].« (Hildesheimer 1981, 260f.)

schäftigung Marbots mit Bildern die seinen Roman leitende Idee von der Genese der Kunst aus dem Unbewußten innerhalb des individuellen künstlerischen Subjekts. Am Beispiel Turners (und anderer) wird die These entwickelt, die Kunst gehe aus dem dunklen und rätselhaften Innern des Künstlers hervor, projiziere dieses in Bilder hinein, mache es damit partiell mittelbar, nicht aber entschlüsselbar. Turner wird einmal mehr zum Inbegriff des künstlerischen Subjekts; seine Kunst erscheint als programmatisch subjektive Kunst, als Kunst eines Ichs, das die anderen durch seine Augen sehen läßt. Auch Hildesheimer deutet Turner damit als Maler der Kontingenz, greift er doch den bereits bei Melville und Wilde formulierten Leitgedanken der Turnerinterpretation auf: Jedem Menschen erscheine eine andere Natur, und dementsprechend gebe es keine wahre, keine in einer absoluten Ordnung gegründete Modellierung von Welt, sondern nur einander ablösende, in individuelle Weltbilder zersplitternde Ordnungen des Sehens. Hildesheimer setzt aber noch einen zusätzlichen Akzent, indem er die Kontingenzen innerhalb der Betrachter-Instanz betont: Der Mensch ist, mit einer Formulierung Freuds gesagt, nicht Herr im eigenen Hause; er unterliegt Impulsen und Kräften aus seinem Innern, die er nicht durchschaut, geschweige denn beherrscht, und auf seine Wahrnehmung der Erfahrungswelt hat dies prägenden Einfluß. Insofern das Subjekt sich selbst nicht transparent ist, liegt eine doppelte Kontingenz vor: Kontingenz dessen, was durch den Standpunkt erfahren wird, und Kontingenz des Standpunktes selbst. Die Macht des Unbewußten wird nun in *Marbot* nicht an der Romanfigur Turners exemplifiziert; von diesem heißt es vielmehr, daß ein einschlägiges Diktum Marbots auf Turner gerade nicht zutreffe. Turners Name steht für die Kontingenz der Erfahrung äußerer Wirklichkeit. Seine Komplementärfigur ist Marbot - aber auch Schopenhauer, der als romantischer Philosoph der Nichtigkeit aller erscheinenden Dinge in den Roman hinein zitiert wird.

Das Bild zwischen Sichtbarem und Unsichtbarem: John Berger über William Turner

Der Schriftsteller, Essayist und Kunstkritiker John Berger hat die Spannungsbeziehung zwischen Sichtbarem und Unsichtbarem ins Zentrum seiner kunsttheoretischen Reflexionen gestellt. Unter diesem Vorzeichen betrachtet er auch Turners Werke (Berger 1996).[26] Diese bekunden aus seiner Sicht einen dynamischen Interaktionsprozeß zwischen Innerem und Äußerem, wobei er zwei Phasen des malerischen Schaffens bei Turner unterscheidet: eine erste, in der die gemalten Landschaften subjektiv überformt und damit nach ›innen‹ geholt und durch den Innenraum des individuellen Empfindens eingegrenzt wurden, dann später eine zweite, in welcher die Subjektivität sich an die chaogene Außenwelt entäußerte, um jede Begrenzung aufzuheben. Unabhängig davon, wie plausibel man Bergers Periodisierung und seine Deutungen findet - sie gehen von der Prämisse aus, daß Turner darstellend der dargestellten Welt zweimal eine Ordnung

26 Bergers Text ist abschließend datiert auf 1982.

gibt und daß diese jeweils kontingent ist. In beiden von ihm unterschiedenen Phasen des Turnerschen Schaffens registriert er Entgrenzungstendenzen, welche die Unterscheidung zwischen Innerem und Äußerem relativieren, sei es, daß das Ich die Landschaft absorbiert und sich anverwandelt (wie es dem romantischen Verständnis von ›Landschaft‹ entspricht), sei es, daß es sich an die umgebende Welt veräußert. Berger spricht insbesondere von einem programmatischen Entgrenzungsprozeß: vom Verschwinden der Grenze zwischen Bild und Außenwelt. Damit ähnelt sein Befund dem Serres', der »Malerei und Materie« über die Zeichnung mit »geometrischem Rand« hatte siegen sehen.[27]

> In Turners Werk [...] kann man deutlich erkennen, wie sich seine Absicht änderte. In den Landschaften, die er in den 1820er Jahren unter dem Einfluß von Claude Lorrain malte, transportierte er ganze Panoramen nach innen. Zehn, zwanzig Jahre später - in Bildern wie ›Snow-Storm - Steam-Boat off a Harbour's Mouth‹ (Schneesturm - Dampfschiff vor einer Hafenmündung - sogar der Titel ist aufschlußreich!) - sollte Turner entschiedener als irgendein Maler vor ihm darum ringen, das Bild grenzenlos erscheinen zu lassen, alles Heimelige, die Behausung zu zerstören. (Berger 1996, 87)

Wenn die Malerei laut Berger einen »Grund« hat, so liegt dieser eben nicht in einer Beschaffenheit der Dinge an sich, sondern in dem Streben des Menschen, sich diese Welt anzueignen; hier wiederholt der reale Kunstkritker Berger einen Gedanken, den der fiktive Kunstkritiker Marbot bei Hildesheimer ein Jahr zuvor formuliert hatte. »So hat also die Malerei ihren Ort. Aber sie hat auch ihren Grund. Die Welt - mit mehr oder weniger Zuversicht - zu verinnerlichen, entspricht einem menschlichen Bedürfnis.« (Berger 1996, 87)

Ein zusätzlicher Akzent, den Berger seinem Gedanken gibt, verdient besondere Beachtung: Indem er sich die Welt sehend erschließt, bleibe sich der Mensch, so Berger, der Tatsache bewußt, daß er sich mit seiner Sehstrategie zugleich Teile der Welt verschließt. Der Inklusion in ein Bild der Welt korrespondiert jeweils eine Exklusion. Und so ist das entstehende Bild eines, das auch ganz anders sein könnte. Das Andere, die Alternative, ist das Unsichtbare. Und jedes Bild der Welt ist zeitlich: Das Gesehene droht ins Unsichtbare zu entgleiten.[28] Die Arbeit des Sehens an der Konstitution einer ›Welt‹, einer unter anderen, ist

---

27 »Et, de nouveau, la peinture-matière triomphe du dessin à bord géométrique.« (Serres 1974, 238)

28 Berger 1996, 89: »Dennoch ist sich der Sehende, sofern er ein menschliches Wesen ist, dessen bewußt, was sein Auge niemals sehen kann und wird - eben aus Gründen der Zeit und der Entfernung. Das Sichtbare schließt ihn ein (weil er sieht) und schließt ihn aus (weil er nicht allgegenwärtig ist). [...] / Dieser menschlichen Ambivalenz gegenüber dem Sichtbaren muß man dann noch die visuelle Erfahrung der Abwesenheit hinzufügen, die bewirkt, daß wir, was wir gesehen haben, nicht mehr sehen. Wir sind mit dem Verschwinden einer Erscheinung konfrontiert. Und nun beginnt ein Kampf darum, zu verhindern, daß das, was verschwunden ist, in die Negativität des Ungesehenen entgleitet und damit unsere Existenz in Frage stellt. / Auf diese Weise erzeugt das Sichtbare den Glauben an die Wirklichkeit des Unsichtbaren und bewirkt die Entwicklung eines inneren Auges, das das Gesehene zurückbehält und zusammenfügt und anordnet wie einen Innenraum, so als wäre es, zumindest teilweise, für immer gegen den hinterhältigen Überfall des Raumes geschützt, der Abwesenheit heißt. So bekräftigt eine phänomenologische Erfahrung des Raumes die Besonderheit des gemalten Bildes. Aber wenn das die einzige Bekräftigung wäre, so wäre die Malerei von Nostalgie bestimmt, und das ist sie nur zu einem Teil. Es geht auch um Offenbarung.«

ein Kampf um deren (metaphysisch grund-lose) Existenz: »Das Sichtbare existiert, weil es bereits gesehen worden ist.« (Berger 1996, 90) Und mehr noch: Der Sehende versucht, die Welt sehend so zu strukturieren, daß sie auf ihn hin orientiert ist, ihn umschließt - damit er nicht selbst aus ihr herausfällt und ins Nichts stürzt.

Die Erscheinungen gehören zu dem grenzenlosen Raum des Sichtbaren. Mit seinem inneren Auge erfährt der Mensch auch den Raum seiner eigenen Vorstellung und seines reflektierenden Denkens. [...] Im Augenblick der Offenbarung, wenn Erscheinung und Sinn identisch werden, fällt der innere Raum des oder der Sehenden mit dem physikalischen Raum zusammen: Für Augenblicke und ausnahmsweise erreicht er oder sie eine Gleichheit mit dem Sichtbaren. Man verliert jedes Gefühl des Ausgeschlossenseins; man ist im Mittelpunkt. / Die Art, wie alle Malerei [...] das Sichtbare verinnerlicht, hereinbringt und wie ein ›Zuhause‹ ordnet, ist weit mehr als nur ein komplementärer Vorgang zum umschließenden Gestus der Architektur. Es ist ein Weg, die Erfahrungen des Gedächtnisses und der Offenbarung zu bewahren: Sie sind der einzige Schutz des Menschen gegen den grenzenlosen Raum, der ihn unausgesetzt anzustoßen und zu einer Randerscheinung zu machen droht. (Berger 1996, 91)

Alles könnte auch ganz anders aussehen, ganz anders sein. Nimmt man Bergers Reflexionen über Turner beim Wort, dann sorgt erst die ästhetische Repräsentation dafür, daß etwas Gesehenes zeitweiligen Bestand hat. Die emphatische Wendung vom Bild als »Schutzraum« des Gesehenen klingt dabei - wohl unfreiwillig - wie das Gegenstück zu Oscar Wildes paradoxalen und ikonoklastischen Bemerkungen über die Natur, welche sich an der Kunst orientiert. »Was gemalt ist, überlebt im Schutzraum des Bildes, im Schutzraum des Gesehen-worden-Seins. Die *Heimat* eines wahren Bildes ist dieser Schutzraum.« (Berger 1996, 91)

Ein Ordnungsvorschlag

Turners Œuvre ist »intertextuell« situiert: zwischen Texten, die nicht allein auf die Gemälde Bezug nehmen, sondern auf dem Weg über diese auch aufeinander: Hildesheimer zitiert implizit Wilde, der Ruskin zitiert, der Turner zitiert; andere Linien verlaufen von Ruskin zu Melville, von Melville zu Serres. Die Topoi, mit denen Turners Werke und sein Schaffen beschrieben werden, wiederholen und modifizieren sich: das beobachtende Subjekt in der »Wolke«, die Natur, welche der Kunst folgt, das Bild ohne Rand. Thematisch sind mehrere Konvergenzen zu registrieren:

1. Turners Werk wird nicht nur von der Kunstkritik, sondern auch von literarischen Autoren unter dem Aspekt eines innovativen Einschnitts, einer epochemachenden Wendung, einer Neuerung rezipiert. Ein leitender Gedanke ist dabei, daß Turners Gemälde dazu anleiten, die sichtbare Welt auf neue Art zu sehen. Er malt das Sehen, und er demonstriert, daß das Sehen mit seinen spezifischen Modalitäten darüber bestimmt, was gesehen wird. Turner erscheint damit als Maler der Erfahrung von Kontingenz. Dies korrespondiert auch Befunden,

welche in der Kunstwissenschaft erhoben wurden.[29] Zu den Nachspielen der Turner-Rezeption in der Literatur gehört insofern indirekt auch die Erfindung des Malers Elstir durch Marcel Proust. Elstir (dessen Name ein leicht verfremdetes Anagramm des Namens von Whistler darstellt, welcher für Proust die Rolle eines Leit- oder doch Orientierungsbildes übernommen hatte) gehört in Prousts *A la Recherche du temps perdu* neben dem Komponisten Vinteuil und dem Schriftsteller Bergotte zu den Künstlern, an deren imagnirärem Œuvre die Idee exemplifiziert wird, ein jeder wahrer Künstler schaffe durch sein Werk die Welt neu, schaffe ein individuell geprägtes ästhetisches Universum und bereichere damit sein Publikum um eine neue Weise, die Wirklichkeit zu erfahren.

> [...] de même qu'il y avait un certain univers, perceptible pour nous, en ces parcelles dispersées çà et là, dans telles demeures, dans tels musées, et qui étaient l'univers d'Elstir, celui qu'il voyait, celui où il vivait, de même la musique de Vinteuil étendait, notes par notes, touches par touches, les colorations inconnues d'un univers inestimable, insoupçonné, fragmenté par les lacunes que laissaient entre elles les auditions de son œuvre[...]. (Proust 1947, 66; vgl. auch Proust 1992, 129)

> Par l'art seulement, nous pouvons sortir de nous, savoir ce que voit un autre de cet univers qui n'est pas le même que le nôtre et dont les paysages nous seraient restés aussi inconnus que ceux qu'il peut y avoir dans la lune. Grâce à l'art, au lieu de voir un seul monde, le nôtre, nous le voyons se multiplier, et autant qu'il y a d'artistes originaux [...]. (Proust 1949, 43f.)

Proust spricht nicht explizit über Turner, sondern über einen imaginären Künstler, dessen Werke er zudem erfindet, um sie beschreiben zu können - ein Seestück gehört signifikanterweise zu den wichtigsten der imaginären Bilder Elstirs. Der Topos der ästhetisch vermittelten neuen Modi des Erfahrens macht Elstir jedoch offenkundig zum Nachfahren des Engländers.

2. Vor allem die literarische Turner-Rezeption verhält sich affin zu konstruktivistischen Konzepten von Kunst; Kunst gilt unter diesem Vorzeichen als Modell zur Organisation von Erfahrung und damit zur Konstitution der Erfahrungsgegenstände selbst - als eine Instanz, welche den Erfahrungsprozeß als solchen reflektiert und modellhaft die Gegenstände von Erfahrung in ihrer Abhängigkeit von der erfahrenden Instanz zu Bewußtsein bringt.

3. Ein anderer rekurrenter Topos in der Turner-Rezeption ist der seiner Modernität. Turners Malerei wird als Parallelprojekt und Spiegel der industriellen Revolution sowie einer neuen Form wissenschaftlicher Naturbetrachtung interpretiert. Turner schafft die alte, statische Welt ab. Diese Idee ist auch für einen kurzen Prosatext Stephan Hermlins leitend, der im *ZEIT-Museum der 100 Bilder* erschien, dem Railway-Bild gewidmet ist und den Siegeszug der Maschine durch

29 Vgl. u. a. Wagner 1991, 115: Turners »Gegenstandsauflösung« habe »Methode. Seine Bilder erschließen sich nicht in erster Linie über ihren Gegenstand, sondern sie wirken zunächst als heftig bearbeitete Farbmaterie, als Farbwirbel.« Im Railway-Bild »verzahnen sich Gegenstand und bildnerisches Darstellungsverfahren aufs engste« (Wagner 1991, 116).

die Landschaft thematisiert (Hermlin 1991). Ähnlich sieht es Martin Burckhardt in seiner Monographie *Metamorphosen von Raum und Zeit. Eine Geschichte der Wahrnehmung* (Burckhardt 1994). In dem berühmten Eisenbahnbild *Rain, Steam and Speed* bekomme die Eisenbahn den Status einer Naturgewalt:

> [...] jener Naturgewalt, die Turner stets zum eigentlichen Thema seiner Landschaftsmalerei gemacht hat (die man ebensogut und treffender vielleicht eine Katastrophenmalerei nennen könnte). Schneestürme, Lawinen und Feuersbrünste - stets geht es um jene Gewalt, die den Landschaftsraum in die höchste Unordnung wirft: aber die darin, im scheinbar Chaotischen, eine andere, energetische Ordnung hervortreten läßt. Es ist die Auflösung der Landschaft, die Entfesselung der Energie, die Turner in seinen Landschaften sucht, ermöglicht sie ihm doch, das Abbildliche abzustreifen und zum Spiel der reinen Intensitäten vorzustoßen. So enthüllt die Formel ›Regen, Dampf, Geschwindigkeit‹, die den Titel des Bildes abgibt, nicht nur das bildliche Zugleich, sondern eine Art Kreislauf, jenen Kreislauf, in dem sich die elementare Natur zu einer höheren Natur, zur *Geschwindigkeitsmaschine* umformt. (Burckhardt 1994, 274)

Burckhardt greift darüber hinaus auch die Episode - oder eher: das Episodenmuster - auf, demzufolge Turners Standort inmitten der dynamischen Naturprozesse lag.[30]

4. Turners Werk erscheint als Darstellung einer verzeitlichten Welt. Dies gilt für sein Gesamtwerk wie für einzelne Gemälde. Diese haben vielfaches lyrisches Echo gefunden - was hier nicht erörtert werden konnte. Verzeitlichung im Sinne der Vergänglichkeit von Symbolen wird von Verfassern lyrischer Texte etwa mit der Temeraire assoziiert, so von Melville, der den Akzent auf die inhaltliche Ebene - die Darstellung der Temeraire als Symbol der Vergangenheit - legt.[31]

Turner brach mit Darstellungsgewohnheiten und stellte dadurch Sehgewohnheiten in Frage - wie andere Maler vor ihm. Doch mit seinem Werk wurde den Betrachtern offenbar erstmals das chaogene Potential des Wechsels von Sehgewohnheiten augenfällig gemacht. Er war daher manchem seiner irritierten Zeitgenossen als Prophet und Wegbereiter des Chaos verdächtig. Ruskins Schriften berichten davon, auch wenn Ruskins Turner-Lektüren einen frühen Ansatz dokumentieren, nicht allein Turners Werk gerecht zu werden, sondern auch der in ihm malerisch vermittelten Naturauffassung. Turners Thema ist nicht ›das Chaos‹, sondern die Spannung zwischen Chaos und Ordnung. Wer das Chaos, die entropischen Tendenzen, die dynamischen Kräfte ins Bild bannt, schafft schließ-

---

30 Dabei leitet er mit narrativen Mitteln seine These zu Turner ein; vgl. Burckhardt 1994, 271: »An einem überaus regnerischen, gewittrigen Tag des Jahres 1843 oder 1844, irgendwo zwischen Maidenhead und der Grafschaft Devon, steckt ein alter, fast siebzigjähriger Herr den Kopf aus dem Fenster: genau neun Minuten lang. Freilich, es ist kein gewöhnliches Fenster, und dieser Akt des Aus-dem-Fenster-Schauens eher so etwas wie ein Selbstversuch: jenem heroischen Akt vergleichbar, den der besagte Herr als junger Mann unternommen, und der darin bestanden hatte, daß er sich auf der Überfahrt von Dover nach Calais am Mast des Schiffes festbinden ließ: einzig, um das tosende, stürmische Meer zu sehen, mit seiner Gischt, dem Schaum und der Luft, die ein eigenes drittes Element zwischen Wind und Wellen ist.« Dieser durch eine »Verjüngung« des Turnerschen Blicks geprägte Moment wird in dem Railway-Gemälde dokumentiert.

31 Von einer Verzeitlichung des Raumes als solchem bei Turner spricht Burckhardt (1994, 275).

lich ein Gebilde, das als Modell der chaogenen Kräfte mehr ist als diese. In der Modellierung der Entropie liegt ein ordnendes Moment.

Michel Serres hat den IV. Band seines *Hermès*-Projekts *Distribution*, Verteilung, genannt. Dieser Begriff findet sich folgendermaßen erläutert:

La *distribution* est un autre nom du désordre, qui s'appelle aussi, dans ce nouvel Hermès: nuage et météores, orage et tempête, océan, soupe primitive, mélange et corruption, chaos et bruit de fond, la cohue, la foule et la foire. Ces ensembles sont fluctuants. Ils précèdent et suivent toute formation. A les éliminer, on n'a description que fonctionelle. (Serres 1977, Klappentext)

Schon Ruskins Turner-Kommentare sind erste Ansätze, Turners Darstellung von Chaos und Kontingenz als Beiträge zu einer Bearbeitung und damit einer Überwindung von Entropie zu würdigen. Auf dieser Grundlage bauen die späteren Autoren auf, die Turners Werke als ästhetische Auseinandersetzungen mit natürlicher Dynamik und Entropie würdigen.

Die vorgestellten Beispiele belegen nicht allein die ›Intertextualität‹ Turners, sondern auch eine weitere Funktion literarischer Rekurse auf Werke bildender Kunst: Gerade diese dienen den Verfassern literarischer Texte als Projektionsflächen zur Artikulation ästhetischer Grundanschauungen, also zu autoreflexiven Zwecken. Der Blickwinkel, aus dem das bildkünstlerische Werk wahrgenommen wird, die Eigenschaften und Effekte, die ihm zugeschrieben werden, die Akzente, die bei der Kommentierung der jeweiligen künstlerischen Leistung gesetzt werden, sind mittelbarer Ausdruck des literarisch-poetischen Selbstverständnisses. Verzeitlichung und Kontingenz sind Kernthemen der modernen Erzählliteratur, welche durch vielfälige Strategien versucht, Prozesse der Ordnung und Umordnung von Erfahrungsräumen zu beschreiben, zu modellieren, auszulösen. Orientiert man sich an einer prägnanten These Italo Calvinos zur Literatur der Moderne, dann sucht diese in der Malerei Verbündete in ihrer Auseinandersetzung mit dem Chaos, dem Zufall, der Entropie.

Il gusto della composizione geometrizzante, di cui potremmo tracciare una storia nella letteratura mondiale a partire da Mallarmé, ha sullo sfondo l'opposizione ordine-disordine, fondamentale nella scienza contemporanea. L'universo si disfa in una nube di calore, precipita senza scampo in un vortice d'entropia, ma all'interno di questo processo irreversibile possono darsi zone d'ordine, porzioni d'esistente che tendono verso una forma, punti privilegiati da cui sembra di scorgere un disegno, una prospettiva. L'opera letteraria è una di queste minime porzioni in cui l'esistente si cristallizza in una forma, acquista un senso, non fisso, non definitivo, non irrigidito in una immobilità minerale, ma vivente come un organismo. La poesia è la grande nemica del caso, pur essendo anch'essa figlia del caso e sapendo che il caso in ultima istanza avrà partita vinta.
(Calvino 1993, 78)

Ishmael, der die Wale klassifiziert, Hildesheimer, der den Gestus des Biographen und Historiographen imitiert und seine Fiktion mit Register und Quellenverweisen ausstattet, Serres schließlich, der Ordnungmuster in die Geschichte des Wissens und der Wissenschaften hineinliest: Sie präsentieren sich als Verbündete der Ordnung, als Verfechter eines Schreibens, das Zonen von Ordnung sichtbar macht, indem es sie aus dem umgebenden Gewirr ausgrenzt und herauspräpariert. Sie stellen jedoch zugleich auch Leitdifferenzen in Frage und wirken dadurch ›entropisch‹: die Differenz zwischen Urbild und Abbild, primärer Realität und Derivat (Wilde), die zwischen Realität und Fiktion, historischem Faktum und Fälschung (Hildesheimer), zwischen Wissenschaft und Kunst (Serres). Durch den literarischen Text werden jeweils alte Ordnungsmuster aufgelöst und neue vorgeschlagen - als temporäre und kontingente Ordnungen des »Sehens«. Die am Fall Turners entwickelte These von der Kunst als einer formenden und den Wahrnehmungsvorgang als Gestaltungsprozeß zugleich reflektierenden Auseinandersetzung mit sich wandelnden Ordnungen der Erfahrung bezieht die literarische Arbeit durchaus mit ein und ist somit dort, wo sie im Medium Literatur ausformuliert wird, als autoreflexive These zu verstehen. Durchs diaphane Medium der Bilder hindurch wendet sich die Literatur auf sich selbst zurück.

Bibliographie

Berger, John: Das Kunstwerk. Über das Lesen von Bildern, Berlin 1996. [zitiert als: Berger 1996]

Burckhardt, Martin: Metamorphosen von Raum und Zeit. Eine Geschichte der Wahrnehmung, Frankfurt/Main 1994. [zitiert als: Burckhardt 1994]

Calvino, Italo: Lezioni Americane. Sei proposte per il prossimo millennio, Milano 1993. [zitiert als: Calvino 1993]

Flecker, James Elroy: On Turner's Polyphemus, in: ders.: The Collected Poems, hg. von Sir John Squire, London, 3. Aufl. 1947, 34. [zitiert als: Flecker 1947]

Gage, John: J. W. M. Turner: ›A wonderful range of Mind‹, New Haven 1987. [zitiert als: Gage 1987]

Heffernan, James A.W.: The Re-creation of Landscape. A Study of Wordsworth, Coleridge, Constable, and Turner. Hannover, London 1984. [zitiert als: Heffernan 1984]

Hermlin, Stephan: Gnadenlose Landschaft, in: Das ZEIT-Museum der 100 Bilder, hg. von Fritz J. Raddatz, Frankfurt/Main 1991, 167-170. [zitiert als: Hermlin 1991]

Hildesheimer, Wolfgang: Marbot. Eine Biographie, Frankfurt/Main 1981. [zitiert als: Hildesheimer 1981]

Hofmann, Werner: Anhaltspunkte. Studien zu Kunst und Kunsttheorie, Frankfurt/Main 1989. [zitiert als: Hofmann 1989]

Jean Paul: Vorschule der Ästhetik, in: ders.: Werke, hg. von Norbert Miller, Bd. 5: Vorschule der Ästhetik, Levana, Politische Schriften, 4. Aufl., München 1980. [zitiert als: Jean Paul 1980]

Kesting, Marianne: Der Schrecken der Leere. Zur Metaphorik der Farbe Weiß bei Poe, Melville und Mallarmé, in: dies.: Entdeckung und Destruktion. Zur Strukturumwandlung der Künste, München 1970. [zitiert als: Kesting 1970]

Kranz, Gisbert: Das Bildgedicht in Europa. Paderborn 1973. [zitiert als: Kranz 1973]

Melville, Herman: Moby-Dick or, The Whale. Indianapolis, New York, Kansas City 1964. [zitiert als: Melville 1964]

Merleau-Ponty, Maurice: Phänomenologie der Wahrnehmung, deutsch von Rudolf Boehm, Berlin 1966. [zitiert als: Merleau-Ponty 1966]

Merleau-Ponty, Maurice: Phénoménologie de la perception, Paris 1945. [zitiert als: Merleau-Ponty 1945]

Moore, Richard: That Cunning Alphabet: Melville's Aesthetics of Nature, Amsterdam 1982. [zitiert als: Moore 1982]

Proust, Marcel: À la recherche du temps perdu, Bd. 12: La Prisonnière [2], Paris 1947. [zitiert als: Proust 1947]

Proust, Marcel: À la recherche du temps perdu, Bd. 15: Le temps retrouvé [2]. Paris 1949. [zitiert als: Proust 1949]

Proust, Marcel: Das Thema der Kunst in ›Auf der Suche nach der verlorenen Zeit‹, ausgew., eingel. und mit einem Essay von Rolf Günter Renner, Mainz 1992. [zitiert als: Proust 1992]

Ruskin, John: The Turner Bequest / The Oil Pictures, in: ders.: The Works of John Ruskin, hg. von E.T. Cook und Alexander Wedderburn, Bd. 13, London 1904, 91ff. [zitiert als: Ruskin 1904]

Sassoon, Siegfried: In the Turner Rooms, in: ders.: Collected Poems (1908-1956), London 1961, 151. [zitiert als: Sassoon 1961]

Serres, Michel: Geschichte der Wissenschaften, Frankfurt/Main 1998. [zitiert als: Serres 1998]

Serres, Michel: Hermès III - La traduction, Paris 1974. [zitiert als: Serres 1974]

Serres, Michel: Hermès IV - La distribution, Paris 1977. [zitiert als: Serres 1977]

Shanes, Eric: Turner's Human Landscape, London 1990. [zitiert als: Shanes 1990]

Steiner, George: Von realer Gegenwart. Hat unser Sprechen Inhalt? München 1990. [zitiert als: Steiner 1990]

Southey, Robert: Stanzas addressed to W. Turner. Esq., R.A., on his view of the Lago Maggiore from the Town of Arona, in: ders.: Poems, hg. von M.H. Fitzgerald, London 1909, 400. [zitiert als: Southey 1909]

Thackeray, William Makepeace: A Second Lecture on the Fine Arts, by Michel Angelo Titmarsh, Esquire, in: ders.: Biographical Edition of Works, Bd. 13: Ballads and Miscellanies, London 1899, 272-84. [zitiert als Thackeray 1899]

Wagner, Monika: Wirklichkeitserfahrung und Bilderfindung. William Turner, in: Moderne Kunst 1. Das Funkkolleg zum Verständnis der Gegenwartskunst, hg. von Monika Wagner, Reinbek 1991. [zitiert als: Wagner 1991]

Wallace, Robert K.: Melville & Turner. Spheres of Love and Fright, Athen, London 1992. [zitiert als: Wallace 1992]

Wilde, Oscar: The Decay of Lying, in: ders.: Poems and Essays, with an introduction by Kingsley Amis, London, Glasgow 1956, 241-266. [zitiert als: Wilde 1956]

Matthias Hurst

Flucht aus der Zeit

Zur narrativen Struktur des Films *Slaughterhouse-Five* von George Roy Hill

1969 drehte der amerikanische Regisseur George Roy Hill den Film *Butch Cassidy and the Sundance Kid*, einen nostalgisch-melancholischen Western, in dem Paul Newman und Robert Redford zwei sympathische Bankräuber spielen, die sich auf der Flucht vor dem Gesetz nach Bolivien absetzen und dort bei einem Feuergefecht mit der bolivianischen Miliz erschossen werden. 1973 inszenierte er die Gaunerkomödie *The Sting*, in der Newman und Redford zwei durchtriebene, aber gutherzige Trickbetrüger porträtieren, die durch einen raffinierten Plan einen skrupellosen Gangster zu Fall bringen und dadurch die Ermordung eines gemeinsamen Freundes rächen. Trotz des untypischen Endes einerseits und eines reichlich verwickelten Plots andererseits sind beide Filme durch eine durchaus konventionelle narrative Struktur geprägt und waren, nicht zuletzt dank der beiden prominenten Hauptdarsteller, kommerziell außerordentlich erfolgreich; sie wurden mit vier, bzw. sieben Academy Awards (»Oscars«) ausgezeichnet.[1] Zwischen diesen beiden Filmen widmete sich Hill einem anderen Projekt: Er verfilmte den 1969 entstandenen Roman *Slaughterhouse-Five or The Children's Crusade* von Kurt Vonnegut, Jr., dem er sich besonders verbunden fühlen mußte, da er selbst wie Vonnegut und dessen Protagonist Billy Pilgrim 1922 geboren wurde und als junger Mann während des Zweiten Weltkriegs in Europa kämpfte.

Das Drehbuch schrieb Stephen Geller, und die Dreharbeiten fanden von Ende Januar bis Juni 1971 in Minneapolis, New York, den Universal-Studios in Hollywood sowie in Prag statt. Prag diente mit seiner außergewöhnlichen gotischen und barocken Architektur als Kulisse für die im Zweiten Weltkrieg zerstörte Stadt Dresden, und die Tatsache, daß gerade ein ganzer Stadtteil Prags abgerissen wurde, um Platz zu schaffen für moderne Neubauten, erleichterte die Aufnahmen der Szenen, die in den Ruinen Dresdens nach der katastrophalen Bombardierung am 13. Februar 1945 spielen (Madsen 1971, 190).

Der Film Slaughterhouse-Five war - gemessen an den beiden Kinohits *Butch Cassidy and the Sundance Kid* und *The Sting* - kein großer finanzieller Erfolg und nimmt somit eine merkwürdige Position zwischen seinem Vorläufer und seinem Nachfolger ein, ein kleines häßliches Entlein zwischen den beiden stolzen und schönen Schwänen. Es treten keine Stars wie Newman und Redford

1 *Butch Cassidy and the Sundance Kid* erhielt Oscars in den Kategorien Drehbuch, Kamera, Musik und Filmsong, *The Sting* in den Kategorien Bester Film, Regie, Drehbuch, Schnitt, Ausstattung, Kostüme und Musik.

auf, sondern weniger namhafte Darsteller wie Eugene Roche, Ron Leibman, Sharon Gans, Valerie Perrine und Michael Sacks in seiner ersten Hauptrolle.[2] Mit dem Verzicht auf große Stars trägt der Film natürlich auch einem Versprechen des Autors Vonnegut Rechnung, über das er im selbstreflexiven ersten Kapitel seines Romans schreibt. »You'll pretend you were men instead of babies, and you'll be played in the movies by Frank Sinatra and John Wayne or some of those other glamorous, war-loving, dirty old men.«, wirft Mary O'Hare ihm da vor, als sie erfährt, daß er ein Buch über seine Kriegserlebnisse plant, woraufhin er verspricht: »I give you my word of honor: there won't be a part for Frank Sinatra or John Wayne.« (Vonnegut 1977, 13) Vonneguts Erinnerungen an den Krieg sollten kein Buch über Helden und heroische Schilderungen hervorbringen, und so vermeidet es auch der Film in respektvoller Berücksichtigung der Autorintention, bekannte Schauspieler oder beliebte Stars einzusetzen, um die biographisch fundierte Geschichte Vonneguts durch vertraute Gesichter oder erprobte Heldenfiguren zu einem verlogenen Hollywood-Spektakel zu machen und dem Krieg dadurch - absichtlich oder unbeabsichtigt - seinen Realismus und seinen Schrecken zu nehmen.

Hills Romanverfilmung folgt keinem gängigen Erzählmuster und läßt sich keinem Genre eindeutig zuordnen, statt dessen versucht sie, der literarischen Vorlage inhaltlich wie auch stilistisch und narrativ zu entsprechen und adaptiert so die sprunghafte Erzählweise und den bitteren Sarkasmus Vonneguts für die Leinwand. Doch trotz der Popularität des Romans wurde *Slaughterhouse-Five* ein eher unpopulärer Film. Er wurde zwar bei den Filmfestspielen in Cannes mit dem Preis der Jury ausgezeichnet, doch blieb ihm die Anerkennung beim Publikum und den Filmkritikern - vor allem bei der aktuellen Tagespresse - weitestgehend versagt.

Neil D. Isaacs ordnet dem Roman Vonneguts drei verschiedene inhaltliche Ebenen und literarische Intentionen zu: Er sei erstens ein Anti-Kriegs-Roman, der die Unmenschlichkeit und die Absurdität des Kriegs vor Augen führe, zweitens ein Science Fiction-Roman, der das philosophische Problem des freien Willens in einer fatalistischen Welt und das Wesen der Zeit behandle, und drittens ein selbstreflexiver Roman, der sich mit der schriftstellerischen Tätigkeit, mit der Planung, Entstehung und der Funktion eines literarischen Werks auseinandersetze (Isaacs 1973, 129f.). Dem Film gelinge es nicht, so Isaacs, diese drei Ebenen überzeugend zu gestalten. Das Montageprinzip der Zeitsprünge sei schlecht ausgeführt, die Kritik am Krieg sei einer zu breiten Kritik an der amerikanischen Gesellschaft der Nachkriegszeit zum Opfer gefallen, und der Humor des Films sei zu grobschlächtig und zu schrill gegenüber der Ironie und sarkastischen Schärfe des Romans (Isaacs 1973, 130; vgl. Monaco 1979, 226 und Strick 1972, 232f.).

Aufschlußreich ist ein Blick auf die deutsche Filmkritik. Das Thema von *Slaughterhouse-Five*, die Zerstörung Dresdens im Zweiten Weltkrieg, hätte gera-

---

2 Darüber hinaus geriet *Slaughterhouse-Five* bei seiner Uraufführung im Jahre 1972 in den Schatten des spektakuläreren Films *Clockwork Orange* von Stanley Kubrick, der mit seiner ambivalenten Darstellung von Gewalt sofort zum Gegenstand kontroverser Diskussionen wurde und auch heute noch umstritten ist.

de in Deutschland besonderes Interesse und verstärkte Aufmerksamkeit erwecken müssen, doch blieben die Kritiker - größtenteils vermutlich in Unkenntnis des Romans - ziemlich unbeeindruckt, reagierten zuweilen sogar geradezu feindselig. Von »billiger Schaufenster-Psychoanalyse« und »nationaler Verdrängungsgroteske, Modell USA« war da die Rede (Ponkie 1973), von der »Wiederkehr des amerikanischen Populismus« im Stile der Frank Capra-Filme (Patalas 1973), von »synthetischem Modeprodukt«, »schlimmstem Amateurkino«, einem »mißlungenen Kriegsfilm« und einem »wirkungslosen, kläglichen Scherz« (Donner 1972). Zur Fernsehausstrahlung im Februar 1985 - anläßlich des vierzigsten Jahrestags der Zerstörung Dresdens - bezeichnete ein Kritiker den Film als »Schnulze« und als »gräßliche Selbstbeweihräucherung« Amerikas (Stone 1985).

Ein Schweizer Kritiker warf *Slaughterhouse-Five* Oberflächlichkeit und Klischeehaftigkeit vor und nannte ihn ein »unverbindliches Filmstück, [...] ein Cocktail von schon erlebten Filmfetzen (allerdings in moderner Art gemixt), ein gerissenes Kompendium zur Demonstration, wie gut heute perfekt gemachte Filme die erfolgreiche Bewältigung eines schwierigen Themas vorzutäuschen vermögen.« (Cortesi 1972)[3] Dem Kritiker entging dabei natürlich die eigentliche Intention Vonneguts und Hills. Was er als Schwäche des Films wertet - die Vortäuschung einer erfolgreichen Vergangenheits- und Gegenwartsbewältigung -, ist nichts anderes als die durchaus gelungene künstlerische Strategie der literarischen wie auch der filmischen Präsentation des Stoffes. Der Roman - und in dessen Nachfolge der Film - will ja gerade zeigen, wie die Erinnerungen an den Krieg und die Mißstände der amerikanischen Nachkriegsgesellschaft *nicht* bewältigt, sondern durch Resignation und Weltflucht verdrängt werden. Die subjektive Erzählweise, die vollständig der Perspektive Billy Pilgrims folgt, darf jedoch keinesfalls mit der objektiven Aussage verwechselt werden. Billys psychische Reaktion auf die erschreckenden und tragischen Erfahrungen seines Lebens ist das Beispiel einer unzureichenden Verarbeitung der Vergangenheit und Gegenwart; Vonneguts kreative Auseinandersetzung mit seiner Vergangenheit, seine literarische Arbeit, deren Ergebnis u. a. der sozialkritische Roman *Slaughterhouse-Five* ist, kann hingegen als gelungene Bewältigung und produktive Verarbeitung des Schreckens von Dresden angesehen werden.

Es ist offensichtlich, daß die deutsche Kritik den Film unabhängig von seiner literarischen Vorlage und der damit verknüpften Adaptationsproblematik bewertet hat, während sich die angloamerikanischen Autoren häufiger um einen Vergleich zwischen Roman und Film bemühen und dabei auch lobende, mitunter begeisterte Worte finden: Lee Atwell sieht in dem Film ein »American masterpiece«, das Anerkennung finden wird, wenn die meisten anderen Filme der siebziger Jahre vergessen sein werden (Atwell 1972/73, 9). Joyce Nelson bewertet Hills Verfilmung als »a remarkable achievement in its own right« (Nelson 1973, 149). Stephen Dimeo erkennt zwar, daß der Film die moderne literarische Struktur des Romans vereinfacht, hält ihn aber dennoch für eine gelungene Adaptation: »For in its more conventional structure and execution Hill's *Slaughterhouse-*

3 Man beachte die eklatante Widersprüchlichkeit: Cortesi nennt den Film »perfekt gemacht«, Donner hingegen bezeichnet ihn als »schlimmstes Amateurkino« (vgl. Donner 1972).

Five not only clarifies the more experimental novel but also manages to lift itself above jaded tales of war and spacemen that tell us aliens alienate, be they human or not.« (Dimeo 1978, 292) Andrew Horton urteilt in seinem Buch über George Roy Hills Filme erwartungsgemäß positiv:

Building from Vonnegut's bitterly ironic novel about the firebombing of Dresden by American forces toward the end of World War II, Hill fashioned a movie in which his sense of style and form, his growing mastery of cinematic technique, and his ability to suggest the significance and magnitude of a historical moment through the lives of a few characters found a harmonious fusion.« (Horton 1984, 81) Und Peter F. Parshall bescheinigt 1987 schließlich sowohl dem Roman als auch dem Film »the breadth of vision we associate with enduring works of art. Just as critics have grudgingly been forced to recognize that Vonnegut's ›pop culture‹ novels may have artistic merit, so Hill's ›Hollywood adaptation‹ may yet be recognized as a real cinematic achievement. (Parshall 1987, 58)

Hills *Slaughterhouse-Five* polarisiert zweifellos seine Rezipienten und steht damit ganz in der Tradition seiner kon-troversen literarischen Vorlage.

Vonnegut selbst äußerte sich überaus enthusiastisch über die Verfilmung seines Romans. In einem aus rechtlichen Gründen nicht veröffentlichten Dokumentarfilm des Produktionsassistenten Robert Crawford über die Dreharbeiten zu *Slaughterhouse-Five* sagte er: »You've probably never heard any author say this before, but the film is better than my book!« (zit. nach: Horton 1984, 82)

Nicht viele Schriftsteller können über die Verfilmungen ihrer Werke glücklich sein, doch Vonnegut zählt sich – nach der Erfahrung von *Slaughterhouse-Five* – zu dieser kleinen privilegierten Gruppe:

»There are only two American novelists who should be grateful for the movies which were made from their books [...]. I am one of them. The other one? Margaret Mitchell, of course.« (zit. nach: Bianculli 1985, 41)

Vonneguts *Slaughterhouse-Five* ist in einer Art und Weise komponiert und geschrieben, die bereits filmisch wirkt. Der rasche Wechsel der Szenen, die Sprunghaftigkeit, mit der sich Billy Pilgrim durch Zeit und Raum bewegt, und die scheinbar distanzierte Haltung des Erzählers gegenüber den oftmals tragischen Geschehnissen der Handlung, die er sachlich und emotionslos registriert wie eine Kamera, erinnern an kinematographische Strukturen und Erzählformen. Aber gerade Literatur, die auf den ersten Blick dem Medium Film so sehr verwandt scheint, stellt einer adäquaten filmischen Adaptation ungeahnte Schwierigkeiten entgegen. Die kaleidoskopartige Struktur von *Slaughterhouse-Five*, die der »telegraphic schizophrenic manner of tales of the planet Tralfamadore« entspricht, läßt sich nicht ohne weiteres filmisch umsetzen. Die Komplexität des Romans mit seiner vielfältigen Vernetzung einzelner Episoden und Handlungsebenen sprengt das narrative Potential des konventionellen Spielfilms. Während die moderne Literatur nach einer mehrere Jahrhunderte umspannenden Entwicklungsgeschichte mit Formen der Zersplitterung und Dekonstruktion spielen kann, ohne ihre Leser zu überfordern, muß sich der Film, der als narrative Kunstform erst seit 100 Jahren existiert, an gewisse Regeln der Linearität und des logischen Zusammenhangs halten, um seine Rezipienten nicht zu verwirren. Die Verkettung einzelner Einstellungen und Sequenzen und deren Verbindung mit auditiven Elementen, also Dialogen, Geräuschen und Musik, muß in dem Maße gestaltet werden, daß der filmische Handlungsverlauf, der ja nicht fixiert ist wie die Sätze eines literarischen Werks, sondern linear abläuft, überschaubar und verständlich bleibt.

Soll also die sinnhafte Struktur von *Slaughterhouse-Five* auch für den Filmbetrachter noch nachvollziehbar sein, so muß sie zwangsläufig verändert, genauer: vereinfacht werden. Abgesehen von dem Verzicht auf das erste Kapitel des Romans, in dem Vonnegut die Vorgeschichte und Entstehung des Buchs beschreibt, das also außerhalb der eigentlichen erzählten Handlung situiert ist, und dem Verzicht auf die Figur Kilgore Trouts, des Autors zahlreicher Science Fiction-Geschichten, die Billy Pilgrim als Anregung für seine eigenen Ausflüge in die Welt der Phantasie dienen, übernimmt der Film nahezu alle wichtigen Stationen und Personen der literarischen Vorlage. Insofern bleibt Hills Film dem Roman trotz unvermeidlicher Kürzungen erstaunlich treu. Auch die narrative Struktur lehnt sich an Vonneguts tralfamadorianischen Telegramm-Stil an und vermag genau jenen Grad an Modernität zu erreichen, der den Film in einer Balance zwischen experimenteller Erzähl- und Zeitstruktur und allgemeinverständlicher Sinnstruktur schweben läßt.

Der Film *Slaughterhouse-Five* ist in 54 Segmente gegliedert, die unterschiedlichen Zeit- und Realitätsebenen zuzuordnen sind und in ihrer Abfolge den ruhelosen Taumel Billy Pilgrims durch Zeit und Raum darstellen.[4] Die einzelnen Segmente verbinden sich zu drei Erzählsträngen; zwei weitere isolierte Szenen bilden eine Art Rahmen für den gesamten narrativen Ablauf, auch wenn sie nicht auf Anhieb in dieser Funktion zu erkennen sind.

Erster Erzählstrang: Billys Erlebnisse während des Zweiten Weltkriegs, seine Gefangennahme und die Zerstörung Dresdens durch einen Bombenangriff der alliierten Streitkräfte (Segmente 2, 6, 8, 10, 12, 14, 16, 18, 20, 22, 25, 27, 29, 34, 38, 40, 42, 44, 47, 49, 53).

Zweiter Erzählstrang: Billys Leben nach dem Krieg, seine Heirat und Familiengründung und der Aufbau seiner bürgerlichen Existenz in den späten vierziger, den fünfziger und sechziger Jahren (Segmente 1, 3, 5, 9, 11, 13, 15, 19, 21, 23, 24, 26, 28, 30, 31, 32, 33, 35, 36, 37, 39, 41, 43, 45, 51).

4 Vgl. das Filmprotokoll im Anhang zu diesem Artikel. Die Segmentierung des Films ergab sich aus zeitlichen oder inhaltlichen Zäsuren der Handlung. Die Parallelmontagen in den Segmenten 11, 23, 35, 42 und 44, die Einstellungen verschiedener Zeitebenen miteinander verbinden, sind so schnell geschnitten, daß eine Zergliederung in jeweils einzelne Segmente nicht sinnvoll erschien; statt dessen wurden die Segmente als Ganzes dem jeweils vorherrschenden Erzählstrang zugeordnet. Da der Film keine exakten zeitlichen Angaben liefert, erfolgte die Datierung der Segmente mit Hilfe der Angaben im Roman; einige Episoden ließen sich jedoch nur vage zeitlich einordnen.

Dritter Erzählstrang: Billys Aufenthalt auf dem fernen Planeten Tralfamadore, seine Begegnung mit dem Filmstar Montana Wildhack und die Geburt ihres gemeinsamen Sohnes (Segmente 4, 7, 46, 48, 50, 54).

Die beiden erwähnten Segmente, die sich in keinen der drei Haupterzählstränge einfügen, schildern ein Erlebnis aus Billys Kindheit, das man als symbolische Inszenierung der Geburt auffassen kann, und Billys Tod im Jahre 1976, als er während eines öffentlichen Vortrags von Paul Lazzaro erschossen wird (Segmente 17 und 52).

Vonnegut beschreibt im Roman Billys ersten Zeitsprung als eine beschleunigte Reise durch sein ganzes Leben bis zum Tod und wieder zurück zur Geburt; gleich nach der Geburt findet sich Billy in seiner Kindheit wieder, als sein Vater ihn rücksichtslos in ein Schwimmbecken wirft, um ihm auf diese Weise – »by the method of sink-or-swim« (Vonnegut 1977, 37f.) – das Schwimmen beizubringen. »It was like an execution.« (Vonnegut 1977, 38) Die unmittelbare Verbindung dieser Szene, die im Film als Segment 17 gezeigt wird, mit der Geburt weist diese als traumatisches Erlebnis aus und rechtfertigt den Vergleich von Billys Geburt mit dem Wurf ins kalte Wasser, der als Hinrichtung durch die Hand des eigenen Vaters empfunden wird.[5] Die Schwimmbad-Episode aus seiner Kindheit wird so zur stellvertretenden bewußten Erinnerung an den unbewußten Geburtsschock; gleichzeitig evoziert diese symbolische Darstellung der Geburt bereits den Tod Billys. Lazzaro und Billy selbst, der Mörder und sein Opfer, inszenieren den Tod vor großem Publikum ebenfalls als eine Art Hinrichtung (Segment 52). Die beiden Segmente 17 und 52 markieren also den Beginn und das Ende von Billys Leben und umfassen somit seine ganze Existenz, ohne jedoch am Anfang und Schluß des Films plaziert zu sein. Das achronologische Erzählprinzip des gesamten Films zeigt sich an diesen beiden Schlüsselszenen, die quasi als lebensgeschichtlicher Rahmen fungieren und dennoch nicht an exponierter Stelle, sondern mitten im narrativen Fluß angesiedelt sind.[6]

Lediglich der Erzählstrang mit Billys Erlebnissen während des Krieges ist in sich chronologisch geordnet. Er umfaßt mit insgesamt 21 Segmenten einen sehr viel kürzeren Zeitraum als der zweite Erzählstrang, der mit 25 Segmenten die Jahre zwischen 1948 und 1968 abdeckt, beansprucht jedoch mit einer Länge von 47 Minuten und 39 Sekunden fast fünfzig Prozent der gesamten filmischen Erzählzeit. Die chronologische Ordnung und ausführliche Schilderung der Ereignisse verleihen der Handlungsebene der Kriegsgefangenschaft Billys und der Zerstörung Dresdens ein besonderes Gewicht. Sie bestimmt über weite Strecken – wie auch in Vonneguts Roman – den narrativen Aufbau des Films.

Der Film beginnt jedoch im Jahre 1968, als Billy – nach dem Flugzeugabsturz und seiner Schädeloperation – in einem Brief an die Ilium Daily News von seinen Zeitsprüngen erzählt (Segmente 1, 3 und 5). Nimmt man diesen Zeitpunkt

5 Man kann dies auch theologisch-philosophisch deuten und sagen: Billy, Symbolfigur des verängstigten, existentiell bedrohten Menschen, fühlt sich von seinem Schöpfer unvorbereitet ins Leben geworfen.

6 Vgl. die Abfolge der einzelnen Segmente und ihre Zugehörigkeit zum jeweiligen Erzählstrang im Filmprotokoll im Anhang.

als Gegenwart, so erscheinen alle anderen Ereignisse, mit Ausnahme des Todes von Billy im Jahre 1976, als Vergangenheit - auch der Aufenthalt auf Tralfamadore. Im Roman wird Billy schon 1967 von den Außerirdischen entführt, berichtet davon allerdings erst nach dem Flugzeugabsturz zu Beginn des Jahres 1968. Um den kausalen Zusammenhang zwischen Absturz und Kopfverletzung und der (nur in Billys Phantasie stattfindenden) Reise nach Tralfamadore deutlicher zu machen, verlegt Hill diese Reise nach Billys Heimkehr aus dem Krankenhaus (Segment 45). Die Festlegung von 1968 als Gegenwart der filmischen Erzählung ist nicht zwingend, aber sie wird plausibel, wenn man die Abfolge der ersten Einstellungen betrachtet. Beginnend mit Billy an der Schreibmaschine und seiner Behauptung, er reise unkontrolliert durch die Zeit, in Segment 1, springt der Film im zweiten Segment in die Vergangenheit (Dezember 1944). Von dort kehrt er wieder nach 1968 und zu Billy an der Schreibmaschine zurück (Segment 3); Billy schildert, daß er an diesem Tag bereits auf Tralfamadore war, und sofort zeigt uns der Film in Segment 4 Billy und Montana in der Kuppel auf dem fremden Planeten. Segment 5 führt uns wieder zu Billy ins Jahr 1968 zurück, und er fährt mit seinem schriftlichen Bericht an die Zeitung fort und erzählt, daß er am gleichen Tag auch hinter feindlichen Linien im Zweiten Weltkrieg gewesen sei. Segment 6 kehrt folglich wieder in den Winter des Jahres 1944 zurück. Die Struktur des Films weist also Billy an seiner Schreibmaschine die Funktion eines Berichterstatters, eines ordnenden Erzählers zu, der die ersten Zeitsprünge der Handlung vorbereitet, beziehungsweise kommentiert. Das Jahr 1968 wird somit zur Plattform der folgenden Geschichte und zum Ausgangspunkt der Reisen durch Zeit und Raum.

Allerdings erscheint diese Zeitstufe nur noch einmal im Film (Segment 51), als Billys Tochter Barbara und ihr Mann Stanley versuchen, Billy zu einer psychiatrischen Behandlung zu überreden. Mit diesem Segment endet die Handlung der Erzählgegenwart; es folgen die Darstellungen von Billys Tod in der Zukunft (Segment 52), vom Ende des Krieges im zerbombten Dresden (Segment 53) und von Billys utopischem Familienglück auf Tralfamadore (Segment 54).

Bezeichnenderweise zeigt das letzte Filmsegment des zweiten Erzählstrangs *vor* dem abschließenden Segment 51 Billys Entführung nach Tralfamadore (Segment 45). Matt und erschöpft liegt Billy auf seinem Bett und hört nur noch halbherzig den Worten seines Sohnes Robert zu, der als *Green Beret* im Vietnam-Krieg kämpft und von der Notwendigkeit dieses Kampfes überzeugt scheint. Billy blickt sehnsüchtig zum Fenster, wo wenig später der helle, verheißungsvolle Lichtschein auftaucht, der ihn einhüllt und zusammen mit seinem geliebten Hund Spot zum Planeten Tralfamadore transportiert. Billys ›Entführung‹ kann kaum noch als solche bezeichnet werden, denn in Wahrheit ist sie der ersehnte Ausweg aus einem unerträglich gewordenen Zustand, die Flucht aus dem einförmigen, lähmenden Alltag, der stets die alten Schrecken des Krieges und des Todes in neuen Formen und Variationen enthüllt. Mit Billys Reise nach Tralfamadore und der anschließenden Diagnose seiner Tochter in Segment 51, er sei geisteskrank und müsse einen Psychiater konsultieren, endet die Handlung des zweiten (in der Gegenwart und Realität angesiedelten) Erzählstrangs.

Die Länge einzelner Szenen verrät viel über deren inhaltlichen und narrativen Stellenwert. Den Ratschlag der Tralfamadorianer beherzigend, konzentriert sich Billy Pilgrim ganz auf die guten und erfreulichen Augenblicke seines Lebens und versucht, die schlechten und unangenehmen zu ignorieren.

Das längste Segment zeigt die Ankunft der amerikanischen Kriegsgefangenen in Dresden zu Beginn des Jahres 1945 und ihren Marsch durch die Straßen und Gassen der Märchenstadt, die Billy enthusiastisch mit dem »land of Oz« vergleicht (Segment 27, Dauer: 5 min. 41 sec.). Die architektonische Schönheit Dresdens wird durch die deskriptive Montage - das Segment besteht aus 92 Einstellungen[7] - und die eingespielte Musik, das Allegro aus Bachs 3. Klavierkonzert in D-Dur, zusätzlich betont und filmisch überzeugend in Szene gesetzt. Trotz Billys Gefangenschaft ist dies ein Augenblick des Glücks und der Freude; die Einwohner Dresdens - vor allem die Kinder - erscheinen freundlich, ein junger deutscher Soldat der Wachmannschaft lächelt einer Freundin zu, die ihm stolz nachblickt, und die Amerikaner sind guter Laune und zuversichtlich. Die Idylle endet erst, als ein alter verbitterter Mann, dessen Söhne im Krieg gefallen sind, Billy ins Gesicht schlägt, weil dieser unbekümmert mit den Kindern spielt.

Harmonie und herrliche Ansichten der Stadt Dresden/Prag prägen dieses Segment, das nicht nur aufgrund seiner Länge zu einer Schlüsselszene des Films wird. Die Schönheit, die sich in dieser Szene entfaltet, steht natürlich in scharfem Kontrast zu der Zerstörung, die Dresden in der Nacht des 13. Februars 1945 heimsucht, und soll die Sinnlosigkeit und die barbarische Brutalität des Luftangriffs verdeutlichen. »[...] Dresden indeed appears to be heaven. Hill makes us delight in the city when it is alive, so we will be horrified when we see it dead.« (Parshall 1987, 51) Die Bombardierung durch alliierte Streitkräfte tötet einhundertfünfunddreißigtausend Menschen und vernichtet die Stadt komplett. Die Märchenstadt wird zu einem Ruinenfeld (Segment 44).

Das zweitlängste Segment des Films (Segment 48, Dauer: 5 min. 31 sec.) schildert Montanas Ankunft in der Kuppel auf Tralfamadore - unmittelbar nach der Empfehlung des Tralfamadorianers in Segment 47: »Ignore the bad times, and concentrate on the good!« In der Einsamkeit wird die Gesellschaft eines menschlichen Wesens, noch dazu einer attraktiven Schauspielerin, zu einer überaus positiven Erfahrung für Billy. Die beiden Menschen finden bald zueinander und gründen eine Familie, die Billy endlich das Glück bringt, das er lange ersehnt hat. In seiner Vorstellung schafft er sich eine ideale Welt und eine ideale Partnerin, eine utopische Idylle abseits der menschlichen Gesellschaft, in der Friede und Harmonie, gegenseitiges Verständnis und Liebe herrschen.

Segment 20 ist mit einer Dauer von 4 Minuten und 32 Sekunden die drittlängste Szene und zeigt wiederum ein erfreuliches Erlebnis aus Billys Leben: Im Lazarett des deutschen Kriegsgefangenenlagers stellt sich ihm Edgar Derby vor und wird zu einem väterlichen Freund und Beschützer. Sie unterhalten sich über ihr Leben in der Heimat, ihre Familien und über die Zukunft.

---

7 Segment 27 wird nur noch übertroffen durch die 102 Einstellungen des 42. Segments (vgl. Filmprotokoll im Anhang).

Sind die - wenigen - guten Momente seines Lebens auch ausführlich und lang dargestellt, so gelingt es Billy doch nicht völlig, die schlechten Momente zu ignorieren. Seine verzweifelte Lage hinter den feindlichen deutschen Linien während des Zweiten Weltkriegs, die Zerstörung Dresdens, sein Nervenzusammenbruch nach dem Krieg, sein ermüdendes und oberflächliches bürgerliches Leben in den fünfziger und sechziger Jahren, sein distanziertes Verhältnis zu seiner Familie, der Flugzeugabsturz zu Beginn des Jahres 1968, der ihn beinahe das Leben kostet, und der tragikomische Tod seiner Frau Valencia sind Stationen seiner leidvollen Existenz, die im Film ebenso wie im Roman geschildert werden.

Besondere Bedeutung kommt hierbei den Segmenten zu, die den Luftangriff auf Dresden vorbereiten und darstellen. Die Zerstörung der Stadt und der tausendfache gewaltsame Tod ihrer Bevölkerung sind die zentralen Erlebnisse in Billys Vergangenheit, die ihn geprägt und ihn seiner Hoffnungen auf eine bessere, menschlichere Zukunft beraubt haben. Ausführlich zeigt der Film in den Segmenten 38 und 40 den Tag vor dem Angriff, in Segment 42 schließlich die Bombardierung selbst. Einblendungen des Orts, des Datums und der Zeit und eingeschnittene Originalaufnahmen der Bombenabwürfe erhöhen in diesen Szenen den dokumentarischen Charakter der Schilderung und verweisen auf die Historizität des Ereignisses.

Eine ähnliche Gewichtung erhalten die Segmente, die den Absturz des Flugzeugs Anfang 1968, Billys schwere Verletzungen, seine Operation und seine langsame Genesung und den Tod seiner Frau schildern. Diese Ereignisse nach 1948 treten in den Segmenten 28, 30-33 und 35-37 auffallend geballt auf, schieben die Geschehnisse während des Weltkriegs in den Hintergrund und lassen den zweiten Erzählstrang für einige Zeit die Struktur des Films dominieren, bevor die Handlung mit Segment 38 zur Zerstörung Dresdens zurückkehrt. Die spätere, private Katastrophe der sechziger Jahre wirkt als retardierendes Moment und zögert die Darstellung der historischen Katastrophe der vierziger Jahre hinaus, die dann gleichsam das individuelle Schicksal übersteigt und die Perspektive auf die Allgemeingültigkeit menschlichen Leidens ausweitet. Angesichts des Ausmaßes dieses Leidens erscheint es nahezu unmöglich, die guten Zeiten des Lebens sorglos zu genießen und die schlechten einfach hinzunehmen und gelassen zu ertragen.

Die einzelnen Segmente sind durch spezifisch filmische Gestaltungsmittel oder - wie in der literarischen Vorlage - durch assoziative Reize und Verknüpfungen auf inhaltlicher Ebene miteinander verbunden. Zu den filmischen Gestaltungsmitteln zählen beispielsweise überlappender Ton, *voice-over*-Verfahren und schnell geschnittene Parallelmontagen, die unterschiedliche Handlungsstränge an ihren Berührungspunkten ineinander verzahnen und regelrecht verschmelzen.

Am Ende von Segment 1 bereitet das Motorengeräusch fahrender Panzer aus Segment 2 bereits den Sprung in die Vergangenheit vor. Ebenso wird in Segment 15, als Billy nach seinem Nervenzusammenbruch im Jahre 1948 im Krankenhaus mit Elektroschocks behandelt wird, ein Geräusch aus dem folgenden Segment vorgezogen. Während Billy sich unter den Schocks aufbäumt, ertönt schon das schrille Signal des Zuges, der die amerikanischen Kriegsgefangenen transportiert und der erst in der nächsten Einstellung zu sehen sein wird. Geräusche dienen als akustische Brücke von einem Segment zum nächsten und deuten durch ihr plötzliches schockartiges Auftreten die abrupte Unmittelbarkeit und verstörende Wirkung der unkontrollierten Zeitsprünge an.

In den Segmenten 38, 40 und 47 werden jeweils Dialoge aus den vorangegangenen Szenen als *voice over* weitergeführt und so Verbindungen zwischen unterschiedlichen Zeit- und Realitätsebenen erzeugt. Bei den Bildern der Bevölkerung Dresdens vor der Bombardierung hört man die Worte des Militärhistorikers B. C. Rumfoord, der die Zerstörung der Stadt als Vergeltung für die Kriegsverbrechen der Deutschen rechtfertigt (Segmente 38 und 40). Nach der Bombardierung bergen die überlebenden Kriegsgefangenen die Leichen aus den Trümmern, während ein Bewohner des Planeten Tralfamadore als *voice over* seine Philosophie der Gelassenheit erläutert und Billy von der unvermeidlichen Katastrophe, die eines Tages das gesamte Universum zerstören wird, berichtet (Segment 47). Sowohl die rechtfertigenden Worte Rumfoords als auch die zweifelhaften Lehren des Tralfamadorianers stehen in spannungsreicher Beziehung zu den Bildern, die sie begleiten. Zum einen relativieren die Szenen friedvoller Zivilisten und spielender Kinder in den überfüllten Straßen Dresdens die Erklärungen Rumfoords über die Rechtmäßigkeit des verheerenden Luftangriffs, zum anderen entlarven die Leichenberge und zerbombten Häuser die tralfamadorianische Philosophie der Unabwendbarkeit aller Geschehnisse als eine menschenverachtende Haltung ohnmächtiger Schicksalsergebenheit und zynischer Resignation. Das *voice over*-Verfahren ermöglicht somit nicht nur Übergänge zwischen einzelnen Segmenten, sondern veranschaulicht durch die Gegenüberstellung von Ton und Bild auch die kritische Auseinandersetzung mit den politischen, sozialen und philosophischen Positionen, die durch einzelne Figuren des Films vertreten werden.

Parallelmontagen schließlich verbinden in den Segmenten 11, 23, 35, 42 und 44 vergleichbare Ereignisse verschiedener Erzählstränge miteinander. Die Einstellungen sind dabei teilweise so schnell zusammengeschnitten, daß die Zeitebenen geradezu verschmelzen. So reagiert Billy beispielsweise in den Segmenten 10 und 11 mit der gleichen Mischung aus kindlicher Naivität und teilnahmslosem Gehorsam auf die Anweisungen der Photographen, die ihn einmal während des Zweiten Weltkriegs für Propagandazwecke, das andere Mal anläßlich der Einweihung des ›Pilgrim Buildings‹ zu Beginn der sechziger Jahre ablichten. Am Ende des Segments 42 werden drei Einstellungen einer Verkehrsampel - erst mit rotem, dann mit gelbem, schließlich mit grünem Signal - zwischen die Aufnahmen einer flackernden Glühbirne geschnitten, die im Keller des Schlachthofs 5 während der Bombardierung Dresdens auf und ab tanzt. Die Verkehrsampel gehört bereits zum nächsten Segment, in dem Barbara ihren Vater Billy im Jahre 1968 vom Krankenhaus abholt und mit dem Auto nach Hause fährt.

Neben diesen filmischen Gestaltungsmitteln bestimmen inhaltliche Elemente in Form assoziativer Verknüpfungen die Struktur des Films und die Reihenfolge der Segmente. In Segment 8 werden Billy, Lazzaro und Weary von deutschen Soldaten gefangengenommen. Einer der Deutschen fordert Weary auf, seine Stiefel auszuziehen. Sofort beginnt das nächste Segment, Billys und Valencias Hochzeitsnacht im Spätsommer 1948, mit einem Schwenk der Kamera über Billys Stiefel, die am Boden liegen.

Segment 24 schildert eine Szene, die nicht in Vonneguts Roman vorkommt: Billy besucht mit seiner Frau und seinen beiden Kindern ein Autokino. Auf die freizügige Darbietung der Schauspielerin Montana Wildhack reagieren Valencia und Tochter Barbara mit Empörung, Billy und Robert hingegen genießen den Anblick der nackten Verführerin auf der Leinwand. Vater und Sohn teilen ein gemeinsames Interesse. Das folgende Segment 25 zeigt Billy und Derby auf ihrem Transport nach Dresden. Derby schreibt einen Brief an seine Frau, in dem er ihr mitteilt, wie stolz er auf seinen Sohn ist, der ebenfalls Militärdienst leistet. Das gute Verhältnis zwischen Vater und Sohn imponiert Billy. Schon folgt der Sprung zum nächsten Segment, in dem Billy im Jahre 1965 den sechzehnjährigen Robert aus dem Gewahrsam der Polizei abholt; er wurde festgenommen, weil er einen katholischen Friedhof geschändet hat. Das übergreifende Thema dieser drei Segmente ist die Vater-Sohn-Beziehung, die im Falle Derbys vorbildlich erscheint, im Falle Billys jedoch scheitert.

Billys Sohn Robert tritt in Segment 45 noch einmal, diesmal in der Uniform eines *Green Berets*, auf, um sich mit seinem Vater zu versöhnen; den Stolz, den Derby angesichts des militärischen Engagements seines Sohnes fühlt, kann Billy seinerseits allerdings nicht empfinden. Unmittelbar davor wird in Segment 44 das tragische Schicksal des jungen deutschen Soldaten geschildert, der seine Familie und seine Freunde bei dem Luftangriff auf Dresden verloren hat und von panischem Schrecken erfaßt wird, als er mit dem Anblick der zerstörten Stadt konfrontiert wird. Durch die Anordnung der Segmente wird Robert assoziativ mit dem deutschen Soldaten verknüpft und der Vietnam-Krieg als blutiger Nachfolger des Zweiten Weltkriegs gekennzeichnet. Die Teilnehmer dieser Kriege - Billy, sein Sohn Robert und der junge deutsche Soldat - erscheinen gleichermaßen als Opfer historischer Tragödien, die im anklagenden Untertitel des Romans, *The Children's Crusade*, paradigmatisch benannt sind.

Ebenso wie in der literarischen Vorlage wird natürlich auch in Hills Verfilmung die traditionelle, lineare Dramaturgie epischer Prägung durch die Zeitsprünge des Protagonisten aufgelöst. Spannung entsteht nicht mehr durch die chronologische Abfolge unvorhergesehener Ereignisse, sondern durch die Verknüpfung scheinbar unzusammenhängender Zeitstufen, die assoziativ miteinander verbunden werden, um die lähmende Gleichförmigkeit und Tragik der Existenz Billys zu verdeutlichen. Diese Aufhebung einer dramaturgischen Entfaltung von Handlung in zeitlich korrekter Folge ist im Film zwar nicht so radikal durchgeführt wie in Vonneguts Roman, doch läßt sich das Prinzip der Vorwegnahme auch hier feststellen.

Als eine moderate Anwendung dieses Prinzips können die auffällig in Szene gesetzten Masken verstanden werden, die sowohl in Segment 28 als auch in Segment 40 ein nahendes Unheil ankündigen. Vor dem Start des Flugzeugs in Segment 28 sieht Billy zwischen den Menschen, die am Rande der Startbahn winkend Abschied nehmen, wie in einer Vision die Männer stehen, die ihn später blutüberströmt an der Absturzstelle finden und retten werden. Der Anblick ihrer Skimasken wirkt bedrohlich und deutet als böses Omen bereits die tödliche Katastrophe an. Billy verhält sich in diesem Augenblick äußerst untypisch - aber dennoch menschlich! Er versucht, den Start des Flugzeugs zu verhindern, um dadurch das Leben der Menschen an Bord zu retten. Um die filmische Spannung in einem traditionellen Sinne zu steigern, fällt Billy kurzfristig aus seiner Rolle des gelassenen und emotional unbeteiligten Zeitreisenden heraus und versucht tatsächlich, den Ablauf der Zeit zu verändern. Diese Reaktion zeigt, wie sehr die tralfamadorianische Philosophie des geduldigen Ertragens dem menschlichen Naturell widerspricht - und es mag kein Zufall sein, daß die Skifahrer, die eigentlich zu Billys Lebensrettern werden, in ihren Masken unheimlich und unmenschlich aussehen und wie Wesen von einem anderen Planeten erscheinen. Sie verkörpern sozusagen die Bewohner Tralfamadores, die einerseits hilfreich und trostspendend auftreten, andererseits jedoch das menschliche Mitgefühl und den menschlichen Wunsch nach Veränderung und Verbesserung gesellschaftlicher Zustände in Billy abtöten. Sein Versuch, den Start des Flugzeugs zu verhindern, ist sein letztes Aufbäumen gegen Fatalismus und Resignation.

In Segment 40 spielen maskierte Kinder in den Straßen von Dresden. Auch hier kündigen die Masken eine Katastrophe an, denn in der folgenden Nacht wird der alliierte Luftangriff die Stadt völlig zerstören. Darüber hinaus haben die Masken aber auch in dieser Szene eine ambivalente Wirkung. Sie erscheinen im Bild, als Rumfoord in seinem *voice-over*-Kommentar gerade von den Kriegsverbrechen der Deutschen und den Vernichtungslagern der Nazis spricht. Die unmenschlichen und barbarischen Auswüchse des Faschismus nehmen in den Fratzen und Tiermasken der Kinder Gestalt an. Das häßliche Antlitz brutaler Gewalt und menschenverachtender Ideologie blickt dem Zuschauer aus den Gesichtern unschuldiger Kinder entgegen. Natürlich tragen diese Kinder keine Schuld an den Verbrechen Deutschlands; natürlich werden sie zu Opfern der Vergeltungsmaßnahmen der alliierten Streitkräfte. Der Krieg macht keine Unterschiede zwischen Tätern und Opfern.

Deutlicher gestaltet sich das narrative Prinzip der Vorwegnahme bei dramatischen Geschehnissen, die ihr Überraschungspotential dadurch verlieren, daß sie schon vorzeitig explizit angekündigt werden, wie beispielsweise der sinnlose Tod Edgar Derbys in den Ruinen von Dresden. In Segment 13 und in Segment 21 wird die standrechtliche Erschießung Derbys bereits erwähnt, zuerst von Billys Mutter im Krankenhaus für Veteranen, dann von Billys Frau Valencia an ihrem 18. Hochzeitstag. Der Zuschauer ist also schon darauf vorbereitet, wenn die Exekution in Segment 49 tatsächlich gezeigt wird. Sie spielt sich dabei wie nebensächlich im Hintergrund ab, während sich im Vordergrund zwei SS-Offiziere über den Wert der kleinen Porzellanfigur unterhalten, die Derby zum Verhängnis wurde. Ebenso wie für den Leser des Romans stellt für den Betrachter des Films der Tod Derbys an sich keine Überraschung mehr dar, so daß die Hinrichtung nicht mehr groß in Szene gesetzt werden muß. Sie erscheint als Selbstverständlichkeit, als Belanglosigkeit, die nur zufällig von der Kamera registriert wird. Aber natürlich wirkt gerade dieses Desinteresse am menschlichen Sterben, das in den Hintergrund der Bildkomposition geschoben wird, schockierend. Die Inszenierung wird zum filmischen Äquivalent der emotionslosen Berichterstattung, die am Ende des Romans Derbys Tod in wenigen Worten zusammenfaßt - »Somewhere in there the poor old high school teacher, Edgar Derby, was caught with a teapot he had taken from the catacombs. He was arrested for plundering. He was tried and shot.« (Vonnegut 1977, 186) -, und sie wird zum filmischen Äquivalent der stereotypen Formel »So it goes«, die Vonnegut in seinem Roman jedem geschilderten Todesfall folgen läßt (vgl. Horton 1984, 84f.).[8] Die Ambivalenz in der Bewertung des Todes und der angemessenen Haltung gegenüber dem menschlichen Leid, die den ganzen Roman prägt, findet in dieser Zuspitzung ihren stärksten Ausdruck. »If at times ›So it goes‹ reads like a resigned ›Let it be‹, it more often comes through as the reverse: ›Let it be *different* - let all these dead live!‹« (Allen 1991, 96)

Die vermeintliche Distanz zum menschlichen Leiden und kühle Betrachtung des sinnlosen Sterbens vermitteln nicht etwa Gefühllosigkeit und Hartherzigkeit, sondern erwecken sowohl beim Leser als auch beim Filmzuschauer in Wahrheit tiefe Anteilnahme.

Vonneguts Roman wie auch Hills Film machen die Ambivalenz zum fundamentalen Prinzip ihrer jeweiligen narrativen Struktur. Und doch kristallisiert sich aus dieser Ambivalenz eine eindeutige Botschaft heraus.

Billy Pilgrim leidet an seiner Existenz. Verstärkt wird sein Schmerz durch die Erlebnisse im Zweiten Weltkrieg. Gewalt und Tod, die Zerstörung Dresdens und das sinnlose Sterben unzähliger Menschen erschüttern ihn, die Scheinheiligkeit und biedere Langeweile seines bürgerlichen Lebens nach dem Krieg lähmen ihn und lassen ihn resignieren, und die Einsicht, daß auch nach den niederschmetternden Erfahrungen des Weltkriegs die Bereitschaft der Menschen zu militärischen Auseinandersetzungen nicht gesunken ist, läßt ihn endgültig am Leben verzweifeln.

Er flieht aus der schmerzlich empfundenen Gegenwart und aus der menschlichen Gesellschaft in die Vergangenheit und in die Phantasiewelt Tralfamadores und versucht, die positiven Erfahrungen seines Lebens zu genießen, die negativen zu ignorieren. Doch die tralfamadorianische Philosophie, die Billy dabei als Grundlage seiner Lebens- und Sichtweise dient, entlarvt sich selbst als inadäquat. Vordergründig scheint sie Billy Trost zu spenden und ihm zu helfen, seine Existenz und die Schrecken der Geschichte leichter zu ertragen, doch tatsächlich kettet sie ihn an die Ereignisse, denen er zu entkommen versucht. Statt der Vergangenheit zu entfliehen, findet sich Billy immer wieder in sie verstrickt. Denn seine Bewegung durch die Zeit bedeutet faktisch den Stillstand der Zeit und die

8 Zur filmischen Umsetzung des literarischen »So it goes« äußert sich Vonnegut selbst: »And the way they did it - I think maybe this was Hill's invention, I don't know - is, there's no opportunity to mourn. Everytime somebody's killed, WHAM: They cut instantly. There's no time for anybody to gather around the graveside or any of that, or to weep and say, oh, what a good guy he was, and what a shame, and all that. Nothing. Cut to a radically different situation before you even have time to regret the death of the person.« (Bianculli 1985, 43)

permanente Verfügbarkeit eines jeden zeitlichen Augenblicks. Zeit und Leben verändern und entwickeln sich nicht mehr für ihn, sondern *sind* und bleiben unumstößlich. Billy wird zum Gefangenen seiner trostlosen Existenz, und selbst in seinen Phantasievorstellungen ist er nichts anderes als ein Gefangener auf einem fernen Planeten (vgl. Atwell 1972/73, 9 und Parshall 1987, 53).

Hierin liegt die Paradoxie der tralfamadorianischen Lebensweise, die sich Billy zu eigen gemacht hat, und ihre grausame Ironie. Billys Zeitsprünge befreien ihn nicht etwa von der Vergangenheit und den Schrecken des Krieges, sondern werfen ihn immer wieder in die Vergangenheit zurück; sie verbinden Gegenwart und Vergangenheit, privates Unglück und historische Katastrophen zu einem dicht gewobenen Netz quasi simultaner Erfahrungen, die ein zutiefst pessimistisches Weltbild begründen: Es gibt keinen wahren Fortschritt, keine positive gesellschaftliche Entwicklung. Denn es gibt keinen Sinn im Universum, und jeder Versuch der Menschen, einen Sinn zu konstruieren, ist ein hoffnungsloses Unterfangen, eine Illusion, die lediglich die Absurdität aller Dinge mindern und das Leben etwas erträglicher machen soll (vgl. Harris 1990 und Schulz 1975, 162ff.). Und nur ein Träumer, Phantast und Flüchtling aus der linearen Zeit scheint dies erkennen zu können!

Damit geben sich Vonnegut und Hill jedoch nicht zufrieden: Sie durchschauen wohl die geistige und moralische Rückständigkeit der modernen Welt, ihr Verharren in veralteten ideologischen Strukturen und die Bequemlichkeit der Menschen, die lieber resignieren anstatt aktiv zu werden. Aber sie predigen nicht Resignation und passives Erdulden. Robert Merrill und Peter A. Scholl betonen, daß »novels of social protest are not written by cynics or nihilists. Surely protest implies the belief that man's faults are remediable.« (Merill/Scholl 1990, 143) Was für Vonnegut gilt, gilt auch für Hill. »While not a cynic, Hill [...] does not believe that this is the best of all possible worlds.« (Horton 1984, 1) Wer sich bemüht, menschliches Leid überzeugend darzustellen und auf gesellschaftliche Mißstände aufmerksam zu machen – sei es in der Literatur oder im Medium Film –, möchte meist etwas damit bewirken. *Slaughterhouse-Five* zeigt am Schicksal Billy Pilgrims die Ursachen und die Konsequenzen einer Abkehr von der Gegenwart und der Realität, fordert aber gleichzeitig eine kritische Reaktion seiner Rezipienten auf die paradoxe Flucht durch Zeit und Raum.

Die narrative Struktur des Films und die dramaturgische Abfolge der Segmente erwecken den Eindruck einer glücklichen Lösung des existentiellen Dilemmas. Nachdem mit Segment 51 der zweite Handlungsstrang in der Erzählgegenwart 1968 beendet ist, zeigt Segment 52 Billys Tod am 13. Februar 1976. Die letzte Einstellung dieser Sequenz wird durch eine Überblendung zur ersten Einstellung des folgenden Segments 53: Billy, der 54jährige tote Mann, wird zu Billy, dem 23jährigen schlafenden Jüngling, der in den Trümmern Dresdens erwacht. Schließlich kehrt der Film mit Segment 54 auf den Planeten Tralfamadore zurück und feiert gemeinsam mit Billy, Montana und den jubelnden und applaudierenden Tralfamadorianern die Geburt des Babys. Die Symbolik von Tod und Wiedergeburt – das Baby trägt bezeichnenderweise den Namen Billy – und ein festliches Feuerwerk am Sternenhimmel suggerieren ein triumphales Finale der Leidensgeschichte Billys. Und tatsächlich geriet hauptsächlich dieses Ende - bezeichnet als »happy and escapist conclusion« (Strick 1972, 233) und »fairy-tale final shots« in einer Art »Hollywood Heaven« (Parshall 1987, 56) - ins Kreuzfeuer der Kritik. »It is a winning - and winsome - device, and we depart in an kind of mindless chuckle at what feels good.« (Isaacs 1973, 130; vgl. Ulrich 1972, 9)

Die Kritiker übersahen dabei aber den Umstand, daß die Szenen, die wir sehen, und auch die Reihenfolge, in der wir sie sehen, ganz der subjektiven Wahrnehmung Billys unterliegen. Der Film - »a *mental continuum*, reflecting inner experience« (Atwell 1972/73, 7) - erzählt die Geschichte ganz aus Billys Perspektive, und somit *muß* das Ende der Geschichte eine wundervolle Utopie sein - die Wunschvorstellung eines Mannes, der an den Umständen seiner Zeit und seines Lebens gescheitert ist.

Die Subjektivität der gesamten Darstellung verdeutlicht Hill bereits in der ersten Einstellung des Films. Die Kamera filmt aus Billys Haus durch mehrere Fenster nach draußen, wo Barbara und Stanley aus dem Auto steigen, nach Billy rufen, das Gebäude umrunden und versuchen, ihrerseits ins Innere des Hauses zu blicken. Der filmische Blick geht von der verschlossenen und zunächst noch unzugänglichen Innenwelt nach außen. Der Zuschauer wird in die Perspektive Billys gezwungen und bleibt dort für den Rest des Films.

So entsteht die Ambivalenz, die sowohl in Vonneguts Roman als auch in Hills Verfilmung die Rezeption über weite Strecken bestimmt. Für Billy erscheint die tralfamadorianische Philosophie und Lebensweise, die in beiden Medien direkt auf die Erzählstruktur einwirkt, durchaus angemessen und als praktikable Lösung seiner existentiellen Krise, den Lesern und Zuschauern jedoch enthüllt eine objektive Betrachtung seines Schicksals die unannehmbare Tragweite dieser Haltung.

Für das angemessene Verständnis des Films ist es daher wichtig, die Subjektivität der Handlung zu erkennen. *Slaughterhouse-Five* erzählt nicht die Entwicklung eines menschlichen Lebens von der Vergangenheit über die Gegenwart in die Zukunft, sondern die schrittweise Ablösung und Flucht aus der Gegenwart und aus der Realität. Tralfamadore ist kein Ort, wo Billy in der Zukunft ein glückliches und harmonisches Leben führen wird, sondern eine Phantasiewelt, die ihm als Zuflucht vor den Schrecken seiner Zeit dient. Aber auch dieses Paradies beherbergt eine Schlange. Parshall betont, daß Tralfamadore im Film weitaus positiver dargestellt wird als in Vonneguts Roman (Parshall 1987, 53ff.). Vor allen Dingen die überaus sympathische Zeichnung Montanas, ihr Verständnis und ihre Liebe zu Billy geben den Tralfamadore-Szenen des Films ihren utopischen Charakter. »By putting such a desirable dream girl into the dome, Hill has changed its whole atmosphere; it is no longer Vonnegut's plastic prison, but the pleasure dome of Kubla Kahn.« (Parshall 1987, 56)

Die zentrale Aussage über diesen fernen Planeten und dessen Bewohner fehlt jedoch auch in der Verfilmung nicht: Als Billy nach seinem freien Willen fragt, antwortet sein tralfamadorianischer Gesprächspartner, daß man lediglich auf der Erde von einem eigenen, freien Willen spreche. Der Zustand der Gelassenheit muß mit der Preisgabe des freien Willens und der Preisgabe der Entschlossenheit, Dinge positiv zu verändern, teuer erkauft werden.

Das scheinbar glückliche Ende des Films entpuppt sich aus objektiver Sicht als endgültiger Realitätsverlust des Protagonisten, als Niederlage gegen die niederschmetternden Erfahrungen seines Lebens und seiner Zeit (vgl. Atwell 1972/73, 9 und Horton 1984, 98).

Für Billys Schicksal findet Hill zu Beginn und gegen Ende des Films zwei prägnante visuelle Metaphern: In Segment 2, während der Einblendung der Titel in den Einstellungen 18 bis 23, irrt Billy durch eine scheinbar endlose Winterlandschaft, eine einsame dunkle Gestalt in der weiten, weißen, schneebedeckten Einöde. Verloren hinter den deutschen Linien bewegt er sich durch die Trostlosigkeit und scheint in der monotonen, menschenfeindlichen Welt, die ihn umgibt, dennoch nicht voranzukommen. Als Filmmusik erklingt das getragene Largo aus Bachs Klavierkonzert Nr. 5 in F-Moll und verleiht der Szenerie durch seinen ruhigen, bedächtigen Rhythmus und sein verhaltenes Pathos einen Grad an Abstraktion und Allgemeingültigkeit, der das rein Anekdotische und Individuelle der Situation zu einer existentiellen Grunderfahrung des Menschen transzendiert.

Ist Billy - der wandernde Pilger als Symbol für den Menschen schlechthin - hier zumindest noch in Bewegung, so erstarrt er gegen Ende des Films in ohnmächtiger Bewegungslosigkeit. In Segment 53 nämlich liegt er hilflos auf einer Straße in der zerstörten Stadt Dresden. Unter dem Gewicht einer großen Standuhr ist er zusammengebrochen, und die Uhr drückt ihn nun bewegungslos zu Boden. Billy Pilgrim wurde von der *Zeit* überwältigt und erschlagen, er ist ein Opfer *seiner Zeit* geworden (vgl. Horton 1984, 97).

In diesen beiden Bildern, der rastlosen Bewegung durch die einförmige Winterlandschaft und dem Stillstand des Lebens unter der Last der Uhr, spiegelt sich die tragische paradoxe Existenzform Billys wider. Seine Zeitreisen führen ihn immer wieder nur zurück zu den schrecklichen Erfahrungen seiner Vergangenheit und zu den Ruinen des 20. Jahrhunderts; seine Flucht endet in Resignation und Stillstand. Angesichts einer Gesellschaft, die sich ihrerseits nicht weiterentwickelt, flieht er mit Hilfe seiner Phantasie in eine regressive Traumwelt, die seinen Ansprüchen genügt. Die diminutive Form seines Namens ›Billy‹[9] und seine rückwärts gerichteten Sprünge durch die Zeit verweisen darauf, daß er im Grunde nicht erwachsen geworden, sondern auch im Alter noch immer ein Kind, beziehungsweise ein Heranwachsender - und somit ein Außenseiter - geblieben ist.[10]

Billy gewinnt die Sympathien der Leser und der Filmbetrachter; im Roman entwickelt er sogar messianische Züge und erscheint als Postfiguration Jesu Christi (vgl. Allen 1991, 86ff. und Schulz 1975, 159f.). Dennoch ist sein Weg der falsche Weg, und Buch und Film führen dies durch die konsequente Darstellung

9 Zur Namenssymbolik vgl. auch Horton 1984, 90f.

10 Billys Außenseitertum, seine Entfremdung und Distanz zur amerikanischen Gesellschaft zeigen sich auch in dem Umstand, daß ihn die Russen (in Segment 53) sofort als Amerikaner erkennen, seine eigenen Landsleute ihm hingegen (in Segment 6) nicht glauben, daß er Amerikaner ist, und seine Nationalität mit Fragen zur heimischen Baseball-Liga überprüfen wollen.

aus subjektiver Perspektive vor Augen. Die tralfamadorianische Philosophie hilft nicht, die Vergangenheit zu bewältigen, sondern bietet nur eine Fluchtmöglichkeit aus dem menschlichen Denken und Empfinden. Billys Flucht erscheint zwar erfolgreich, aber sie bleibt dennoch nichts anderes als eine Flucht aus der Realität.

Bibliographie

Allen, William Rodney: Understanding Kurt Vonnegut, Columbia 1991. [zitiert als: Allen 1991]

Atwell, Lee: Two Studies in Space-Time, in: Film Quarterly 26/2 (1972/73), 2-9. [zitiert als: Atwell 1972/73]

Bianculli, David: A Kurt Post-mortem on the Generally Eclectic Theater. Kurt Vonnegut interviewed by David Bianculli, in: Film Comment 21/6 (1985), 41-44. [zitiert als: Bianculli 1985]

Cortesi, Mario: Schlachthof 5, in: Nationalzeitung, 01.07.1972. [zitiert als: Cortesi 1972]

Dimeo, Stephen: Novel into Film: So It Goes, in: The Modern American Novel and the Movies, hg. von Gerald Peary und Roger Shatzkin, New York 1978, 282-292. [zitiert als: Dimeo 1978]

Donner, Wolf: Kriegsspiele, in: Die Zeit, 03.11.1972. [zitiert als: Donner 1972]

Harris, Charles B.: Illusion and Absurdity: The Novels of Kurt Vonnegut, in: Critical Essays on Kurt Vonnegut, hg. von Robert Merrill, Boston 1990, 131-141. [zitiert als: Harris 1990]

Horton, Andrew: The Films of George Roy Hill, New York 1984. [zitiert als: Horton 1984]

Isaacs, Neil D.: Unstuck in Time: ›Clockwork Orange‹ and ›Slaughterhouse-Five‹, in: Literature/Film Quarterly 1/ 2 (1973), 122-131. [zitiert als: Isaacs 1973]

Madsen, Axel: Year of Vonnegut, in: Sight and Sound 40/4 (1971), 190-191. [zitiert als: Madsen 1971]

Merrill, Robert/Scholl, Peter A.: Vonnegut's ›Slaughterhouse-Five‹: The Requirements of Chaos, in: Critical Essays on Kurt Vonnegut, hg. von Robert Merrill, Boston 1990, 142-151. [zitiert als: Merrill/Scholl 1990]

Monaco, James: American Film Now, New York 1979. [zitiert als: Monaco 1979]

Nelson, Joyce: ›Slaughterhouse-Five‹: Novel and Film, in: Literature/Film Quarterly 1/2 (1973), 149-153. [zitiert als: Nelson 1973]

Parshall, Peter F.: Meditations on the Philosophy of Tralfamadore: Kurt Vonnegut and George Roy Hill, in: Literature/Film Quarterly 15/1 (1987), 49-59. [zitiert als: Parshall 1987]

Patalas, Enno: Mr. Deeds geht in den Weltraum. George Roy Hills ›Schlachthof 5‹ im Münchner Cinémonde, in: Süddeutsche Zeitung, 13.02.1973. [zitiert als: Patalas 1973]

Ponkie: Schlachthof 5, in: Allgemeine Zeitung, 11.02.1973. [zitiert als: Ponkie 1973]

Schulz, Franz: Kurt Vonnegut: ›Slaughterhouse Five‹. Ein telegraphisch-schizophrener Roman über eine absurde, schizophrene Welt, in: Amerikanische Erzählliteratur 1950–1970, hg. von Frieder Busch und Renate Schmidt-von-Bardeleben, München 1975, 155–169. [zitiert als: Schulz 1975]

Stone, Michael: Kritisch gesehen: Dresden, in: Der Tagesspiegel, 15.02.1985. [zitiert als: Stone 1985]

Strick, Philip: ›Slaughterhouse-Five‹, in: Sight and Sound 41/4 (1972), 232f. [zitiert als: Strick 1972]

Ulrich, Franz [=ul.]: ›Schlachthof 5‹, in: Film-Dienst 25/23 (14.11.1972), 8–9. [zitiert als: Ulrich 1972]

Vonnegut, Kurt Jr.: ›Slaughterhouse-Five or The Children's Crusade‹, 11. Auflage, New York 1977. [zitiert als: Vonnegut 1977]

Anhang

»Slaughterhouse-Five«: Filmprotokoll

Segment / Zeit / Einstellungen / Anzahl der Einstellungen / Erzählstrang[1] / Inhalt

1 / 0.00.00 / E 1–14 / 14 / II / 1968 (Gegenwart): Vor dem Haus rufen Billys Tochter Barbara und deren Mann Stanley nach Billy. Billy sitzt an seiner Schreibmaschine und schreibt den Brief an den Herausgeber der Ilium Daily News, in dem er beschreibt, wie er durch die Zeit reist.

2 / 0.01.57 / E 15–26 / 12 / I / Dezember 1944: Zweiter Weltkrieg, Winter. Deutsche Soldaten und Panzer ziehen vorüber; Billy beobachtet sie und irrt alleine durch die schneebedeckte Landschaft (E 18–23: Einblendung der Titel). Eine Hand greift nach Billy und zieht ihn nach unten.

3 / 0.05.05 / E 27–29 / 3 / II / 1968: Billy sitzt an seiner Schreibmaschine (»This morning I was on the planet Tralfamadore with a friend ...«).

---

1 Die Segmente in *Slaughterhouse Five* können verschiedenen Erzählsträngen zugeordnet werden: I Billys Erlebnisse während des Zweiten Weltkriegs 1944/1945. Hierauf entfallen insgesamt 21 Segmente mit zusammen 47 Minuten und 39 Sekunden Spielzeit. II Billys Leben nach dem Krieg 1948–1968. 25 Segmente belaufen sich auf 36 Minuten und 51 Sekunden Spielzeit. III Billys Aufenthalt auf dem Planeten Tralfamadore umfaßt 6 Segmente mit insgesamt 10 Minuten und 43 Sekunden Spielzeit. IV 2 übrige Segmente, die aus diesen narrativen Ebenen herausfallen, belaufen sich auf 2 Minuten und 20 Sekunden. Vgl. hierzu auch Fußnote 4 des Artikels.

4 / 0.05.24 / E 30-32 / 3 / III / Tralfamadore: Billy und Montana in der Kuppel.

5 / 0.05.30 / E 33-35 / 3 / II / 1968: Billy sitzt an seiner Schreibmaschine (»... and I was also trapped behind German lines in World War II.«)

6 / 0.05.47 / E 36-71 / 36 / I / 1944: Billy fällt in den Schützengraben, wo er von Paul Lazzaro und Roland Weary unfreundlich begrüßt wird. Billy beginnt zu beten, während Lazzaro seinen Haß- und Rachephantasien freien Lauf läßt.

7 / 0.08.31 / E 72-81 / 10 / III / Tralfamadore: Montana will Billy einen »kleinen Kuß« geben, um ihn zu beschäftigen und von den Zeitsprüngen abzuhalten.

8 / 0.09.01 / E 82-97 / 16 / I / 1944: Billys verträumte Bemerkung über den »kleinen Kuß« wird von Lazzaro als Anzeichen einer homosexuellen Neigung mißverstanden; er fällt wütend über Billy her. Deutsche Soldaten erscheinen und nehmen Billy, Lazzaro und Weary gefangen. Weary muß seine Stiefel ausziehen.

9 / 0.09.33 / E 98-112 / 15 / II / Spätsommer 1948: Billys Hochzeitsnacht; die Kamera schwenkt über die Stiefel am Boden. Billy und Valencia zeugen einen »neuen Helden«. Valencia verspricht, schlank zu werden.

10 / 0.11.17 / E 113-156 / 44 / I / 1944: Kriegsgefangene werden durch eine zerbombte Stadt geführt. Junge deutsche Soldaten und alte Menschen betrachten teilnahmslos die Amerikaner. Billy soll photographiert werden.

11 / 0.13.13 / E 157-168 / 12 / II / Anfang der 60er Jahre: Einweihung des »Pilgrim Building«: Pressephotographen wollen Billy und seine Familie ablichten - schnell geschnittene Parallelmontage mit den deutschen Photographen aus dem Weltkrieg (vgl. Segment 23).

12 / 0.13.43 / E 169-189 / 21 / I / 1944: Verladebahnhof; Colonel »Wild Bob« sucht Soldaten seiner Einheit, dem 451. Infanterie-Regiment. Die Kriegsgefangenen werden in Waggons verladen.

13 / 0.15.56 / E 190-212 / 23 / II / Frühling 1948: Krankenhaus nach Billys Nervenzusammenbruch in der Optometrie-Schule. Billys Mutter unterhält sich mit Eliot Rosewater, während sich Billy unter seiner Bettdecke versteckt, und gibt einen ersten Hinweis auf Derbys Tod in Dresden.

14 / 0.17.13 / E 213-227 / 15 / I / Januar 1945: Gefangenentransport; Weary stirbt, und Lazzaro schwört, dessen Tod zu rächen.

15 / 0.18.50 / E 228 / 1 / II / Frühling 1948: Krankenhaus nach Billys Nervenzusammenbruch. Mit Elektroschocks wird Billys vermeintliches Kriegstrauma behandelt; der leitende Arzt erwähnt dabei die Bombennacht von Dresden und die zahllosen Opfer.

16 / 0.19.30 / E 229-276 / 48 / I / 1945: Ankunft im Gefangenenlager bei Nacht; Billy empfängt seinen lächerlichen Mantel und entdeckt die Leiche

von »Wild Bob«. Als Billy im Duschraum von Lazzaro angegriffen wird, steht Derby ihm bei und verteidigt ihn. Die Gefangenen müssen duschen.

17 / 0.23.30 / E 277-281 / 5 / IV / Billys Kindheit: Der kleine Billy duscht im Schwimmbad, da packt ihn sein Vater und wirft ihn ins Becken, um ihm das Schwimmen beizubringen. Statt zu schwimmen, geht Billy unter.

18 / 0.24.15 / E 282-319 / 38 / I / 1945: Die Amerikaner werden im Lager an russischen Gefangenen vorbeigeführt und anschließend von den Briten stürmisch begrüßt (»Hail, Hail, the Yanks Are Here!«). Beim Abendessen in der Baracke der Engländer wird Billy ohnmächtig.

19 / 0.27.32 / E 320-380 / 61 / II / 1948/49: Billy spielt im Garten seines Hauses mit Spot; seine schwangere Frau Valencia ruft ihn zum Essen, und er verspricht, gleich zu ihr zu kommen. Die gleiche Szene zu zwei späteren Zeitpunkten während der Schwangerschaft (sozusagen »interne Zeitsprünge« durch Überblendungen). 1949: Billy spielt mit Spot, während Valencia voller Stolz ihr Baby in den Armen hält; Spot pinkelt Valencia ans Bein, und Billy geht mit seinem Hund in den Garten. Dort blickt er sehnsüchtig zum Sternenhimmel. Ein heller Lichtschein (tralfamadorianischen Ursprungs) nähert sich, verharrt kurz und verschwindet wieder.

20 /0.31.26 / E 381-426 / 46 / I / 1945: Billy im Lazarett des Gefangenenlagers, wo ihn Lazzaro erneut bedroht. Derby kommt dazu und stellt sich Billy vor. Er zeigt ihm ein Photo seiner Frau, Billy zeigt ihm ein Photo seiner Mutter. Im Futter von Billys Mantel entdeckt Derby ein Gebiß und einen Diamanten.

21 / 0.35.58 / E 427-450 / 24 / II / 1966: Billys 18. Hochzeitstag. Er schenkt seiner Frau einen Diamantring, und sie verspricht ihm, schlank zu werden (vgl. Segment 9). Sie erzählt den Gästen die Geschichte des Diamanten und fragt dabei nach, wie der Mann hieß, der in Dresden erschossen wurde (zweiter Hinweis auf Derbys Tod, vgl. Segment 13). Billy geht ins Haus und überrascht seinen Sohn Robert im Badezimmer mit einem »Playboy«-Magazin; das Photo der nackten Montana Wildhack im »Playboy« betrachtet Billy mit Wohlgefallen.

22 / 0.38.10 / E 451-474 / 24 / I / 1945: Versammlungsraum im Gefangenenlager. Die Amerikaner sollen nach Dresden verlegt werden und wählen Derby zum Sprecher ihrer Gruppe.

23 / 0.39.39 / E 475-502 / 28 / II / Herbst 1957: Billy wird Präsident des »Lions Club« und hält eine Ansprache - schnell geschnittene Parallelmontage mit Derbys Ansprache vor den Gefangenen (vgl. Segment 11)

24 / 0.41.02 / E 503-530 / 28 / II / 60er Jahre: Billy mit Frau Valencia und ihren beiden Kindern im Autokino: Sie sehen einen Film mit der äußerst freizügigen Montana Wildhack. Während sich Valencia über die Darbietung empört, lächeln Billy und Robert genießerisch.

25 / 0.42.02 / E 531-540 / 10 / I / 1945: Fahrt nach Dresden. Derby schreibt einen Brief an seine Frau, in dem er seinen Stolz auf seinen Sohn, der ebenfalls im Militärdienst ist, bekundet.

26 / 0.42.52 / E 541-547 / 7 / II / 1965: Billy holt seinen sechzehnjährigen Sohn Robert, der einen katholischen Friedhof geschändet hat, bei der Polizei ab.

27 / 0.43.57 / E 548-639 / 92 / I / 1945: Ankunft in Dresden (»land of Oz!«). Am Bahnhof wartet ein kleiner Trupp deutscher Soldaten, allesamt Kinder, angeführt von einem alten Offizier, auf die gefangenen Amerikaner. Sie marschieren gemeinsam durch die Stadt. Ein alter Mann gibt Billy eine Ohrfeige, weil dieser mit den Kindern auf der Straße spielt und lacht, während er seine Söhne im Krieg verloren hat.

28 / 0.49.38 / E 640-691 / 52 / II / Anfang 1968: Aufbruch der Optometriker zu einer Konferenz in Montreal. Während das Flugzeug bereits startet, sieht Billy in der winkenden Menge Männer mit Skimasken, die wie unheimliche Boten auf das kommende Unglück vorausdeuten. Billy versucht, den Start der Maschine zu verhindern - vergeblich. Das Flugzeug erbebt und stürzt ab.

29 / 0.52.24 / E 692-706 / 15 / I / 1945: Ankunft der Kriegsgefangenen im Dresdner Schlachthof. Die Amerikaner müssen den Namen ihrer neuen Unterkunft im Chor nachsprechen: »Schlachthof Fünf.«

30 / 0.53.22 / E 707-721 / 15 / II / 1968: Absturzstelle des Flugzeugs. Billy liegt blutend im Schnee, wo ihn die maskierten Skifahrer entdecken und retten. Er murmelt dabei »Schlachthof Fünf«.

31 / 0.54.12 / E 722-769 / 48 / II / 1968: Valencias kopflose Autofahrt zu Billy ins Krankenhaus; sie fährt unterwegs mehrere andere Wagen an und demoliert ihren Cadillac.

32 / 0.56.24 / E 770-780 / 11 / II / 60er Jahre, Valencias Geburtstag: Geburtstagsüberraschung für Valencia: Billy schenkt ihr einen neuen Cadillac (den sie in Segment 31 zu Schrott fährt). Sie verspricht wieder, abzunehmen (vgl. Segmente 9 und 21). Billys Sohn Robert wird als gelangweilter Teenager im Hippie-Look gezeigt.

33 / 0.58.07 / E 781-785 / 5 / II / 1968: Valencia rast mit ihrem schrottreifen Cadillac in die Notaufnahme des Krankenhauses; auf einer Tragbahre wird sie an Billy, der ebenfalls auf einer Bahre liegt, vorbeigeschoben.

34 / 0.58.37 / E 786 / 1 / I / 1945: Die Kriegsgefangenen werden einen höhlenartigen Gang hinabgeführt.

35 / 0.58.52 / E 787-831 / 45 / II / 1968: Ärzte betrachten im Krankenhaus Röntgenaufnahmen von Billys Schädel; er wird am Kopf operiert. Während der Operation wird immer wieder in die Vergangenheit, nach Dresden 1945, geschnitten. Geräusche der Operation und Dialoge der Chirurgen bleiben dabei als *voice over* konstant und überlagern den Ton der Dresden-Rückblenden: Die Kriegsgefangenen bekommen ihre Schlafstätten im Schlachthof

zugewiesen, werden durch die Straßen Dresdens geführt und bei ihrer Arbeit gezeigt. Dazwischen immer wieder Bilder von Billys Schädeloperation. Eine enge Gasse in Dresden wird durch Überblendung zu einem Krankenhauskorridor; zuvor wird der Zug der amerikanischen Kriegsgefangenen ausgeblendet.

36 / 1.01.14 / E 832-841 / 10 / II / 1968: Krankenhauskorridor. Billys Tochter Barbara erfährt zunächst von einem Arzt, daß ihr Vater nach der Operation überleben wird, dann - von ihrem Mann Stanley -, daß ihre Mutter vor drei Stunden gestorben ist.

37 / 1.02.36 / E 842-855 / 14 / II / 1968: Billy liegt schlafend in einem Krankenhauszimmer mit dem Militärhistoriker B.C. Rumfoord, der gerade Besuch von seiner jungen Frau erhält. Als Rumfoord über Dresden spricht, sagt Billy mit schwacher Stimme, daß er dort gewesen sei.

38 / 1.04.24 / E 856-878 / 23 / I / 13. Februar 1945: Dresden, 15.00 Uhr (eingeblendete Zeitangabe). Flüchtlingsströme ziehen durch die Stadt, mitten unter ihnen die amerikanischen Gefangenen. (*voice over* aus Segment 37)

39 / 1.05.40 / E 879-881 / 3 / II / 1968: Im Krankenhaus erinnert Rumfoord an die Kriegsverbrechen der Deutschen und rechtfertigt somit die Zerstörung Dresdens.

40 / 1.06.00 / E 882-890 / 9 / I / 13. Februar 1945: Dresden, 17.00 Uhr. Die Kriegsgefangenen laufen durch die belebten Straßen Dresdens; maskierte Kinder. (*voice over* aus Segment 39)

41 / 1.06.20 / E 891 / 1 / II / 1968: Billy liegt im Krankenbett.

42 / 1.06.24 / E 892-993 / 102 / I / 13. Februar 1945: Dresden, 21.55 Uhr. Die Gefangenen essen zu Abend. Der US-Nazi Howard W. Campbell jr. tritt auf und versucht, seine Landsleute für den Kampf der Nationalsozialisten gegen die Kommunisten zu gewinnen. Bombenalarm wird ausgelöst. Die Amerikaner und ihre Bewacher steigen in den Keller hinab. Die Bombardierung Dresdens (mit eingeschnittenen Originalaufnahmen); im Keller zittert und wackelt eine nackte Glühbirne; eine Verkehrsampel (aus Segment 43) - erst rot, dann gelb, schließlich grün - wird eingeschnitten.

43 / 1.10.33 / E 994-1010 / 17 / II / 1968: Barbara holt ihren Vater Billy vom Krankenhaus ab und fährt ihn nach Hause; sie möchte, daß er zunächst bei ihr bleibt, aber er lehnt ab. Billy nimmt den alten Spot auf den Arm und verschwindet im Haus.

44 / 1.12.08 / E 1011-1054 / 44 / I / 1945: Dresden. In der Dunkelheit entzünden die Kriegsgefangenen und die deutschen Soldaten Kerzen und steigen aus dem Keller nach oben. (Darin eingeschnitten die Fortsetzung von Segment 43: Billy trägt Spot die Treppen in seinem Haus nach oben.) Die Überlebenden der Bombennacht kommen ins Freie - und stehen in der zerbombten Ruinenstadt. Der junge deutsche Soldat rennt verzweifelt durch die Trümmer und in ein brennendes Haus, wo er seine Familie oder seine Freundin vermutet.

45 / 1.15.50 / E 1055-1099 / 45 / II / 1968: Robert in der Uniform eines *Green Berets* in Billys Schlafzimmer; er erzählt vom Vietnamkrieg und bittet um Verzeihung für sein Verhalten in seiner früheren Jugend. Billy liegt müde auf dem Bett und blickt sehnsüchtig durch das Fenster zum Sternenhimmel. Nachdem Robert (mit militärischem Gruß) gegangen ist, erscheint der Lichtschein wieder (vgl. Segment 19) und entführt Billy und Spot nach Tralfamadore.

46 / 1.19.26 / E 1100-1107 / 8 / III / Tralfamadore: Billys Ankunft auf Tralfamadore. Er erfährt von den Tralfamadorianern, daß man nur auf der Erde von einem »eigenen, freien Willen« spricht.

47 / 1.20.51 / E 1108-1136 / 29 / I / 1945: Die amerikanischen Kriegsgefangenen müssen helfen, die Leichen in Dresden zu bergen und zu verbrennen. *Voice over*: Der Tralfamadorianer erläutert Billy lakonisch das Ende des Universums und die Unvermeidlichkeit der Katastrophe. Die Lebensphilosophie der Tralfamadorianer: Ignoriere die schlechten Augenblicke des Lebens und genieße die guten Momente!

48 / 1.23.13 / E 1137-1192 / 56 / III / Tralfamadore: Montanas Ankunft in der Kuppel. Billy beruhigt die verwirrte Montana und erläutert ihre Situation. Unter dem Sternenzelt kommen sich die beiden näher.

49 / 1.28.44 / E 1193-1206 / 14 / I / 1945: Derby findet in den Ruinen von Dresden die Porzellan-Tänzerin und wird wegen Plünderung erschossen. Billy wird ohnmächtig.

50 / 1.29.58 / E 1207-1236 / 30 / III / Tralfamadore: Montana tanzt im Kreis (und erinnert dabei an Derbys Porzellanfigur). Sie vertraut Billy an, daß sie sich ein Kind wünscht.

51 / 1.32.00 / E 1237-1262 / 26 / II / 1968: Billys Tochter und sein Schwiegersohn wollen, daß er einen Psychiater aufsucht (Fortsetzung von Segment 1); der Schwiegersohn fragt Billy, wie weit er in die Zukunft springen kann. Er antwortet, bis zu seinem Tod.

52 / 1.33.25 / E 1263-1280 / 18 / IV / 13. Februar 1976 (Zukunft): Billys Tod bei einem öffentlichen Vortrag durch Lazzaro. Durch Überblendung wird Billys altes Gesicht zu seinem jugendlichen Gesicht der vierziger Jahre.

53 / 1.35.00 / E 1281-1293 / 13 / I / 1945: Kriegsende. Billy erwacht in Dresden. Die deutschen Soldaten sind abgerückt. Lazzaro und andere plündern die zerbombten Häuser und lassen Billy mit einer großen Standuhr unter dem Arm alleine zurück, als sich russische Truppen nähern. Billy fällt zu Boden und bleibt hilflos unter der Uhr liegen.

54 / 1.36.24 / E 1294-1300 / 7 / III / Tralfamadore: Billy und Montana haben ein Baby, das auch Billy heißen wird! Die Tralfamadorianer applaudieren, Billy und Montana winken freudig, und über dem Sternenhimmel Tralfamadores brennt ein großes Feuerwerk ab.

-- / 1.37.33-1.38.20 / --- / -- / -- / Abspann

NATHALIE SCHON

Mythes et identités antillaises

L'auto-exotisme dans l'écriture martiniquaise et guadeloupéenne

Ouvrages représentatifs de deux types d'écriture de l'exotisme, l'un né en Guadeloupe, l'autre en Martinique, *La colonie du nouveau monde* (1993) de Maryse Condé et *Texaco* (1992) de Patrick Chamoiseau illustrent un rapport divergent à la fois à l'Autre (la métropole) et à soi-même (la culture antillaise). Ainsi, l'interrogation de la notion d'identité caractéristique de l'écriture torturée de bon nombre d'écrivains guadeloupéens tels Maryse Condé, Gisèle Pineau et Daniel Maximin fait pendant à la certitude affichée des défenseurs d'une identité créole martiniquaise dont Patrick Chamoiseau, Raphaël Confiant et Edouard Glissant. Afin de comprendre l'ambiguïté culturelle des départements d'outre-mer antillais, ceux-là introduisent le thème de la folie dans le développement de leurs personnages-individus, tandis que ceux-ci affirment des archétypes à travers la recréation du mythe fondateur.

En effet, dans *La colonie du nouveau monde* la critique des nouveaux mythes permet à Maryse Condé d'illustrer sa conception de ce que l'on pourrait nommer »l'auto-exotisme antillais«, conciliant familiarité et exotisme de la propre culture. Le choix d'une identité clairement définie est de la sorte évité ; tous les héritages - Antillais, Américain, Français - se côtoient, se contredisent, s'unissent tour à tour dans des personnages d'une grande complexité. Celle-ci s'exprime de façon directe à travers le recours à la métaphore du dédoublement des personnages en proie à une folie souvent salvatrice.

L'exotisme de soi paraît sans doute moins évident chez Patrick Chamoiseau (ou Raphaël Confiant) qui tente de remplacer l'ambiguïté identitaire par de nouvelles certitudes culturelles, définies indépendemment de la métropole, mais qui presque toujours s'opposent à elle et par ce lien même introduisent l'étrangeté dans l'univers de Texaco. Le thème de la folie est abordé dans *Texaco* pour distinguer un nouvel ordre créole (le quartier mythique de Texaco) du monde extérieur corrompu (L'En-ville et sa vanité soumise). Ce faisant, Patrick Chamoiseau met en avant une utilité sociale des mythes antillais intégrés dans une dichotomie à laquelle participent tous les personnages, exacerbant ainsi un clivage de la société en une collectivité dont les membres sont pratiquement identiques et en des groupes perçus comme extérieurs, totalement exotiques, contredisant en cela l'écriture auto-exotique, c'est-à-dire une écriture qui aborde ouvertement cette problématique.

Mythes et folie

Postérieur de 17 ans à *Heremakhonon*, premier roman de l'auteur, qui déjà abordait le dédoublement des personnages, *La colonie du nouveau monde* développe la thématique de la folie, en lui accordant plusieurs fonctions, parfois contradictoires. Dans ce roman, l'expérience de réalités à la fois différentes et identiques se traduit par l'irruption du rêve en tant que manifestation de cette folie. Ce dernier révèle les conflits intérieurs de Tiyi. L'épisode des fleurs est particulièrement révélateur à cet égard, car la symbolique florale illustre la confrontation d'éléments culturels ni véritablement familiers, ni totalement étrangers:

> Enrique Sabogal lui apportait des fleurs. Des roses. Des glaïeuls. Des anthuriums. Des œillets. Des oiseaux de paradis. Des dahlias. Des lys. Et des orchidées, rares et précieuses, dont la Colombie, aimait-il à dire, comptait des milliers d'espèces. Or précisément, cette profusion de fleurs dans sa chambre lui rappelait les décorations florales aux parois des demeures d'éternité égyptiennes et elle se voyait trépassée à son tour... (Condé 1993, 193)

Ce passage est un rappel de l'étrangeté d'un environnement familier: et les roses de France et les anthuryums de la Guadeloupe paraissent exotiques dans la composition d'Enrique. Les fleurs et l'exotisme qu'elles traduisent sont attribués à la Colombie, devenue un pays totalement étrange, car il a cessé pour eux d'être un lieu de transit entre le pays d'origine auxquels ils ne peuvent s'identifier et un lointain, terre des origines rêvées, abstraite et inconnue. Au bout de leur quête l'ici et le là-bas se dissolvent dans le néant: le rêve égyptien devient celui des tombeaux, des vestiges d'un passé révolu et lointain, symboles d'une rupture totale avec le monde extérieur et d'un enfermement stérile exprimé par la mort du Dieu Aton à travers sa fille Néfertiti.

Le rêve éclaire l'ambiguïté identitaire vécue par les personnages, car rêve et folie créent des ruptures que l'on ne peut considérer comme de simples fuites, ni comme travail psychologique salvateur (le déchirement intérieur est présent dans les rêves). On peut donc penser que l'expérience du délire a une réalité à part entière. Maryse Condé ne présente pas la folie comme alternative, elle est une forme de la raison, comme une interrogation perpétuelle. Aussi rejette-t-elle avec véhémence tout diagnostic du rationnel qui exclurait la folie et l'enfermerait dans la maladie qui ne serait qu'incomplétude du normal, du sain, du raisonnable.

Cette identité est soumise elle-même au doute, ce qui n'enlève rien de sa validité (l'auteur laisse en même temps entendre que les choix de Tiyi et d'Aton pourraient n'être qu'élucubrations de malades:

> Ah oui! Elle était mûre à point pour rencontrer Aton. Sa dépression nerveuse n'en finissait pas. Une fois par semaine, elle se rendait à l'hôpital Saint-Louis où elle tentait de se confier au Dr Timon, psychiatre impuissant à la guérir, mais très attentif.
> [Condé 1993, 46])

Ainsi, la folie n'est pas sacralisée, mais présentée comme une façon de percevoir le monde, à ne prendre plus au sérieux que les explications du monde rationnel.

Les questions se multiplient sans trouver de réponses définitives: Aton et ses adeptes disparaissent faute de trouver un mode d'existence. En effet, tous ont fui une réalité (la discrimination raciale, la pauvreté, la peur de l'avenir), aussi ne vivent-ils pas dans l'ambiguïté culturelle, contrairement à Tiyi qui vit une identité multiple; la folie, qui a cessé d'être la menace d'*Heremakhonon*, lui fait prendre conscience de son identité partagée entre étrangeté et familiarité, complexité qu'elle ne parvient pas à accepter, et qu'elle lègue à sa fille comme un atout à conquérir:

Néfertiti répondait par des sons caressants, mais incompréhensibles, et Méritaton s'apercevait que sa sœur parlait un nouveau langage auquel elle devrait s'initier. (Condé 1993, 256)

Le rêve des demeures éternelles des pharaons qui représentait pour Tiyi et Aton le mythe des origines, qu'elles soient chrétiennes (à travers la reproduction du paradis dans la propriété colombienne) ou égyptiennes (à travers le rituel établi par Aton pour honorer le dieu du soleil), trouve son pendant chez Patrick Chamoiseau dans le mythe de l'esclave marron. Toutefois, contrairement aux échafaudages spirituels fabriqués par Maryse Condé, le mythe ne s'enlise pas dans la folie. On peut néanmoins se demander s'il n'est pas de la même façon un refus de vivre l'identité auto-exotique. Patrick Chamoiseau s'inscrit ici dans une tradition martiniquaise qui tente de fonder l'histoire de l'île sur une figure de résistant, qui seule permettrait de se réapproprier le passé. Il se distingue certes d'Edouard Glissant en étendant l'idée de résistance à l'esclave d'habitation, suggérant une résistance générale; c'est ainsi que le père d'Esternome, esclave enfermé dans une cage pour un crime qu'il n'a pas commis, est un marron, car il résiste par son silence au béké[1] - Esternome, quant à lui, sert pour se servir: »Avec une tristesse incrédule, il m'avouait avoir été un vrai nègre de Grand-case. [...] Qu'il y eut là manière de survivre par la ruse ainsi que l'enseignait Compère Lapin des contes, ne fut jusqu'à sa mort jamais très clair dans son esprit« (Chamoiseau 1992, 55) - mais Patrick Chamoiseau n'en reprend pas moins le clivage entre marrons et soumis, en le transposant en ville à travers la distinction entre les habitants de Texaco (ceux qui feignent tout au plus le rapprochement) et les mulâtres (ceux qui cherchent l'assimilation). Ce n'est donc pas l'adoption du mythe, transformant ses adeptes en héros et authentiques Martiniquais, qui provoque la folie, mais son rejet. Cependant, la folie comme refus de penser l'identité rejoint la Raison, car pourvoyeuse de certitudes. Le roman de Patrick Chamoiseau n'est pas tant le roman d'une recherche identitaire, il est bien plus accomplissement de ce qui est écrit (ou plutôt: dit). Le mythe est donc la négation de l'auto-exotisme, il ne permet que l'exotisme ou la familiarité absolus: on

1 »Glissant goes Césaire one better: his ur-maroon was a newly arrived African who successfully took to the hills before he was ever subjected to the regime of the plantation. In the first phase of his career Glissant effectively articulated a theory of Martinican culture based on a strict separation of maroon resistance opposed to servile submission.« (Arnold 2000, 164-165).

est à l'intérieur de l'univers mythique ou à l'extérieur. Le thème du jardin d'Eden traduit particulièrement bien ce clivage.

Le jardin d'Eden, métaphore pervertie de la secte symbolisant ses origines (la culpabilité et le besoin d'intégration de Tiyi dans un monde »privilégié«), est présent dans *Texaco* sous la forme du jardin créole. Ce dernier, domaine des anciens esclaves, installés dans les mornes délaissés par les planteurs, car difficiles d'accès, ressemble singulièrement au paradis perdu, jamais véritablement recréé dans le bidonville de Texaco (on peut tout de même constater, notamment à travers un vocabulaire de l'exubérance végétale et animale, une connotation idéaliste dans la description du quartier). L'Eden a dû céder aux préoccupations économiques et au rôle nouveau qu'endosse le marqueur de paroles: l'écriture d'une histoire commune (et son édition) ne permet plus l'éparpillement dans les endroits isolés de l'île. Pourtant, l'exil est présenté comme une tragédie imputable au démon citadin, à mi-chemin entre le serpent biblique et le joueur de flûte ensorceleuse:

> Le musicien était un bougre à yeux brillants mélancoliques. Il portait petit chapeau frangé. Sa voix (qui filtrait en français de sa bouche parfumée), était bourrée de dièses. Sa main envoûtait la mandoline en haut, l'ensorcelait en bas, et les cordes libéraient une mousseline de musiques nouées comme l'herbe à lapins aux belletées de son chant. [...] Si mon Esternome savoura les musiques, sa Ninon, elle, vécut une déchirure. Pour elle seule, le musicien ouvrit le monde sur d'autres paysages. [...] Penchée sur son jardin, elle demeura inquiète [...] Quand l'autre cochonnerie revint de soir en soir, aux entours de minuit, accordant sa magie aux magies de la nuit, circulant entre les cases pour s'immobiliser devant celle d'Esternome, Ninon dut (sans peut-être) comprendre la vérité: c'était ce musicien, le maître de son trouble. (Chamoiseau 1992, 160–161)

Chassée du paradis, puisqu'un retour de Ninon est impossible (Esternome apprend qu'elle se prostitue pour le musicien, prisonnière de son commerce et de Saint-Pierre, la condamnée), elle se fond dans l'étrangeté des rêves de son ancien amant (conte de la sirène, conte de la diablesse: »De toute manière Ninon disparut de la vie d'Esternome auréolée d'une volute de musique« [Chamoiseau 1992, 164]).

Malgré l'exotisation de sa compagne, Esternome conserve une fascination pour elle, qui trahit un lien avec les aspirations de celle-ci. Son voyage en ville: d'abord à Saint-Pierre, puis à Fort-de-France est une errance, une recherche de la femme qu'il a connue, femme créole idéalisée qu'il retrouvera en Idoménée. Cette fixation sur la familiarité clairement définie comme créole - parallèlement à l'exotisation de tous les personnages exclus du jardin créole, lieu clos, mythique autant que mystique, dépositaire de l'essence antillaise (dans tous les sens du terme): le béké, les Ninon, charmées par la culture du »colon français« - semble à travers les assertions multiples d'Esternome, de l'ancêtre-fondateur, du quimboiseur, de Marie-Sophie, de l'urbaniste, du marqueur de parole, une réaction à l'ambiguïté auto-exotique:

> Je voulais qu'il soit chanté quelque part, dans l'écoute des générations à venir, que nous nous étions battus avec l'En-ville, non pour le conquérir (lui qui en fait nous gobait),

mais pour nous conquérir nous-mêmes dans l'inédit créole qu'il nous fallait nommer en nous-mêmes pour nous-mêmes jusqu'à notre pleine autorité. (Chamoiseau 1992, 427)

Le feu qui purifie en le détruisant le jardin d'Eden, prison identitaire dans *La colonie du nouveau monde*, détruit dans *Texaco* la ville qui s'est détournée des valeurs créoles: Saint-Pierre. Comme le suggère l'abondance du vocabulaire de l'effacement (»La pierre et les gens s'étaient mêlés« [Chamoiseau 1992, 169]), le passé est annulé chez Patrick Chamoiseau pour laisser la place au mythe qui recrée l'histoire conformément à un destin qui aurait été contrarié, en décidant d'ignorer les déchirements identitaires pour mieux les guérir. Ainsi Texaco est un retour au jardin d'Eden qui n'a jamais cessé d'exister; Saint-Pierre n'est déjà plus qu'un fantôme, dont tous les acteurs ont disparu.

Cependant, les mythes s'excluent: ceux des békés qui se rêvent aventuriers, ceux des adeptes de la créolité qui se voient marrons, l'un évacuant vers l'autre ce qu'il ne peut accepter pour sa »réalité«. L'apocalypse a fait table rase. Si dans *Texaco*, les contes servent de plus en plus de source d'explication des événements (pour dire la dissolution de Ninon deux contes rivalisent, finalement identiques), dans *La colonie du nouveau monde* les légendes, évoquées au début du roman, s'évanouissent petit à petit pour ne plus être que suggérées à travers des rituels sans force car insignifiants. Elles n'ont aucun pouvoir d'exégèse (comme c'est le cas chez Patrick Chamoiseau, qui inscrit *Texaco* dans une tradition d'écriture biblique, interprétée à l'aide des contes, expressions imaginaires du mythe omniprésent, qui finit par s'expliquer lui-même: le marqueur de paroles explique l'urbaniste, qui explique Texaco, qui explique Marie-Sophie, qui explique le marqueur de paroles):

Nous cherchons notre vrai visage. Nous avons suffisamment condamné la littérature artificielle qui prétend nous en donner l'image: Poètes attardés, héros du poncif, superstitieux faiseurs d'alexandrins, très lâches diseurs de rien. Plonge ton regard dans le miroir du Merveilleux: tes contes, tes légendes, tes chants. Tu y verras s'inscrire lumineuse, l'image sûre de toi-même (Ménil 1982, 4).

Chez Maryse Condé, les légendes sont bien plus comprises grâce aux rêves de Tiyi (eux-mêmes indépendants des légendes), notamment le rêve du tombeau pharaonique. Une distance s'établit entre la narratrice et l'univers du mythe, distance qui permet l'irruption de l'Imaginaire, c'est-à-dire d'une incertitude, d'un exotisme au sein de la familiarité mythique.

Multiplicités ou l'échec identitaire

Dans *La colonie du nouveau monde*, Maryse Condé explore cette confusion à travers un véritable dédoublement des personnages. Ainsi, Tiyi a un double: Tanya, ancien prénom de Tiyi; Aton quant à lui est un mystère, sa biographie est des plus sommaires. Tanya et Tiyi représentent deux faces d'un même personnage. Tanya représente l'Antillaise sûre d'elle et de son identité guadeloupéenne, Tiyi par contre est une créature née du rejet, qui exotise une partie de sa culture. L'incapacité de Tiyi d'intégrer cette étrangeté la plonge dans l'apathie, c'est-à-dire dans la démission culturelle. De fait, la femme d'Aton ne s'est jamais réellement reconnue dans le personnage de Tiyi; ce nom sonne comme une imposture, car elle ne l'a pas choisi (Aton désigne les noms et les identités).

Ce rôle qu'elle a tout de même accepté doit remplacer celui qu'elle n'a su tenir à ses yeux: celui de la Française. Son sentiment de culpabilité renvoie une fois de plus à l'idée d'insularité: la colonie se transforme pour Tiyi en jardin d'Eden perverti, supposé la protéger de la souillure du monde extérieur et lui offrir l'innocence à travers une identité neuve. Le feu qui dévaste la colonie révèle l'illusion du paradis terrestre et l'inanité du sentiment de culpabilité. Avec la mort d'Aton, l'identité d'empreint s'effondre. Libérés, Tiyi et les autres survivants sont confrontés à la part reniée de leur être, demeurée exotique. Pourtant, seule Méritaton parvient à faire naître le dialogue avec la culture rejetée à travers sa sœur Néfertiti. Une nouvelle fois, Maryse Condé offre au lecteur une fin ouverte: Méritaton va-t-elle partager le sort de Tiyi, mentalement annihilée ou de Néfertiti, assassinée? La présence de Néfertiti à ses côtés, double de Méritaton, suggère l'absence de réponses toutes faites, mais aussi l'inanité des identités monolithiques. En effet, l'entente des deux sœurs préfigure une identité qui intègre l'autre comme un questionnement sans abandonner la notion de certitude, nécessaire à toute identité:

> Elle regarda avec mépris l'album que l'hôtesse lui avait donné à colorier. Un mouton, un papillon, une fleur, une maison, un coquillage étaient tracés d'une façon simpliste. Elle dessinait beaucoup mieux que cela. Avec des fusains, sur de grandes feuilles de papier qu'Enrique lui achetait, elle avait mille fois reproduit la figure de sa mère, de sa sœur surtout. Néfertiti couronnée de fleurs en boutons. Néfertiti appuyant sa joue douce contre la douceur des ailes d'un oiseau. Néfertiti parée de ces pectoraux et de ces ornements d'oreilles qu'elle fabriquait avec des graines sauvages. Néfertiti boudant. Suivant son imagination, elle l'avait aussi dessinée morte, naviguant, dérivant au fond de la ciénaga. (Condé 1993, 254-255)

Aton, quant à lui, n'est pas le personnage trouble qu'il semble être de prime abord: plongé dans des rêveries mystiques, il n'est au fond qu'un homme démuni et simple. S'il adopte avec tant d'enthousiasme la religion des dieux égyptiens, c'est parce qu'il ne connaît rien d'autre. Son identité est construite sur un passé immobilisé dans ses mythes. Contrairement à Tiyi, il ne sombre pas dans la folie, mais il se suicide face à l'échec de sa quête. Dans l'esprit d'Aton, le monde extérieur est nettement séparé de l'univers de la colonie (il est celui qui choisit les sites isolés et barricadés où s'installe la secte), alors que Tiyi distingue les deux espaces sans les opposer. La narration multiple, puisque chacun des protagonistes relate sa vision de la colonie, donne une image à la fois tragique et stérile d'Aton. Celui-ci n'apparaît bientôt plus que comme institution muette: au fil du récit, Aton intervient de moins en moins. Avec Tiyi et Mesketet, le désarroi identitaire né de leur ouverture au monde l'emporte sur la vision simpliste et sédentaire d'Aton ou d'Enrique, le bienfaiteur de la colonie, tous deux impotents face à la folie. L'île reste la figure dominante pour Aton et ses disciples, car, incapable de communiquer avec Tiyi, il ne parvient plus à interroger le Soleil, son double.

Or, contrairement à sa femme, Aton s'est toujours défini à travers son personnage de Dieu, refusant ses héritages antillais.[2] Incapable de vivre son identité duelle, il préfère ne pas exister:

Dans le bruit des sistres, il ne voulait pas recevoir ses deux âmes, celle de sa dépouille passée et celle de son éternité. Pour cela, il allait détruire son corps. Privée de son support terrestre, son âme ne pourrait pas se réveiller et il ne vivrait jamais plus le drame de l'angoisse et de la solitude qu'il n'avait que trop connu. (Condé 1993, 240)

Finalement, l'auteur refusant toute assistance culturelle, abandonne ses personnages à leur désarroi, les laissant par là même libres de leurs choix identitaires: Méritaton ne se rappela pas une seule prière à réciter et, le cœur muet d'effroi, elle s'agrippa à son siège. Était-ce la colère du double d'Aton qui éclatait contre elle? (Condé 1993, 257)

Si l'expérience du dédoublement crée chez les personnages de *La colonie du nouveau monde* un doute salutaire, une acceptation de l'auto-exotisme, il en va tout autrement dans *Texaco*. En effet, Patrick Chamoiseau semble concevoir ses personnages par couples de personnes identiques ou fondamentalement opposées, alors que chez Maryse Condé deux facettes d'une même personne s'incarnent en deux personnages. Ainsi, le »temps de paille« qui inaugure le roman est symbolisé par le couple Esternome/Ninon, figures opposées, s'il en est. Esternome fait partie d'une *lignée* de marrons, telle les Longoué dans *Le quatrième Siècle* d'Edouard Glissant, dont les membres ne se distinguent guère; Ninon par contre appartient à une *famille* qui semble s'éteindre avec elle. Ainsi, Ninon est un personnage isolé et finalement solitaire, sans liens avec la société, si ce n'est avec celle des assimilés, groupe jugé disparate et sans importance symbolique. Le couple Esternome/Ninon forme donc contraste et structure le récit autour de confrontations binaires: créolité/assimilation.

Avec les autres couples, ces personnages forment des îlots stables au sein des bouleversements sociaux, îlots où se répète le combat de Texaco. Ainsi, l'opposition entre les valeurs de l'En-ville et du nouveau quartier a déjà lieu dans les mornes avec ces deux personnages, après avoir eu lieu sur la plantation entre le béké et le père d'Esternome. Cette dichotomie finit par s'inscrire dans un cycle »naturel«, pour laisser le choix entre deux options contradictoires.

Les Laborieux, par contre, sont identiques: Marie-Sophie adopte la vision de la société de son père sans la questionner et poursuit son combat, sans envisager d'existence hors de ce combat: »Mon premier souci fut de venger mon Esternome« (Chamoiseau 1992, 223). Les personnages de Patrick Chamoiseau ne sont pas des individus, mais des »forces« (le Mentô est présenté comme dépositaire de la force que confère la Parole). Plus qu'instrument de persuasion, la Parole, défendue par tous les personnages créoles, qui se fondent dans la figure du Mentô, double sociable du marron, est une valeur immuable de l'identité créole:

2 »De retour en Guadeloupe, malgré son accumulation de richesses, Albert reste marginalisé dans une société étroitement hiérarchisée en classes ethno-économiques. Il n'existe qu'en se définissant par opposition à l'Autre : l'altérité est pensée comme irrelation, comme non-communication.« (Sourieau 1995, 119).

Dans l'En-ville on ne parle plus. Conteurs morts ou tombés babilleurs. Mais *La Parole* n'est pas parler. Tu as à battre ici. A marronner quand même. La gazoline t'offre son berceau... Ecrire *La Parole*? Non. Mais renouer le fil de vie, oui. (Chamoiseau 1992, 324)

Ainsi, Marie-Sophie *est* parole. Elle *est* le combat. Elle se fond dans le quartier pour cesser d'être un personnage, pour devenir une collectivité (il paraît difficile de concevoir Texaco comme un personnage; le quartier culturellement autarcique n'agit que par réflexe face aux événements)[3].

L'écriture de Patrick Chamoiseau et l'usage des personnages apparente *Texaco* au conte, plus qu'au roman »classique« (qui suppose une psychologie et une individuation plus poussées des personnages; *Texaco* est pourtant bel et bien un roman. En effet, bien qu'un seul sens domine, la possibilité d'autres conceptions peut-être entrevue en négatif: la folie de Marie-Sophie suggère une indécision certes passagère, mais qui suffit à différencier le récit du conte, même si l'on peut admettre l'idée d'un conte de 427 pages).

Toutefois l'écrivain intègre une morale et une direction mythique au conte créole, plaçant ce dernier au centre d'une esthétique antillaise. Il a donc apporté à ce dernier ce qui lui faisait défaut s'il voulait servir de base à une esthétique capable d'évoluer (en effet, une moralité se discute, l'amoralité par contre est une démission dialogique: lorsque Patrick Chamoiseau justifie l'amoralité de Compère Lapin comme technique de la survie, il confère en fait au conte créole une morale qui affirme: »il est légitime d'être opportuniste dans une société injuste«[4]). Néanmoins, dans *Texaco* la fixité des rôles, comme le nombre restreint de caractères (on en distingue deux) d'une part et la simplification du conte à travers une polarisation des personnages (les rapports entre Compère Lapin et le roi ont perdu leur ambiguïté) d'autre part, tendent à nier la complexification nécessaire au récit afin de rendre compte de l'auto-exotisme: les personnages symbolisent la perfection souhaitée, tout en empêchant en fin de compte l'évolution amorcée dans le conte selon Chamoiseau, privant celui-ci d'une fonction à la fois stabilisatrice et dialogique. Sous la monosémie, on sent sourdre une complexité non désirée, mais qui revendique son existence: l'auto-exotisme parle à travers le Réel sacralisé, comme à travers la domestication de l'exotisme.

Ainsi, l'altérité ressentie est exorcisée à travers les personnages négatifs, comme Ninon et le béké, qui prennent en charge le doute et les contradictions en exacerbant leurs différences: c'est peut-être ainsi qu'il faut comprendre la démarche du béké. La visite du béké est officialisation de la victoire de Texaco, mais, au-delà, elle est confirmation de l'identité créole affirmée sans ambiguïté. Le béké se fait exorciste en contribuant à son exotisation: »[...] qu'ils nous laissaient aussi, puisque vous y tenez, cette saloperie d'En-ville afin de se blottir sur les rives hors

3 Marie-Sophie semble n'être »que« le vecteur de la »destinée créole«: »Tous mes romans sont des romans du nous dans lesquels il n'y a pas d'individualité de type occidental. Même le je du personnage de Marie-Sophie Laborieux dans *Texaco* se mêle au je du quartier. Beaucoup de critiques n'ont pas vu que le quartier Texaco est un personnage.« (Chamoiseau 1994a, 44).

4 »Ainsi, la plupart des contes dont nous disposons aujourd'hui, écrits en langue française, ne témoignent que malement de l'état d'esprit particulier (état d'esprit immoral, état d'esprit amoral) qu'exigeait une survie de l'Etre dans la situation esclavagiste ou coloniale.« (Chamoiseau 1994b, 154)

d'atteinte où le gazon s'allonge jusqu'à toucher les vagues [...]« (Chamoiseau 1992, 399)

Alors que les deux voix de Veronica, ainsi que les personnages doubles, Tanya et Tiyi traduisent une relation difficile avec la culture antillaise perçue à la fois comme exotique et familière, à travers un mode de confrontation lié à la folie, les personnages de Patrick Chamoiseau sont en fin de compte isolés par leur imbrication ferme dans un ordre qui ne laisse pas de place à l'incertitude auto-exotique.

La distinction entre une littérature guadeloupéenne et une littérature martiniquaise correspond donc bel et bien à une réalité. La construction d'un réel clairement défini d'un côté dans *Texaco* et la (dé)construction d'une réalité incertaine dans *La colonie du nouveau monde,* renvoient pourtant chacun à sa façon à l'auto-exotisme antillais. Témoignage d'un attachement nostalgique à la *heimat*, ou d'une méfiance pour toute forme de certitude, les thèmes et la structure de ces récits expriment l'ambiguïté culturelle de l'écrivain, confronté à un environnement familier rattaché à une métropole bien lointaine. Cette divergence entre deux îles très proches, divergence confirmée dans les œuvres francophones ou créolophones d'autres auteurs, suggère en fin de compte qu'une étude des Antilles françaises et/ou hispanophones et néerlandophones doit considérer des particularités parfois sous-estimées au nom de projets culturels.

Bibliographie

Œuvres

Chamoiseau, Patrick: Texaco, Paris 1992. [cité comme suit: Chamoiseau 1992]

Condé, Maryse: La colonie du nouveau monde, Paris 1993. [cité comme suit: Condé 1993]

Ouvrages critiques

Arnold, A. James: From the Problematic Maroon to a Woman-Centered Creole Project in the Literature of the French West Indies, in: Slavery in the Caribbean Francophone World: Distant Voices, Forgotten Acts, Forged Identities, ed. par Doris Kadish, Athens 2000, 164-175. [cité comme suit: Arnold 2000]

Chamoiseau, Patrick: L'imaginaire de la diversité, in: Nuit blanche 54 (12/1993; 1/2 1994), http://nuitblanche.com/archives/c/chamoiseau.htm. [cité comme suit: Chamoiseau 1994a]

Chamoiseau, Patrick: Que faire de la parole?, in: Ecrire la »parole de nuit«. La nouvelle littérature antillaise, ed. par Ralph Ludwig, Paris 1994, 151-158. [cité comme suit: Chamoiseau 1994b]

Ménil, René: Préface, in: Chamoiseau, Patrick: Manman Dlo contre la fée Carabosse, Paris 1982, 1 (1ère parution: Tropiques 13 (10/1941). [cité comme suit: Ménil 1982].

Sourieau, Marie-Agnès: La vie scélérate de Maryse Condé. Métissage narratif et héritage métis, in: Penser la créolité, éd. par Maryse Condé/Madeleine Cottenet-Hage, Paris 1995, 113–124. [cité comme suit: Sourieau 1995]

Niels Werber

Der Gott der Materie
Amerika als Phantasma deutscher Autoren

1. Eine Reise nach Amerika

Im Herbst des Jahres 1904 folgt die Crême der deutschen Kulturwissenschaftler der Einladung eines Kollegen von der Harvard University in die USA.[1] Max Weber, Ferdinand Tönnies, Werner Sombart und Ernst Troeltsch zählen zu dieser Gruppe, aus der die bedeutendsten Arbeiten über Moderne, Kapitalismus, Industrialisierung und Säkularisierung hervorgehen werden. Folgt man der Rekonstruktion Kamphausens, dann haben sich in dieser Gruppe offenbar sehr schnell zwei Perspektiven auf Amerika herausgebildet. Entweder begrüßt man begeistert die unverbauten Möglichkeiten, die »Vitalität und Entschlossenheit der wirtschaftlichen und politischen Aktivitäten«, die im »scharfen Kontrast« zur Kristallisation und Stagnation des wilhelminischen Reichs erscheinen. Oder man lehnt diesen stürmischen Aktivismus auf Seiten der Wirtschaftsführung und der Industrialisierung als puren Materialismus ab, um die USA zum »materialisierten Prinzip des zivilisatorischen Fortschritts« zu erklären, der jeden Schritt nach vorn mit einer weiteren Entfernung von der »europäischen Kultur« erkauft (Kamphausen 2002, 186). Ob man es nun begrüßen oder kritisieren mag, alle folgen derselben Formel: »Europa und Amerika verhalten sich zueinander wie *Körper und Geist* oder *Kultur und Zivilisation*« (Kamphausen 2002, 187). Amerika wird demzufolge als vitaler Körper ohne Geist oder als fortentwickelte Zivilisation ohne Kultur angesehen.

Daß die amerikanischen Intellektuellen dies seit langem ganz anders sehen: nämlich umgekehrt, nimmt die deutsche Reisegruppe nicht zur Kenntnis. Herman Melville hatte bereits 1851 in *Moby Dick* die These aufgestellt, daß die Vereinigten Staaten der preiswerten Muskelkraft der Welt das Gehirn zur Verfügung stellen, etwa so, wie ein Kapitän eine multinationale Mannschaft zum höheren Wohle der amerikanischen Aktionäre lenkt.

> Herein it is the same with the American whale fishery as with the American army and military and merchant navies, and the engineering forces employed in the construction of the American Canals and Railroads. The same, I say, because in all these cases the native American liberally provides the brains, the rest of the world as generously supplying the muscles. (Melville 1994, 127)

---

1 Ich folge hier Georg Kamphausens Studie *Die Erfindung Amerikas in der Kulturkritik der Generation von 1890* (Kamphausen 2002).

Die »farbigen Völker«, Indianer, Chinesen, Eskimos und Schwarze bilden den Körper des Leviathan, dessen Kopf der *native American* ausmacht. Über die politischen Implikationen dieser Allegorie ist sich Melville durchaus im Klaren: »Whaling is imperial.« (Melville 1994, 119)

Amerikanische Selbstbeschreibungen dieser Art werden aber von den deutschen Besuchern kaum wahrgenommen. Der Pastor Haupt, der in den USA Max Weber und Troeltsch umfassendes Material über den Zusammenhang von Kirche und Wirtschaft zusammengestellt hat (Kamphausen 2002, 189f.), berichtet, daß sich seine Besucher weder für sein Material noch für seine Meinung interessiert haben. Er hatte den Eindruck, »that the professors knew all that could be known without having to weigh empirical evidence.« (Kamphausen 2002, 190) Die deutsche Reisegruppe hochkarätiger Wissenschaftler, so faßt Kamphausen das Ergebnis der Forschungsreise zusammen, »entdeckt« Amerika nicht, sie »erfindet« Amerika (Kamphausen 2002, 197). Oder anders formuliert: sie wissen schon alles über Amerika, bevor sie es besuchen, und berücksichtigen nur, was zu ihren Konstruktionsregeln paßt. Ein gewichtiger Grund für diesen Konstruktivismus *avant la lettre* liegt in der Geschichte der deutschen Kulturwissenschaften: alle lesen Hegel.

2. Hegels geopolitische Weltgeschichte

»Die Welt wird in die *Alte* und *Neue* geteilt«, leitet Hegel in seinen *Vorlesungen über die Philosophie der Geschichte* den kurzen, aber ungeheuer wirkungsmächtigen Abschnitt ein, der Amerika gewidmet ist (Hegel 1986, 107). Der Kontinent stehe der Eroberung und Kolonisierung völlig offen, denn was es dort auch immer an autochthoner »Kultur« gegeben haben mag, »mußte untergehen, sowie der Geist sich ihr näherte«. Zugrunde gegangen an der eigenen »Inferiorität«, stehe die »ursprüngliche Nation« Amerikas einer Besiedlung nicht im Wege (Hegel 1986, 108f.). Amerika ist mithin Raum ohne Volk und ohne Geist - und so »kommt die wirksame Bevölkerung meist aus Europa her«, das seinen »Überfluß« hinüber werfe. Die neue Welt hat für Hegel vor der alten den einen Vorzug der Gestaltbarkeit. Die »Auswandernden haben vieles abgestreift, was ihnen in der Heimat beengend sein konnte, und bringen den Schatz des europäischen Selbstgefühles und der Geschicklichkeiten mit« (Hegel 1986, 109). Geist und Technik entfalten sich nun ungehemmt im Land der unbegrenzten Möglichkeiten. Zumal verhalte Nordamerika sich in diesem Punkt zu Europa wie einst Hamburg zu Altona oder Nürnberg zu Fürth. Denn auch dort seien aus den »versteinerten« Verhältnissen der alten Reichsstädte »viele« in Neugründungen geflohen, die »solchen Zwang nicht hatten« (Hegel 1986, 109). Doch der amerikanische Vorzug der Weite schlägt um in ein Problem, wenn sich die Bevölkerung im Raum verliert, statt sich zu einem »wirklichen Staat« zusammen zu schließen (Hegel 1986, 113). Was passiert mit den »europamüden« (Willkomm 1938) Neuamerikanern in der Grenzenlosigkeit des amerikanischen Raums? Sie verlieren Geist wie Kultur.

Der fast vergessene Hegelianer und Arnold Gehlen-Schüler Gotthard Günther hat vor fünfzig Jahren die These vertreten, daß die Kolonisierung Nordamerikas nicht nur einen neuen Menschentypus schaffe, sondern eine völlig neue Form der Einbindung des Menschen in seine Welt (Günther 2000).[2] Die Neue Welt assimiliere die alteuropäischen Siedler. In einer unerhörten Geschwindigkeit lösten sich die ideologischen, kulturellen und psychischen »Differenzen« der französischen, deutschen, englischen, irischen, russischen oder italienischen Einwanderer in der Weite des Raums auf zugunsten einer »unglaublichen seelischen Uniformität« des *american way of life* (Günther 2000, 98). Gerade das »Wesentlichste und Teuerste«, was die Einwanderer besitzen: nämlich ihre spezifische Kultur, mußten sie »hinter sich lassen« (Günther 2000, 197). Jene »Spannungen«, so lautet Hegels Vorlage, die in der Enge der europäischen Kulturlandschaften aus den Differenzen der sich reibenden Nationen, Stände und Weltanschauungen entstehen und die Kulturgeschichte dialektisch vorantreiben, verströmen in den USA einfach in den »Ebenen des Mississippi« (Günther 2000, 113). Die Kolonisten, so folgert Günther in *Die amerikanische Apokalypse*, »entfremdeten sich der Alten Welt immer mehr«, aber nicht, um in der Neuen Welt zu verwurzeln und etwa einen spezifisch texanischen oder kalifornischen Kulturtypus zu entwickeln, sondern um in Amerika ein völlig neues Verhältnis zum Raum zu entwickeln, für das als Schlagwort »the frontier« stehen kann (Günther 2000, 108). Durch den Geist der *Frontier* wird die Einbindung des europäischen Menschen in regionale Hochkulturen und ihre Geschichte abgelöst von einem gleichsam in Echtzeit operierenden Pragmatismus in »Weltdimension«, der überall, aber immer nur vorläufig - so lange es sich lohnt - zu Hause ist. Dieser Pragmatismus sei vollkommen *unhistorisch* deswegen, weil er sich nicht für die Geschichte eines Problems interessiere, sondern allein für den *cash value* einer Idee oder die Anwendbarkeit einer These hier und jetzt (vgl. Günther 2000, 238). Daher könne Amerika, so Günther, »ignorieren, dass der Mensch in früheren Kulturen schon gedacht hat« (Günther 2000, 241), und ohne Scheuklappen kultureller Traditionen *überall* tun, was getan werden kann. Der hier von Günther mobilisierte Gegensatz von regional verbundener, geschichtlich gewachsener Kultur und globaler, traditionsloser Zivilisation ist ein uraltes Stereotyp deutscher Geistesgeschichte, das mitsamt einer ganzen Galaxie von weiteren Distinktionen jederzeit reaktualisiert werden kann. Populäre Romane wie *Der Amerikamüde* von Ferdinand Kürnberger oder Gustav Freytags *Soll und Haben* stellen schon ab der Mitte des 19. Jahrhunderts entsprechend ausgeführte Klischees Amerikas, des *Yankee* und seines rücksichts- und geschichtslosen Nützlichkeits- und Gelddenkens zu Verfügung. Diese Klischees werden seit Beginn des 19. Jahrhunderts in Literatur, Geisteswissenschaften, Politik und Medien gepflegt. Mit einigen Beispielen sei diese Kontinuität fürs Erste belegt:

Gotthard Günther hat den amerikanischen »way of life« als eine »Lebensform« beschrieben, die »so unendlich allgemein ist, daß sie jeder, gleichgültig, von wo

2 Günther kann dabei auf Texte von Graf Keyserling oder Herman George Scheffauer zurückgreifen. Vgl. Scheffauer 1923 und Keyserling 1930.

er historisch herkommt, sich aneignen und in ihr leben kann.« (Günther 2000, 197) E pluribus unum.

In anderen Worten, es handelt sich in dem amerikanischen Experiment darum, einen menschlichen Generalnenner zu finden, der für Westeuropäer, Neger, Chinesen, Inder, Russen, Juden, Balkanbewohner, Indianer und Feuerländer gleicherweise und in demselben zwingenden Sinn verbindlich ist. (Günther 2000, 197)

Was hier übrig bleibt, sind Schablonen oder Typen. Kürnberger beschreibt in seinem Roman *Der Amerikamüde* bereits 1855, wie deutsche Siedler ihre Eigentümlichkeiten in wenigen Jahrzehnten verlieren. Sein Protagonist Moorfeldt diagnostiziert das völlige Aussterben deutscher Nationalität in Pennsylvania (Kürnberger 1889, 330). Der Deutsche werde in kürzester Zeit zum Amerikaner, er wird, so Moorfeldts neudeutsche Formulierung, »hyperyankeesiert« (Kürnberger 1889, 413). Es ist das Schicksal eines jeden Einwanderers, daß er im *melting pot* eingeschmolzen wird und dabei essentielle Charakteristika einbüßt. Moorfeldt berichtet aus Harrisburg:

Von den deutschen Charakterzügen pflegen sie nur noch den Hang für Gartenkunst; von der anglo-amerikanischen Rasse haben sie den Sport für Pferde angenommen [...]. Das ist alles. [...] Diese Mischung von Nationalitäten, eher zu einem Zerrbilde, als zu einem Ideale, finde ich wie in einem Spiegel in dem Sprachkauderwelsch des Pennsylvaniadeutsch abkonterfeit. Es wird einem Ach und Weh, an einem lebendigen Organismus eine so fortschreitende *Verödung* - möchte ich als Arzt sagen - zu beobachten. (Kürnberger 1889, 328f.)

Gleiches bekommt Morton auf seiner »großen Tour« über Pennsylvania zu hören: »Alles fand sich da zusammen: Amerikaner, Engländer, Schottländer, Irländer, vorzüglich aber Deutsche.« (Sealsfield 1988a, 70) Dort, so liest man es auch in *Anton in Amerika*, einer Fortsetzung von Freitags *Soll und Haben*, findet ein Prozeß statt, der »alle Typen unwiderstehlich [...] ummodelt« (Solger/Ebermayer 1928, 125). »Es ist erstaunlich«, wundert sich der Deutschamerikaner Herman George Scheffauer, »ja es ist eine der merkwürdigsten Erscheinungen in der ganzen Kulturgeschichte, daß ein so verschiedenartiges und in verschiedener Weise entwickeltes Volk, eine Nation, die so aus jedem Blut, aus allen Rassen und Kulturen zusammengesetzt ist, eine so gleichartige, ja einförmige Mentalität erzeugen konnte, wie die amerikanische.« (Scheffauer 1923, 214)

Diese immer wieder beschworene Uniformität und Indifferenz des amerikanischen Typus macht ihn gleichgültig gegen Raum und Zeit, gegen alle regionale Spezifität und Tradition. 1855 schildert Kürnberger, wie in den USA in kürzester Frist an beliebigem Ort Städte errichtet werden, in denen eine Straße die andere, ein Haus das andere, ein Quartier das nächste wiederholt. Alles sei »fabriksmäßig uniform« (Kürnberger 1889, 311) - und nähme keinerlei Rücksicht auf irgendwelche lokalen Begebenheiten. Für den durch und durch mobilen Amerikaner ist »sein Haus nur Absteigquartier« (Kürnberger 1889, 373), das er verläßt, wenn woanders ein Geschäft zu machen ist. 1930 hält Hermann Graf Keyserling es für eine wahrscheinliche Folge der »Standardisierung des amerikanischen Lebens«, daß »der gesamte Nordamerikanische Kontinent [...] so etwas wie eine einzige Stadt werde« (Keyserling 1930, 54). Der »Sohn der Erde«, wie er den Menschen mit Hegels Worten nennt, hat sich in Amerika ganz vom Raum gelöst und verwandelt gerade deshalb die Welt in eine gleichgültige Planlandschaft, in der dem stereotypen Bewohner überall die gleichen standardisierten »Absteigequartiere« geboten werden. Da der Amerikaner im grenzenlosen Raum seines Kontinents nie Wurzeln schlagen konnte und nie eine Regionalkultur ausgebildet hat, wird ihm allein die ganze Welt zum Handlungsraum. Der Amerikaner, so liest man schon 1841 im *Kajütenbuch* von Charles Sealsfield, ist daher »überall zu Hause« und tritt überall »als Herr« auf (Sealsfield 1988b, 355). In der Tradition deutscher Konstruktionen ist er daher grundsätzlich Imperialist. In der Tradition dieser Semantik steht noch die Kritik der *McDonaldisierung* oder *Hollywoodisierung* der Welt.

Selbstredend ist der Einwohner der uniformen Häuser und standardisierten Quartiere selbst Produkt der »Massenschablonisierung«, wie Scheffauer 1923 formuliert (Scheffauer 1923, 142). Der Amerikaner, der Städte und Häuser bewohnt, die für Moorfeldt »aus der Schneidemaschine herausgefallen« sein könnten, und der auch selbst so aussieht (Kürnberger 1889, 311), ist auch für Hermann Graf Keyserling ein »Mensch ohne Einzigkeit«. Keine »differenzierte Einzelseele« (Keyserling 1930, 358) könne auf diesem Kontinent entstehen oder sich halten. Amerika hat seine Kolonisten quasi »vom Fluch des Individualismus befreit« (Keyserling 1930, 195). Dies gelang in Amerika und nur in Amerika deshalb, weil allein hier der Kulturmensch aus dem Mutterboden seiner Regionalkultur herausgelöst wurde, ohne je wieder seßhaft zu werden. Im grenzenlosen, »unermeßlichen« (Sealsfield 1988b, 140) Raum wurde der Amerikaner vielmehr zum modernen Nomaden. Er sei »wesentlich Nomade, nicht bodenständig«, meint Keyserling (Keyserling 1930, 106). Die ganze Welt wird ihm zum »glatten Raum« (Deleuze/Guattari 1997, 524).[3] Daß er sich überall zu halten vermag, verdankt er seiner Seelenlosigkeit oder Flexibilität und seiner überlegenen Technologie. Erst das 19. Jahrhundert hat die »technischen Mittel entwickelt, die die rein physische Beherrschung eines Kulturgebiets vom Puget Sound bis zum Golf von Kalifornien möglich« machen (Günther 2000, 95).

Was aus den europäischen Einwanderern geworden ist, faßt Gotthard Günther so zusammen: »Das Beste, was Europa je zu geben hatte, erwies sich auf amerikanischen Boden als Plunder.« (Günther 2000, 108) Auch dieses Diktum zitiert ein literarisches Vorbild. Der an der Wall Street amerikanisierte Herr von Fink[4] spottet in Gustav Freytags Roman *Soll und Haben*:

> Achten Sie auf die deutschen Auswanderer. Welche Masse unnützen Krames schleppt dies Volk übers Wasser, alte Vogelbauer, zerbrochene Holzstühle, wurmstichige Wiegen und andern *Plunder*. Ich habe einen Kerl gekannt, der in brennender Sonnenhitze acht Tagesreisen machte, um einmal Sauerkraut zu essen. (Freytag 1953, 220)

3 Sealsfields *Das Kajütenbuch* vergleicht den Raum denn auch mit einem »Ozean« - dem Paradefall eines glatten Raumes bei Deleuze/Guattari 1997 (Sealsfield 1988b, 140).
4 Er wird denn auch »der Amerikaner« genannt (Freytag 1953, 223).

Nach einigem Spott über die kleindeutsche »Gemütlichkeit« lobt Fink den neuen Typus des Amerikaners, der den Plunder der Geschichte fortgeworfen oder musealisiert hat (vgl. Scheffauer 1923, 9), um allein in der Gegenwart zu leben. Was aber hier und jetzt seinen Nutzen nicht erweist, ist überflüssig und kann vergessen werden. Fink, der die Dimensionen eines Landes schätzt, durch das man lange Zeit reiten kann, ohne »an einen Grenzstein [...] zu stoßen« (Freytag 1953, 83), der dem »langweiligen Leben« im Handelshaus Schröter in die Neue Welt zu entkommen suchte, der ohne »Heimat« dem Lauf seiner Launen und Geschäften folgt, entwirft den Amerikaner als mobilen, »nur in der Gegenwart« (Ebermayer/Solger 1928, 22) lebenden Pragmatiker: er »wird sich nie in seine Hütte, seine Fenz, in seine Zugtiere verlieben. Was er besitzt, das hat ihm gerade nur den Wert, der sich in Dollars ausdrücken läßt.« (Freytag 1953, 220) Der pragmatische wie kapitalistische Amerikaner, wie Freytags Fink ihn beschreibt, lebt allein im Hier und Jetzt, kauft, was er »für den täglichen Gebrauch nötig« hat, um es wegzuwerfen, wenn der »Tand« seine Nützlichkeit eingebüßt hat (Freytag 1953, 221). Diese literarischen Beschreibungen bringt Günther auf ein kulturwissenschaftliches Theorem: Der grenzenlose Raum Amerikas verhindert jede Ausbildung einer Kultur europäischen Vorbilds. Geschichte, Tradition, Metaphysik, Individualität können hier nicht gedeihen:

> Es setzte eine bewußte Ablösung vom Boden und der faktisch gegebenen Realität ein, die um so leichter war, als man ja hier ohnehin nirgends wurzelte und sich daher nicht unter Schmerzen aus natürlichen Verwachsungen zu befreien hatte. Viel, viel weniger war nötig. Man besaß eine Anzahl von Gewohnheiten, Traditionen, Denkmethoden und Willensorientierungen, die man aus der Alten Welt mitgebracht hatte und die alle auf der Voraussetzung beruhten, daß der Mensch metaphysisch im Boden wurzelt und daß dieser Boden eine enge, festbegrenzte, individuelle Welt mit unverrückbaren Massen und Grenzsteinen ist. In dem Augenblick, wo diese Voraussetzung entfiel, wurden alle jene aus ihr abgeleiteten Traditionen, seelischen Haltungen und praktische Willensmotive sinnlos. Sie alle entstammten dem Geist einer *regionalen* Hochkultur (Günther 2000, 108).

Diese hegelianische Verknüpfung von Raum und Kultur ist außerordentlich wichtig, da hier Selbstverständlichkeiten der Beschreibung Amerikas gestiftet werden, die noch heute unhinterfragt kursieren:[5] Die USA operieren weltweit ohne Rücksicht auf Kultur und Geschichte, ohne Kenntnis lokaler Besonderheiten und Traditionen. Günther spricht von der ersten »planetarischen Hochkultur« (Günther 2000, 117), deren Menschen so global wie pragmatisch aufzutreten vermögen, »als ob die bisherige Geschichte des Menschen überhaupt nicht existiert habe« (Günther 2000, 283). Günthers Argumentation, die ähnlich auch bei Keyserling zu finden ist, kann sich auf eine Vielzahl von Topoi stützen, die bereits in der deutschen Amerikaliteratur der 1840er und 1850er Jahre - also nach Hegel - anzutreffen sind. All diese Gemeinplätze der Kulturwissenschaft um 1900 sind dem Romanleser bereits bekannt - und werden so womöglich mit einer Plausibilität ausgestattet, die sich eher literarischer Suggestivität als über-

5 Für eine nahezu komplette Sammlung vgl. Winter 1995.

zeugender wissenschaftlicher Argumentation verdankt. Über die genuine Globalität des Amerikaners erfahren wir 1841 bei Karl Anton Postl:

In seinem Lande weiß der Amerikaner gar nicht, welchen unschätzbaren Vorteil er vor den Franzosen, Spaniern oder andern Völkern voraushat. Wir sind uns desselben kaum bewußt [...]. Von uns gilt, was in anderer Beziehung Napoleon von Talleyrand so treffend bemerkt: Er mag fallen, wie er will, er wird wie die Katze immer richtig auf die Füße fallen. Wir dürfen in Timbuktu, in China, in Rußland vom Himmel fallen, wir würden richtig immer auch zuerst auf unser self-government [...] fallen. (Sealsfield 1988b, 383)

Gleichgültig gegen Raum und Zeit, Umstände und Umwelt: wo immer auch »nur ein Dutzend Amerikaner zusammentreffen«, da ist Amerika (Sealsfield 1988b, 355). Wer damit nicht einverstanden ist, gilt nicht allein als »Feind unseres Landes«, das überall ist, wo Amerikaner sich vereinigen, beispielsweise in Mexiko (vgl. Toqueville 2001, 211), sondern auch »ein Feind der Menschheit« (Sealsfield 1988b, 345), weil der Amerikaner nicht nur global agiert, sondern auch beansprucht, überall die Menschheit schlechthin zu repräsentieren. Er sei vollkommen »anpassungsunfähig«, meint Keyserling 1930, und trete daher »stets und immer als Missionar« auf (Keyserling 1930, 30). Der Amerikaner »kann nicht einsehen, daß ›Demokratie‹, wie er sie versteht, vielleicht nur eine Lebensform unter anderen ist, den Amerikanern durchaus gemäß, doch für andere Völker gänzlich unbrauchbar; seiner Meinung nach *müssen* seine Besonderheiten die absolut besten Eigenschaften *in abstracto* sein.« (Keyserling 1930, 84)

Der Amerikaner, so geht es weiter in dieser Liste der Stereotypien, »beurteilt alles Nichtamerikanische instinktiv als minderwertig, wenn nicht als moralisches Greuel.« Er paßt sich daher nirgends an, »er kann nur erobern und absorbieren.« (Keyserling 1930, 84) Sealsfield hat dies im *Kajütenbuch* am Beispiel der Amerikanisierung von Texas *en détail* beschrieben.

Alexis de Toqueville hat bereits 1835 aufgrund geopolitischer Überlegungen die These vertreten, die USA seien eine raumnehmende Nation:

Das Gebiet, das die Vereinigten Staaten von Amerika heute in Besitz genommen haben oder bewohnen, stellt etwa den zwanzigsten Teil der bewohnten Erde dar. Wieweit immer diese Grenzen sich erstrecken, falsch wäre es, zu glauben, die Angloamerikaner würden an ihnen für dauernd haltmachen; dafür haben sie sich schon heute zu weit ausgedehnt. (Toqueville 2001, 209f.)

Hegel hat vorhergesagt, daß die USA solange nicht zu einer weltgeschichtlichen Kraft würden, wie die inneramerikanische Durchdringung des Raums anhält: alle politischen Spannungen entlüden sich solange im *Trek* nach Westen. Was aber passiert, wenn die Küsten erreicht sind? Gotthard Günther geht wie Toqueville davon aus, daß es Grenzen für diesen Trek grundsätzlich nicht gebe, die USA verstünden sich, so Günther, als »prinzipiell unbegrenzt ausdehnungsfähig« (Günther 2000, 110). Graf Keyserling zieht konsequenterweise einen amerikanischen Willen zur »Welteroberung« in Betracht (Keyserling 1930, 214). Amerika habe, meint auch Herman George Scheffauer 1923, eine »Amerikanisierungs-Maschinerie« in Gang gesetzt (Scheffauer 1923, 216), die »Ehrgeiz genug besitzt, um an die Eroberung der Welt zu gehen und der ganzen Menschheit eine oberflächliche, mechanische und materialistische Wirtschafts- und Staatsordnung aufzuzwingen.« (Scheffauer 1923, 224)

Nur allzu plausibel wirkt vor dieser wohleingeführten Semantik das reflexhafte Ressentiment nach den Anschlägen vom 11. September 2001, allein Amerika könne sich über diesen islamistischen Terrorismus wundern, denn es habe in all der unbekümmerten Kurzfristigkeit seines politischen Pragmatismus nie zu sehen gelernt, welche historischen Feinde es sich in der Vergangenheit geschaffen habe. Man könne eben uralte Kulturen nicht behandeln wie den unzivilisierten Raum des wilden Westens - wie ein Sheriff. Auch die Globalisierungskritiker können sich bei Hegel und seinen literarischen und kulturwissenschaftlichen Nachfolgern munitionieren: Der weltweit operierende Yankee habe aus seinem Profit eine Religion gemacht, und der Staat schütze nun, so Hegel, jenes nur »formelle Recht«, in dessen Deckung »die amerikanischen Kaufleute« die übrige Welt zu »betrügen« suche (Hegel 1986, 112), vor allem aber die »dummen Deutschen« (Ebermayer/Solger 1928, 91). Kürnberger läßt seine Protagonisten immer wieder groteske Beispiele aus der Praxis amerikanischer Rechtsverhältnisse erzählen (Kürnberger 1889, 164f., 508ff.), deren Pointe stets darin besteht, daß das amerikanische Recht ohne weiteres auch offensichtliches Unrecht durchsetzt, solange es nur Amerika nützt. Sealsfield läßt in seinem *Kajütenbuch* einen texanischen General über das »Anrecht« der Amerikaner auf die mexikanischen Provinzen räsonieren, dieses Recht halte womöglich einer »strengen Prüfung der Moralphilosophie oder der völkerrechtlichen Kritik« nicht stand (Sealsfield 1988b, 440); das spiele aber keine Rolle, da offensichtlich das »Recht des Stärkeren« bereits triumphiert habe (Sealsfield 1988b, 441) und Gott also wieder einmal auf der Seite der stärkeren Bataillone gewesen sei. Fünfzig Jahre später, 1898, wird kein Geringerer als der große Historiker Theodor Mommsen zum spanisch-amerikanischen Krieg anmerken:

> Die heuchlerische Humanität, die Vergewaltigung des Schwächeren, die Kriegsführung zum Zweck der Spekulation und Agiotage drücken diesem amerikanischen Unternehmen ein Gepräge auf, welches noch nichtswürdiger ist, als das der schlimmsten sogenannten Kabinettskriege. (Mann 2001, 365)

Thomas Mann zitiert diese Passage in seinen *Betrachtungen eines Unpolitischen*, die er im Verlaufe des ersten Weltkriegs anstellt, um deutschen Geist und deutsche Kultur der »doktrinären Verlogenheit« des Yankeetums entgegenzustellen (Mann 2001, 364). Hegel spricht vom Betrug, Kürnberger vom abgefeimten »Yankee-Tricke« (Kürnberger 1889, 127), Mommsen von der Heuchelei, Mann entdeckt überall nur den angelsächsischen *cant* (vgl. Kamphausen 2002, 200), den Betrug in der Maske des Rechts. Die USA - sie stehen in Manns Augen für »niedrigen Utilitarismus, Unwissenheit, Bigotterie, Dünkel, Roheit, [...] Negersklaverei und -mißhandlung [...], lynchlaw, ungestrafter Meuchelmord, brutalste Duelle, offene Verhöhnung des Rechts und der Gesetze« (Mann 2001, 146). Alle Bausteine dieser Liste findet man bereits als zentrale Themen der Romane Sealsfields und Kürnbergers. Diesem Amerika, das alles negiert, was Deutschland ausmacht, diesem erfundenen Amerika (Kamphausen 2002, 150), setzt Thomas Mann Kultur, Geist und Geschichte entgegen - all das also, was es nach Auskunft Hegels in Amerika aus den skizzierten geopolitischen und geschichtsphilosophischen Gründen nicht geben kann. Und Thomas Mann vertritt 1918 noch die gleiche deutsche Sicht auf die USA wie Nikolaus Lenau, der am 5. März 1833 von Ohio nach Reinbeck schreibt: »Das atlantische Meer aber ist der isolierende Gürtel für den Geist und alles höhere Leben.« Das »amerikanische Klima« läßt nichts anderes zu (Lenau 1971, 213).

3. Das Land der Zukunft - kommt in der Gegenwart an

Zum Abschluß seiner kurzen Passage über die Neue Welt hinterläßt Hegel den Kulturtheorien und Ideologien der kommenden Jahrhunderte die äußerst zitable Behauptung, Amerika sei »weltgeschichtlich« das »Land der Zukunft« und der »Sehnsucht für alle die, welche die historische Rüstkammer des alten Europas langweilt.« (Hegel 1986, 114) Uns mag dies an die Phrase erinnern, was in den USA heute schon gängig sei, stehe uns unweigerlich morgen bevor - doch tatsächlich hat Hegel mit dieser Formel, das stellt Georg Kamphausen klar, Amerika aus der weltgeschichtlichen Gegenwart erst einmal herausgerechnet (Kamphausen 2002, 153). Nichts werde passieren, solange Nordamerika nur seinen schier »unermesslichen Raum« auffülle, statt Differenzen in Ordnungen zu überführen oder im Kampf auszutragen. Seine Geschichte beginne erst in der Zukunft, vorerst, so Kamphausen, sei es »Natur« ohne Geist und Kultur, das »Land der Bedürfnisse und Interessen« (Kamphausen 2002, 153).[6] Bei allem »technischen und materiellen Forschritt« seien die USA »die immer nur modern gewesene *ungeschichtliche Nation par excellence*« (Kamphausen 2002, 153). Gotthard Günther hat dies nur anders formuliert, wenn er die USA unhistorisch und pragmatisch nannte. Die Meinung kursiert noch heute. Die zugrunde liegende Opposition von Geist und Materie aber ist älter.

»Der Amerikaner« sei der »Gott der Materie«, schreibt Kürnberger hundert Jahre vor Gotthard Günther, dafür habe er sich das »Geistige vom Halse geschafft« (Kürnberger 1889, 161). Er konnte gar nicht anders - seine »Seele« mußte sich in der grenzenlosen Weite des Kontinents entleeren (Keyserling 1930, 99). Die »amerikanische Seelenlosigkeit«, behauptet Keyserling (Keyserling 1930, 34), sei ein direktes Resultat seiner »Bodenlosigkeit«, wie Lenau es bereits 1833 ausgedrückt hat: seiner völligen Indifferenz zum Raum, die ihn davon abgehalten habe, eine »wirklich bodenständige Kultur« aufzubauen (Keyserling 1930, 35). »Kultur« verwechsle man in den USA mit »Komfort« (Keyserling 1930, 421). Ohne Kultur im emphatischen Sinn Europas aber ist der amerikanische Raum auch ohne Bezug zur Geschichte. Was der amerikanische Pragmatismus von der »gesamten vorangegangenen Kulturgeschichte des Menschen« zu übernehmen bereit ist, ist »radikal reduziert auf das factum brutum« des »aufgestapelten Ma-

6 Das »Physische« wird immer als »entscheidend betrachtet«, meint Keyserling 1930, 401.

terials«, das im Hier und Jetzt auf »Handlungsmöglichkeiten« und »Realisierungschancen« getestet wird (Günther 2000, 242). Alles Alte, was sich heute nicht als nützlich erweist, landet als »Plunder« auf dem Müll oder im Museum. Amerika hat daher keine Geschichte, als »ein Land der Zukunft geht es uns überhaupt hier gar nichts an«, so Hegel, »denn wir haben es nach der Seite der Geschichte mit dem zu tun, was gewesen ist, und mit dem, was ist« (Hegel 1986, 114). Amerika ignoriert nicht nur die Kulturgeschichte der Menschheit, sondern ist auch seinerseits kein Subjekt der »Weltgeschichte« (Hegel 1986, 114). Als materielle Macht existiert es allein im Raum, nicht in der Zeit - bis es dereinst in die Geschichte eintreten wird.

4. Geist und Krieg

Wann aber schlägt die Stunde Amerikas? Kamphausen zeigt, daß Hegel hier eine im Kern geopolitische Antwort gibt. »Zu einer geschichtlichen Macht«, faßt Kamphausen Hegel zusammen, »könne Amerika erst dann werden, wenn es keine freien Räume mehr gibt und die Menschen in beengten Verhältnissen leben. Denn die Geschichte ist abhängig von der Bevölkerungsdichte. Die Menschen müssen sich in kompakten Verhältnissen gegenüberstehen, um sich aneinander reiben zu können, erst dann entsteht Geist.« (Kamphausen 2002, 152) Die geringe amerikanische Bevölkerungsdichte steht für Hegel erst einmal dem Kampf und also dem Geist entgegen. Vorerst müßten die Freistaaten ohne »Nachbarstaat« auskommen, gegen den sie ein »stehendes Heer zu halten hätten«, verdeutlicht Hegel die bellizistische Pointe seiner Thesen (Hegel 1986, 114),[7] deren Klartext für Kamphausen lautet, daß Europa deshalb alleiniger Schauplatz der Weltgeschichte sei, weil allein die Staaten des eng besiedelten Abendlandes im Kampf der Ideen und Weltanschauungen gegeneinander Krieg führen müssen, denn sie können nicht einfach in den Raum ausweichen (Kamphausen 2002, 152f.). Die »französische Revolution«, behauptet Hegel, wäre niemals »ins Leben getreten«, wenn die unendlichen »Wälder Germaniens noch existiert hätten« (Hegel 1986, 113) - die Spannungen wären einfach im unermeßlichen Raum verpufft. Amerika hat die *frontier* oder den *trek*, Europa muß kämpfen.

Dafür hat Europa Staaten mit Geschichte und Kultur, Amerika dagegen nur einen lose gekoppelten Bund von »Freistaaten«. Daß ohne Kriege die USA zu keiner »wirklichen« Staatlichkeit finden würden, war Hegels feste Überzeugung. Die USA könnten jeder »Spannung« ausweichen, denn sie hätten »unaufhörlich den Ausweg der Kolonisation in hohem Grade offen, und es strömen beständig eine Menge Menschen in die Ebenen des Mississippi. Durch dieses Mittel ist die Hauptquelle der Unzufriedenheit geschwunden, und das Fortbestehen des jetzi-

7 Sie haben »kein stehendes Heer« (Toqueville 2001, 66), aber auch »keinerlei Feinde«, stellt auch Toqueville, in *Über die Demokratie in Amerika* fest. Die USA sind »inmitten der Wildnis allein wie eine Insel im Ozean« (Toqueville 2001, 184). Entsprechend fällt die außenpolitische Haltung aus. Europa und seine »Streitigkeiten« gehen »uns natürlicherweise nichts an«, wird Washington zitiert (Toqueville 2001, 133).

gen [...] Zustands wird verbürgt« - also Geschichts-, Geist- und Kulturlosigkeit, fehlende Staatlichkeit etc. (Hegel 1986, 113).

»Eine Vergleichung der nordamerikanischen Freistaaten mit europäischen Ländern ist daher unmöglich, denn in Europa ist ein solcher natürlicher Abfluß der Bevölkerung, trotz aller Auswanderungen, nicht vorhanden.« (Hegel 1986, 113).

Erst wenn der »unermeßliche Raum« der Freistaaten »ausgefüllt und die bürgerliche Gesellschaft in sich zurückgedrängt wäre«, könne Nordamerika mit Europa verglichen werden (Hegel 1986, 113f.). Die Dialektik des Weltgeistes setzt eine gewisse Bevölkerungsdichte voraus. Mit Hegels Worten: Amerika wird die »Feuerprobe des Krieges zu bestehen« haben (Hegel 1986, 539), wenn es Geschichte schreiben will.

An dieser Stelle ist es interessant zu bemerken, daß wiederum auch der Umkehrschluß zu gelten scheint: Ohne Krieg stagniert, erschlafft, vergreist Europa. »Sobald der Lebensgenuß zum obersten Gesetz einer Gesellschaft geworden ist«, setzt die Erschlaffung ein - führt Kamphausen den französischen Theoretiker der Gewalt: Georges Sorel an -, weshalb der Mensch des Kampfes, ja Krieges bedürfe (Kamphausen 2002, 69). In Frankreich hänge eine »feige Bourgeoisie dem Trugbild des sozialen Friedens« nach, während umgekehrt die Amerikaner im Begriff seien, »Eroberer, eine Raubrasse« zu werden (Sorel 2002, 282). Auch Thomas Mann ist mitten im Krieg überzeugt, daß die Welt »im Argen lag *vor* dem Kriege«, weil sie versunken gewesen sei in »sinnlose Wohlstandsanbetung« (Mann 2001, 364), während die Völker nun endlich wieder zu einem elementaren Ringen angetreten seien, aus dem »unser Europa« geläutert und gereinigt hervorgehen werde (Mann 2001, 463, 471). Der alles reglementierende, bis in den letzten Winkel sorgende und bevormundende Sozial- und Wohlstandsstaat, dessen einzige Entwicklungschance die »Kristallisation« (Arnold Gehlen) sei, müsse sich nun einem Krieg stellen, der nicht auf Seiten der Sekurität, der privaten Egoismen, Interessen und Bedürfnisse geführt werde, sondern Volk gegen Volk in einen Kampf ums Dasein zwinge und so das historische Schicksal der Menschheit entscheide. Kein Wunder, daß im Sommer 1914 nicht nur die Massen, sondern auch die Soziologen, Kulturtheoretiker und Intellektuellen den Kriegsausbruch begeistert begrüßen. Deutschland wähnt sich im »Kulturkrieg«,[8] so Kamphausen, gegen jene Mächte der Nivellierung, die bereits die einst so divergenten europäischen Einwanderer in amerikanische Kapitalisten verwandelt hat (Kamphausen 2002, 53). Soweit sich der moderne Kapitalismus im Zuge von Rationalisierung, Industrialisierung, Bürokratisierung, Säkularisierung in Deutschland durchgesetzt hat, um jede kulturelle Tradition, jeden Wert zugunsten momentanen pragmatischen Nutzens zu entwerten, geht die Generation von 1890 von einer drohenden Amerikanisierung aus (vgl. Kamphausen 2002, 88ff.). Kamphausen meint, daß all das, was diese Form der »Zivilisationskritik« an der deutschen Entwicklung zum »Industrie- und Machtstaat« beobachtet und ablehnt, Amerika gleichsam in Reinform zugesprochen wird. Die Gefahr wird be-

8 So auch Mann 2001, 134, 182.

schworen, daß die »amerikanische Gesellschaft die Zukunft aller kapitalistischen Gesellschaften« sein könne (Kamphausen 2002, 90).

Thomas Mann zitiert in seinen *Betrachtungen* den Topos der »Amerikanisierung« (Mann 2001, 157) Deutschlands und verbindet mit ihm die These der »Verwandlung des deutschen Bürgers, seine Entmenschlichung und Entseelung, seine Verhärtung zum kapitalistisch-imperialistischen Bourgeois«, kurz: zum Yankee (Mann 2001, 155). Sein Zentrum ist Berlin: eine »preußisch-amerikanische Weltstadt« (Mann 2001, 158). Europa ist Amerika - und braucht folglich, nach Hegels Formel, einen Krieg, um wieder es selbst zu werden. Europa kämpft also seit 1914 gewissermaßen in einem furchtbaren Bürgerkrieg gegen seine Amerikanisierung. Europa hielt es, so Thomas Mann, im »bürgerlichen Sicherheits- und Regenschirmstaat auf die Dauer nicht aus«, weshalb »*Alle* den Krieg gewollt haben« (Mann 2001, 470).

Krieg tut not, wenn die europäischen Nationen Kulturen bleiben wollen, meint Thomas Mann (Mann 2001, 463). Alle »Vierteljahrhunderte einen Krieg von zwei bis drei Jahren«, empfiehlt ein amerikanischer Bankpräsident als probates Erziehungsmittel (Sealsfield 1988b, 524). Ohne Krieg keine Bildung. Es ist nämlich durch die

> Individualität der sittlichen Totalität *die Notwendigkeit des Kriegs gesetzt*, der [...] ebenso die sittliche Gesundheit der Völker in ihrer Indifferenz gegen die Bestimmtheiten und gegen das Angewöhnen und Festwerden derselben erhält, als die Bewegung der Winde die Seen vor der *Fäulnis* bewahrt, in welche sie eine dauernde Stille, wie die Völker ein dauernder oder gar ein ewiger Frieden, versetzen würde. (Hegel 1979, 482)

Der Ewige Friede, Kants Traumziel menschlicher Geschichte, wäre für Hegel nichts als faule Windstille. Seitdem gilt der Krieg als jene frische Brise, welche die Menschheit vor der Kristallisation (»Angewöhnen und Festwerden«) bewahrt. Diese fatale Sicht der Dinge läßt sich durch kein Ereignis korrigieren. Jorge Luis Borges kann sie noch in seiner kurzen Erzählung *Deutsches Requiem* voraussetzen, in der er einen als typisch gezeichneten deutschen Bildungsbürger und SS-Führer nach verlorenem Krieg bekunden läßt: »Viele Dinge müssen zerstört werden, um die neue Ordnung aufzurichten; heute wissen wir, dass eins dieser Dinge Deutschland gewesen ist. Was macht es aus, daß England der Hammer ist und wir der Amboß? Wichtig ist allein, daß die Gewalt frohlockt« - und so die Geschichte wieder Segel setzen kann (Borges 1986, 102). Das Dritte Reich habe also die Welt vor der Erschlaffung gerettet! Letztlich also vor dem Untergang der Kultur und dem Sieg der »Zivilisation«, vor »Sicherheit und Schlaffheit« (Mann 2001, 164), vor Amerika.

Thomas Manns *Betrachtungen* von der Heimatfront haben heute wieder Konjunktur. Alexander von Schönburg hat 1999 im Adlon von der »Wohlstandsverwahrlosung« einer ganzen Generation gesprochen, die »von vorne bis hinten entertained« werde (Schönburg 1999, 138). Unserem Europa fehle jede »Spannung«. Wie Generationen von Kulturkritikern vor ihm hält er den Krieg für einen möglichen Ausweg. »Unsere einzige Rettung wäre eine Art Somme-Offensive«, schlägt Schönburg vor (Schönburg 1999, 137).

Wäre das hier Cambridge und nicht Berlin, und wäre es jetzt der Herbst des Jahres 1914 und nicht der Frühling des Jahres 1999, wären wir die ersten, die sich freiwillig meldeten.« (Schönburg 1999, 138)

Auch wenn Schönburg sich hier in eine britische Tradition einzuschreiben sucht, sein Argument ist durch und durch deutsch. Selbst Hinweise auf Kristallisation und Amerikanisierung fehlen nicht, die hier ganz im angelsächsischen Neudeutsch als »Recycling«, »Entertainment« und »Relaunch« firmieren. Die Thesen gehören hundertprozentig nach Berlin, nicht nach Cambridge, und die Generation Berlin beerbt nicht die *generation lost*, sondern *den* Berliner Philosophen schlechthin oder seine soziologischen und literarischen Schüler.

Man könnte aus der skizzierten weltgeschichtlichen wie geopolitischen Einordnung der USA folgern, daß diese Nation der Zukunft dann in die Gegenwart eintrete, wenn ihre Dispersion im Raum abgeschlossen ist und sie beginnen muß, gegen ihre Nachbarn Krieg zu führen. Gegen Ende des 19. Jahrhunderts haben die Vereinigten Staaten damit begonnen, in stets erfolgreichen Feldzügen ihr Territorium auf Kosten ihrer Nachbarn zu erweitern und gegen den Widerstand der alten europäischen Mächte ihre Einflußzone auf den gesamten Kontinent auszudehnen. Im Schutz der Monroe-Doktrin und des Isolationismus bleiben die USA zunächst ein »geschlossenes System«, so Keyserling (Keyserling 1930, 86), das überall die Grenzen seines Raums erkundet, den Pazifik erreicht, mexikanische Provinzen annektiert, Kuba nimmt, Panama von Kolumbien abtrennt und annektiert und schließlich die Philippinen erreicht. »Die Monroe Doktrin«, schreibt Scheffauer, wird nun aber »durch die Aneignung der Philippinen theoretisch aufgehoben (Scheffauer 1923, 42). Die USA kommen in der Weltgeschichte an. Sie führen Krieg.

»Der Weltkrieg stellt das wichtigste Ereignis in der bisherigen Geschichte der Vereinigten Staaten dar«, schreibt Graf Keyserling, »weil Amerika als Ganzes dank der durch ihn verursachten Erschütterung zum erstenmal *seiner eigenen Seele bewußt* geworden ist.« Der Krieg »brachte dem eingeborenen Amerikaner zum erstenmal sein Amerikanertum zum Bewußtsein; sie ließ ihn erkennen und fühlen, daß er eine ausschließliche Volksseele besitzt.« (Keyserling 1930, 87) Seele, Bewußtsein, Geist - alles, was Amerika bislang von den deutschen Autoren abgesprochen wurde, erlangt es nun im Krieg. Amerika kommt zu sich selbst erst als »Europas Feind« (Scheffauer 1923, 48). Als Feind können die USA aber deshalb geradezu mühelos aufgebaut werden, weil die Unterscheidung von Freund und Feind hier gleichsam unsterblichen Unterscheidungen folgen kann: Kultur und Zivilisation, Geist und Körper, Ordnung und Chaos, Staat und Gesellschaft oder auch Raum und Geschichte oder partikularer Egoismus und Allgemeinwohl. Dies sind jene Unterscheidungen, die seit Hegel die ideenpolitische Konstruktion Amerikas steuern. Für diese Konstruktion - das macht sie so stabil - werden weniger Kenntnisse über die USA als eine Meinung über Europa benötigt, denn die USA werden unter verblüffender Mißachtung aller Empirie schlicht als das Andere Europas entworfen. Die von Hegel übernommenen und in zahlreichen

Romanen lancierten Stereotypen haben noch heute nichts von ihrem suggestiven Potential verloren, denn sie schaffen einfache Evidenzen in einer komplizierten Welt. Die Legende vom Durchschnittsbürgerkonsumenten, der nicht einmal weiß, wo Afghanistan liegt, ist symptomatisch für die Aktualität des Jahrhunderte alten Paradigmas der »Erfindung Amerikas«.

Bibliographie

Borges, Jorge Luis: Deutsches Requiem, in: Die zwei Labyrinthe. Lesebuch, München 1986, 98-102. [zitiert als: Borges 1986]

Deleuze, Gilles/Guattari, Félix: Tausend Plateaus, Berlin 1997. [zitiert als: Deleuze/Guattari 1997]

Freytag, Gustav: Soll und Haben (1855), München 1953. [zitiert als: Freytag 1953]

Günther, Gotthard: Die Amerikanische Apokalypse, München 2000. [zitiert als: Günther 2000]

Hegel, Georg Wilhelm Friedrich: Aufsätze aus dem Kritischen Journal der Philosophie, in: Werke, Band 2, Frankfurt/Main 1979. [zitiert als: Hegel 1979]

Hegel, Georg Wilhelm Friedrich: Vorlesungen über die Philosophie der Geschichte, in: Werke, Band 12, Frankfurt/Main 1986. [zitiert als: Hegel 1986]

Kamphausen, Georg: Die Erfindung Amerikas in der Kulturkritik der Generation von 1890, Weilerswirst 2002. [zitiert als: Kamphausen 2002]

Keyserling, Hermann Graf: Amerika. Der Aufgang einer neuen Welt, Stuttgart, Berlin 1930. [zitiert als: Keyserling 1930]

Kürnberger, Ferdinand: Der Amerikamüde (1855), 2. Auflage, Leipzig 1889. [zitiert als: Kürnberger 1889]

Mann, Thomas: Betrachtungen eines Unpolitischen (1918), Frankfurt/Main 2001. [zitiert als: Mann 2001]

Lenau, Nikolaus: Sämtliche Werke und Briefe in zwei Bänden, Band 2, Frankfurt/Main 1971. [zitiert als: Lenau 1971]

Melville, Herman: Moby Dick (1851), London 1994. [zitiert als: Melville 1994]

Scheffauer, Herman George: Das Land Gottes, Hannover 1923. [zitiert als: Scheffauer 1923]

Schönburg, Alexander v./Bessing, Joachim/ Kracht, Christian/Nickel, Eckhart/ Stuckrad-Barre, Benjamin v.: Tristesse Royale. Das popkulturelle Quintett, Berlin 1999. [zitiert als: Schönburg 1999]

Sealsfield, Charles (= Karl Anton Postl): Morton oder die große Tour (1835), Rudolstadt 1988. [zitiert als: Sealsfield 1988a]

Sealsfield, Charles (= Karl Anton Postl): Das Kajütenbuch (1841), Rudolstadt 1988. [zitiert als: Sealsfield 1988b]

Solger, Reinhold: Anton in Amerika (1862), gekürzt, bearbeitet und hg. von Erich Ebermayer, Berlin 1928. [zitiert als: Solger/Ebermayer 1928]

Sorel, Georges: Über die Gewalt (1908), Frankfurt/Main 2002. [zitiert als: Sorel 2002]

Toqueville, Alexis de: Über die Demokratie in Amerika (1835/1840), Stuttgart 2001. [zitiert als: Toqueville 2001]

Winter, Rolf: Little America. Die Amerikanisierung der Deutschen Republik, Hamburg 1995. [zitiert als: Winter 1995]

Willkomm, Ernst: Die Europamüden, Leipzig 1938. [zitiert als: Willkomm 1938]

ANKÜNDIGUNGEN VON VERANSTALTUNGEN UND TAGUNGEN

9. Jahrestagung der Europäischen Totentanz-Vereinigung

vom 2. bis 4. Mai 2003
im Institut für Medizin- und Wissenschaftsgeschichte der Universität Lübeck

Die 9. Jahrestagung der Europäischen Totentanz-Vereinigung findet vom 2. bis zum 4. Mai 2003 im Institut für Medizin- und Wissenschaftsgeschichte der Universität Lübeck statt. Aus diesem Grund wollen wir uns mit der makabren Kunst im Mittelalter und ihrer Rezeption beschäftigen. Das Themenspektrum reicht vom einzelnen Gerippe bis zum monumentalen Totentanz, von Darstellungen Verstorbener bis zu Sterbeszenen am Beginn des 21. Jahrhunderts. Willkommen sind Beiträge aus den Fächern Medizin- und Kunstgeschichte, Volkskunde, Literatur-, Film- und Musikwissenschaft.

Die Vortragsdauer beträgt 20 Minuten zuzüglich 10 Minuten Zeit zur Diskussion. Die Veröffentlichung erfolgt in *L'art macabre*, dem Jahrbuch der Europäischen Totentanz-Vereinigung.

Den Festvortrag hält Prof. Dr. Hartmut Freytag, Ordinarius für Ältere deutsche Literatur an der Universität Hamburg. Parallel zur Jahrestagung wird die Ausstellung *»Ihr müsst alle nach meiner Pfeife tanzen« - Totentänze aus den Beständen der Herzog August Bibliothek Wolfenbüttel und der Bibliothek Otto Schaefer in Schweinfurt* im Scharbausaal der Bibliothek der Hansestadt Lübeck zu sehen sein.

Informationen zum Ablauf der Tagung erteilt:

Europäische Totentanz-Vereinigung
Präsidium Dr. Uli Wunderlich und Prof. Dr. Christoph Mörgeli
Geschäftsstelle:
Marienstr. 25
D-40212 Düsseldorf
Tel. 0049 211 8549005
Fax 0049 211 8693790
eMail: webmaster@totentanz-online.de
http://www.totentanz-online.de

Die Ankündigung ist dieser web-site entlehnt:

http://www.totentanz-online.de/ankuendigung.htm

BERICHTE VON TAGUNGEN

[(v)er]SPIEL[en]. Felder - Figuren - Regeln

Internationales Colloquium des Sonderforschungsbereichs »Kulturen des Performativen«
7.-9. Dezember 2000, Institut für Theaterwissenschaft an der Freien Universität Berlin

»Spiel« entzieht sich wie das »Performative« dem definitorischen Zugriff. Beide sind nie endgültig auf eine feste Form oder eine starre Bedeutung festlegbar. Das Performative und das Spiel sind nicht komplementäre Begriffe, sondern haben ein veränderliches Verhältnis zueinander: Sie überschneiden sich teilweise, spiegeln sich ineinander, bringen einander zur Erscheinung, ergeben erst zusammen ihren (immer nur gegenwärtigen) Sinn.

Wittgenstein hat bekanntlich den Begriff des Spiels zum Anlaß genommen, um ein neues Denken über Begriffe zu entwickeln, das nicht mehr auf der Abstraktion eines oder mehrerer gemeinsamer Wesensmerkmale, sondern auf »Familienähnlichkeiten« basiert. Ein solches Verständnis von »Spiel«, das nicht klassifikatorisch zwischen »Spielen« und »Nicht-Spielen« unterscheidet, sondern nach den Ähnlichkeiten fragt, die diachron und synchron das Spielen unterschiedlicher Spiele und die Sprachspiele über diese Spiele verbindet, könnte einen begrifflichen Rahmen abgeben, der den Gegenstand des Kolloquiums weder auf eine starre Bedeutung festlegt noch in der Beliebigkeit des Nichtbestimmbaren auflöst.

In neurobiologischer Sicht ist »Spiel« die Bedingung der Möglichkeit von Menschwerdung überhaupt, und die Mathematik greift auf die Spieltheorie zurück, um komplexe Situationen des Wählens und Interagierens theoretisieren zu können. »Spiel« kann als Essenz von Kultur gelten; schon vom deutschen Idealismus wurde es ins Zentrum seiner Kunsttheorie und ästhetischen Anthropologie gerückt. Wie Schiller im 15. Brief *Über die ästhetische Erziehung des Menschen* schreibt: »der Mensch spielt nur, wo er in voller Bedeutung des Wortes Mensch ist, und er ist nur da ganz Mensch, wo er spielt.« Diese zentrale Positionierung geht weit über das hinaus, was Johan Huizinga meinte, als er 1938 Kultur als Spiel beschrieb und dieses als ein Außerhalb, einen Bereich freien Handelns, abgeschlossen und begrenzt entwarf, der in einer chaotischen Welt Ordnung und Harmonie bietet. Heute erscheint die wesensbestimmende und klassifizierende Annäherung an das Spiel überholt und für den Forschungsprozeß hinderlich. Wichtig werden die Hinweise von Roger Caillois, der das Spiel als in einem ständigen Austausch mit dem Alltäglichen stehend beschreibt, der nach den Prinzipien von *agon*, *alea*, *mimicry*, *ilinx* organisiert wird. Unter dem Einfluß des *performative turn* in den Kulturwissenschaften bildet sich ein Konzept von Spiel aus, das gerade das Oszillierende und Unscharfe betont, in dem das »Dazwischen«, das Rahmenwerk, einerseits zum Spiel und andererseits zur Alltagswelt gehörend (Gregory Bateson), zum wesentlichen Kennzeichen wird.

Spiel ist kein Entweder-Oder, sondern ein Sowohl-Als-Auch in stets wechselnden Konstellationen; es impliziert die Freiheit und die Spielregeln, den Zufall und die Notwendigkeit. Spiel ist nicht das Gegenteil von Ernst, sondern es ist selber oft Ernst; es kann Ordnung in die Unordnung der Welt bringen, aber immer nur als ein prekäres Zusammenspiel von Ordnung und Zufall. Im Spiel zählt der Vollzug im Hier und Jetzt statt des Abstrahierens, Distanzierens und Festschreibens; Spiel realisiert sich als unablässige Re-Inszenierung in Spielen.

Zwar muß immer zunächst, wie von klassischen Spieltheorien beschrieben, der Rahmen »dies ist ein Spiel« gesetzt werden, aber in der unmittelbaren Kommunikation des Spiels selber wird die metakommunikative Grenzziehung aktiv vergessen, damit das Spiel funktionieren kann. Das Rahmen-Modell darf nicht statisch aufgefaßt werden; Spiel ist gekennzeichnet durch ein ständiges In-between; es nimmt immer wieder Bezug auf die Alltagswirklichkeit, um diese immer wieder sogleich zu verleugnen. Ausgehend von der neurobiologischen Erkenntnis, daß Kontextualität wesentlich für die Entstehung von Bedeutungen innerhalb komplexer Systeme ist (Hinderk Emrich), kann Spiel beschrieben werden als die Schaffung von physischen und psychischen Kontexten, als ein Experimentierfeld, das sich um die Differenz Sein-Schein nicht kümmert; ein Spiel mit Rahmungen, ohne selbst eine zu sein (Natascha Adamowsky). Spiel ist mithin kein Außerhalb: Leben als Spiel bedeutet, »alles, uns selbst eingeschlossen, als Experiment mit offenem Ausgang und bar jeder vernünftigen Begründung zu sehen [...] Als Spieler befindet man sich nicht außerhalb der Welt, kann man nicht die Rolle des Beobachters einnehmen, man ist Teil der Welt, die man lediglich aus seiner Perspektive übersieht und in die man stets mit seinen Zügen eingreift.« (Florian Rötzer).

Folgende Vorträge standen auf dem Programm:

Monika Schmitz-Emans (Bochum): *Labyrinthische Romane als Spielanleitungen*
Clark N. Quinn (Berkeley): *Playing at the Interface of Cognition and Culture*
Gerd Hallenberger (Siegen): *»Das ganze Leben ist ein Quiz«. Anmerkungen zum Beitrag von Quizsendungen und Game Shows zur bundesdeutschen Gegenwartskultur*
Natascha Adamowsy (Berlin): *Spielen und Träumen - Skizzen einer Begegnung*
Werner Röcke (Berlin) / Hans Jürgen Bachorski (Potsdam): *Verspielte Eh(r)e. Rügebräuche und »rites de passage« in Tanz- und Fastnachtsspielen des Mittelalters*
Gunther Gebauer / Thomas Alkemeyer / Bernhard Boschert (Berlin): *Intermediäre Strukturen. Vermittlungen zwischen Spielen und Alltagswelt*
Jutta Eming (Berlin): *Das Spiel mit der Angst. Zum phantastischen Erzählen in mittelalterlicher Literatur*
Stefan Hartung (Berlin): *Kontingenz des Spiels und des Geschichtsurteils bei Girolamo Cardano: ›Liber de ludo aleae‹ (1526) und ›Encomium Neronis‹ (1562)*
Gabriel Josipovici (Sussex): *I dream of Toys*

Leslie V. Kurke (Berkeley): *Greek Games and Ideologies in the Archaic and Classical Periods (6th-5th c. BCE)*
Emil Hrvatin (Ljubljana): *Lecture Performance on Playing Camillo*

Gertrud Lehnert

La Mémoire des villes

Colloque International du Centre d'Etudes Comparatistes
de l'Université Jean Monnet
2-4 mai 2002 à Saint-Etienne

Du 2 au 4 mai 2002, un colloque international s'est déroulé en France, à Saint-Etienne, organisé par le Centre d'Etudes Comparatistes de l'Université Jean Monnet. Au cours de ce colloque dont le thème central était *La mémoire des villes*, les divers intervenants ont tenté de cerner les problèmes liés à l'inscription de l'histoire dans l'espace urbain, et ce du romantisme à nos jours.

Revenant à maintes reprises au cours des différentes interventions, la fameuse citation de Beaudelaire: »La forme d'une ville change plus vite, hélas! que le cœur d'un mortel« (›Le Cygne‹ in *Tableaux Parisiens*), semble avoir été l'une des phrases-clef des débats. En effet, elle met en avant l'idée d'une ville protéiforme, à l'évolution incessante, et dont l'Homme se sent ainsi dépossédé. La ville se développe alors selon deux tendances opposées: le passé et le présent, la réminiscence et le renouveau, la nostalgie et la modernité. Au cœur de cet affrontement, la littérature, la peinture, la musique et le cinéma parfois se font archéologiques en ressuscitant par la mémoire le passé évanoui de l'ancienne ville, et parfois deviennent l'occasion de descriptions architecturales des cités modernes qui poussent d'elles-mêmes, se bâtissent sur leurs fondations et avancent vers une forme nouvelle.

Oscillant donc entre l'ancien et le moderne, les œuvres artistiques disent la volonté double de conservation et de recréation d'une ville. L'esprit de nostalgie plus ou moins romantique fait par exemple resurgir Rome, Babylone et Jérusalem, à l'intérieur même de nos cités modernes qui, à leur tour, accèdent par le souvenir de ces cités antiques à un statut mythique (cf. Paris, Londres, New York, Dublin, Mexico, Berlin, etc.). Mais des représentations d'une ville plus moderne se développent aussi; représentations qui mènent souvent à l'émergence d'un espace urbain aliénant et fantomatique, mort et aberrant. Enfin, dans cette ville nouvelle l'espace urbain, parallèlement à l'espace textuel, devient alors, dans une perspective moderniste, un lieu de déambulation qui reflète le cheminement d'un inconscient.

Il y a ainsi un double élan dans la représentation des villes: celui de la préservation, et celui de la destruction. Cependant, même cette destruction se révèle toujours en partie créatrice car non seulement elle permet par la suite une reconstruction de l'espace urbain mais, de plus, cette reconstruction se fait en fonction du passé de la ville qui se bâtit alors à partir d'elle-même, et sur elle-même.

La mémoire des villes ne fait ainsi pas que convoquer le passé de la ville, puisqu'elle participe aussi à l'élaboration de sa forme future. Il existe donc finalement deux façons fondamentales dont l'histoire s'inscrit dans l'espace urbain: par la résurrection d'un passé historique ou mythique, et par la construction d'une ville moderne qui s'élabore en fonction de son histoire toujours présente.

Avec pas loin de quarante intervenants, originaires de pays aussi variés que l'Autriche, le Brésil, les Etats-Unis, la Finlande, la Suisse, et la Turquie, les conférences se sont déroulées pour moitié en français, et pour moitié en anglais. Une même variété s'est retrouvée dans les différentes disciplines convoquées lors de ce colloque: littérature, architecture, cinéma, géographie et histoire urbaine, peinture, linguistique, musique, etc. L'Allemagne, entre autres, a fortement marqué le colloque au travers de conférences portant sur des villes comme Berlin et Leipzig, ou sur des auteurs comme Kafka. De même, étaient présents Anthony Duschlbauer et Gerald Leindecker (*The Tower and the Evil*), Manfred Engel (*The City and the Novel of Consciousness*), ou encore Dorothea Lauterbach (*L'endroit ›impassible‹. La représentation des villes chez Flaubert*).

Le colloque fera l'objet d'une publication, début 2003.
Pour plus de renseignements: www.univ-st-etienne.fr/celec/

Ian Grivel

Komparatistik als Arbeit am Mythos

12. Tagung der Deutschen Gesellschaft für Allgemeine und Vergleichende Literaturwissenschaft
22.-25. Mai 2002, Friedrich-Schiller-Universität Jena*

Komparatistik als Arbeit am Mythos - der Titel dieser Tagung mutet an wie eine späte Reaktion auf jene Diskussion, die als theoretische Revision, Fortschreibung und Transzendierung neuzeitlicher Mythendiskurse in interdisziplinärer Ausrichtung seit dem Ende des Zweiten Weltkrieges in Westdeutschland und Frankreich eine Vielzahl von Beiträgen hervorgebracht hat und sich in Tagungen, etwa der Poetik-und-Hermeneutik-Gruppe von 1971, oder in Sammelbänden, etwa dem von Karl Heinz Bohrer herausgegebenen, *Mythos und Moderne* betitelten Band von 1983, niederschlug. Ein Diskurs also, der an einem neuralgischen Punkt des Modernismus und seinem Verhältnis zu identitätsstiftenden mythischen »Welt-Bildern« ansetzte und mythische Mechanismen auch in den Wissensordnungen neuzeitlicher Rationalität entdecken konnte und so einem teleologischen Verständnis des geschichtsphilosophischen Ganges »vom Mythos zum Logos« (W. Nestle) entzog. Daß dabei dem Mythendiskurs, nicht zuletzt vor dem Hin-

* Der vorliegende Tagungsbericht stützt sich neben persönlichen, auf der Tagung selbst gewonnenen Eindrücken auch auf die Vortragsmanuskripte, die den Verfassern freundlicherweise von den Referentinnen und Referenten zur Verfügung gestellt worden sind. Dafür sei allen Autorinnen und Autoren herzlich gedankt.

tergrund der »Urkatastrophen« des 20. Jahrhunderts, immer auch die Gefahr einer Remythisierung unterstellt wurde, darauf hatte schon Bohrer einleitend in seinem Sammelband hingewiesen: »Vorsicht, dies ist keine Rückkehr zum Mythos«. Bereits mit dem Titel, dem bekannten Blumenberg-Zitat, das auf der Veranstaltung als Bezugsgröße permanent gegenwärtig war, knüpfte die 12. Tagung der DGAVL an die »große Erzählung« des Mythos im 20. Jahrhundert an. Die Tagung, deren Organisation von mehreren studentischen Mitarbeitern unterstützt wurde, fand vom 22. bis 25. Mai 2002 im Senatssaal der Friedrich Schiller-Universität Jena statt. Dabei lieferte die Tagung in ihren vielfältigen Beiträgen nicht nur eine archivarische Bestandsaufnahme der Mythendiskurse des vergangenen Jahrhunderts, sondern eröffnete unter einer speziellen komparatistischen Perspektive auch entscheidend neue Verstehensräume, die sich sowohl mit dem »Mythos« selbst als auch mit der theoretischen Rede über den Mythos in methodisch-methodologischer Hinsicht beschäftigten.

Die Tagung gliederte sich in mehrere thematische Module. Der erste Teil der Tagung war dem Thema *Zur Theorie und Kritik des Mythosbegriffs* vorbehalten sowie der *Poetik des Mythischen*. Im zweiten Teil wurden dann Untersuchungen von Einzelmythen vorgestellt. Die Struktur der Tagung spiegelte somit die Einsicht wider, daß eine Beschäftigung mit dem Mythos sich ihrer theoretischen Grundlagen immer aufs neue zu versichern hat, um sie dann an konkreten Einzelmythen zu überprüfen.

In ihrem Eröffnungsvortrag widmete sich Monika Schmitz-Emans, die Präsidentin der DGAVL, vor allem den epistemologischen Möglichkeiten, die der Mythos und seine Theoriebildung speziell für das Fach »Komparatistik« zu generieren imstande sind. Sie lieferte damit den heuristischen Bezugsrahmen für die Tagung, vor allem durch ihre kritische Bestandsaufnahme der Genese sowie der theoretischen Grundlagen der eingangs skizzierten Mythendiskurse und der daraus abgeleiteten Konsequenzen speziell für die Methodik des Faches »Komparatistik«, welches, so ihre Hauptthese, als »Arbeit am Mythos« sowohl den Mythos als auch analog sich selbst prozessual legitimieren kann. Die »Arbeit am Mythos« rekonstruierte sie in drei Schritten, die sich wechselseitig bedingen und letztendlich das Arbeitsfeld einer produktiven Aneignung des mythischen Potentials bilden: (1.) *Arbeit am Mythos* als Selbstfindung des Faches im Er-finden des Mythos - denn eine schwierige Identität sei sowohl dem Mythos als auch der Komparatistik eigen, welche derart im Konstruieren mythischer Potentiale am poetischen Gegenstand ihre Selbstlegitimation sukzessive mitfundieren könne; auch weil die Komparatistik so (2.) den mythopoetischen Prozeß der Moderne, in dem das Erforschen der Mythen auch immer zugleich ihre Fortschreibung war, fortführe. Die theoretische Grundlage dieser Bewegung wird im dritten Schritt (3.) der *Arbeit am Mythos* konstituiert: denn der Mythos sei keine bloße Denkgewohnheit (Graevenitz), die es aufzuklären gelte (dies wäre ein Rückfall in die Dichotomie von Mythos und Aufklärung als dessen rationale Überwindung), sondern eine Denkgewohnheit, die als solche angenommen und an deren Konstruktion im Vollzug der Reflexion beständig mitgearbeitet werden müsse. Anhand der Erzählung *Tlön, Uqbar, Orbis Tertius* von Jorge Luis Borges, die Schmitz-Emans als parabolisches Modell des Verhältnisses von Mythos und Mythologie las, werde die gegenseitige Durchdringung von mythischem und mythologischem Diskurs sinnfällig: den Mythos gäbe es nur als beständige Konstitution in der Doppelbewegung von Erfindung (Dichtung) und Reflexion (Wissenschaft), wobei sich beide speziell in der Moderne durchdringen und vielfältige Symbiosen eingehen, was Schmitz-Emans in einer kurzen literaturgeschichtlichen Skizze am Ende ihres Vortrages an Beispielen von Ransmayer, Kafka und Brecht aufzeigte. Die »Arbeit am Mythos«, so das Fazit, sei gerechtfertigt zum einen durch die auf Konstruktion angewiesene Struktur des Mythos, welche eine beständige Reaktualisierung als Osmose von außer- und innerwissenschaftlichen Diskursen fordere, und zum anderen in Perspektive auf die Disziplin der »Komparatistik«, die sich gerade in der Bewußtmachung und im Vollzug dieses Vorganges als ausgezeichnete Diskurslandschaft des Mythos etablieren könne.

Der nachfolgende Vortrag hätte sich in bezug auf die Thesen von Schmitz-Emans nicht passender im Programm der Tagung situieren können, denn er lieferte im Anschluß an den prozessualen Mythosbegriff der Vorrednerin sozusagen die Anwendung am Beispiel, nicht ohne sich der eigenen theoretischen Position zuvor versichert zu haben. Stefan Matuschek arbeitete am Beispiel und in Übereinstimmung mit der Mythentheorie Hans Blumenbergs noch genauer die Unschärfe der Begrifflichkeit des Mythos heraus. Diese beruhe auf der grundsätzlichen, ineinander- und gegeneinandergerichteten epistemologischen »Doppelung« des Begriffes sowohl als Stoffgeschichte als auch als Weltanschauungstypus, die es produktiv zu wenden gelte: nicht eine Definition des Mythos als überzeitliche Bezugskonstante des literarischen Textes könne das Ziel sein, sondern der Nachvollzug des je vom einzelnen Text im Rezeptionszusammenhang (hier stützt sich Matuschek auf die Jaußsche Rezeptionsästhetik) errichteten Mythenverständnisses. Im Ernstnehmen der Erzählfantasie als primäre *conditio humana* und dem Bewußtsein des Mythos als »Denkgewohnheit« (Graevenitz), müsse dieser als ein in dem speziellen Denkakt neu konstituierter gedacht werden. So wurde deutlich, daß Matuschek als Literaturwissenschaftler den einzelnen Text vor Augen hat, an dem sich jedes theoretische Konstrukt bewähren muß und gegebenenfalls spezifische Modifikationen erfährt. Welch produktiven Ansatz eine solche Herangehensweise liefert, wurde an zwei Fallbeispielen demonstriert, an denen überzeugend dargelegt werden konnte, wie weit eine vergleichende Interpretation, die mehrere Texte des selben Stoffkreises um die Idee einer mythischen Konstante herum entwickelt, an der Wirklichkeit des einzelnen Textes vorbeigehen kann. Denn versteht man sowohl Joyces *Ulysses* als auch Strauß' *Ithaca* als Modifikationen des Archetyps »Odysseus«, so entgeht diesem Blick die grundlegende Differenz im je singulären Verständnis des Mythos: hier der Mythos als stilexperimentelle epische Gliederung, orientiert am professionellen Leser, dort der Mythos als explizites erhabenes Idiom, ausgerichtet auf die kathartische Wirkung für das Theaterpublikum. Noch deutlicher wurde dies an den differenten Konfigurationen des »Amphitryon«-Mythos bei Molière, Kleist und Giraudoux. Bei Molière eröffnet der Mythos den politischen Diskurs, bei Kleist einen psychologisch-affektiven, bei Giraudoux schließlich die Möglichkeit boulevardhafter Heiterkeit und eines metamythologischen Witzes. Komparatistik als »Arbeit am Mythos« rücke so näher an die Arbeit des »klassischen Komparatisten« heran.

Im Abendvortrag widmete sich Christoph Jamme der Beziehung von *Mythos und Wahrheit*, die exemplarisch erlaubt, die divergierenden »Bilder« des Mythos in der Entwicklung des abendländischen Bewußtseins zu kontrastieren und auf ihre epistemischen Grundlegungen zu hinterfragen. Dabei bringt er Theorien, welche dem Mythos jede Wahrheit zugunsten eines »rationalistischen Wahrheitsbegriffes« absprechen (sei dieser nun korrespondenztheoretisch, empirisch, moralisch oder rationalistisch gefaßt), in Konstellation zu solchen, die dem Mythos eine ganz eigene, nicht am Denkschema »richtig-falsch« ausgerichtete »Wahrheit« zugestehen. Der Mythos stifte vielmehr »Bedeutsamkeit«. Damit habe er vor allem welterschließenden Charakter und vermittle als solcher weniger »Wahrheit« als vielmehr »Sinn«, d. h. er mache die Lebenswelt durch Geschichten verständlich und ließe sich höchstens durch einen Heideggerschen Wahrheitsbegriff als »Ereignis« adäquat fassen.

Gertrud Lehnert unternahm in ihrem Vortrag *Freud und der Mythos* einen Gang durch den mythischen Subtext von Freuds Theorie der Psychoanalyse, vor allem der *Traumdeutung*, und versuchte die moderne Erfolgsgeschichte der Freudschen Theoreme in ihren integralen mythischen Bildkonstruktionen aufzuspüren. Grundlage bildete dabei die Erkenntnis, daß Freud sowohl »Nutzer« von Mythologie als Raster seiner Systematik als auch Schöpfer spezifisch moderner Mythen sei, die als Verquickung von wissenschaftlich-analytischer Schärfe und anschaulichem Bildmaterial (wie auch als Symbiose von archaischen Deutungsmustern mit einem überspitzt modernen Individualismus) eine geradezu mythisch-kanonische Durchschlagskraft für das Selbstverständnis des modernen Subjekts gezeigt haben. In einer Analyse des individualpsychologischen Ödipuskomplexes und seiner Übertragung auf die kulturpsychologische *Totem und Tabu*-Konstruktion wurde die Verwendungsweise des Mythos bei Freud freigelegt, der eben nicht nur sekundäres Veranschaulichungsmaterial, sondern vielmehr als allgemeinpsychologische Form Beleg und Voraussetzung für den überzeitlichen Wahrheitsanspruch der Psychoanalyse ist. Der Mythos, so Lehnert, gewinne bei Freud eine aufklärerische Kraft im Dienst der Enthüllung der Seelenstruktur des Individuums, ebenso wie die aufklärerische Mythenkritik der Psychoanalyse in ihrer mythischen Struktur selbst die Fortsetzung des Mythos mit anderen Mitteln sei. Die Psychoanalyse erscheint so als spezifisch aufgeklärte Form der *Arbeit am Mythos* (im Sinne Adornos etwa), weil sich ihre Analyse des Mythos nicht außerhalb des Mythischen und somit im Schema Mythos-Logos erledigt, sondern beide als prästabilisiert erkennt und vollzieht – dies freilich nicht immer im Horizont der Intention Freuds selbst.

Unter der Idee des Mythos eher als »Denkgewohnheit« denn als statischer, kultisch präformierter Text, der in Konstellationen von Intertextualitätskonzeptionen (Aristoteles, Blumenberg, Schlegel, Kristeva, Barthes, Bloom) aufgelöst wird, stand auch der Vortrag von Markus May. Er zeigte, wie der Mythos als Bedeutungs- und Legitimationsverfahren prinzipiell an die Idee von textuellen Strategien geknüpft ist, die zugleich Textstrategien innerhalb intertextueller Bezugssysteme sind oder sein können. So wird in Blumenbergs *Arbeit am Mythos* das Mythische als Erzeugung von Bedeutsamkeit bzw. Sublimierung von Angst in Furcht im Rahmen einer dynamischen Textgeschichte verortet. Dies aber macht zugleich den mythischen Kern von Blumenbergs Theorie selbst aus, die das Nicht-Subsumierbare z. B. des *Ulysses* von Joyce unter diesem Ansatz aburteilt. Zugleich wurde an anderen modernen Intertextualitätstheorien in der Nachfolge von Friedrich Schlegels Begriff der »romantischen Universalpoesie« als einer »textuellen Entgrenzung des Bezugssystems Mythos« vorgeführt, mit welchen Strategien sie sich als »simulierte Totalmythen« mit mythischer Bedeutsamkeit aufladen: von Kristevas Intertextualitätsbegriff als Analogon zu Schlegels mythisch-prinzipieller Sinnoffenheit über Barthes' *Mythos des Lesers* aus dem Mythos vom *Tod des Autors* bis zu Blooms psychoanalytischem Mythos des Autorsubjekts, der legitimatorisch rückgebunden ist an den bei Blumenberg als »Totalmythos des 20. Jahrhunderts« beschriebenen Freudschen Mythos der Psychoanalyse. May wies überzeugend das Mythische als Textkategorie aus und fundierte damit die Entgrenzung des Mythosbegriffs, den die Tagung bis hierher betrieben hat, texttheoretisch im postmodernen Literaturdiskurs.

Harald Bost verortete den Mythos als »ursächliche Form der Bedeutsamkeit« in den polysemischen Strukturen der Sprache und ihrer (vor allem im Kunstwerk) sinnstiftenden Formung von Lebenswirklichkeit. Die »Unvermeidbarkeit des Mythos«, die als zu enthüllende Wahrheit des Mythischen im Wortmaterial in Form »urtypischer Geschichten aller Dinge und Verhältnisse« indiziert ist und den »Terror« der Dinge in Raum und Zeit in artifizielles und trotzdem bedeutsames Spiel umzubiegen imstande ist, führte Bost in einem *close reading* von André Gides *L'immoraliste* vor, wo er beeindruckend genau zeigen konnte, wie die mythische Formel des »rota Vergilii« und der mythische Name der »Selene«, enthüllt im Eigennamen von Marceline (gelesen als Mar-celine), dem Roman als Raum und Zeit stiftende Kategorien zugrunde liegen. Bis in die Charakterisierungen der Figuren hinein, deren Konstellation unter der mythischen Perspektive des pelasgischen Schöpfungsmythos in ihrer Bedeutsamkeit erkennbar werden, reicht dabei die Analyse des »mythischen Analogons« (Lugowski). Bost *interpretierte* so den Mythos als »Denkgewohnheit«, indem das »Unvermeidliche« des Mythischen nicht geschichtsteleologisch als Irrweg bestritten, sondern vielmehr als notwendige semantische Konstante im Diskurs des literarischen Textes aufgespürt und lesbar gemacht wurde.

Herwig Gottwald knüpfte an die Perspektive auf die konkrete Poetik des literarischen Textes an und stellte dabei die Frage nach dem »Mythischen in der modernen Literatur« als Versuch der Erkundung mythischer Strukturen am einzelnen Werk selbst. Dabei lieferte der Terminus »Struktur« bereits den Schlüssel zu seiner methodischen Grundüberlegung: statt einer Bestimmung des Mythos als »Stoffgeschichte« – d. h. als Surrogat von Göttererzählungen–, die zu unscharf Kontinuität und Teleologie in der Konstruktion von »Stoffgeschichten« suggeriert, ohne den genauen Blick auf das Spezifische (und das heißt hier: die Form) des Werkes ausbilden zu können, soll dagegen der Mythos als »Form«, d. h. die Übertragung mythischer Momente (zyklische Zeitstruktur, Zufallslosigkeit, Entwicklungslosigkeit, Plötzlichkeit, Bedeutsamkeit) auf poetische Bausteine des Textes als Mythosbegriff, stark gemacht werden. Anhand einer Konstellation von Theorien Cassirers, Blumenbergs und Lugowskis sowie einer Vielzahl von Beispielen von Frisch, Kafka, Jahnn, Lebert, Kubrick und Thomas Mann wurde nichts weniger versucht als den Grundriß einer Kategorientafel zu entwerfen, welche die »formalmythische Struktur« (ein Begriff, den Gottwald anstelle des »mythischen Analogons« von Lugowski verwendet) der Dichtung zu erfassen imstande ist. Dabei ermöglicht es dieser genaue Blick, zugleich entscheidende Momente der modernen Dichtung aus der Perspektive eines so verstandenen »Mythischen« lesbar zu machen wie die aporetische Dialektik von Zufall und Zufallslosigkeit (bei Frisch und Kafka), die Bedeutung des Numinosen, problematische Identitätskonzepte oder die spezifische Raum-Zeit-Struktur moderner Romane (Kafka, Jahnn, Handke). Nicht zuletzt gebührt einer solchen Vorgehensweise das Verdienst, einen spezifisch literaturwissenschaftlichen Mythos-Begriff zu entfalten, der durchaus in Konkurrenz (und auch in Widerspruch) zu beispielsweise philosophischen oder ethnologischen Konzepten treten kann und die Diskussion der Disziplinen wieder fruchtbar macht.

Einen Höhepunkt des zweiten Tages der Mythos-Konferenz bildete die abendliche Lesung des Schriftstellers Wulf Kirsten, der nach einer Reihe von wichtigen Literaturpreisen am 7. November 2002 den Schillerring der Deutschen Schillerstiftung erhalten hat. Er gab Proben seiner rauen und ausdrucksstarken Naturlyrik, die, seiner sächsischen Heimat erdverbunden (so etwa seine Gedichtbände *Die Erde bei Meißen* von 1986 und *Stimmenschotter* aus dem Jahr 1993), auch Sozialkritik durchscheinen läßt und Biographisches mit geschichtlichen und ökologischen Elementen in Beziehung setzt. Kirsten sieht die Landschaft als vom Menschen geformten Kulturraum und sichert Spuren vergangenen bäuerlichen Alltags und seines verschütteten Wortfeldes ebenso wie die Topographie von Krieg und Terror - so sein Prosastück *Die Schlacht bei Kesselsdorf* (1984) und sein noch unveröffentlichtes Ettersberg-Manuskript, in dem sich der heute in Weimar lebende Schriftsteller dieser Landschaft zuwendet und sich mit der Geschichte des ehemaligen Konzentrationslagers Buchenwald konfrontiert sieht.

Dichtung oder Mythos? - aus dieser provokanten Frage, welche das seit der Ausbildung des abendländischen Bewußtseins in der Antike problematische Verhältnis zwischen Literatur und Mythos sogleich evoziert, entfaltete Jürgen Söring zu Beginn des zweiten Moduls *Zur Poetik des Mythischen* einen sowohl historischen als auch systematisch-theoretischen Entwurf dieser spannungsreichen Beziehung, und zwar unter einer für die Literatur zwingend dreifachen Perspektive: Mythos als Stoff - Mythos als Mythisierung - Mythos als Form. In einem ersten Teil führte Söring mit nur wenigen, aber gleichwohl zentralen Strichen vor, wie der Mythos als »Göttererzählung« zwar als »Subjekt« der Dichtung von Beginn an eingeschrieben, zugleich aber parallel den Zweifeln des erwachenden aufklärerischen Bewußtseins ausgesetzt war, was den besonderen Wahrheitsanspruch der Dichtung z. B. im Gegensatz zur Geschichtsschreibung untergrub oder zumindest problematisierte. Die Geschichte dieser schwierigen Verhältnisse über Xenophanes, die Aufklärung des 17./18. Jahrhunderts, Schlegel und die »Neue Mythologie« bis zur Psychoanalyse veranschaulicht *diesen* Nexus von Dichtung und Mythos anhand seiner verschiedenen Ausformungen bzw. Lösungsversuche. Einen wenn auch differenten Spezialfall des Mythos als Stoff stellt dabei die »Mythisierung« dar, d. h. die erkenntnisstiftende Bildung von zitierbaren Archetypen, deren Verwendung, freilich hier gegen sich selbst als Auflösung der mythischen Identitätskonstruktion, am Beispiel von Heines Messias-Figuration vorgeführt wird. Damit offenbarte sich nochmals am Ende des ersten Teils die unversöhnte, sich vor allem in der Moderne mehr und mehr problematisch werdende Beziehung von Dichtung und Mythos als Stoff. Dagegen setzte Söring (und stimmt hierin mit Gottwald überein) den Mythos als Form, aristotelisch verstanden als »Synthesis aller tektonischen Elemente«. Diese sei nämlich in der Moderne, selbst wenn man ihr poetologisch primär ein fragmentarisch-experimentelles Dichtungsverständnis zuweisen möchte, nicht etwa obsolet geworden (dies wäre falsch verstandener Klassizismus), sondern müsse vielmehr ahistorisch-generell als *comprehensio aesthetica*, d. h. als notwendige Formung und Komplexitätsreduktion von »Lebenswelt« und somit erst Generierung von Bedeutsamkeit gesehen werden. Implizit klingt hier die Theorie einer »ästhetischen Erfahrung« am Kunstwerk an, die an den Mythos als Form rückgebunden wird - so verstanden sei keine Dichtung ohne Mythos möglich.

Marianne Kesting beschäftigte sich in ihrem stellvertretend verlesenen Vortrag mit dem Umschlag von Dichtung als Transportmittel des Mythos in die Mythisierung dieses Transportmittels selbst. In der Nachfolge des Projektes der *Neuen Mythologie*, das auch in dieser Hinsicht eine Zäsur im modernen Mythendiskurs bildet, wird der Mythos als freie poetische Erfindung und somit der Herstellungsprozeß ins Zentrum der Aufmerksamkeit gestellt, der nun wiederum mit mythischen Attributen ins Universalistische gesteigert wird. Dieser »Mythos des Schreibens« als Kern des Selbstverständnisses vieler moderner Dichter wurde in Einzelanalysen des *Livre*-Projektes von Mallarmé (im Anschluß an Baudelaires Allegorisierung der Dichter-Existenz) sowie seines Nachfolgers Paul Valéry, der den »Mythos der Fiktion« weiterentwikkelt, in seinen Grundlagen herausgearbeitet. Kestings Analyse ermöglichte es, einen weiteren Baustein der Theorie des Mythischen in der Moderne und seiner Verlagerung vom »Stoff« in die formalen Strukturen der Dichtung, hier der produktionsästhetischen, wahrnehmen zu können.

Volker Dörr ergänzte das bisher Geleistete insofern um einen originären Aspekt, als er am Beispiel der Nachkriegsliteratur Westdeutschlands, vor allem Hermann Kasacks Roman *Die Stadt hinter dem Strom*, nachweisen konnte, inwiefern der Mythos, dessen religiöse und weltanschauliche Wertigkeit im antiken Glauben mehr und mehr bezweifelt wurde, in der Moderne besonders in Krisenzeiten eine quasi-religiöse Rolle zurückgewinnen kann, indem er zu einer Kategorie der epistemischen Strukturierung von Welt wird. Dörr führte für dieses

Verfahren den Ausdruck des »mythomimetischen Verfahrens« ein und bezeichnete so die Stelle, an der die »Mythologie« als Rede über den Mythos und dieser als Ordnung von Texten in die »Mythologie« als textuell vermittelte Ordnung der Welt überführt wird, die vorgibt Dasein (als Ganzes historischer und transzendenter Kräfte und Strukturen) in seiner Tiefenstruktur so abzubilden, »wie es wirklich ist«. Derart werde, so Dörr, von den betreffenden Autoren eine »mythische Sinngebung« des Geschehens (hier des Zweiten Weltkrieges) »erschrieben«, medialisiert über die Stimme des Seher-Dichters, dessen klassische Konfiguration hier Reaktivierung findet. Zugleich wird die immer wieder behauptete »Zäsur« der Literatur nach 1945 im Hinblick auf die Behandlung des »Mythos« als eine nur scheinbare entlarvt und speziell die Nachkriegsliteratur Westdeutschlands in das Kontinuum der »klassischen Moderne« rückgeführt. Überdies trug Dörr speziell zur theoretischen Vermittlung von eschatologisch-teleologischem und mythisch-zyklischem Geschichtsbild bei, indem er in beiden den mythischen Kern der sinnstiftenden »vertikalen Tiefendimension« freilegte.

Frank Zipfel nahm in seinem Vortrag *Überlegungen zum Zusammenhang zwischen Mythos und Libretto am Beispiel Hofmannsthals* auch aus musiktheoretischer Sicht den *formalen* Mythosbegriff Gottwalds und Sörings auf, wenn er den Mythos als »Formprinzip in der Oper« bestimmte. Zipfel konnte zeigen, daß sowohl die Typisierung der Figuren, d. h. ihre Entindividualisierung und ihre Verschiebung ins Archetypische, als auch die statischen Kontraststrukturen des Librettos mythischem Denken im Anschluß an Definitionen Cassirers und Levi-Strauss entsprechen. Darüber hinaus erörterte Zipfel Hofmannsthals Konzept eines »nicht-referentiellen Ausdrucks«, der als lyrische Reduktion der Sprache einzig auf deren Musikalität setzt und somit die Form-Metaphysik des Mythischen sprachphilosophisch wendet.

Ulrich Broich eröffnete den Themenkomplex *Einzelmythen im funktionalen Vergleich I: Mythos, Politik, Geschichte* mit einem Beitrag zur Mythisierung Napoleons in der englischen und deutschen Literatur im frühen 19. Jahrhundert. Die dominante Präsenz Napoleons in den Schriften europäischer Dichter dieser Zeit nimmt nicht selten obsessive Formen an und bewirkt, so führte Broich aus, häufig eine Mythisierung. Anstatt Napoleon aus seinen historischen Bedingungen zu verstehen, lassen ihn die Schriftsteller als »ein Wesen« erscheinen, »das die Grenzen von Zeit und Raum sowie die Begrenzungen des Menschlichen und des Geschichtlichen transzendiert und nur mit Termini aus dem Bereich des Religiösen adäquat beschrieben werden kann.« Broich zeigte, das solche Mythisierungen nicht nur explizit, etwa durch Gleichsetzung Napoleons mit Figuren des Mythos oder der Religion erreicht werden: Auch intertextuelle Bezüge können auf indirekte Weise eine Mythisierung bewirken. Broich stellte die beiden häufigsten Mythisierungen Napoleons, als Prometheus und als Satan, in den Mittelpunkt seiner Untersuchung. Während die Figuren Prometheus und Satan die Opposition von Gut und Böse nahezulegen scheinen, bieten sie in der für den Mythos typischen Weise Interpretationsspielraum für differenziertere Deutungen. Gleichsetzungen Napoleons mit Satan finden sich im Deutschland des frühen 19. Jahrhunderts relativ selten. Weit häufiger wird er als prometheische Figur gesehen, etwa von Heine, der sich in seinen *Reisebildern* auf Norderney selbstironisch-identifikatorisch auf den nach St. Helena Verbannten bezieht, um dann an anderer Stelle die Gleichsetzung Napoleons mit Prometheus ohne jede ironische Brechung zu vollziehen. Die Auseinandersetzung der englischen Dichter des frühen 19. Jahrhunderts mit Napoleon vollzieht sich Broich zufolge ebenso intensiv wie die der deutschen, wobei nicht nur die Person Napoleon, sondern auch viele seiner Handlungen thematisiert wurden. Broich teilte mit Bainbridge die Ansicht der neueren Forschung, nach der von einer Entpolitisierung der Romantiker der ersten Generation - Wordsworth, Coleridge, Southey, Landor - angesichts der *terreur* nach anfänglicher Begeisterung für die Französische Revolution keine Rede sein kann. »Ablehnung und Bewunderung des großen Feldherrn stehen«, so führte Broich aus, »oft nahe beieinander und erst die weiteren politischen Ereignisse machten diesen Schwankungen und Widersprüchen ein Ende«. Die Romantiker der zweiten Generation - Keats, Shelley, Hazlitt, Leigh Hunt und Byron - blieben dagegen den Ideen der Französischen Revolution treu und gerieten so in einen unlösbaren Widerspruch in ihrer Einschätzung Napoleons. Singulär stellte sich für den Referenten die Napoleon-Faszination Lord Byrons dar, dessen Idolatrie in die Nähe der Heiligenverehrung rückte. Neben den genannten Unterschieden im Napoleonbild der englischen und deutschen Schriftsteller betonte Broich auch ihre Gemeinsamkeiten: die große Freiheit bei der Verwendung von Mythen wie dem des Prometheus oder Satans und das offensichtlich gleichermaßen vorhandene Bedürfnis nach Helden und Heldenverehrung, das im 20. Jahrhundert noch beunruhigendere Formen annehmen sollte.

In ihrem Vortrag mit dem Titel *Identity, Difference, and Exile: Demythologizing the Figure of the Wandering Jew* untersuchte Regine Rosenthal den Mythos um die Figur des Ahasverus oder des Ewigen Juden. Ausgehend von neueren Theorien zu kultureller Differenz betrachtete Rosenthal die Figur des Ahasverus zunächst im Kontext der dominanten christlichen Kultur, um ihn dann aus jüdischer Perspektive neu zu sehen und zu demythologisieren. Dabei begriff Rosenthal den Ahasverus-Mythos nicht allein als Repräsentation des Anderen, sondern als Ausdruck jüdischer Selbstvergewisserung in der jüngeren jüdischen Geschichte. Es ging der Vortragende darüber hinaus darum, das Konzept jüdischer kultureller Identität in seinem Zusammenhang mit Exil und rastlosem Wandern, wie auch negative Stereotypen im jüdischen Selbstbild zu erforschen. In der westlichen Welt, so Rosenthal, habe die Figur des wandernden Juden lange Zeit als Paradigma des kulturell Anderen gedient. Unter Bezug auf die Diskurstheorie von Michel Foucault und die interkulturell orientierte Perspektive Edward Saids (*Orientalism*, 1978) entwarf die Vortragende ein Bild von dem Mythos des »wandernden Juden« als Reflexion eines Fremdbildes der dominanten christlichen Kultur im Dienst der Unterdrückung und Manipulation des Anderen. Eine dritte Perspektive bietet der postkoloniale Kritiker Homi Bhabha, der in *Location of Culture* auf die identitätsstiftende Kraft der Iteration, des Übergangs, ewigen Wanderns und Unterwegsseins im gegenwärtigen Zeitalter postkolonialer Wanderungsbewegungen, Vertreibung und Exil hinweist und einen Zusammenhang zwischen kolonialem Rassismus und Antisemitismus herstellt. Ahasverus, *Juif errant* oder Ewiger Jude sind, so stellte Rosenthal fest, zugleich eine spezifische Legendengestalt wie auch ein negativer Stereotyp des Juden. Nach der Erfahrung des Holocaust diente die Figur des Ahasverus der jüdischen Minderheit nicht selten zur Selbstreflexion und Identifikation, während sie den Nationalsozialisten dazu gedient hatte, die Juden mit dem Beiwort »ewig« als »Plage« zu erniedrigen. (Als Beispiel jüdischer Re-Interpretation und Positivierung der Ahasver-Gestalt nannte Rosenthal das Gedicht *Ahasverus* von Geoffrey Hartmann, das im Jahre 1978 in seiner Lyriksammlung *Akiba's Children* erschien. Im Licht des Eichmann-Prozesses der Jahre 1960/61 erscheint Ahasver als eine Figur jüdischen Erinnerns, die an der Last des Bewußtseins, dem Wissen um unaussprechliche Verbrechen leidet.) Rosenthal schloß ihren Beitrag mit Ausführungen zum Problem des »Wanderns« als negatives Stereotyp in Bezug auf die Selbstbestimmung des Anderen und rekonstruierte das jüdische Selbstbild und die jüdische Sicht des Exils vom Zweiten Weltkrieg bis zur Gegenwart.

Die Beiträge von Andrea Heinz und von Maria Moss standen unter der Überschrift *Einzelmythen im funktionalen Vergleich II: Aktualisierungen*. In ihrem Beitrag *Ion - Der Weimarer Theaterskandal des Jahres 1802. Die Stellung zum antiken Mythos als Scheidepunkt der literarischen Parteien* deutete Andrea Heinz den erbitterten Theater- und Literaturstreit nach der Aufführung des Schauspiels *Ion* von August Wilhelm Schlegel durch Goethe am Weimarer Hoftheater als »Streit um die Möglichkeit der transformatorisch-schöpferischen Arbeit am antiken Mythos und um die Bestimmung und Abgrenzung antiker und moderner Dichtung«. Nach einer kurzen Inhaltsangabe des Schlegelschen *Ion* unternahm die Verfasserin einen Vergleich mit dem *Ion* des Euripides. Schlegel beschrieb sein Drama als »eine im antiken Sinne gedachte Behandlung eines mythologischen Stoffs« und bestand darauf, daß sein Drama keine Bearbeitung, sondern ein »Original-Schauspiel« sei. Dennoch erklärte er öffentlich, daß er »wirklich die Absicht gehabt, es besser als Euripides zu machen.« Andrea Heinz arbeitete die Bedeutung des antiken Mythos für Schlegels Drama heraus und verglich dieses mit seinen theoretischen Äußerungen zum Mythos. Bereits in den Jenaer *Vorlesungen über Philosophische Kunstlehre* 1798/99 spielte die Mythologie eine zentrale Rolle für Schlegels Theorie und nahm eine Zwischenstellung zwischen Sprache und Poesie ein. In den späteren Vorlesungen wird dieses Verhältnis als Potenzierung aufgefaßt: Die Mythologie ist »eine höhere Potenz der poetischen Anlage in der Ursprache, eine zweite Symbolik des Universums über jener ersten in der Sprachbezeichnung enthaltenen«. Durch die poetische Bearbeitung kann die Mythologie nochmals potenziert werden. Schlegel bezeichnet den »tragischen Stoff« als Mythologie und betont deren Symbolcharakter. Er betrachtet »die Götter als Symbole, die Ideen zur sinnlichen Anschauung bringen.« Euripides wirft er dagegen vor, den Mythos verfälscht zu haben. Er greift deshalb bei seinem Drama *Ion* auf die in seinen Vorlesungen exemplifizierte Deutung Apolls zurück. Apollo wird zum edlen Verführer, dem ewige Schönheit und Jugend eigen ist; Ion, sein Sohn, wird zu dessen Ebenbild gestaltet, der im Drama auch den Gesang pflegt. Goethe suchte auf eine Theaterrezension des Altphilologen Carl August Böttiger im *Journal des Luxus und der Moden* Einfluß zu nehmen und übte in einem Brief mit seiner Rücktrittsdrohung Druck auf den Herausgeber Friedrich Justin Bertuch aus. Dieser zog die bereits gesetzte *Ion*-Kritik zurück. Böttigers Kritik, die zu Goethes Lebzeiten nie gedruckt wurde, ist erhalten: Er lobt die Aufführung, kritisiert aber das Stück Schlegels. Die Bedeutung des Theater- und Literaturstreits des Jahres 1802 sieht Andrea Heinz darin, daß das Drama *Ion* als poetische Verwirklichung der mythologischen und poetologischen Konzepte Schlegels gedeutet wurde. Untrennbar verbunden mit den philosophischen Mythologiekonzepten blieb die Frage des Verhältnisses der Antike zur Moderne. Schelling hatte durch den *Ion* die Überzeugung gewonnen, »dass das Antike [...] unser werden« könne. »Schlegels Doppelstrategie, die er mit seinem Drama verfolgte«, so führte Andrea Heinz aus, »ging nicht auf«. Die Umarbeitung zu einem bühnenwirksamen Familiengemälde, das an die Emotionen aller Zuschauer appellieren sollte, geriet in Konflikt zum mythologischen Stoff. Das rührende Familiengemälde wurde zwar von den Zuschauern erkannt, aber als unsittlich abgelehnt. Die transformatorisch-schöpferische Arbeit am Mythos muß, gemessen an den ambitionierten theoretischen Konzepten und Äußerungen Schlegels, nach Ansicht der Referentin als praktisch gescheitert eingestuft werden.

Maria Moss stellte in ihrem Beitrag mit dem auf ein Werk von Hans Blumenberg referierenden Titel *Höhlenein- und Ausgänge: Wirklichkeitsbewältigung in der zeitgenössischen Literatur Nordamerikas* die Frage, weshalb die Kategorisierung zeitgenössischer nordamerikanischer Romane so schwer falle. Weshalb, so fragte die Verfasserin, stünden plötzlich Werke derjenigen Schriftsteller im Mittelpunkt populären und akademischen Interesses, die sich klar von postmodernen Vorgaben lösten, diese nur teilweise aufnähmen oder sogar parodierten? Mit »Neo-Realismus« wird jene Literatur Nordamerikas bezeichnet, die in dem nach-postmodernen Zeitraum geschrieben ist. Die nordamerikanischen Romane der letzten zwei Jahrzehnte setzen sich erkennbar vom postmodernen Diskurs ab und weisen mimetische Strukturen und damit einen realistischen Stil auf, der sie mit den Romanen des »klassischen« Realismus des ausgehenden 19. Jahrhunderts verbindet. Der Neo-Realismus unterscheidet sich allerdings von seinem »realistischen« Vorgänger durch das Element des geheimnisvoll Numinosen, das unvermittelt in die banale Alltäglichkeit der Protagonisten eindringt (so etwa bei Paul Auster, Don DeLillo und Stewart O'Nan). Der zeitgenössische nordamerikanische Roman, so stellte Maria Moss fest, habe sich nicht nur marginal von der Postmoderne gelöst, sondern wende sich bewußt gegen postmoderne Vorgaben. Der von Blumenberg verwendete Begriff des »Absolutismus der Wirklichkeit« als Zustand, in der der Mensch die Bedingungen seiner Existenz nicht in der Hand hat, wird als Ausgangssituation des mythischen Musters auch in der zeitgenössischen Literatur angenommen.

In seinem Beitrag *Prometheische Phantasien und das Ende der Menschheit* diskutierte Uwe Lindemann posthumane Gesellschaftsentwürfe bei Mary Shelley,

H.G. Wells, Aldous Huxley, Michael Marshall Smith, Michel Houellebecq, Peter Sloterdijk und in dem Film *Gattaca.* Lindemann unterschied Szenarien der Selbstvernichtung des Menschen, wie sie Mitte des 20. Jahrhunderts erstmals in der Menschheitsgeschichte durch atomare, biologische und chemische Waffen möglich wurde, von neueren Szenarien wie dem von Bill Joy in seinem Essay *Why the Future doesn't need us* vom April 2000. Das Moment der Autoreplikation von Maschinen und Robotern tritt hinzu und überbietet die Möglichkeit der Selbstvernichtung des Menschen. Lindemann betonte das Gemeinsame dieser Visionen, das in dem Rekurs auf mythologische Figuren und Muster bestehe, wobei »je nach Intention des Visionärs das jeweilige Mythologem im Sinne von Blumenbergs *Arbeit am Mythos* fort- und umgeschrieben wird«. Besondere Aufmerksamkeit wird dabei der Prometheus-Figur gewidmet, insbesondere in der Adaption des Stoffes durch Mary Shelley in *Frankenstein, or the modern Prometheus* (1818, rev. 1831). Mit Mary Shelley, so argumentierte Uwe Lindemann, trete die literarische Rezeption des Prometheus-Stoffes in ein neues Stadium. Indem Prometheus den Menschen das Feuer sowie andere technische und kulturbildende Fähigkeiten gibt und mit Ovid dann zum Menschenschöpfer selbst avanciert, wird er nicht nur zum Begründer menschlicher Zivilisation und Kultur, sondern auch zum Heros des menschlichen Fortschritts. Bei Francis Bacon in *De Sapientia Veterum* (1609) wird Prometheus zur Leitfigur der neuzeitlichen Wissenskultur, seine Frevel zur notwendigen Voraussetzung für die Entstehung eines neuen wissenschaftlichen Denkens. Mary Shelley nun zeichnet Lindemann zufolge in ihrem Roman diese im 18. Jahrhundert vollzogene theoretische Umcodierung nach, indem sie die Rebellion des Prometheus verdoppelt: Nicht nur Victor Frankenstein frevelt wider die natürliche Ordnung. Auch das namenlose Monstrum rebelliert gegen seinen Schöpfer. Von Mary Shelley aus führt der rezeptionsgeschichtliche Weg zu den Romanen *Men Like Gods* (1923) von H.G. Wells und zu *Brave New World* (1932) von Aldous Huxley, deren *Arbeit am Mythos* Lindemann detailliert herausarbeitete. Alle diese Romane reflektieren die Möglichkeiten und Grenzen medizinisch-biologisch-chemischer Manipulationen an Mensch und Tier im Rekurs auf die jeweils neuesten zeitgenössischen wissenschaftlichen Erkenntnisse.

In seiner Analyse des Films *Gattaca* (1997) des neuseeländischen Regisseurs Andrew Nicol zeigte Lindemann, wie die seit Mary Shelley verdoppelte prometheische Rebellion um eine dritte ergänzt wird: »In gleichzeitiger Umkehrung und Fortsetzung von Mary Shelley ist der Protagonist Vincent Freeman zugleich Frankenstein und sein Monstrum. Er muß zum Monstrum (»valid«) werden, damit er sich als Frankenstein (»invalid«) behaupten kann. In der posthumanen Gesellschaft werden gerade nicht die internen sozialen Differenzierungsmuster überwunden, sondern durch andere, hier genetisch fundierte, ersetzt.« An die Stelle der ›klassischen‹, prometheisch konnotierten Technikutopien bzw. -verteufelungen treten, so die These Lindemanns, in Literatur und Film der neunziger Jahre zunehmend neue, biologisch inspirierte Mythologeme: zum einen das des zwischen den Geschlechtern stehenden Hermaphroditen, zum anderen das des Hybriden.

In ihrem Beitrag *Orpheus schweigt* untersuchte Carola Hilmes dramatische Bearbeitungen des Orpheus-Mythos im 20. Jahrhundert. Der Mythos von Orpheus, der sich auf dem Rückweg aus dem Hades nach der geliebten Gattin Eurydike umgedreht und sie dadurch auf immer verloren hatte, ist durch Vergil und Ovid überliefert und hat zahlreiche Bearbeitungen vor allem auf dem Gebiet der Lyrik erfahren (so Rilkes *Sonette an Orpheus*). Während die bildende Kunst gerne einzelne Motive aus der Geschichte des Orpheus aufgreift, sind dramatische Bearbeitungen eher selten, wie Hilmes feststellte. Die Metamorphose von Eurydike bildet die treibende Kraft, ist also das dynamische Strukturprinzip des Mythos - auch komödienhafte Bearbeitungen sind so denkbar. Der große Liebende kann zwar durch die Macht des Gesanges den Tod besiegen, die Geliebte aber ist nicht zu retten. Deshalb verwandelt sich Orpheus' Gesang in Totenklage und wird als solche vor allem für die moderne Poesie zentral. In einer Reihe von Bearbeitungen vor allem aus dem 20. Jahrhundert rückt Eurydike in den Mittelpunkt, so etwa in dem Roman *La nouvelle Eurydice* (1932) von Marguerite Yourcenar, in den Eurydike-Gedichten von Hilda Doolittle (1917) und Edith Sitwell (1945). Diese Tendenz findet sich bereits bei Algernon Charles Swinburne (*Eurydice*, 1871), bei Georg Trakl (*Passion*, 1913) und in der Ballade *Orpheus. Eurydike. Hermes* (1904) von Rainer Maria Rilke. Eurydike ist, den Überlegungen Maurice Blanchots zufolge, »der tiefdunkle Punkt, dem Kunst, Sehnsucht, Tod und Nacht zuzustreben scheinen«. Demgegenüber stellen die dramatischen Bearbeitungen von Oskar Kokoschka, Jean Cocteau und Tennessee Williams in unterschiedlicher Akzentuierung jeweils Paare in den Mittelpunkt und bilden so neue Konstellationen. Verschiedene Strategien der *Arbeit am Mythos*, wie sie Hans Blumenberg entwickelt hat, lassen sich Hilmes zufolge an diesen Dramenvarianten ablesen; so etwa die Aspekte der Verdopplung und Verschiebung, der Ent- und der Remythisierung sowie der notorisch erfolglose Versuch, einen Mythos zu Ende zu bringen. Der Gesang des Orpheus verwandelt sich dabei, so argumentierte Hilmes in Anschluß an Karl Kerényi, zunehmend in Schweigen, eine bedeutsame Veränderung ins Paradoxe. In Oskar Kokoschkas Drama wird die Geschichte von Orpheus und Eurydike überlagert und ergänzt durch die Geschichte von Amor und Psyche. Die anfangs noch glücklich scheinende Beziehung zwischen Orpheus und Eurydike wird durch Unachtsamkeit und Eifersucht zerstört, und so verwandelt sich die Liebe in Haß und Verzweiflung. Hilmes konstatiert kritisch die Überlagerung vieler durch Ähnlichkeit verbundener Elemente in Kokoschkas Drama, die Lücken und Mängel nur schlecht verdecken könne. Die Bearbeitung *Orphée* von Jean Cocteau aus dem Jahre 1926 ist eine Meditation über den Tod und trägt deutlich ironisch-kritische Züge, wenn er den Surrealismus lächerlich macht, indem er das Dichterroß Pegasus als Akteur auf der Theaterbühe auftreten und die Handlung sich in einen Jahrmarktzauber verwandeln läßt. Die Macht des Poetischen erscheint bei Cocteau im Zwielicht des Grotesken. In der filmischen Bearbeitung des Stoffes über zwanzig Jahre später erzählt Cocteau dann wieder eine tragische Geschichte von Liebe und Tod, die nicht zuletzt aufgrund der filmischen Mittel viel an poetischer Kraft zurückgewinnt. Neben einer signifikanten Verschiebung der mythologisch vorgeprägten Handlung ist die Verwendung neuer Mythen für den Film *Orphée* charakteristisch. Die mythologische Geschichte von Orpheus fungiert als Erklärungsmodell für die Aporien menschlicher Existenz, die in ihrer Endlichkeit als unzureichend und bedrängend erfahren wird. Während eine traditionelle Lesart mythologische Geschichten als Arsenal von Antworten auffaßt, bilden sie in der modernen Literatur einen Speicher für Fragen.

In ihrem Beitrag *Der Mythos der Wiederkehr in Anton P. Čechovs Erzählung ›Nevesta‹ (›Die Braut‹) vor dem Hintergrund der Arbeit am Persephone/Proserpina-Mythos in deutschen literarischen Texten* unterschied Dagmar Burkhart zwei grundsätzliche Möglichkeiten der Literatur im intertextuellen Umgang mit dem Mythos: die referentielle Intertextualität, die auf Einzeltexte zitierend, alludierend, paraphrasierend oder parodierend referiert, und zweitens die typologische oder System-Intertextualität, die Funktions- oder Äquivalenzrelationen zwischen Texten oder Texten und Texttypen bzw. Textsorten als Genres oder Gattungen herstellt. Die Referentin unternahm es, die zweite Form, die System-Intertextualität, in Čechovs Erzählung nachzuweisen und mit den beiden epistemologischen Grundsätzen, der Dualität von *Schein* und *Sein* sowie der *Lehre von der ewigen Wiederkehr* die letzte Erzählung des Autors als ein *textum*, ein kunstvolles Gewebe von Äquivalenzen, semantisch und poetologisch zu erschließen. Nach der These Burkharts konstituieren zwei aus den beiden in *Nevesta* problematisierten Denkfiguren abzuleitende und ineinander verschränkte Isotopien, die in dem signifikanten Schlußsatz »und sie verließ die Stadt - wie sie annahm, für immer« zusammengeführt und in einem mythopoetischen Ringschluß mit dem Titellexem »Nevesta« in Beziehung gesetzt werden, den Sinnaufbau des Erzähltextes.

Bei Čechov finden sich in der Erzählung *Nevesta,* wie Burkhart ausführte, intertextuelle literarische Bezüge direkter und indirekter Art, so z. B. zu Tolstojs *Anna Karenina*, Puškins *Postmeister* und Gogols *Taras Bul'ba*. Gleichzeitig rufe Čechov ohne direkte Zitation das ganze Spektrum von Vorgängertexten des 19. Jahrhunderts auf, in denen es um die Thematisierung der Bewußtwerdung und des ideologischen Aufbruchs junger Frauen, d. h. das Entstehen »neuer Menschen« ging. Durch die Erzählung *Nevesta* werde die Aufbruchsideologie der Prätexte problematisiert und ambiguiert. Wie Dagmar Burkhart zeigen konnte, entstammen weitere signifikante Prätexte der Erzählung *Nevesta* der Bibel. Nicht nur mit literarischen und biblischen Prätexten wird in *Nevesta* Sinnpotenzierung erreicht, sondern auch mit Allusionen aus dem Bereich der Mythologie. Mit den Prätexten wird ein »verborgener Dialog« geführt, d. h. allerdings bei Čechov, daß immer mit einer ironischen Brechung, Parodie bzw. Inversion des mythologischen Prätextes zu rechnen ist. Dagmar Burkhart wies nach, daß der Persephone-Mythos in verschlüsselter, impliziter Form einen relevanten Referenztext für *Nevesta* darstellt.

Sabine Kleine-Roßbach konnte in ihrem abschließenden Vortrag *Lust am Köpfen - Die Dekapitationsmythen von Judith und Salomé* aus kunsthistorischer Perspektive eine wichtige Traditionslinie christlicher Ikonographie nachzeichnen. Am Beispiel der Mythen von Judith und Salomé, die sich strukturell ähnlich sind, arbeitete sie die grundlegenden Gemeinsamkeiten und Unterschiede der mythischen Konzeptionen dieser »köpfenden Frauen« heraus, die starken historischen Wandlungsprozessen unterlagen.

Christian Deuling, Jan Urbich (Jena)

Spiel-Arten der Komparatistik
Einblicke in eine (neue Göttinger) Disziplin

4.–6. Juli 2002, Zentrum für komparatistische Studien der Georg-August-Universität Göttingen

Zum Wintersemester 2001/2002 wurde nach fast zweijährigem organisatorischen Vorlauf an der Philosophischen Fakultät der Georg-August-Universität Göttingen der Magisterstudiengang *Komparatistik: Allgemeine und Vergleichende Literatur- und Kulturwissenschaft* eingerichtet. Zeitgleich wurde das *Zentrum für komparatistische Studien* begründet und nahm seine Arbeit auf. Der Studiengang hat nach drei Semestern ca. 110 Studierende, davon etwa 35 im Hauptfach. Dem *Zentrum* haben sich bis heute rund 80 Wissenschaftlerinnen und Wissenschaftler aus vier Fakultäten in Zweitmitgliedschaft angeschlossen. Im Juli 2002 veranstaltete das *Zentrum* in der Aula der Universität am Wilhelmsplatz das (vom Präsidenten der Universität, Prof. Dr. Horst Kern, eröffnete) Symposion *Spiel-Arten der Komparatistik*, dessen Ziel es war, die neue Göttinger Disziplin sowohl institutionell-organisatorisch als auch fachlich-methodisch zu beleuchten, vielstimmig zu diskutieren und mit Konzeptionen anderer komparatistischer Studiengänge zu vergleichen.

Das Modell der Göttinger Komparatistik ruht mit dem Studiengang *Komparatistik* und dem *Zentrum für komparatistische Studien* auf zwei Fundamenten. Der Studiengang ist als Lehrverbund gestaltet, der von Fächern der Philosophischen, Theologischen, Juristischen und Sozialwissenschaftlichen Fakultäten getragen wird. Schwerpunktmäßig ist er in der Germanistik angesiedelt, aus der Anfang 2000 auch die erste Initiative zur Begründung von Studiengang und Zentrum hervorging. Die Vielfalt des komparatistischen Lehrangebots wird durch obligatorische propädeutische Einführungsseminare bereits im ersten Studiensemester strukturiert. Grundsätzlich ist das breite Angebot im Studiengang durch die curriculare Differenzierung in Pflicht-, Wahlpflicht- und Wahlbereich gegliedert, wobei Pflicht- und Wahlbereich etwa je ein Viertel der Studienleistungen umfassen und der große Wahlpflichtbereich die Hälfte einnimmt. Zum Pflichtbereich gehören Lehrveranstaltungen aus dem Gebiet der Allgemeinen Literaturwissenschaft und Literaturtheorie sowie der komparatistischen Methodologie und Fachgeschichte. Der Wahlpflichtbereich umfaßt das komparatistische Kerncurriculum aus dem Bereich der europäisch-abendländischen Philologien und ihres interdisziplinären Zusammenwirkens. Der Wahlbereich setzt sich aus vier verschiedenen Optionen zusammen, die den Studierenden innerhalb des vielfältigen Angebots individuelle fachliche Schwerpunktbildungen erlauben.

Diese Erweiterungsmöglichkeiten können ein vertieftes Studium im Wahlpflichtbereich (Option I) umfassen, aber auch Studienleistungen in Bereichen der außereuropäischen Philologien (Option II), Bereiche der Intermedialität sowie der *inter-arts-studies* (Option III) sowie Studienleistungen im Spektrum der *cultural studies* (Option IV) - also etwa Philosophie, Linguistik, Theologie, Geschichts-, Kultur- und Sozialwissenschaften. Durch die drei Bereiche ist gewährleistet, daß ein Schwerpunkt des Studiums im Gebiet der Vergleichenden Literaturwissenschaft angesiedelt ist. Zugleich erhalten die attraktiven Wahlkomponenten des Fachs ausreichend Raum; Elemente der Allgemeinen Literatur- und Kulturwissenschaft können in den Studiengang integriert werden, ohne daß das philologische Standbein dadurch gänzlich relativiert wird.

Das *Zentrum für komparatistische Studien* dient gemäß seiner Satzung »dem Ziel, der Allgemeinen und Vergleichenden Literatur- und Kulturwissenschaft (Komparatistik) an der Georg-August-Universität ein Forum zu schaffen und die Lehr- und Forschungsaktivitäten auf diesem Sektor der geisteswissenschaftlichen Inter- und Transdisziplinarität zu bündeln und zu verstärken«. So koordiniert das Zentrum neben der institutionellen und organisatorischen Infrastruktur des Studiengangs zugleich Veranstaltungen für eine breitere akademische und außerakademische Öffentlichkeit, bislang neben dem Symposion vor allem zwei Ringvorlesungen, von denen die erste unter dem Titel *Orte der Literatur* seit Oktober 2002 beim Göttinger Wallstein-Verlag gedruckt vorliegt und die zweite - *Die Tragödie: Eine Leitgattung der europäischen Literatur* - im gegenwärtigen Wintersemester 2002/2003 läuft und sich unverändert hohen Zuspruchs des Göttinger Publikums erfreut.

Fragen nach der Konzeption und Organisation komparatistischer Studiengänge waren auch Gegenstand der Podiumsdiskussion am zweiten Abend des Symposions. Unter dem Titel *WeltLiteraturWissenschaft heute und morgen: Spiel-Arten und Spiel-Plätze der Komparatistik* verhandelten Hendrik Birus, Maria Moog-Grünewald, Angelika Hoffmann-Maxis, Dieter Lamping, Gert Mattenklott und Manfred Schmeling Organisations- und Gestaltungsformen, Inhalte des Studiums sowie Zukunftsperspektiven der jeweiligen Komparatistiken. Von den beiden Organisationsformen, die die Komparatistik in Deutschland prägen - Institut bzw. Lehrverbund mit Verankerung in der Germanistik oder einer anderen Philologie - ist letztere die häufigere und für Neugründungen wohl auch die erfolgversprechendere. Generell erfreut sich das Fach Komparatistik nach wie vor wachsenden Zuspruchs von Seiten der Studierenden. Im breiten Spektrum möglicher Ausgestaltungen des Fachs differenziert sich mindestens eine Tendenz heraus: Gerade angesichts der kulturwissenschaftlichen Erweiterung der philologisch-historischen Disziplinen, für die die Komparatistik als Allgemeine Literaturwissenschaft ein privilegiertes Forum darstellt, ist die rückwirkende Verankerung in einer die Schnittmengen und Übergänge zu den Einzelphilologien thematisierenden Vergleichenden Literaturwissenschaft besonders vordringlich. Insofern müßte die kulturwissenschaftliche Erweiterung des Faches immer auch von einer Erweiterung in Richtung auf die ›weltliterarische‹ Zuständigkeit begleitet sein. Auf dieser Basis wäre es dann auch möglich, im Rahmen des Fachs auf institutionelle Herausforderungen der gegenwärtigen Universitätslandschaft (wie etwa die Umgestaltung von Magisterstudiengängen in Bachelor- und Masterstudiengänge) zu reagieren.

Spiel-Arten der Komparatistik: Dem Titel des Symposions entsprechend konkretisierten die Einzelbeiträge verschiedene Varianten der Allgemeinen und Vergleichenden Literaturwissenschaft. Thematisch gruppierten sie sich um zwei Zentren. Auf der einen Seite wurden historische, systematische und theoretische Grundlagen des Fachs reflektiert, auf der anderen variationsreich Fallbeispiele von Komparatistik diskutiert. Das Spektrum in dieser letzten Gruppe reichte von klassisch-philologisch über kulturwissenschaftlich orientierte Beispiele bis hin zu Beiträgen, die sich im Bereich der Intermedialität bzw. der *inter-arts-studies* bewegten.

Zu Beginn der Tagung wurden Grundlagen der Komparatistik behandelt. Hendrik Birus (München) wies in seinem Beitrag zu *›Weltliteratur‹ und ›Littérature comparée‹* auf die doppelte historische Grundlage der Komparatistik hin. Sie habe sich nicht nur aus dem im Sinn der Grenzüberschreitung gedachten Goetheschen Begriff der Weltliteratur entwickelt, sondern sei zugleich auch auf naturwissenschaftliche Konzepte einer *anatomie comparée* zurückzuführen. Aus diesen gemeinsamen Ursprüngen wurden Kriterien gewonnen, mit denen die verschiedenen Stadien der Ausgestaltung eines Komparatistik-Begriffs beschrieben werden konnten. Phänomene der Wechselwirkungen zwischen Nationalphilologien und einer sich als Wissenschaft von der Weltliteratur verstehenden *Littérature comparée* gerieten ebenso in den Blick wie etwa das Wechselspiel zwischen Globalisierung und Regionalisierung in der Literatur der Moderne. – Einen formaltheoretischen Ansatz zur Bestimmung von Komparatistik vertrat Angelika Hoffmann-Maxis (Leipzig). In ihren Überlegungen zu möglichen *Elementen einer komparatistischen Kontexttheorie* versuchte sie, das Konzept des Kontextes soweit zu amplifizieren, daß damit komparatistische Grenzüberschreitungen, ob nun zwischen Philologien, Disziplinen oder Medien, beschreibbar werden. Ein solcherart komparatistisch gedehnter Kontextbegriff könnte nicht nur innertextuelle Phänomene, sondern auch Fragen der Intertextualität bis hin zu einem kulturwissenschaftlich erweiterten Intertextualitätsbegriff umfassen. – Ján Koška (Bratislava) schloß in seinem Beitrag zur *Interpretativen Konzeption der Interliterarität* an die Theorie interliterarischer Beziehungen von Dionýz Ďurišin an. Koška erweiterte Ďurišins allgemeine Klassifikation der Möglichkeiten literarischer Kontakte um eine dezidierte Orientierung an der Rezipientenebene. In seinem Modell, das empirisch in den sprachlich kleinteiligeren Bedingungen Osteuropas zu verorten ist, plädiert Koška für eine radikale Gleichberechtigung zwischen Sender und Empfänger und relativiert so den ›Inhalt‹ des jeweiligen ›Kunstwerks‹ fast gänzlich zugunsten der signifizierenden Instanzen. Das Bezeichnete löse sich hinter den Interpretationen, letztlich hinter den bezeichnenden Rezipienten, vollkommen auf. – Fragen historischer Poetologie schließlich standen im Mittelpunkt von Maria Moog-Grünewalds (Tübingen) Vortrag *Was ist Dichtung?*. Unter Rückgriff auf platonische Überlegungen zu Mimesis und Methexis und im Anschluß an die Renaissance-Poetiken Pietro Bembos und

Pico della Mirandolas wurden Prozesse der Ontologisierung des Ästhetischen nachgezeichnet. So wurden Kriterien für die Poetizität von Dichtung entwickelt, mit denen man schließlich auch moderne Lyrik (etwa die *poésie pure*) im Lichte einer poetologisch immer wieder erörterten Annäherung an das ›ästhetisch Vollkommene‹ lesen kann.

Die zweite Gruppe von Vorträgen lieferte Fallbeispiele für verschiedene Möglichkeiten komparatistischer Praxis. Am deutlichsten vertreten waren dabei jene Beiträge, die sich im Kernbereich der Komparatistik bewegten: der Erörterung europäisch-abendländischer Philologien und ihres Zusammenwirkens. Die Vorträge von Mathias Mayer (Augsburg) und Werner Frick (Göttingen) verdeutlichten dabei die produktive Verankerung der Komparatistik in einer für Nachbardisziplinen offenen Germanistik. Während Mathias Mayer in seinem Beitrag zu *Ästhetischen Synthesen und ethischen Analysen bei Ingeborg Bachmann* aus dem Horizont einer Gedichtinterpretation das Sprechen über Grenzen innertextuell thematisierte, warf Werner Frick in seinen Ausführungen zu *Gewalt und Aufklärung in europäischen Iphigenie-Variationen des 18. Jahrhunderts* einen differenzierenden Blick auf die durchaus eigenständigen und in vielfacher Weise die Möglichkeiten des Stoffs produktiv variierenden Vorläufer der Goetheschen *Iphigenie*. – Motivische Permutationsreihen deckten Dimiter Daphinoff (Fribourg) und Achim Hölter (Münster) auf. Daphinoff reflektierte in seinem Beitrag *Waiting for the Barbarians: Tödliche Machtspiele in der europäischen Literatur des 19. Jahrhunderts* in einer reichhaltigen Reihe von Textbeispielen Erscheinungsformen des Krieges in der Literatur vorwiegend des 19. Jahrhunderts. Hölter beschrieb das Phänomen des »Eigenlebens der Figuren« als »eine radikale Konsequenz in der neueren Metafiktion«. In seinem Beitrag ging es um verschiedene Varianten fiktionaler Inszenierung sich verselbständigender und sich von ihren Autoren in der Welt des Textes emanzipierender Figuren. In den Beispielen, die von Tieck über Flann O'Brien und Woody Allen bis Gilbert Sorrentino reichten, wurde vor allem der Frage nach der Funktion dieser vermeintlichen Selbstaufhebungen des Autors nachgegangen, bei denen es sich in jedem Fall um eine ästhetisch ergiebige Variante mimetisch verfremdeter Reflexion kreativer Prozesse und ihrer Aporien handeln dürfte. – Die hermeneutische Reichhaltigkeit einer auf ›Form-Inhalt-Kategorien‹ (hier: die Intrige) basierenden Literaturbetrachtung demonstrierte Peter von Matt (Zürich) in seinem Vortrag über die *Ästhetik der Hinterlist: Zu Theorie und Praxis der Intrige in der Literatur*. Einer theoretischen Grundlegung der Intrige als theoretische und kulturhistorische Kategorie folgten Betrachtungen verschiedener Intrigenformationen in der Literatur von Jago bis Vautrin.

Eine zweite Gruppe von Fallbeispielen thematisierte kulturwissenschaftliche Fragestellungen der Komparatistik. Dieter Lamping (Mainz) ging den mimetischen und ästhetischen Dimensionen der literarischen Gestaltung von Schmerz nach. Manfred Schmeling (Saarbrücken) beschäftigte sich mit der *Vermittlung interkultureller Erfahrung in der modernen Erzählliteratur* und kam zu dem Schluß, daß sowohl die ästhetischen wie auch die politischen Komponenten postmodernen Erzählens wesentlich auf die Zunahme interkultureller Transferprozesse zurückzuführen seien. Gert Mattenklott (FU Berlin) reflektierte unter dem Titel *Literaturen der Migration. Zwischen literarischem Regionalismus und Weltliteratur* diese Fragen in einem weiteren Horizont und arbeitete die mögliche Vermittlerrolle der Einbildungskraft in einer von Globalisierung und Zentrifugalitätstendenzen geprägten modernen Lebenswirklichkeit heraus. Matías Martínez (IU Bremen) schließlich ging in seinen formal-narratologisch inspirierten Analysen der *urban legends* der Frage von Grenzverwischungen zwischen Faktualität und Fiktionalität in einem semiliterarischen und wohl selbst nur vor dem Hintergrund der modernen Medienwelt verständlichen kollektiv-oralen Erzählgenre nach.

Zwei Vorträge beschäftigten sich mit Phänomenen produktiver Grenzüberschreitungen zwischen medial differenten *artes*. Ernst Osterkamp (HU Berlin) stellte in *Raffael und die Deutschen* die facettenreiche Rezeption Raffaels sowie wichtige Stationen des Raffael-Kults in seinen Auswirkungen auf Literatur, Kunst und Philosophie dar. Monika Schmitz-Emans (Bochum) demonstrierte unter dem paradigmatischen Titel *Bilder lesen*, daß Beziehungen der Literatur zur Malerei ebenso substantiell sein können wie solche zu anderen literarischen Texten. Anhand der Rezeption der Bilder Turners konnte sie nachweisen, daß spezifische Problemlagen der Sattelzeit um 1800, die sich mit Schlagworten wie ›Kontingenzbewußtsein‹ und ›Verzeitlichung‹ andeuten lassen, nicht nur in den Bildern Turners dargestellt werden, sondern auch in Romanen und Essays (etwa bei Thackeray, Melville oder Ruskin) literarisch rezipiert und geradezu ins andere Medium zurücktransponiert werden.

Das Symposion sollte Einblicke in die für Göttingen neue Disziplin der Komparatistik bieten, nicht weniger aber ein Forum komparatistischer Selbstverständigung. Beide Anliegen, so darf man nach der intensiven zweieinhalbtägigen Tagung in der Aula der Universität am Wilhelmsplatz resümieren, wurden in Podiumsdiskussion sowie in den paradigmatisch-repräsentativen Tagungsbeiträgen auf vielfältige Weise eingelöst. Daß die Komparatistik nun auch an der Georg-August-Universität Göttingen einen festen Platz im philosophisch-kulturwissenschaftlichen Fächerspektrum hat, scheint nach den *Spiel-Arten der Komparatistik* jedenfalls sicher.

Fabian Lampart

Gespenster. Erscheinungen - Medien - Theorien

Interdisziplinäre und Internationale Tagung
7.-10. Oktober 2002
Westfälische Wilhelms-Universität Münster

Die Geisteswissenschaften waren gewissermaßen immer schon eine gespenstische Angelegenheit. Versuchte man im Zeitalter der Hermeneutik, den reinen Geist zu beschwören, ohne ungebetene Gäste aus dem Reich der Toten einzuladen, so begrüßt man jene Gespenster heute herzlicher. Schließlich scheinen die Gespenster die Figuren des Zwischenraums, des Anderen, der Wiederholung sprachlich verfügbar zu machen und auf diese Weise zu Metaphern der Postmoderne zu werden.

Um über die Diskursfigur dieser ›Un-Wesen‹ nachzudenken, luden Dr. Moritz Baßler (Rostock), PD Dr. Bettina Gruber (Bochum) und Prof. Dr. Martina Wagner-Egelhaaf (Münster) nach Münster ins Alexander-von-Humboldt-Haus ein zu einer unheimlichen Begegnung mit den *Gespenstern* in ihren vielfältigen *Erscheinungen - Medien - Theorien*.

Ebenso vielfältig waren auch die Perspektiven der Referentinnen und Referenten; vertreten waren nicht nur die Literatur- und Kulturwissenschaften, sondern auch Ethnologie, Philosophie, Geschichtswissenschaft, Psychologie, Pädagogik und Kunst. Die von der Thyssen-Stiftung geförderte Tagung gliederte sich in fünf Sektionen:

I. Vom Erscheinen der Gespenster

Die ersten beiden Sektionen widmeten sich vor allem dem unterschiedlichen Realitätsstatus, der den Gespenstern in verschiedenen Zeiten und Kulturen zugewiesen wurde.

Mit der theologiegeschichtlichen Überlieferung von Geistererscheinungen beschäftigte sich Prof. Dr. Wolfgang Neuber (Berlin) in seinem Eröffnungsvortrag *Theologie der Gespenster vom 15. bis 17. Jahrhundert*. Er zeichnete die Verschränkungen von Christentum und Geisterglauben von der biblischen Überlieferung des Mittelalters bis zur diskursiven Wende des 18. Jahrhundert nach, durch die eine theologische Verhandlung der Geister von einer psychologisch-ästhetischen Lesart abgelöst wurde. Die christliche Rezeption der Geistergeschichten untersuchte auch Dr. Marlies Baar (Münster) und verlagerte den Fokus der Analyse in den lokalen Raum. In ihrem Beitrag *Ein Gespenst aus Westfalen. Zur Visionsliteratur des Hoch- und Spätmittelalters* veranschaulichte sie die didaktische Instrumentalisierung von Geistererzählungen durch die Kirche. Dr. Annekatrin Puhle (Göteborg) beschäftigte sich mit *Geistererscheinungen in der Goethezeit* und stellte aus kulturhistorischer Perspektive die These von der Universalität und Aktualität der Geister auf. Die Sektion beschloss Dr. Thomas Wolf (Berlin) mit seinem Vortrag *Poltergeister in und um Weinsberg*, in dem er die unterschiedlichen Gespenster-Perspektiven von Eduard Mörike und Justinus Kerner schilderte und den hohen Stellenwert von parapsychologischen Themen in der Restaurationszeit hervorhob. Mörikes und Kerners Gespenster-Korrespondenz wurde als ästhetisch-diskursives Dispositiv vorgestellt, das die Grenze von Gespenster-Glauben und Gespenster-Kunst außer Kraft setzt.

II. Gespenster-Wissen

Wie versuchten ›die Wissenschaften‹ den Gespenstern beizukommen?

Prof. Dr. Ulrich Stadler (Zürich) erläuterte die aporetischen Strukturen der Bemühungen, den Gespensterglauben mit ›Vernunft‹ und ›Erfahrung‹ zu widerlegen. Unter dem Titel *Der Schein der Vernunft. Angstbewältigungsstrategien im*

Gespenster-Diskurs des 18. Jahrhunderts stellte er dar, wie sich die aufklärerischen Versuche in ihr scheinbares Gegenteil verkehrten. Anschließend gab Diplompsychologe Eberhard Bauer einen Überblick von Gründung und Konzept der *Society for Psychical Research (SPR)*. In seinem Beitrag *Apparitions und die Entstehung der Psychical Research* erläuterte er auch heutige Schwerpunkte und Zielsetzungen der Gesellschaft, wie z. B. Telepathie-Forschung und Hypnotismus. Aus seinem eigenen Arbeitsalltag am *Freiburger Institut für Grenzgebiete der Psychologie und Psychohygiene e.V.* berichtete er von Fällen außergewöhnlicher Phänomene und Erscheinungen. Angeregt durch den Vortrag wurden verschiedene Positionen bezüglich des gespenstischen Realitätsstatus diskutiert: inwieweit kann man von ›echten‹ bzw. metaphorischen Gespenstern sprechen? Priska Pytlik M.A. (Regensburg) referierte über *›Bürger zweier Welten‹. Metaphysischer Individualismus und die Neubewertung von Diesseits und Jenseits: Carl du Prels Spiritismus-Theorie* und erläuterte du Prels spezifisches Subjektverständnis im Hinblick auf die Leib-Seele-Problematik. Unter dem Titel *Das gespenstische Unbewusste - Die Geburt der Tiefenpsychologie aus der Geisterbeschwörung* stellte Prof. Dr. Micha Brumlik (Frankfurt/Main) den Einfluss von Spuk, Geistern und Beschwörung auf die Entwicklung der Psychoanalyse als einer aufklärerischen Wissenschaft dar. Die literatur- und kulturgeschichtliche Entwicklung des Strahlenmotivs in seiner Verbindung mit esoterischen und spiritistischen Diskursen skizzierte PD Dr. Sabine Haupt (Fribourg) in ihrem Beitrag *Strahlenmagie. Texte der 1920er Jahre zwischen Okkultismus und Science Fiction. Ein komparatistischer Überblick.*

III. Medien

Die Medialität der (immer nur sprachlich-diskursiv vermittelbaren) Gespenster stand im Blickpunkt der dritten Sektion. Unter ›Medialität‹ sollte hier sowohl die Rede von den ›Geistmedien‹ als auch von den sogenannten ›technischen‹ Medien zusammengedacht werden, da letztere sich in wechselseitiger Beeinflussung mit dem Spiritismus entwickelten. In seinem Beitrag über Geisterfotografie, in dem er die zunehmende Bedeutung der Optik für die spiritistische Bewegung des 19. Jahrhunderts verdeutlichte, zeigte Andreas Fischer M.A. (Berlin) *Fotografische und fotografierte Gespenster*. Prof. Dr. Wolfgang Beilenhoff (Bochum) verfolgte in seinem Vortrag *Zwischen den Bildern. Mediengeister im frühen Kino* die Einschreibung des Schattens als Irrealisierungseffekt in die Filmgeschichte. Das Schattenhafte/Gespenstische ist immer auch selbstreferentiell an das Medium Film gekoppelt. Die Verschränkungen von Technik und Spiritismus nahm auch Prof. Dr. Heike Behrend (Köln) näher in den Blick. Sie warf die Frage auf, inwieweit Geistmedien und technische Medien im afrikanischen Raum zusammengedacht werden können. Die in ihrem Vortrag *Geistmedien und Medien der Geister in Afrika* skizzierten Verhältnisse zwischen Subjekt, Geistern und Geistmedien können nicht in eurozentristischen Vorstellungen von Rationalität und ganzheitlicher Individualität aufgelöst werden. Zum Schluss der Sektion rückte das Medium Text wieder in den Mittelpunkt. In einer Lektüre von Kleists *Bettelweib von Locarno* zeigte schließlich Prof. Dr. Reinhold Görling (Hannover), wie die Figur des Gespenstes auch im Text selbst spukt: die Zeichen geraten in eine Eigenbewegung, Bedeutungen werden unablässig verschoben. Der Titel seines Vortrags *Von Kleist zum Cyberspace* verwies auf die Engführung dieser sprachlichen Verschiebung und Ortlosigkeit mit den Verfahrensweisen kybernetischer Systeme.

IV. Literatur-Gespenster

Auf welche Weise werden Gespenster in literarischen Texten verhandelt? Welche Lesarten und Effekte werden transportiert? PD Dr. Niels Werber (Bochum) diskutierte in seinem Vortrag *Paullinis Gespenster. Zur Entstehung der Novelle* den Anteil der *Newen Zeytung* und der frühen Journalprosa bei der Herausbildung dieser literarischen Form. *Existenzielle Gespenster bei Kasack, Sartre und Wilder* analysierte Dr. Christiane Leiteritz (Bochum) vor der Folie von Foucaults *Andere Räume*. Dabei erwies sich das Anderswo der (heterotopen) Erfahrung als Motiv reizvoller literarisch-ästhetischer Romankonstruktionen. Der Gespensthaftigkeit fremder Räume schloss sich die Gespenstigkeit kultureller Fremdheit an: Nicole Waller M.A. (Mainz) untersuchte *Das Gespenst in amerikanischer Minoritätenliteratur* anhand von Maxine Hong Kingstons *The Woman Warrior: Memoirs of a Girlhood Among Ghosts* und Toni Morrisons *Beloved*. Die Geschichte zweier amerikanischer »minorities« lässt darüber nachdenken, inwieweit Gespensthaftigkeit auch ein Effekt des Zusammentreffens fremder Kulturen ist. Prof. Dr. Monika Schmitz-Emans (Bochum) zeigte die komplexen Funktionen des Motivfelds ›Gespenst‹ auf. Anhand literarischer Texte von E.A. Poe, Henry James und Robert Musil erörterte sie, inwieweit diese *Gespenstische Rede* die Doppelbödigkeit der Sprache, die Thematisierung der Unaussprechlichkeit und die Vorstellung von Simulation und Wiederholung hervorbringt.

V. Theorie-Gespenster

Die Repräsentationsformen des Gespenstes in Philosophie und Literaturtheorie waren Gegenstand der letzten Sektion. Prof. Dr. Ralf Simon (Basel) schlug vor, die Geistesgeschichte als Geistergeschichte zu lesen: unter dem Titel *Nekrologie. Versuch, die Epochen der ästhetischen Moderne als Gespenster zu verstehen* stellte er die Abfolge der Epochen als eine Konstellation von Tötungsakt und hermeneutischem Versuch der Wiederbelebung des toten Buchstabens dar. In seinen Ausführungen zur *Philosophie als Geisterbeschwörung* setzte sich Dr. Friedrich Balke (Köln) mit Kants Versuchen, Swedenborgs geisterseherische Visionen und Spekulationen zu kritisieren, auseinander. Hierbei rückten Kants Pathologisierungsstrategien als Antwort auf die scheinbar unhintergehbare Empirie der Augenzeugenberichte in den Blickpunkt. Im Durchgang durch die abendländische Philosophiegeschichte unter dem Titel *›Hirngespenster‹. Kleine philosophische Geisterkunde* stellte PD Dr. Manfred Weinberg (Konstanz) dar, wie die philosophische Funktionalisierung des Gespenstes darauf zielte, sich von anderen Positionen abzugrenzen, sie an ihrer gespenstischen Wiederkehr im eigenen Text zu hindern und Ambivalenzen auszuschließen. Abschließend analysierte Prof. Dr. Jürgen Link (Dortmund) mit dem Instrumentarium der Interdiskurstheorie und Kollektivsymbolik *Das Gespenst der Ideologie* bei Marx und Engels.

Als produktiv und anregend erwies sich die interdisziplinäre Zusammensetzung des Plenums: das große Potenzial des Gespensterdiskurses wurde gerade durch die Begegnung verschiedener Forschungsinteressen in den Diskussionen sichtbar. Dabei hat sich das Thema der Tagung keinesfalls erschöpft: Die Gespenster werden sich wohl auch in Zukunft als beunruhigende Spukgestalten im wissenschaftlichen Diskurs erweisen. Kaum meint man, sie als Metapher greifen zu können, entgleiten sie schon wieder in endloser Verwe(i)sung und eröffnen einen neuen Diskurs. Selbst der Versuch, sie als Metaphern für diese nicht zu fassende Verschiebung zu funktionalisieren, muss fehlschlagen, da sie auch diese Zuschreibung unterlaufen und auf diese Weise weiter ihr gespenstisches Unwesen treiben.

Henrik Blumentrath, Katharina Grabbe

REZENSIONEN

Andreas Böhn: *Das Formzitat. Bestimmung einer Textstrategie im Spannungsfeld zwischen Intertextualitätsforschung und Gattungstheorie.* Berlin (Erich Schmidt) 2001 (= Philologische Studien und Quellen; Heft 170). 208 Seiten.

Seit dem Ende der sechziger Jahre, als Julia Kristeva im Anschluss an Michail Bachtins Dialogizitäts-Modell den Begriff »intertextualité« prägte, sind die Studien zum Forschungsfeld intertextueller bzw. - nach Gérard Genette - transtextueller Beziehungen nicht mehr abgerissen. Nicht nur drängten die neuen Intertextualitäts- bzw. Transtextualitätstheorien die altehrwürdige komparatistische Einfluss-, Motiv- und Stoffforschung in den Hintergrund, so dass sie heute praktisch keine methodische Relevanz mehr besitzt. Die neuen Theorien boten zugleich zahlreiche Verknüpfungspunkte zu anderen kulturtheoretischen Modellen und konnten so den Austausch zwischen Literaturwissenschaft und anderen gesellschaftswissenschaftlichen Disziplinen erheblich befruchten. Insbesondere in den siebziger und achtziger Jahren wurden dabei enorme Bemühungen unternommen, die verschiedenen textuellen Verfahren des Zitierens, der allusiven Bezugnahme und plagiatorischen Übernahme definitorisch zu fixieren sowie generell die Frage zu stellen, welche Grenzen und Möglichkeiten die intertextuelle bzw. transtextuelle Forschung bot. Durch die in den achtziger Jahren geführte, mittlerweile aber der Geschichte angehörende Diskussion um die so genannte Postmoderne erhielt die Intertextualitäts- bzw. Transtextualitätsforschung einen zusätzlichen Schub, verstand sich doch die »Nachmoderne« dezidiert als Zeitalter des Zitats, in dem nicht nur alles erlaubt war, sondern auch künstlerisch innovative Leistungen nur mehr über Techniken der Rekombination möglich sein sollten.

Einen weiteren, breit angelegten Beitrag zur Intertextualitäts- bzw. Transtextualitätsforschung hat jüngst Andreas Böhn mit seiner Studie *Das Formzitat* vorgelegt, die 1999 von der Fakultät für Sprach- und Literaturwissenschaft der Universität Mannheim als Habilitationsschrift angenommen wurde. Böhns Studie versteht sich zum einen als Beitrag zur Allgemeinen Literaturwissenschaft. Begriff und Phänomen des Formzitats werden theoretisch beschrieben und definiert. Zum anderen zeigt Böhn an ausgewählten literarischen Beispielen aus der deutschen Literatur vom 18. bis zum 20. Jahrhundert die verschiedenen Funktionen des Formzitats und versucht auf diesem Wege, seine theoretischen Ausführungen historisch zu akzentuieren. In diesen Teilen der Studie geht es um die literatur- und kulturgeschichtliche Dynamik von Gattungserneuerungen und -mischungen.

Der erste Teil der Studie ist der Entwicklung des Konzepts »Formzitat« sowie der Definition des Begriffs gewidmet. In weit ausgreifenden, später mit literarischen Beispielen illustrierten Ausführungen bestimmt Böhn das Formzitat als einen Modus der Zitation, der als »reflektierter Rückgriff auf Formen« zu verstehen ist, »und zwar auf solche, die aus einem vergangenen Kontext stammen und nicht mehr in der ursprünglichen Weise Gültigkeit beanspruchen können, oder auf solche, die wegen der kulturellen Distanz ihres üblichen, erwartbaren Kontextes zu dem, in dem sie als Zitate auftreten, im letzteren fremd erscheinen.« (19) Damit bewegt sich das Formzitat (in Abgrenzung zum Äußerungs- und Ausdruckszitat) einerseits auf der Ebene von Codezitaten, das heißt Zitaten, die auf »Regularitäten in der Verwendung der Ausdrücke in Äußerungssituationen, also den Code als Inbegriff dieser Regeln« (38) verweisen. Im Unterschied zu intertextuellen und hypertextuellen Verfahren bezieht sich das Formzitat also nicht auf spezifische Einzeltexte bzw. architextuell auf ganze Gattungen, sondern auf »Untergattungen oder einzelne Formen als prägnante Bauteile von Gattungen« (40), die dann zitiert werden.

Zum anderen lässt sich auf diese Weise - nach Böhn - das Konzept des Formzitats von den benachbarten Formen der Parodie und des Pastiche abgrenzen. Zwar können auch Formzitate parodistisch bzw. im Sinne eines Pastiches eingesetzt werden, aber dies muss nicht zwingend geschehen. Vielmehr unterscheidet sich das Formzitat von Parodie und Pastiche dadurch, dass es nicht »gebraucht« wird, sondern auf die frühere Form lediglich »verweist«. Zu den Optionen negativer und affirmativer hypertextueller Traditionsbezüge (Parodie und Pastiche) eröffnet sich im Formzitat damit, so Böhn, eine dritte Möglichkeit: die des nicht wertenden Rekurses auf frühere Formen. Als Beispiele führt Böhn E.T.A. Hoffmanns *Kater Murr* (Formzitat vs. Parodie) und Thomas Manns *Doktor Faustus* (Formzitat vs. Pastiche) an.

Böhn versucht, eine Lücke zu schließen, die seiner Meinung nach in den mittlerweile erheblich ausgebauten Modellen der Intertextualitäts- bzw. Transtextualitätsforschung übersehen wurde. Doch wurde sie wirklich übersehen? Immerhin wies schon Genette auf das Phänomen der »ernsten Parodie« hin, die weder ein mechanisiertes affirmatives Pastiche darstellt noch eine negativ wertende komische Parodie. Genettes Paradebeispiel für die Form der ernsten Parodie ist bekanntlich Joyces *Ulysses*, wo Teile des homerischen, zweifellos für Antike, Mittelalter und frühe Neuzeit maßgeblichen Epen-Modells hypertextuell adaptiert und modernisiert werden. Profiliert hier Böhn lediglich einen neuen Begriff für etwas, das längst als Konzept bekannt und beschrieben ist? Ja und Nein. Denn in der Ausführlichkeit und detaillierten theoretischen Fundierung wurde das Phänomen tatsächlich nicht beschrieben. Dazu kommt, dass auch die Begriffsprägung »Formzitat« glücklicher wirkt als die der ernsten Parodie bei Genette und weit präziser fasst, worum es bei gattungsmäßigen Rekursen jenseits von Pastiche und komischer Parodie geht.

Praktisch vorgeführt werden die primären Funktionen des Formzitats im Sinne der Gattungserneuerung und -mischung dann an der Entwicklung des romantischen Kunstmärchens: an Tiecks *Der blonde Eckbert*, an Hoffmanns *Der Goldene Topf* sowie an Tiecks *Des Lebens Überfluß*. Das Formzitat ›Märchen‹ fungiert in Tiecks *Eckbert* als »Durchgangsstation«. Das Formzitat wird »zunächst auf der Darstellungsebene integriert und dann durch die Neukonstruktion des Gattungsschemas ›Kunstmärchen‹ vollends überholt« (68). Bei Hoffmann wird das Formzitat ›Märchen‹ eingesetzt, um, so Böhn, »zur gültigen Form für die Darstellung moderner Subjektivität« (69) zu gelangen. In Tiecks *Des Lebens Überfluß* dienen die Formzitate ›Märchen‹ und ›Idylle‹ schließlich nicht mehr »zur Aktualisierung oder erneuernden Transformation von Gattungsmustern«, sondern die »Unterschiede zwischen den Gattungen werden im Gegenteil betont, sie werden gegeneinander profiliert, aber eben durch ihre wechselseitige Funktionalität füreinander auch relativiert.« (76)

Der zweite große Teil der Studie (78ff.) widmet sich dem Aspekt »Kulturgeschichte als Formengeschichte«. Hier soll den »anthropologischen und historischen Bedingungen und Funktionen des Formzitats« (78) nachgespürt werden, die im Rekurs auf Peirces Zeichenmodell, auf das Gedächtnismodell von Warburg und Assmann, den Formbegriff Luhmanns und den Kulturbegriff Wilds rekonstruiert werden. In neuerlichen weit ausgreifenden theoretischen Erläuterungen wird das Formzitat in den Rahmen der Semiotisierung von Formen sowie ihrer De- und Refunktionalisierung gestellt. Das Formzitat wird dabei als komplexe und historisch späte kulturelle Praxis der Konfliktmodellierung verstanden, wobei die zitierten Formen aus ihrem einstigen pragmatischen Kontext gelöst und in andere Kontexte gestellt werden. Dabei können Formzitate im »sympoietischen Vollzug [...] ästhetisch erfahren werden als Bruch eines Vollzugs, als abrupter Wechsel der Färbung beim Übergang vom Vollzugsschema der Rahmenform zu dem der Binnenform. Erfahrbar und erkennbar wird damit die Unstimmigkeit von in sich stimmigen Vollzügen.« (103) Ähnliches hatte schon Bachtin, der von Böhn allerdings kaum erwähnt wird, in Bezug auf die Polyphonie im modernen Roman geschrieben.

In Hinsicht auf das kulturelle Gedächtnis einer Zivilisation kann das Formzitat, so Böhn, die Funktion eines »poietisches Handeln[s]« erfüllen, indem es »den Vordergrund des in einer Gesellschaft Bewußten und Kommunizierten mit dem Hintergrund des im kulturellen Gedächtnis Gespeicherten in einer Weise verbindet, die letzteres nicht einfach reaktiv in die gegebene Situation integriert, sondern die Differenz von Vordergrund und Hintergrund, Gegenwart und Vergangenheit ästhetisch erfahrbar macht und somit eben die Interessiertheit des Erinnerten und des Erinnerns thematisieren kann.« (109) Dies ist vor dem Hintergrund der vorherigen Ausführungen Böhns eine zweifellos nachvollziehbare These. Aber, so wäre hier zu fragen, gilt dies allein für das Formzitat? Gilt es nicht ebenso für die Parodie und Travestie, ja, zumindest in Teilen, sogar für den Pastiche? Anders gefragt: Leistet dies im Grunde nicht jeder literarische und nicht-literarische Traditionsbezug, der bewusst eine Differenz zwischen Heute und Gestern markiert und die Regelhaftigkeit früherer Diskursformen vor Augen führt? Und wurden solche und ähnliche Prozesse diskursiver Verschiebungen und Differenzierungen nicht schon von Michel Foucault auf soziokulturellem Niveau beschrieben, die sich auch literaturwissenschaftlich hätten fruchtbar nutzen lassen? Alle diese Aspekte lässt Böhn unbeachtet und unerwähnt.

Im dritten und letzten großen Teil der Studie wird schließlich das unzeitgemäße Fortleben emblematischer Strukturen als Formzitat bei Heine, Rilke, Brecht und Rühmkorf untersucht. Bei Heine, so zeigt Böhn, schreiben sich emblematische Strukturen als bewusste textuelle Strategie bereits in seine *Reisebilder* mit ein, später dann in seine nicht-politische Lyrik, der Böhn in mikrologischen Analysen nachgeht. Vor allem Heines vermutlich letztes Gedicht *Für die Mouche* zeigt »nicht nur die Geschichte im allgemeinen, sondern auch sich selbst und damit die Geschichte des literarischen Lebenswerkes, dessen Summe er [Heine] darstellt, als Ruinenfeld, als Ansammlung von Paradoxen, von Modellen, die auf ihre ursprüngliche Funktion nur noch verweisen, sie aber nicht mehr erfüllen können.« (143) Geschichte wird im emblematischen Zitat bei Heine als »Trümmerlandschaft« präsentiert. In Rilkes *Neuen Gedichten* beschreibt Böhn die »schillernde Unentschiedenheit der Texte zwischen dem Zitieren der Emblemform und dem Verwischen dieser Strategie zugunsten des Anscheins, die Emblemform würde tatsächlich realisiert, es gäbe eine konstitutive Reihe von vorgegebenem Ding, dessen Darstellung und deren Deutung.« (148) Was in den Gedichten zum Ausdruck kommt, ist, wie Böhn feststellt, dass »ein Höchstmaß an Sinnhaftigkeit nur noch um eines Höchstmaßes an Zweifelhaftigkeit willen zu haben ist« (159). Die vordergründig emblematische Struktur der Gedichte unterläuft sich also permanent selbst.

In Brechts *Kriegsfibel* wird das emblematische Verfahren als Formzitat für eine politische Zielsetzung instrumentalisiert, wobei die Ähnlichkeit der Bild-Text-Beziehungen zum Emblem bei Brecht schon beim ersten Blick ins Auge springt. Hinzu kommt, dass nicht zuletzt der didaktische Impetus der *Kriegsfibel* eine solche Deutung nahe legt. Im Gegensatz zur Forschung versucht Böhn allerdings nicht, die emblematischen Strukturen bei Brecht in eine Traditionslinie zur barocken Emblematik zu stellen, sondern ihren zitierenden Verweischarakter herauszuarbeiten. Es stellt sich heraus, dass Brecht gerade nicht auf die Eindeutigkeit einer emblematischen Entzifferung seiner Bild-Text-Gefüge setzt, sondern eine »Pluralität von Bedeutungen vorführt, die der Emblematik fremd ist« und so die »Notwendigkeit der Unterscheidung richtiger von falschen Bedeutungen demonstriert« (170). Der emblematische Verweis als Formzitat hat bei Brecht eine erkenntniskritische Funktion, die gerade die Differenz zwischen Bild und textueller Zuschreibung betont. In Rühmkorfs *Kleiner Fleckenkunde* wird dann die bewusst anachronistisch eingesetzte Form des Emblematischen ironisch gebrochen, indem hier zufällige Tintenkleckse (aus Linien zusammengesetzt oder achsensymmetrisch gefaltet wie beim Rohrschach-Test) mit Vierzeilern versehen werden. Die Beispiele aus Rühmkorfs Band machen deutlich, »daß das Formzitat sich hervorragend als Maske eignet, in der man die ›Wahrheit‹, das heißt die eigene Überzeugung sagen kann, weil sie einem selbst als Zitierenden nicht ohne weiteres zugeschrieben werden kann.« (183)

Der letzte Teil von Böhns Studie zeigt, dass das Konzept des Formzitats, wird es historisch akzentuiert und auf konkrete Textbeispiele angewandt, durchaus interessante und neue Deutungsansätze bieten kann, die sich vor dem Hintergrund intertextueller Fragestellungen mit dem Form-Inhalt-Problemfeld befassen. Der theoretische Aufwand, der von Böhn betrieben wird, um das Konzept des Formzitats zu entwickeln, steht meines Erachtens allerdings in keinem Verhältnis zu dem, was das Konzept in der analytischen Praxis tatsächlich zu leisten vermag.

Gerade der zweite Teil der Studie bewegt sich auf einem hohen Abstraktionsniveau und erkundet theoretisch fundamentale kulturelle Prozesse, in denen Formzitate eine Rolle spielen können. Im letzten Teil mit den praktischen Analysen ist von den kulturellen Prozessen jedoch keine Rede mehr. Statt dessen werden zwar erhellende und philologisch sauber durchgeführte, aber eben nur punktuelle Einzeltextinterpretationen geboten.

Trotz dieser Einwände soll zum Schluss betont werden: In der konkreten analytischen Praxis wird sich Böhns Konzept und Begriff des Formzitats ohne Zweifel durchsetzen, beschreibt es doch auf struktureller Ebene präzise ein wichtiges Verfahren transtextueller Transformations- und Transpositionsprozesse in der Literatur und, wie Böhn an einigen Stellen andeutet, auch in anderen Künsten. Die kulturelle Einbettung des Konzepts, wie Böhn sie theoretisch entwirft, bleibt im praktischen Vollzug allerdings weiterhin ein Desiderat.

Uwe Lindemann

Michel Cadot: *Dostoïevski d'un siècle à l'autre ou la Russie entre Orient et Occident. Avant-propos Rudolf Neuhäuser*. Paris (Maisonneuve et Larose) 2001. 350 Seiten.

Michel Cadot, Emeritus der Sorbonne Nouvelle (Institut für »Littérature générale et comparée«), legt hier eine Summe seines Nachdenkens über Dostojewskij vor. Auf den Ort dieser Monographie innerhalb der internationalen Dostojewskij-Forschung sei hier nicht eingegangen. Nur so viel ist zu sagen, dass Geistesgeschichte und poetologische Analyse des Einzelwerks eine fruchtbare Fusion eingehen, wobei die kulturphilosophische Fragestellung allerdings dominiert, was im Titel ja bereits eindeutig vermerkt wird. Ich beschränke meine Hinweise auf das dritte Kapitel (247–319), das durch und durch komparatistisch orientiert ist.

Stichwort »Die Dostojewskij-Leser des 20. Jahrhunderts«. Zunächst geht Cadot auf die »schöpferische Dostojewskij-Lektüre« Robert Walsers ein, insbesondere auf dessen Romane *Geschwister Tanner*, *Der Gehülfe*, *Jacob von Gunten*. Durchgehend werden Walsers eigene Äußerungen über Dostojewskij in Anschlag gebracht. Danach untersucht Cadot »Dostojewskij, gelesen und wiedergelesen von André Gide«. Der freundlichen Aufarbeitung der Forschung zu dieser komplexen Beziehung wird Eigenes an die Seite gestellt. Sodann lässt sich Cadot auf die Dostojewskij-Rezeption Hermann Hesses ein, mit dessen Interpretation der *Brüder Karamasow* im Vordergrund. Sein Exercitium des Vergleichens abschließend, widmet sich Cadot »Drei literarischen Echos« auf den Meister aus Russland, nämlich Jean-Paul Sartres *Zeit der Reife* (*L'Age de raison*), Ernesto Sábatos *Der Maler und das Fenster* (*El tunel*) und Martin Walsers *Finks Krieg*. Sábato reagierte auf die *Aufzeichnungen aus dem Kellerloch*, Martin Walser auf den frühen Roman *Der Doppelgänger*. Von besonderem Interesse ist Cadots Auswertung der Gespräche Sartres mit Simone de Beauvoir über die russische Literatur.

Man sieht: Die Methode des Vergleichens bleibt stets genetisch, will »Kontaktstudie« sein (im Sinne Dionyz Ďurišins). In einem weiteren Kapitel, das dem hier hervorgehobenen dritten Teil seiner Monographie vorausliegt, erläutert Cadot die Bedeutung von Rafaels *Sixtinischer Madonna* und Claude Lorrains *Acis und Galatea* für das Werk Dostojewskijs.

Bei dieser Gelegenheit sei nicht vergessen, auf die Festschrift für unseren Verfasser aufmerksam zu machen: *L'ours et le coq. Trois siècles de relations franco-russes. Essais en l'honneur de Michel Cadot*, réunis par Francine-Dominique Liechtenhan (Paris [Presses de la Sorbonne Nouvelle] 2000). Darin sind aus komparatistischer Sicht besonders hervorzuheben: Michel Aucouturier über die Entdeckung von *Krieg und Frieden* durch die französische Kritik, Philippe Chardin über Proust als Leser Tolstojs und Wladimir Troubetzkoy über Nabokov als Komparatisten sowie Claude de Gréve über die Rezeption der klassischen und modernen russischen Literatur in Frankreich nach dem Ende des Zweiten Weltkriegs (1945-1950).

Horst-Jürgen Gerigk

Harald Fricke: *Gesetz und Freiheit. Eine Philosophie der Kunst.* München (Beck) 2000. 274 Seiten.

»Was ist Kunst? Und: was ist große Kunst? Was für Arten von Kunst gibt es? Wie verändert sie sich im Verlauf der Geschichte? Wie hängt sie mit der natürlichen, wie mit der gesellschaftlichen Welt zusammen - und wie mit dem einzelnen in dieser Welt?« Bereits der erste Absatz in Harald Frickes Vorwort zu seinem Buch *Gesetz und Freiheit*, macht ebenso unmißverständlich klar, daß es um Grundlegendes geht, wie der Untertitel des Buches: *Eine Philosophie der Kunst*. Fricke stellt sich den großen Fragen, die hier formuliert sind, und seine *Philosophie der Kunst* weist einen im besten Wortsinn bedenkenswerten Weg zu ihrer Beantwortung auf - einen von individuellen Neigungen und Interessen bestimmten Weg, der aber gleichwohl oder eben darum überzeugt. Die Kapitel des Buches widmen sich nicht allein der Literatur, sondern den Künsten insgesamt, den differenten ästhetischen Medien und in deren jeweiligem Bereich zum Teil recht disparaten Gegenständen. Bei einzelnen Teilen des Buches handelt es sich um Nachdrucke bereits früher publizierter Studien, und auch wenn dies zunächst die Frage nahelegen mag, ob daraus eine *Philosophie der Kunst* entstehen könne, so löst das Buch doch in der Tat genau das ein, was sein Untertitel verspricht. Entscheidend ist die Kohärenz des Ansatzes und der Gedankenführung, die sich ihrerseits der konsequenten Orientierung an den zitierten Grundfragen und an einer Kernthese über das Wesen der Kunst verdankt: »Dass Kunst immer wieder [...] nach Befreiung von gesetzmäßigen Grenzen unseres Daseins strebt; dass sie uns dabei, auf eine nur ihr eigene Weise, über die Grenzen von Zeitlichkeit und Sterblichkeit hinausführt« (11). Fricke, so bescheiden wie belesen, betont zwar, diese Antwort auf die Grundfrage nach der Kunst sei, seit es Kunst gebe, immer wieder gegeben worden. Er geht jedoch - hierin selbstbewußt - in zweierlei Hinsicht über die alte Antwort hinaus: erstens durch Darlegung ihrer Implikationen und Konsequenzen an einer großen Zahl von Beispielen aus den bildenden Künsten, welche dem Leser ein vertiefteres Verständnis der These selbst wie auch der illustrierenden Beispiele eröffnen, und zweitens durch eine spezifische Akzentuierung der These von der Kunst als Ausdruck des Strebens nach Grenzüberschreitung - durch seine Deutung von Kunst als Auseinandersetzung mit und Auflehnung gegen den Tod.

Gesetz und Freiheit weitet den Horizont aus, der mit Frickes Werk *Norm und Abweichung* von 1981 eröffnet wurde. Was dort als *Eine Philosophie der Literatur* (so der damalige Untertitel) konzipiert war, beweist hinsichtlich des gewählten Grundansatzes nun seine Tragfähigkeit für die Deutung anderer Kunstformen. Frickes Studien demonstrieren auf der Ebene allgemeiner ästhetischer Modellbildung wie auf der konkreter Interpretation einzelner ästhetischer Gebilde, wie fruchtbar der Ansatz der Abweichungspoetik ist. Sie rufen, indem sie auf der aktuellen Relevanz poetologisch-ästhetischer Grundfragen insistieren, in Erinnerung, welchem Dilemma die Abweichungspoetik entsprang und wie sie diesem Dilemma nicht allein eine dialektische Lösung entgegensetzte, sondern ihm damit zudem positive Impulse abgewann, von denen nicht nur die Interpreten ästhetischer Werke, sondern auch die Künstler selbst profitierten: Es ging und geht um das Dilemma zwischen einem *autonomieästhetischen* Ansatz, demzufolge die Künste und die einzelnen Werke ihren eigenen spezifischen Gesetzen gehorchen und gleichsam mit der defizitären, endlichen und gebrechlichen Welt nichts zu tun haben wollen (geschweige denn, daß sie sich in deren Dienst nehmen ließen) - und einem *heteronomieästhetischen* Denken, das - aus nicht minder plausiblen Motiven und im Zeichen einer anders gefaßten Hochachtung für die Kunst - eine Relevanz des ästhetischen Gebildes für eben jene Welt erwartet, ja einfordert. Der Sichtweise der Moderne entspricht es dabei, jene Relevanz der Kunst für die »Welt« oder das »Leben« vor allem mit der Begründung zu erwarten, daß sie so defizitär und gebrechlich ist, wie sie ist. Frickes Ansatz betont, wie angedeutet, die Endlichkeit all dessen, was zur außerästhetischen Welt gehört. Aber er erwartet vom Kunstwerk nicht schlichte Kompensation, Belehrung oder Rettung, sondern vermittelt - im Sinne der Abweichungspoetik - zwischen autonomieästhetischem und heterenomieästhetischem Ansatz. Vermittelnd wirkt die Idee des Normbruchs, des Verstoßes gegen »Gesetze«. Denn nur wo Gesetze sind, kann gegen sie *verstoßen* werden (das ist das »weltliche« Fundament, auf dem sich ästhetische Kreativität entfaltet), aber es *kann* gegen sie verstoßen werden (das ist das freiheitliche Moment der Kunst). Die Dialektik von *Gesetz und Freiheit* ist Voraussetzung von Kunst. Künstlerische Arbeit, diese Kern- und Ausgangsthese synthetisiert die Teile von Frickes Buch zu einer sachlich kohärenten *Philosophie der Kunst*, steht im Zeichen des Strebens nach Befreiung von Schranken und Beschränkungen - »und zwar so, dass dabei gegenüber den gewöhnlichen Verhaltensweisen nicht nur eine Störung, sondern zugleich ein *Gewinn* erkennbar wird.« (13)

Ein erster auf die Exposition dieser These (Teil 1) folgender Hauptteil des Buches gilt den »Ebenen der künstlerischen Abweichung« (Teil 2). Jeweils einzelne Abschnitte sind den verschiedenen Künsten gewidmet und erläutern, auf deren Eigengesetzlichkeiten bezogen, inwiefern und auf welchen Ebenen künstlerische Kreativität hier jeweils über die Kategorie der Abweichung zu deuten ist. Zu differenzieren ist jeweils zwischen der Abweichung von außerästhetischen Normen (wie den Regeln des konventionellen Sprachgebrauchs) und natürlichen Gesetzlichkeiten einerseits, immanenten Normen der ästhetischen Gattungen andererseits. Der Verstoß gegen letztere ist für die modernen Künste charakteristisch, deren Geschichte auf immer wieder neuen Brüchen mit den eigenen Traditionen beruht; der Bruch mit ersteren jedoch ist nicht nur konstitutiv für die Moderne. Vielmehr ist - wie Fricke darlegt - der Gebrauch fundamental verfremdender Kunstgriffe das Wesensgesetz der einzelnen Künste selbst; dies zeigt etwa das Beispiel der Malerei als einer Kunst des fixierten Blicks, der stillgestellten Zeit. Fricke expliziert bezogen auf Dichtung, Musik, Ballett, Pantomime, Plastik, Malerei, Fotografie, Film und Videokunst jeweils, in welcher Hinsicht das Prinzip der verfremdenden Abweichung in solchem Sinn konstitutiv für die künstlerische Praxis als solche ist, verliert dabei aber auch jene anderen Formen und Dimensionen der Abweichung nicht aus dem Blick, welche in der Aufhebung oder Modifikation von gattungsinternen und historischen Spielregeln liegt.

Ein nächster Teil steht im Zeichen einer »Präzisierung der Grundbegriffe« (Teil 3). Hier wird die Frage nach dem Gemeinsamen der Künste noch einmal dezidiert zum Ausgangspunkt der Reflexion. Im Rückgriff auf die früher entwikkelte Abweichungs*poetik* wird dabei die Grundthese bekräftigt: »[...] Literatur als Kunst ist strukturelle Häresie gegenüber der Orthodoxie der Sprache« (35). Von diesem Punkt ausgehend, widmen sich die Ausführungen Frickes der Frage, »ob denn die heuristische Fruchtbarkeit des Abweichungsmodells an den Grenzen der Literatur *endet*« (37), und er legt für die einzelnen Künste jeweils dar, auf welchen Ebenen und in welchen Hinsichten deren Spielregeln Konventionen des Hörens, Sehens, Verstehens etc. außer Kraft setzen. Dabei wird eine »Ordnung der Künste« skizziert, welche die einzelnen medialen Träger und die diesen inhärenten Gesetzlichkeiten synoptisch in eine Beziehung zueinander setzt und demonstriert, wo und von was jeweils ›Abweichungen‹ denkbar sind (vgl. 45). Teil 4, »Interdisziplinäre Bewährungsproben«, stellt einen ›Anwendungsteil‹ des zuvor theoretisch Exponierten dar: Die einzelnen Kapitel bieten Fallstudien zu differenten ästhetischen Phänomenen, so zum Kunstlied bei Friedrich Rückert, zur »Oper in der Oper«, zum Abenteuer-Schema und seiner Adaptation durch Karl May, zu Wagner, Hofmannsthal, Bachtin, Verdi, Rilke und der Postmoderne. Was in dieser Aufzählung heterolog wirkt, erscheint jedoch zusammengefaßt durch ein die jeweilige Interpretation leitendes Grundkonzept, mit dem Fricke seine Abweichungsästhetik pointierend verknüpft: das der Wiederholung. Die interpretierten Werke werden nämlich zum Anlaß, divergente Spielformen der Wiederholung exemplarisch zu erörtern (die variierende, die paradoxe, die gestufte, die rituelle, die komische Wiederholung etc.). Sie verdeutlichen im Sinne der Leitthese die für den Kunst-Charakter ästhetischer Gebilde maßgebliche Bedeutung des Prinzips der Wiederholung. Die Heterogenität der erörterten Gegenstände erweist sich damit als ein Plus, denn durch sie wird das die Artefakte Verbindende als Fundamentales sichtbar: Im Prinzip der Wiederholung konkretisiert sich die Auflehnung der Kunst gegen die Zeit, ihre Tendenz zur Stillstellung der Zeit - und damit ihre antagonistische Beziehung zum Tod.

Fricke führt, bilanzierend gesagt, in seiner *Philosophie der Kunst* zwei zwar kompatible, aber doch unterschiedene Stränge fundamentalästhetischer Reflexion zusammen: einen ins Konzept der Abweichung einmündenden Strang, der Kunst über die *synchrone* Spannung zwischen Norm und Normverletzung interpretiert, sowie einen Strang, für den Kunst über ihre spezifische Beziehung zur *Zeitlichkeit* versteht. Konvergenzpunkt der durch diese beiden Ansätze motivierten Denkbewegungen ist der Gedanke, daß die Zeit selbst ein Gesetz hat: das der Vergänglichkeit. Und es ist der Verstoß gegen dieses Gesetz, welches in konsequenter Fortführung der beiden genannten Reflexionslinien im abschließenden Kapitel »Unendliche Wiederholung: Kunst, Zeit, Tod« zum Prinzip der Kunst erklärt wird: »Kunst ist Freiheit vom Gesetz der Zeit« (220). Bekräftigt wird (wiederholend) die fundamentale Bedeutung des Prinzips der Wiederholung: »In der Wiederholbarkeit ihrer ästhetischen Wiederholungen ist sie [die Kunst] der Ort der *transzendentalen Gleichzeitigkeit*.« (223) Oder, noch pointierter: »Die Kunst *ist* die Abschaffung des Todes.« (229) Nicht die Darstellung von Zeitlosigkeit auf inhaltlicher Ebene stiftet den antagonistischen Bezug der Kunst zur Zeit (sie ist nur ein ›Sonderfall‹), sondern die strukturelle Affinität künstlerischer Werke zur Aufhebung der Zeit. (Das Wort »Aufhebung« allerdings hat mehrere, wiederum antagonistische Bedeutungen. Ob es in der Kunst der Moderne Tendenzen gibt, welche nicht im Zeichen der Abschaffung des Todes der Auflehnung gegen die Zeitlichkeit stehen, sondern eher als deren nihilistische Affirmation zu charakterisieren wären, könnte im Ausgang von Frickes *Philosophie der Kunst* diskutiert werden, ist aber nicht deren Gegenstand. Möglicherweise ist ja auch eine ästhetische Affirmation des Todes schon wieder unter die These von seiner »Abschaffung« subsumierbar.)

Frickes *Philosophie der Kunst* begegnet einem Theoriedefizit, das nicht allein die Literaturwissenschaft betrifft. Er demonstriert mit ermutigender Klarheit, daß auch und gerade gegenwärtig die Grundfrage nach dem, was Literatur zur Kunst macht, gestellt werden muß und kann - und daß es Wege gibt, sie zu beantworten, welche nicht im Zeichen fortschreitender Abstraktion von den Werken selbst fort-, sondern zu diesen gerade hinführen. Durch die Erweiterung seines abweichungsästhetischen Modells von der Literatur als Kunst auf die anderen Künste macht er auf überzeugende Weise noch ein weiteres deutlich: daß gerade die Frage nach dem Kunstcharakter ästhetischer Gebilde auf das hinführt, was die Literatur mit den anderen ästhetischen Medien gemeinsam hat - und daß sie aus einer übergreifenden ästhetischen Perspektive anzugehen ist.

Monika Schmitz-Emans

Uta Gerhardt: *Idealtypus. Zur methodischen Begründung der modernen Soziologie*. Frankfurt/Main (Suhrkamp) 2001 (= suhrkamp taschenbuch wissenschaft; Bd. 1542). 486 Seiten.

Die Leidenschaft des Denkens ist es, die diese Monographie der Heidelberger Soziologin Uta Gerhardt hervorgebracht hat. Die Autorin lässt die Einleitung mit einer autobiographischen Zustandsnotiz enden, als Auftakt zu allem, was dann folgt: »Gewidmet ist dieses Buch einem wunderschönen Zeitmoment an einem Sommertag im Jahre 1963. Mitten auf der Gelfertstrasse, auf dem Weg zum Henry-Ford-Bau zum Philosophischen Seminar (Hermeneutische Abteilung) der Freien Universität, im Dahinlaufen auf dem baumbesäumten Asphalt, den ich ganz allein für mich hatte, traf mich im Sonnenlicht des Nachmittags wie ein Strahl der Gedanke, dass alle Welt nach Idealtypen lebte. Das plötzliche Wissen enthielt ein Glücksgefühl, das ich nie vergessen habe« (20). Das Resultat ist verwirklichte Inspiration. Die im lebendigen Umgang mit Max Webers Zentralbegriff des »Idealtypus« gewonnene ursprüngliche Einsicht, »dass alle Welt nach Idealtypen« lebt, lässt eine Untersuchung entstehen, die das Schicksal eines Begriffs nachzeichnet, um ihn von trivialisierenden Übermalungen zu befreien, ihn im besten phänomenologischen Sinne freizulegen und auf seinen kreativen Zuwachs zu betrachten, den er durch die weitere soziologische Forschung erhalten hat. Solche Freilegung geschieht regelrecht detektivisch. Das Vorgehen der Verfasserin ist historisch und systematisch zugleich, indem in chronologischem Abschreiten der Wirkungsgeschichte des Begriffs vom »Idealtypus« gleichzeitig eine systematische Entfaltung seiner phänomenalen Fülle stattfindet. So wird die Gliederung dieser Monographie über einen einzigen Begriff zu den Stationen seines Schicksals: von Max Weber führt der Weg zu Georg Simmel und danach zu Alfred Schütz und Talcott Parsons.

Die Intention der Verfasserin sei an den Darlegungen demonstriert, mit denen sie ihre Monographie enden lässt. Ich konzentriere mich auf die Ausführungen zu Alfred Schütz – und das unter der leitenden Frage: Worin besteht für den Literaturwissenschaftler der Nutzen dieser methodischen Begründung der modernen Soziologie? Antwort: Ganz offensichtlich lässt sich aus den Ausführungen der Verfasserin zum Begriff des Idealtypus ein Schlüssel zur Analyse literarisch gestalteter sozialer Welten gewinnen. Das wird besonders durch die Erläuterungen zu der von Alfred Schütz entwickelten Theorie der Lebensformen deutlich. Mit seinem Buch *Der sinnhafte Aufbau der sozialen Welt* (1932) hat Alfred Schütz (1899–1959) im Rückgang auf Edmund Husserls Bewusstseinsphilosophie dem Begriff »Idealtypus« einen neuen Geltungsbereich erschlossen. Wenn sich Max Weber mit dem Postulat heuristischer Konstruktionen auf die Wissenschaft beschränkte, zeigte Schütz, dass Idealtypen als heuristische Konstruktion zu den Bestandteilen der Alltagswelt gehören. Allerdings seien die Idealtypen der Wissenschaft von denen der Sozialwelt strikt voneinander zu trennen. Schütz unterscheidet zwischen Umwelt und Mitwelt. Umwelt ist durch unmittelbare Beziehung zum *alter ego* gekennzeichnet – so etwa die Beziehung zum Ehepartner. Mitwelt hingegen ist durch Sozialbeziehungen definiert, die das *alter ego* in seiner Individualität nicht kennen. Und Schütz erkannte, wie Uta Gerhardt herausstellt, dass die Mitwelt typisiert wahrgenommen wird. Indem Schütz den Idealtypus zum Inhalt der Erwartungsorientierung gegenüber der Mitwelt machte, sei er damit über Max Webers heuristische Postulate hinausgegangen. Schütz wörtlich über die Erfahrung der Mitwelt: »Meine Partner in der Sozialbeziehung treten nicht in ihrem individuellen So auf, sondern eher *als* ›Postbeamte‹, ›Geldempfänger‹, ›Gendarmen‹. Ich schreibe ihnen ein spezifisches Verhalten, eine spezifische Funktion zu: Nur insofern sie Träger einer solchen Funktion sind, sind sie für mich in mitweltlicher Einstellung relevant, also als Typen und zwar als Idealtypen«. Die Idealtypen aber sind nicht invariant, sondern trotz des Anscheins der Invarianz, situationsvariabel. Auch gibt es neben den soeben benannten personalen Idealtypen Ablauftypen, die Schütz »materiale« Idealtypen nennt. Materiale Ablauftypen setzen einen bestimmten Handlungsvorgang hypothetisch invariant voraus, so etwa beim Kartenspielen. Idealtypische Deutungsschemata (personale oder materiale) gehören also zu unserem Handeln überhaupt, wobei Stufen der Anonymisierung zu unterscheiden sind. Die Aufschichtungen idealtypischer Sozialweltbezüge, die sich immer mehr von der Umweltbezogenheit der Erfahrung entfernen, reichen vom Postbeamten über Sprache bis hin zu Nation und kulturellen Artefakten. Der Handelnde in der Mitwelt ist immer auf Schemata unterschiedlicher Reichweite und Allgemeinheit angewiesen, die er im Alltag an die Stelle der eigenen umweltlichen Erfahrung setzt, um sich per Fremdverstehen ein Bild von seinem Gegenüber zu machen. Umwelt wird zur Mitwelt, und Mitwelt kann durch gewonnene eigene Erfahrung zur Umwelt werden, indem etwa die »Vorwelt«, d. h. das bisherige Privatleben eines Amtsträgers, der zunächst nur als personaler Idealtypus wahrgenommen wird, erfahren wird. Das Problem der zuständigen Wissenschaft, nämlich einer verstehenden Soziologie, besteht nun darin, dass der vom Beobachter (dem Wissenschaftler) gebildete Idealtypus dem vom Handelnden konstruierten Idealtypus einfach untergeschoben wird, oder, genauso verkehrt, dass der vom Handelnden konstruierte Idealtypus vom Beobachter (Wissenschaftler) einfach übernommen wird. Idealtypische Konstrukte in der sozialen Welt des Alltags, die ja erst Schütz aufdeckte, sind aber gerade nicht identisch mit den Idealtypen der erklärenden (verstehenden) Soziologie. Schütz wörtlich: »Leben und Denken ist eben zweierlei und die Wissenschaft bleibt eine Angelegenheit des Denkens auch dort, wo ihr Thema das Leben, etwa das Leben in der Sozialwelt ist«.

Was Schütz hier erläutert, ist die von der Phänomenologie aktualisierte scholastische Unterscheidung zwischen *actus exercitus* und *actus signatus*, dem Vollzug des Verstehens und der »Signierung« des Vollzugs. Sobald aber der Vollzug des Verstehens zum wissenschaftlichen Thema wird, wechselt der intentionale Gegenstand. Dieser Wechsel lässt sich durch keine noch so raffinierte Einstellung des Beobachters ausschalten. Schütz pointiert, dass schon der Vollzug des Verstehens mit Idealtypen arbeitet, die als solche zwar im wissenschaftlichen Verstehen der erklärenden Soziologie auch da sind, ohne aber mit denen des Vollzugs jemals identisch sein zu können. Ja, das wissenschaftliche Verstehen typisiert am Vollzug ganz anderes als die Idealtypen des Vollzugs.

Es liegt auf der Hand, dass die von Alfred Schütz geltend gemachten idealtypischen Schematisierungen im Alltag des Handelnden sowie seine gleichzeitige Warnung davor, diese bereits für mögliche Elemente einer wissenschaftlichen Metasprache zu halten, auf eine literaturwissenschaftliche Anwendung geradezu warten. Was ist zum Beispiel in Dostojewskijs *Verbrechen und Strafe* Raskolnikows physio-psychischer Zusammenbruch nach der Ermordung zweier Frauen anderes als der Zusammenbruch der idealtypischen Konstrukte (nach denen er handelte) aufgrund der in seiner Umwelt gemachten Erfahrungen. Raskolnikow gelangt, mit Schütz gesprochen, von der Mitwelt zur Umwelt. Und doch kann der literaturwissenschaftliche Zugriff auf diesen Roman bei dieser Erkenntnis nicht stehen bleiben, sondern muss den Verlauf der Wandlung Raskolnikows unter übergreifende Idealtypen bringen.

Uta Gerhardt hat mit Scharfsinn und untrüglichem Weitblick die Karriere eines Begriffs beschrieben, der dem Nest seines Schöpfers Max Weber regelrecht entflogen ist, ohne aber die Wesensmerkmale seiner Herkunft verleugnen zu können. Meine Ausführungen sind hier zu Ende. Sie hatten lediglich das Ziel, die grundlegende Bedeutung dieser am Leitbegriff des Idealtypus vorgenommenen »methodischen Begründung der modernen Soziologie« für die Literaturwissenschaft am Beispiel von Alfred Schütz zumindest ahnen zu lassen.

Horst-Jürgen Gerigk

Erika Greber: *Textile Texte. Poetologische Metaphorik und Literaturtheorie. Studien zur Tradition des Wortflechtens und der Kombinatorik.* Köln, Weimar, Wien (Böhlau) 2002 (= pictura & poësis; Bd. 9). 771 Seiten.

Die Text-Metapher spielt in der modernen Poetik wie in Prozessen literarischer Autoreflexion eine zentrale Rolle; sie ist zur Modellierung des »Internet« aktualisiert worden, findet frühe und prägnante Ausformulierungen aber bereits in der Antike. Dabei zeichnen sich insbesondere zwei Leitparadigmen ab: das des Flechtens und das des Webens. Erika Grebers komparatistischer Untersuchung gelingt es, um es vorgreifend zu sagen, am Leit-Faden dieser beiden kulturanthropologisch signifikanten Paradigmen, einen dichten Strang poetologisch-autopoetologischer Reflexion von den Anfängen der europäischen volkssprachlichen Literatur bis in die Gegenwart aus einer Vielzahl von Kontexten herauszupräparieren und aus souveräner Überschau darzustellen. Ihre klar exponierte und mit stupender Gelehrsamkeit belegte These ist, daß »›textile‹ Metaphoriken der älteren Literatur« maßgebliche Folgen für die »Konzeptgeschichte des Textbegriffs im 20. Jahrhundert« gehabt haben (7). Als Komparatistin mit slavistischem (russistischem) Schwerpunkt, den sie mit profunder Kompetenz vertritt, gelingt es ihr, multiple Vernetzungen zwischen west- und osteuropäischer Dichtung und Poetik zwischen dem 13. und dem 20. Jahrhundert sichtbar zu machen. Nicht nur die west- und die osteuropäische Dichtung werden über ihren Vergleich miteinander beleuchtet und auf der Basis dieses Vergleichs in ihrer Textur transparent, sondern zugleich die mittelalterliche und die moderne Praxis im weiteren Sinne kombinatorischen Dichtens. Stellt sich doch, um wiederum vorzugreifen, heraus, daß zentrale Konzepte moderner Poetik aus Fäden gewoben wurden, deren Enden teilweise in der vorneuzeitlichen Dichtungsauffassung aufzuspüren sind, und daß poetische Praktiken der lyrischen Moderne in einem entsprechend weiten Horizont stehen. Schließlich gelingt Erika Greber noch ein Drittes: Exemplarisch deutlich wird, welch eminent wichtige Beiträge die slavistischen Literaturwissenschaft zur Komparatistik zu liefern hat. Je grundlegender und umgreifender das Interesse an einem Gegenstand europäischer Literatur- und Poetikgeschichte ist, desto wichtiger erscheint hier eine pan-europäische Perspektive.

Eine so eigenartige wie bedeutsame Koinzidenz markiert den Ausgangspunkt der Untersuchungen, welche durchgängig sowohl gattungsgeschichtlich als auch gattungspoetologisch profiliert sind: In der mittelalterlichen Kultur der Provence wird im Zeichen der Formel »entrebescar los motz« die poetische Tätigkeit als ein Wortflechten charakterisiert; parallel dazu taucht in der altrussisch-kirchenslavischen Literatur das Konzept des »pletenie sloves« auf. Einführend werden die Implikationen der beiden Modelle verdeutlicht. Darauf aufbauend wird die in der provenzalischen und altrussischen Literatur einsetzende Begriffs- und Modellgeschichte des Wortflechtens und Wortwindens nachgezeichnet. Eine Fülle von poetischen und rhetorischen Konsequenzen lassen sich aus ihnen ableiten. Dies wird anhand einer Reihe von Schwerpunktbereichen genauer beleuchtet, die jeweils einem Teilkonzept oder konzeptionellen Derivat des Wortflechtens bzw. Wortwebens gewidmet sind; so ergeben sich luzide Porträts einzelner poetischer Gattungen, die jeweils bestimmten epochenschwerpunkten korrespondieren. Als ›organisierenden Fluchtpunkt‹ der gesamten Untersuchung wird bereits einleitend die russische Moderne ausgewiesen, deren Poetik in ihrer historischen Bedingtheit transparent wird. Viktor Sklovskis Ästhetik ist durch die konzeptionellen Implikationen der Text-Metaphorik maßgeblich geprägt worden. Die Leitthese von der Relevanz der Begriffs- und Konzeptgeschichte des Wortwebens und -flechtens für die ästhetische Moderne wird insbesondere am Beispiel Roman Jakobsons plausibel gemacht. Dabei findet neben dessen literaturtheoretischem auch sein poetisches Œuvre Berücksichtigung. Jakobsons Werk erscheint zur Untermauerung der dargelegten Arbeitshypothese von der Beziehung zwischen ästhetischer Moderne und mittelalterlichem Dichtungsverständnis in doppelter Hinsicht besonders geeignet: Als Dichter läßt er sich in einer Tradition sehen, deren Frühgeschichte durch die poetische Praxis der altrussischen Wortflechter bestimmt ist; als Literaturwissenschaftler und Poetologe widmet er sich explizit Zeugnissen der kirchenslavischen Dichtung.

Das griechische Wort »hyphos« bezeichnet sowohl das Gewebe als auch das Netz (465). Das lateinische Wort »textus« wird zwar teilweise als Übersetzung von »hyphos« benutzt, doch als Textilmetaphern sind beide unterschiedlich semantisch besetzt. Der »geradlinige Bereich des Webens« wird durch die Gitterstruktur beherrscht, im ›krummen Bereich‹ des Flechtens dagegen ist ein größeres »morphologisches Spektrum« zu verzeichnen (464). Wort-Flechten und

Wort-Weben als differente textile Praktiken lassen sich verschiedenen Formen des Diskurses zuordnen. Ein Diagramm (462) veranschaulicht die jeweiligen Implikationen, welche mit den Konzepten des Wort-Geflechts und des Wort-Gewebes verbunden sind: Ersteres steht im Zeichen der Krümmung, erzeugt Netze, Zöpfe, Knoten etc.; letzteres beruht auf der Verwebung gerader Fäden zu rechtwinkligen Strukturen. Doch es kommt zu Interferenzen zwischen den den beiden Modellen zugeordneten poetischen Praktiken: In der Wortflechtkunst sind kombinatorische Trends zu beobachten, die eine Assimilation ans ›recht‹-winklige Weben bewirken, aber auch Gegentrends. Der »Textilbegriff« selbst ist ein umklammernder »Metaterminus für textile Kombinationen« (463). Gelegentlich kommt es auch konzeptionell zu Interferenzen zwischen den Modellen Weben und Flechten. »Der geradlinige Gewebebegriff vereinnahmt im Textilbegriff den krummen Flechtbegriff. Strenggenommen ist daher ›Wortflechten‹ als Oberbegriff obsolet; ›Wortweben‹, Texten heißt die postmythische Erscheinungsform dieses Diskurses.« (463) Der Weg vom ›krummen‹ Flechten zum ›rechtwinkligen‹ Weben repräsentiert der bedenkenswerten These Grebers zufolge »auch den zivilisatorischen Entwicklungsprozeß, der zur Dominanz des Kulturparadigmas der Ordnung führt – [...]. Semiotisch gesprochen, ist es eine Bewegung vom mythopoetischen ›wilden Denken‹ zum postmythischen, ordnend kategorisierenden Denken« (462). Das Wortflechten erscheint aber über das Ende des mythischen Diskurses hinaus als »widerspenstige Spur, als Modell einer alternativen Ordnungsvorstellung, die sich dem ›rechten‹ Diskurs nicht unterwirft, sondern die linksgestrickten Muster memoriert«. (463) (Das Prinzip der Kom-binatorik umspannt zudem mehr als nur den Bereich textiler Kombinationsformen; vgl. 463) Grebers leitendes Erkenntnisinteresses gilt anläßlich des Metaphern- und Modellfeldes der ›textilen Texte‹ den »in Metapherngestalt ver-ankerten kulturellen Imaginationen« in Literatur, Theorie und Alltagssprache sowie »um deren je spezifischen Zeitindex zwischen Archaik und Modernität.« (463)

Das Faszinierende an den modernen Rekursen auf diese tradierten Konzepte poetischer Praxis liegt darin, daß es keineswegs allein die slavisch-mittelalterliche Tradition ist, deren Fäden von der russischen Moderne aufgegriffen bzw. fortgesponnen werden. Als Folge der Rezeption der westeuropäischen Literaturen in Osteropa kommen Impulse aus der Tradition der westeuropäischen Wort-Weber hinzu, deren artistisches Selbstverständnis seinerseits eine komplexe Rezeptionsgeschichte besitzt. Die beiden jeweils im Mittelalter einsetzenden Stränge poetologischer Reflexion fügen sich also im Laufe ihrer doppelten Geschichte zu einem Geflecht von potenzierter Komplexität. Dieses aufzudröseln, um sowohl diachrone als auch synchrone Zusammenhänge sichtbar zu machen, ist das mit den *Textilen Texten* verfolgte, nicht minder komplexe Anliegen. Die im Ganzen wie im Detail überzeugende Darstellung der historischen Beziehungen zwischen mittelalterlicher Textmodellierung und Dichtungspraxis einerseits, modernen Konzeptionen poetischer Textstrukturierung andererseits bildet den Rahmen, innerhalb dessen dann spezifischere poetische Gestaltungsprinzipien sowie ihnen korrespondierende Textgattungen in den Blick genommen werden. Dabei ergeben sich profunde Beiträge zur Poetik und Gattungsgeschichte lyrischer Textgattungen, welche von den modernen Avantgarden geschätzt wurden, aber eine lange Tradition aufzuweisen haben. Die Beiträge, die mit der vorliegenden Untersuchung zur Geschichte des anagrammatischen Gedichts, der kombinatorischen Dichtung und des Sonetts erbracht werden, bestechen sowohl durch ihre luzide Integration in die umfassende Konzeptgeschichte der kunstvollen Wort-Geflechte als auch durch die Vielfalt und Stringenz der in die Darstellung integrierten Werkinterpretationen. In den Kapiteln, welche der Gattungsgeschichte und Poetik spezifischer lyrischer Formen gewidmet sind, wird auf jeweils unterschiedlich akzentuierte, die Leithypothese der Darstellung aber jeweils klar bestätigende Weise deutlich, daß die moderne poetische Artistik praktisch und konzeptionell die Fortsetzung von Wort-Spielen betreibt, deren Regeln weit zurückdatieren. Nicht minder deutlich werden die Prozesse wechselseitiger Stimulation zwischen poetischer Praxis und texttheoretischer Modellierung. Das Sonett-Kapitel - um ein Beispiel unter anderen herauszugreifen -, das in Umfang und Profundität ein Buch im Buch darstellt, enthält als Kernstück je vierzehn Thesen zur Faktur und zur Textur des Sonetts. Auf der Basis literaturhistorischer Befunde, welche das Sonett als kombinatorische Form ausweisen, wird hier eine Poetik des Sonetts entwickelt, die unter anderem erkennen läßt, welch signifikante Rolle das Sonett in der strukturalistischen Theoriebildung gespielt hat.

Die einzelnen Großkapitel, welche die Leitthese der Untersuchung auf jeweils eigene Weise entwickeln, sind sowohl gattungsübergreifenden poetologischen Konzepten als auch spezifischen Gattungen gewidmet. Auf ein einleitendes Kapitel (I), welches den Problem- und Fragehorizont umreißt (und teilweise bereits vertieft), der mit dem Bild der *Textilen Texte* aufgerufen ist, folgt ein nicht minder grundlegendes zweites (II), welcher auf verschiedenen Ebenen die Bedeutung der Modelle des Flechtens und Windens, bzw. des »pletenie sloves« und des »entrebescar los motz« für poetologische Kontexte erörtert. Der Modellfall Roman Jakobsons, bei dem, wie es in einleuchtender Weise heißt, »viele Fäden zusammenlaufen, die für die Text- und Textur-Problematik relevant sind« (141), gibt Anlaß, die Nahtstelle zwischen autoreflexiver Poesie und Poetizitätstheorie zu beleuchten. Das III. Kapitel ist dem Zusammenhang von Mythopoetik und Anagrammatik gewidmet und focussiert besonders die poetologische Funktion mythologischer Textilmetapohorik. Aleksandr Bloks Zeichen- und Symbolkonzeption wird im IV. Kapitel in ihrer metapoetischen Dimension betrachtet und zur Modellgeschichte des Wortwebens in eine erhellende Beziehung gesetzt. Kapitel V gilt der literarhistorischen Mystifikation namens Čerubina de Gabriak, der gemeinschaftlichen Erfindung Elizaveta Dmitrievas und Maksimilian Vološins. Čerubina, ein synthetisches Gesamtkunstwerk oder ein »Gesamtkunst*stoff*« (317), markiert eine Wende von der symbolistischen zur avantgardistischen Dichtung und wird in der Komplexität ihrer poetologischen Implikationen erst vor dem Hintergrund einer Ästhetik der Textualität ganz faßbar. Die Kunstform der *bout-rimés* nebst ihrer Vorgeschichte ist Thema des VI. Kapitels; die auf barocke Anfänge zurückblickende Spielform meist kollektiver Wort- und Textartistik bereitet, wie einleuchtend gezeigt wird, das Gelände für die formalistische Ästhetik vor. Welche kombinatorischen und assoziativen Strategien bei der Rezeption des *bout-rimés*-Prinzips durch die russische Avantgarde zum Einsatz kamen, welche Wort- und Signifikantenspiele hier betrieben wurden, legt das Kapitel über den »Samovar als Gedichtmaschine« dar. Eine Poetik und Gattungsgeschichte des Sonetts bietet Kap. VII. Hier wird wiederum die modellierende Funktion der Idee vom Wort-Geflecht deutlich. Am »Webstuhl des Sonetts« wird immer noch, bis ins 21. ahrhundert hinein, gearbeitet - vielfach im Zeichen expliziter Autoreflexivität und unter Einbeziehung neuer medialer Möglichkeiten. Kombinatorische Dichtung besitzt historisch und systematisch eine stupende Fülle origineller, oft faszinierender Erscheinungsformen. Im Zuge der Darstellung macht Erika Greber an verschiedenen Stationen halt, um in Exkursen vertiefende Analysen anzustellen, so zur poetischen Kombinatorik in Rußland auf den Spuren der westlichen *ars combinatoria* und des Lullismus (VI. Exkurs). Die Konzeption poetischer Kombinatorik bildet von Anfang an das Pendant des Wortflecht-Konzepts und wird entsprechend sowohl aus diachroner wie auch aus systematisch-gattungspoetologischer Perspektive in die Darstellung einbezogen. Zu den einleitend erarbeiteten Fundamenten, auf denen die weiteren Untersuchungen aufbauen, gehört die differentielle Konturierung beider Modelle, die allerdings nicht als notwendig kontrovers erscheinen, sondern sich bei manchen Autoren überlagern. Im Überschneidungsfeld der Bildhorizonte, welche durch die Ideen des Wortflechtens und der Wort-Kombinatorik aufgerufen werden, liegt die Vorstellung des Zusammenfügens von Materie. Welch unterschiedliche Akzentuierungen diese allerdings erfahren kann, wird luzide deutlich gemacht.[1]

Greber ist sich des spekulativen Charakters ihres Ansatzes bewußt, der »historische Implikationen hat, aber als Modell systematisch deduziert wurde« (464). Doch selbst wenn die Zuordnung der verschiedenen Text-Erzeugungsmodelle zu differenten historischen Phasen von der Sorte jener Ordnungsleistungen sein sollte, die ihren Gegenstand vereinfachend wiedergeben, bleibt die Relevanz der Systematik davon unangefochten.

---

1 Vgl. 463f.: »Die Grundannahme des Modells [...] besagt, daß die aus dem Mythos herausführende zivilisationsgeschichtliche Bewegung sich als Spannung und Widerstreit zwischen mythopoetischem und postmythischem Denken niederschlägt und immer wieder neu durchgespielt wird, und daß man eine Spielart dieser Spannung in der Formierung der neuzeitlichen *ars combinatoria* und der Parallelerscheinung der Trobadordichtung finden kann und eine andere Spielart in der Formulierung der heutigen Texttheorien. An diesen Punkten siegt jeweils das ordnende Prinzip des rechtwinkligen Denkens, und da es per definitionem ein kategorisierendes begriffliches Prinzip darstellt, ist damit jeweils ein Theorieschub im Metadiskurs verbunden. Beileibe nicht im Sinne eines eschatologischen Fortschrittsoptimismus, im Gegenteil: das Modell besagt, daß sich sofort der andere Pol wieder meldet, der die apollinische Ordnung wieder dionysisch verwirrt und hybridisiert (so etwa könnte man die Reaktion des Poststrukturalismus auf den Strukturalismus beschreiben). / Die historischen Implikationen kann man aber wieder metaphorisch nutzen. Das rechtwinklige Weben entfaltet sich zivilisationsgeschichtlich in der Jungsteinzeit. Literaturgeschichtlich bedeutet die kombinatorische Trobadordichtung die ›Jungsteinzeit‹ der Textpoetologie, und theoriegeschichtlich bedeutet das kombinatorische Avantgardeexperiment Jakobsons und seiner Dichterfreunde die ›Jungsteinzeit‹ der Texttheorie; mit jeweils kontrapunktischen ›mittelsteinzeitlichen‹ Wortflechten-Phasen während der mythopoetisch eingestellten Nachbarperioden. Selbst in der Computer-Ära geht es nach der szientistischen Anfangsphase zur ›Mittelsteinzeit‹ des (Flecht)Netzes zurück, nein voran.«

Eine Fülle weiterer Erträge fällt oft wie *en passant* an, schon anläßlich der Bestimmung der eigenen Leitkonzepte, so Überlegungen zur Fragwürdigkeit einer dichotomischen Trennung ›mythischen‹ und ›theoretischen‹ Denkens (20), welche an die Erörterung der Affinitäten zwischen kombinatorischem Denken und einem an handwerklichen Praktiken orientierten Verständnis ästhetischer Tätigkeit anschließen, eine wort- und begriffsgeschichtliche Beleuchtung des »Text«-Begriffs, eine Darstellung der Bedeutung, welche das Großprojekt ästhetischer Autoreflexion für die Ästhetik des russischen Formalismus besitzt etc. Zu den wichtigsten Einsichten, die das Panorama Textiler Texte und ihrer poetologischen Modellierungen vermittelt, gehört die der Kontinuitäten im Feld poetischer Praxis und texttheoretischer Reflexion, welche die mittelalterlichen Wort-Weber (und letztlich bereits die antiken Webstuhlbenutzer) als Vorläufer zeitgenössischer Artisten erscheinen lassen. Hinter dem Terminus »Textur«, dem »neue[n] Modewort des Hoch- und Poststrukturalismus« (145), entdeckt und erkundet Greber historische Dimensionen, die zu ermessen ebensoviel literaturgeschichtliche Kompetenz wie theoretisches Konstruktionsvermögen voraussetzt.

Erika Greber hat im Grunde gleich mehrere Bücher geschrieben, und es bedürfte mehrerer Rezensionen, um davon zumindest einen Eindruck wiederzugeben. An dieser Stelle sei noch betont, daß die einzelnen Teile der Arbeit - die einzelnen ›Bücher‹ - zwar jeweils für sich mit großem Ertrag gelesen werden können, insgesamt aber durch die Leitthese zu einem kohärenten Ganzen integriert und argumentativ kunstvoll miteinander verwebt sind. Die Komplexität der Gegenstände des vorliegenden Buches erforderte eine ihr korrespondierende Darstellungsstrategie, die eine eigene Würdigung verdient. Denn neben den sachlichen Erträgen des Buches ist es *ästhetisch* ansprechend, da es - analog zu seinen Gegenständen - selbst eine komplexe und gleichsam artistische Textur aufweist. Die der Darstellung zugrunde gelegten und präsentierten poetischen und theoretischen Quellen beeindrucken durch ihren quantitativen und qualitativen Reichtum. Der Leser trifft auf eine Vielzahl von Fundstücken aus dem Bereich älterer und moderner poetischer Wort-Artistik, deren Aufspürung allein ein großes Verdienst darstellt. Zudem ist das Buch sorgfältig - oder um das altmodische Wort zu verwenden: liebevoll - ausgestattet: Der umfangreiche Abbildungsteil (627-701) bietet eine wunderbare Anthologie von Sonetten artistisch-unkonventioneller Textur. Diese belegen die theoretisch dargelegte Beziehung der Sonettform zur Kombinatorik und verdeutlichen die faszinierende Spannweite von Gestaltungsmöglichkeiten, welche die Gattung im Ausgang von ihrer Grundtextur bietet. Diese Sonettsammlung spricht neben dem Intellekt auch das Auge, insbesondere aber die Kombinationsfreude des Lesers an und rundet als die Jahrhunderte übergreifende Dokumentensammlung zur europäischen Wortartistik die Gesamtdarstellung aufs schönste ab. Auch in die Ausführungen der einzelnen Kapitel ist eine erhebliche Zahl von Textbeispielen eingefügt, die gesehen werden müssen. Sie demonstrieren nicht allein die Kompatibilität ästhetisch-artistischer Prinzipien in älterer und neuerer Dichtung; sie ergänzen die wissenschaftlich profunden Interpretationen auch um ein Anschauungsmaterial, welches den Leser mit eben der Faszination durch die *Textilen Texte* ansteckt, die zweifellos das voluminöse Buch motiviert und seine aufwendige Ausarbeitung getragen hat.

Die außerordentlich umfangreiche Materialbasis, auf welcher Erika Greber operiert, machte, wie bereits angedeutet, bei der Präsentation und Auswertung ein Vorgehen notwendig, das selbst das Prädikat des Artistischen verdient. Auch die durchstrukturierende, gleichsam kompositorische Bewältigung von Informations*massen* ist nichts anderes als eine Kunst. Erwähnt sei in diesem Zusammenhang nur, daß das übersichtliche und stringent durchstrukturierte Inhaltsverzeichnis der acht Teile siebeneinhalb Seiten umfaßt und seinerseits durch eine vorangestellte Inhaltsübersicht (also den Inhalt zum Inhalt) erschlossen wird. Daß der Leser trotz der Komplexität des entstehenden Gewebes erfolgreich navigieren kann - und zwar nicht allein bei linearer Lektüre, sondern auch, wenn er spezifischere Fragestellungen verfolgt - ist sowohl der Artistik der Buchkonstruktion als auch den umfangreichen Registern (Namens- und Sachregister) zu verdanken. Formal sind die *Textilen Texte* ebenso sorgfältig gewebt wie hinsichtlich ihrer Thesen und Argumentationsstrukturen. Sie enthalten eine Fülle weiterführender ›Fäden‹ in den Anmerkungen, ein opulentes Verzeichnis gedruckter Quellen sowie vielfältige vor der Drucklegung aktualisierte Hinweise auf Internetseiten. Die innerhalb der Kapitel zitierten kyrillischen Texte und Textpassagen werden in transliterierter Form geboten, die russischen Texte sind in der Regel durch E. Greber selbst übersetzt worden. Hinsichtlich der Spannbreite der Gegenstände, der profunden und souverän ausgebreiteten Kenntnisse der europäischen Literaturgeschichte, die in die Darstellung einfließen, sowie des integrierenden Potentials ist das Buch vergleichbar mit Grundlagenwerken, welche die Geschichte der Vergleichenden Literaturwissenschaft prägten, wie etwa Curtius' *Europäische Literatur und Lateinisches Mittelalter*. Nicht nur in vielen der vorgestellten poetischen Beispiele selbst, sondern auch in deren panoramatischer Präsentation und Auslegung sind Gelehrsamkeit und Webkunst ein beeindrukkendes Bündnis eingegangen. Das Buch nimmt (um nicht zu sagen: es fängt) den Leser für sich selbst und, falls dies überhaupt noch nötig sein sollte, für seine komplexen Gegenstände nachhaltig ein.

Monika Schmitz-Emans

Kadja Grönke: *Frauenschicksale in Čajkovskijs Puškin-Opern. Aspekte einer Werke-Einheit*. Mainz (Schott) 2002 (= Čajkovskij-Studien; Bd. 5). 605 Seiten.

Kadja Grönke, Musikwissenschaftlerin an der Universität Oldenburg, legt mit ihrer Habilitationsschrift über Frauenschicksale in Tschaikowskis Puschkin-Opern einen maßgebenden Beitrag nicht nur zur Libretto-Forschung vor. Drei »klassische« Texte Alexander Puschkins werden intermedial betrachtet: nämlich der »Roman in Versen« *Eugen Onegin* (1833), das Versepos *Poltawa* (1828-29) und die Erzählung *Pique Dame* (1834) - diese Reihenfolge ist die chronologische Reihenfolge der Tschaikowski-Opern, die sich dieser Texte angenommen haben: *Eugen Onegin* (1877-78), *Maseppa* (1881-1883) und *Pique Dame* (1890). Die Verfasserin betrachtet diese drei Opern als eine Auseinandersetzung Tschaikowskis (1840-1893) mit Krisen seiner eigenen Lebenssituation und ihre These lautet: Tschaikowski habe sich in die jeweils führenden Frauengestalten der drei genannten Opern derart hineinversetzt, dass sein Ich zu dem der Heldin wird. Die »Liebeswahl einer jungen Frau und das Scheitern der Liebe am erwählten Mann« sind für die Verfasserin Muster, mit denen Tschaikowski seine eigene Situation, projiziert in eine weibliche Heldin, darstellt. In solcher Sicht werden die drei Opern zu einem dreistufigen, kreativen Protokoll der Lebensangst, das durch die Art, wie Tschaikowski sein Selbst in die Seele einer Frau projiziert, einen in sich kohärenten Verlauf und damit eine »Werke-Einheit« bildet, wie es die Verfasserin formuliert. In der Tat hat Tschaikowski die Frauenrollen, wie sie uns in den drei Texten Puschkins entgegentreten, für die Opernhandlung in ihrer Präsenz verstärkt: Tatjana steht in Tschaikowskis *Eugen Onegin* mehr im Vordergrund als in Puschkins »Roman in Versen«, das Gleiche gilt für Maria in *Maseppa* und Lisa in *Pique Dame*. Die Verfasserin unterstellt solcher Akzentuierung der Frauengestalten jeweils ein lebensgeschichtliches Motiv Tschaikowskis und erklärt damit auf tiefenpsychologische Weise (im Sinne C.G. Jungs) die Akzentverlagerung, die Puschkins Texte in den Libretti der Opern Tschaikowskis erfahren. Die jeweils vorgeschalteten Interpretationen der Texte Puschkins dürfen als Musterbeispiele philologischer Exaktheit und ästhetischen Spürsinns gelten, bilden allerdings nur die Folie für die dann zu leistende Interpretation der Umsetzung in Libretto und Musik. Fähigkeit zu Einfühlung und Abstraktion sowie eine hochsensible Kunst der Verbalisierung kennzeichnen den Umgang der Verfasserin mit dem formalen und inhaltlichen Erfindungsreichtum der musikalischen Ausgestaltung. Betont sei, dass es sich bei dieser Abhandlung über die intermediale Abwandlung von Puschkin-Texten um eine musikwissenschaftliche Arbeit handelt. Das heißt, es wird zentral das musikalische Ausdrucksgeschehen analysiert, wobei eine Typologie der »Wege der Liebe« leitend ist: In *Eugen Onegin* Tatjanas Krise und Flucht in die schützende soziale Rolle, in *Maseppa* Marias Krise und Flucht in den Wahnsinn, in *Pique Dame* Lisas Krise und Flucht in den Tod. Die Verfasserin vermeidet durch die pathographische Voraussetzung und die an C.G. Jung orientierte Projektionsthese sowohl, das Kunstergebnis formalistisch zu nivellieren, als auch, die gestalteten Inhalte sozialgeschichtlich zu ideologisieren. Im Resultat kommt es in Auseinandersetzung mit den Frauenschicksalen in *Eugen Onegin*, *Maseppa* und *Pique Dame* zu einer Heldinnen-Verehrung unter dem Begriff des Scheiterns, den die Verfasserin aus den Erläuterungen von Karl Jaspers zu den »Grenzsituationen« übernimmt. Die Puschkin-Rezeption auf der Opernbühne erscheint hier, provozierend, im Prisma der Tiefenpsychologie als suggestiv dargebotenes, interdisziplinäres Abenteuer. Das Literaturverzeichnis umfasst 21 Seiten, wobei zu vermerken bleibt, dass die Verfasserin als Slawistin auch die russischsprachige Forschung voll mit einbezieht. Am Ende bleibt allerdings die Frage, ob die Verfasserin den Rückgang auf das Leben Tschaikowskis wirklich nötig hatte, um ihre Werkanalyse so überzeugend durchführen zu können, wie sie

sie durchgeführt hat. Auch die Erkenntnis, dass die drei behandelten Opern, die ein prominentes Frauenschicksal jeweils in etablierter Ehe, in Wahnsinn oder in Selbstmord enden lassen, in solcher Varianz eine Einheit bilden, hat den Rückgriff auf das Leben Tschaikowskis nicht nötig. Die unbestreitbare Leistung der Verfasserin ist somit unter das Stichwort »Puschkin intermedial« zu subsumieren.

Horst-Jürgen Gerigk

Paul Heinemann: *Potenzierte Subjekte - potenzierte Fiktionen. Ich-Figuration und ästhetische Konstruktion bei Jean Paul und Samuel Beckett.* Würzburg (Königshausen & Neumann) 2001 (= Saarbrücker Beiträge zur vergleichenden Literatur- und Kulturwissenschaft; Bd. 16). 422 Seiten.

Die Arbeit von Paul Heinemann spannt zwei Schriftsteller zu einer vergleichenden Studie zusammen, die man sich auf den ersten Blick nicht gegensätzlicher denken könnte: Jean Paul und Samuel Beckett. Der deutsche Autor und der französisch und englisch schreibende Ire sind getrennt durch die Sprache, bzw. die Sprachen und damit durch den Denkhorizont, den die Sprache mittransportiert, sie sind getrennt durch die Länder und damit durch die Tradition, in die sie hineingewachsen sind; und sie sind getrennt durch die Epoche, die bei Jean Paul mit Klassik und Romantik die literarisch dichteste der deutschen Literatur markiert, während der Name Beckett als Markenzeichen der modernen europäischen Literatur nach dem zweiten Weltkrieg gilt. Aber mit diesen Extremen sind nur die äußeren Koordinaten der beiden Schriftstellerexistenzen abgesteckt. Viel gegensätzlicher noch sind ihre individuellen literarischen Signaturen. Beide haben sich in verschiedenen Genres des Schreibens versucht: die umfangreichen Romangebilde Jean Pauls stehen gegen die immer schmaler werdenden Prosawerke Becketts, der sich darüber hinaus auch als Lyriker und besonders als Dramatiker einen Namen gemacht hat. Vor allem aber differiert das Verhältnis der beiden zur Sprache und zur Form ihrer imaginären Welten: das wuchernde, schwindelerregende Romanuniversum Jean Pauls, das von Sprache und Bildern nur so strotzt, steht gegen die strenge Kunst der Reduktion bei Beckett mit ihrer immer stärker werdenden Tendenz des Verstummens.

Dass gerade diese beiden Autoren in der vorliegenden Arbeit miteinander verglichen und zu einem imaginären Dialog geführt werden, muss zunächst befremden. Und dies umso mehr, als der Verfasser in seiner Einleitung auch freimütig bekennt, dass Beckett aller Wahrscheinlichkeit nach Jean Paul überhaupt nie zur Kenntnis genommen habe. Damit ist die Frage nach einem nachweisbaren »Einfluss« von vornherein ausgeschlossen. Aber diese Art der Legitimation ist auch gar nicht das Interesse der Arbeit. Der Verfasser sieht seine Studie zum Gesamtwerk Jean Pauls und Becketts weniger - wie er in der Terminologie Peter V. Zimas formuliert - als »genetischen Vergleich«, der Ähnlichkeiten untersucht, die durch Kontakt oder Beeinflussung entstanden sind, sondern eher als »typologischen

Vergleich«, der strukturelle und inhaltliche Ähnlichkeiten fokussiert, die auch ohne Kontakt zustande kommen können. Zwar gibt es eine Reihe von Gemeinsamkeiten, die »Einflüsse« vermuten lassen, wenn auch nur in indirekter Form: die einer gemeinsamen Ahnenreihe. Beide Autoren haben einen immensen Lektürekanon der abendländischen Literatur bewältigt und die gemeinsamen Bezüge zu Dritten, die Heinemann im Verlauf seiner Untersuchung zusammenstellt, zeugen nicht nur von den stupenden Kenntnissen der beiden untersuchten Autoren, sondern ebenso von denen des Verfassers der Untersuchung. Neben Plato, Dante, Nikolaus von Kues und Leibniz sind vor allem die metafiktionalen Erzählverfahren von Miguel de Cervantes und den englischen Romanciers des 18. Jahrhunderts, allen voran Laurence Sterne, zu nennen, an deren selbstironische, in die Handlung eingreifende Erzählstrategien beide Autoren anknüpfen. Dennoch würden auch diese Übereinstimmungen bei der Rezeption Dritter kaum eine komparatistische Studie rechtfertigen. Die Arbeit Heinemanns hat ihre Ziele weit höher gesteckt und führt ins Zentrum der literarischen Arbeit selbst: sie versucht an den beiden Autoren die Konstitutionsbedingungen modernen Schreibens seit der Frühromantik herauszuarbeiten, sie will die poetologischen und erkenntnistheoretischen Konzeptionen Jean Pauls und deren Entsprechungen, aber auch Radikalisierungen bei Beckett sichtbar machen. Von zentraler Bedeutung - und sozusagen das gemeinsame *Tertium comparationis* - sind dabei die dichtungstheoretischen Entwürfe von Friedrich Schlegel und Novalis und vor allem die Ich-Philosophie Fichtes, von der ein Vergleich der beiden Autoren ausgehen muss. Ihre eigentliche Legitimation sieht die Studie damit in ihrer Funktion als Beitrag zu der in der Literaturwissenschaft intensiv geführten Epochendiskussion über das Verhältnis von Romantik und Moderne und vor allem zu deren These, dass die ästhetische Moderne in Europa von der deutschen Frühromantik ausging.

Deren herausragender Grundzug, die enorme Aufwertung des Ich und des philosophisch begründeten Selbstbewusstseins bestimmt das Schreiben beider Autoren, das durchgehend von einer Dominanz des Ich und einer auf sich selbst und auf den eigenen Schreibprozess gerichteten Reflexivität charakterisiert ist. Diese Souveränität des Ich ist jedoch zugleich gefährdet durch einen universalen Skeptizismus, der alle Formen eines unmittelbaren Weltzugangs schwächt und unter Verdacht stellt. Die Signatur der Romantik in der Moderne besteht damit sowohl in der Setzung von Autonomie und Subjektivität, als auch in der ständigen Hinterfragung dieser Begriffe. In dieser Doppelbewegung von Setzung und Destruierung begegnen sich die beiden Autoren.

Jean Paul und Beckett zeichnen sich je durch ein umfangreiches Gesamtwerk aus, zu dem zahlreiche Briefe und verstreute dichtungstheoretische Äußerungen kommen. Damit liegt der Studie ein enormes Material in drei Sprachen zugrunde, das sie umfänglich zur Kenntnis genommen hat. Dieses Material erhält seine Ordnung dadurch, dass der typologische Vergleich als strenge »Parallelaktion« angelegt ist: Nach einem ersten Teil zu den »Theoretischen Grundlagen« (I), der den für beide Autoren maßgebenden Traditionshorizont skizziert, werden in drei großen Teilen (II–IV) vergleichbare Aspekte bei Jean Paul und Beckett behandelt, und zwar in je direkt aufeinanderfolgenden Kapiteln, so dass man sie als eine Art Synopse parallel lesen kann. Die Evidenz des Vergleichs profitiert sehr von dieser immer unmittelbaren Gegenüberstellung. Die Perspektive der Untersuchung geht dabei vom schöpferischen Subjekt aus und stellt zunächst die durch die idealistische Philosophie inspirierte »Poetik des Subjekts« bei Jean Paul und bei Beckett vor (II), dann folgt die Untersuchung des Phänomens der »Ich-Figurationen«, der verschiedenen Spiegelungen des künstlerischen Subjekts in den Texten (III); ein letzter Teil wendet sich den »ästhetischen Konstruktionen« in den Werken der Autoren zu (IV).

Der erste Teil legt die theoretischen Grundlagen der Untersuchung nach zwei Richtungen: Zum einen in philosophischer Hinsicht als Darstellung der frühromantischen Fichte-Kritik, unter deren Einfluss Jean Paul und Beckett stehen. Zum andern wird der Funktionswandel des Erzählens in der modernen Literatur untersucht und ein - sowohl Jean Paul wie Beckett betreffender - Zwang zur Selbstthematisierung und -problematisierung des Erzählens konstatiert.

Die eigentliche »Parallelaktion« beginnt mit Teil II zur »Poetik des Subjekts«. Er führt die in den Grundlagen erarbeiteten Problemkonstellationen an Jean Pauls Fichterezeption weiter. Die theoretischen Vorbehalte Jean Pauls gegen die idealistische Philosophie Fichtescher Provenienz, die sich aus seiner Aversion gegen jede Systematik (vergleichbar der Becketts) wie auch aus seiner von Jacobi inspirierten religiösen Reserve gegen die philosophischen Setzungen Fichtes speisen, sind, wie Heinemann zeigt, gleichzeitig konterkariert durch Jean Pauls Versuch, den fiktionalen Charakter des Fichteschen Gedankengebäudes aufzudecken und in seinen Romanen noch zu überbieten. Diese durchgängige Doppelstrategie einer inhaltlichen Widerlegung Fichtes bei gleichzeitiger dichterischer Adaption sieht Heinemann schon in der *Clavis Fichtiana* in paradox zugespitzter Radikalität am Werk. Zum einen versucht Jean Paul, den »transzendentalen Egoismus« zu entlarven, in den sich für ihn die erfahrungslose Philosophie Fichtes verwandeln muss, zum andern macht er die mit diesem System verbundene Aufwertung des subjektiven Produktionsvermögens für sein eigenes Schreiben nutzbar und führt deren poetologische Kraft wirkmächtig vor Augen. Das hat gravierende Folgen für die Poetik Jean Pauls, der ein eigenes Unterkapitel gewidmet ist. Es stellt die ästhetischen Positionen der *Vorschule der Ästhetik* und anderer ästhetischer Schriften vor dem Hintergrund der Doppelstrategie von Jean Pauls Fichtelektüre dar. Die dichtungstheoretischen Reflexionen Jean Pauls werden als Koordinatensystem rekonstruiert und nach vier Aspekten differenziert: das imaginative Potential des dichtenden Subjekts, das sich aus der Aufwertung der »produktiven Einbildungskraft« ableitet, das damit verbundene subjektive Moment jeder Realitätskonzeption, die eine »wirkliche Wirklichkeit« jenseits der subjektiven Interpretation fragwürdig macht, die Aufwertung der Gattung des Romans, als dem adäquaten Darstellungsmittel der poetologischen Verfahren, und schließlich das Kernstück Jean Paulscher Poetik, die Überlegungen zum Humor, die den Kontrast zwischen der Endlichkeit des Menschen und der unendlichen Ideenwelt zu ihrem Thema erheben und durch Innenspiegelungen fortzusetzen suchen. Dieses vierfache Koordinatensystem der Poetik Jean Pauls wird abschließend am Beispiel vom *Leben Fibels* erprobt und unter Beweis gestellt.

Beckett teilt mit Jean Paul die Reserve gegenüber philosophischen Systemen und den Zweifel an ihrer normativen Kraft. Auch seine Werke charakterisiert das Spannungsverhältnis zwischen einer kenntnisreichen Auseinandersetzung mit philosophischen Konzeptionen und deren gleichzeitiger Ironisierung. Becketts Subjektkonzeption im Kontext neuzeitlicher Philosophie ist angeregt durch die Auseinandersetzung mit René Descartes, Arthur Schopenhauer, Fritz Mauthner und durch die von Kant und Fichte begründete Subjektphilosophie des deutschen Idealismus, deren Rezeption die stärkste Parallele zu Jean Paul darstellt. Zwar gibt es keinen expliziten Nachweis von Becketts Fichtelektüre, dennoch lassen sich viele Hinweise auf Fichtes Denksystem erkennen, so wenn schon ein Titel auf einen zentralen Begriff bei Fichte anspielt: *Not I.* Becketts Texte demonstrieren den durch den Rückzug des Ich aus der Außenwelt eingeleiteten unendlichen Regress des Denkens, den bereits die frühromantische Fichte-Kritik als unaufhebbar ansah: Dem poetischen Subjekt bleibt nur die Konfrontation mit seinem eigenen Selbst im Akt der Reflexion, die keine Identität vermittelt, sondern die Spaltung des Ich in ein reflektierendes und ein reflektiertes befördert. Solche Spaltungsprozesse, in denen sich das schreibende Subjekt immer neu zu erschaffen versucht, charakterisieren die Texte Becketts und evozieren im unabschließbaren Prozess der Fiktionalisierung des Ich die vielbeachtete Grundlosigkeit dieser Texte. Als einen wichtigen Grundzug der Dichtungstheorie Becketts arbeitet Heinemann die »Ästhetik des Schwebens« heraus, die in der Auseinandersetzung mit den anderen, schweigenden Künsten, insbesondere mit der Malerei, entstanden ist. Sie ist getragen vom Versuch, den Fluktuationsprozess zwischen dem reflektierenden Subjekt und einem sich der Reflexion entziehenden Objekt zu erfassen, wobei dieser Reflexionsprozess oft in der Aussageform des Paradoxons verhandelt wird. Als Höhepunkt der Ästhetik des Schwebens bei Beckett diagnostiziert Heinemann seine Emphatisierung des Gehens, die sich bereits in Titeln, aber auch in der Ruhelosigkeit der Figuren niederschlägt. Dagegen steht die Ruhigstellung des Körpers als zentrale Voraussetzung für die Aktivierung der imaginativen Kräfte. Der Dreischritt von der Wahrnehmung der Außenwelt über den Rückzug ins Ich zur Verdoppelung des Selbst in der Imagination, die dann als endlose Wanderung mit dem Gang des Schreibens korrespondiert, vollzieht sich ein letztes Mal in Becketts letztem Prosatext *Stirrings Still*, der als sein Vermächtnis angesehen werden kann.

Im Zentrum der Untersuchung Heinemanns stehen die Phänomene der Ich-Figurationen der beiden Autoren (Teil III), die sich folgerichtig aus ihrer jeweiligen Poetik des Subjekts, aus den Reflexionsprozessen der frühromantischen Philosophie und der Fichterezeption herleiten. Sie bilden erstaunliche und überzeugende Korrespondenzen der poetischen Konstruktionen Jean Pauls und Becketts. Bei beiden wirkt die Tradition des *poeta secundus deus* nach, der sich an die Stelle des verborgenen Schöpfergottes setzt und im Roman und im Bühnenraum ein Universum des Ich errichtet. Das vielleicht auffallendste Äquivalent zwischen Jean Paul und Beckett, das Heinemann untersucht, stellen die vielen

Ich-Verdoppelungen und Ich-Vervielfältigungen dar, die die vom Dichter hervorgebrachten Figuren als Abspaltungen seiner selbst kennzeichnen. Das sind einmal die Doppelgänger, Spiegelbilder und Wachsfiguren Jean Pauls, die als »Wiederholungen des Ich« sein Romanuniversum bevölkern und in unentwegtem Rollenwechsel die Trennung zwischen dem Autor-Subjekt und seinen Figuren unmöglich machen, zugleich aber auch die innere Dissoziation des schöpferischen Ichs spiegeln. Das sind zum andern die meist paarweise auftretenden Figurationen bei Beckett, deren Bewusstseinsspaltung auf die Differenz zwischen dem Subjekt und seinen Hervorbringungen aufmerksam macht. Schließlich ist es die Poetik des Blicks und die Blickmetaphorik, die beide Autoren verbindet. Jean Pauls Flugmetaphorik, die ihre geniale Realisierung im Luftschiffer Gianozzo gefunden hat, macht nicht nur eine mulitperspektivische Sicht auf die erzählte Welt möglich, sondern erhebt das Fliegen zur Metapher der Poesie schlechthin. Jean Pauls Emphatisierung des inneren Sehens, das im Bewusstsein die Differenz von Wahrnehmung und Imaginiertem verblassen lässt, erfährt bei Beckett eine Radikalisierung: die Unmöglichkeit eines direkten Kontakts zwischen Subjekt und Objekt wird bei ihm im Blick ausgetragen, seine Figuren, die das innere Sehen der Perzeption von Außenwirklichkeit vorziehen, sind durch ihren starrenden und durchdringenden Blick gekennzeichnet. Im Öffnen und Schließen der Augenlider vollzieht sich das Hin und Her zwischen der Auseinandersetzung mit der Außenwirklichkeit und dem Versinken in den Tiefen des eigenen Bewusstseins.

Ein letzter Teil der Arbeit (IV) ist den ästhetischen Konstruktionen in den Werken der beiden Autoren gewidmet. An drei Bereichen untersucht Heinemann die potenzierten ästhetischen Konstruktionen der Autoren: an ihrer jeweiligen Poetik des Traumes beziehungsweise der Vision, an den Charakteristiken des Erzählens und schließlich - mit einem Blick auf die Rezipienten - an den textinternen Konstruktionen des Lesers bei Jean Paul, beziehungsweise am den Lesenden auferlegten Deutungszwang bei Beckett, den der Text paradoxerweise durch seine Verweigerung jeglicher Deutung herstellt.

Jean Pauls Traumtheorie, der einzige Aspekt seines Werkes, der über Madame de Staël und Albert Béguin in Frankreich intensiver rezipiert worden ist, stellt mit ihrer zentralen These vom Traum als »unwillkürlicher Dichtkunst« Korrespondenzen zwischen Traum und Poesie her. Dieser Konnex wird von Beckett abgelehnt, der den Traum als eine zu stark an Alltagserfahrungen gebundene Form negativ bewertet. An die Stelle des Traums treten bei Beckett die Visionen und Utopien einer autonomen Kopfwelt, mit Hilfe derer sich seine Figuren für kurze Zeit dem alltäglichen Leben entziehen und die Kluft von Denken und gegenständlicher Welt in einem aus der subjektiven Vision hervorgegangenen Bild überwinden können.

Jean Pauls Erzählformen, denen sich das nächste Kapitel zuwendet - die Innenschachtelungen des Erzählvorgangs, das Auftreten der Figur »Jean Paul«, die Digressionen - können als Strategien aufgefasst werden, die Präsenz des Autors im Text zu verstärken. Die Konstruktion der Erfahrungswirklichkeit durch das subjektive Bewusstsein korrespondiert zugleich der inneren Dissoziation der Romanfiguren und ihrer vergeblichen Suche nach einer kohärenten Identität. Heinemann stellt das Spiel potenzierter Fiktionen am Beispiel des *Siebenkäs* und an den *Flegeljahren* vor und führt die erfinderische Bauweise der »Erzählerkaskaden« vor Augen. Vergleichbar wäre in Becketts so ganz anderen Erzählformen die undurchschaubare Figurenkonstellation, die zahlreichen metafiktionalen Strategien und die auf den Schreibvorgang bezogene Bemerkungen, durch die sich Becketts Erzählen als eines auszeichnet, das sich selbst zum Gegenstand hat, als »erzähltes Erzählen«.

Von diesem selbstreflexiven Erzählen leitet das letzte Kapitel folgerichtig über zum Leser, der bei Jean Paul unentwegt in die Fiktionalisierung hineingezogen und in einer ständigen ironischen Kommunikation sozusagen im Werk kreiert wird, während Becketts Literatur äußere Ansprüche streng zurückweist und sich gegen eine potenzielle Lesergemeinde abschottet. Gerade durch diese Verweigerung und durch den hohen Unbestimmtheitsgrad seiner Texte geraten die Leser aber in eine Art Interpretationszwang, dessen Frucht die enorme »Beckett-Industrie« der letzten Jahrzehnte ist.

Die Untersuchung Heinemanns weist mit überwältigendem Material und einer Fülle von Belegstellen interessante Parallelen und Korrespondenzen der poetischen Logik Jean Pauls und Becketts nach, ihrer Emphatisierung des schöpferischen Ich, ihrer Selbstreflexivität und Selbstbespiegelung, aber auch ihrer beider Bodenlosigkeit und der inneren Dissoziation ihrer Figuren. Ein Problem des Vergleichs sehe ich allerdings darin, dass die beiden Autoren nicht nur über ihre konzeptuellen und strukturellen Ähnlichkeiten verglichen werden, sondern sich sehr oft über *Tertia Comparationis*, das heißt die Frühromantiker, vor allem Schlegel und Novalis, begegnen müssen, was manchmal für Unschärfen sorgt (insbesondere Jean Pauls Partizipation am frühromantischen Denken wird dadurch stark aufgewertet). Dass darüber hinaus noch eine Fülle anderer Vergleiche hergestellt werden, z. B. von Beckett zu Hölderlin, zu E.T.A. Hoffmann, zu Fritz Mauthner und Hofmannsthal, bereichert die Lektüre, macht den Weg als Umweg mitunter aber auch beschwerlich, wozu der etwas komplizierte Stil mit seiner Neigung zu konzessiven Strukturen noch beiträgt. Manchmal ist vor lauter Einzelbewegungen der rote Faden verdeckt, so dass man trotz der klaren Gliederung des Ganzen im Einzelnen die Orientierung verlieren kann und gerne etwas mehr resümierende Passagen vorgefunden hätte. Aber der Verfasser befindet sich mit solchen gelehrten Abschweifungen in bester Gesellschaft bei zumindest einem seiner untersuchten Autoren und er stellt dadurch eine Menge neuer und überraschender Bezüge her. Am Schluss überwiegt die Be- und Verwunderung, dass sich so Disparates, wie die eingangs skizzierten Denk- und Textwelten der beiden Autoren mit einem Netz umspannen und mit so vielen Fäden verknüpfen ließ. Allen Filiationen der Arbeit nachzugehen, ist eine zwar etwas aufwendige, aber bereichernde Aufgabe.

Elsbeth Dangel Pelloquin

Carola Hilmes: *Das inventarische und das inventorische Ich. Grenzfälle des Autobiographischen*. Heidelberg (C. Winter) 2000 (= Frankfurter Beiträge zur Germanistik; Bd. 34). 446 Seiten.

»Was sich heraushebt ist ein etwas verwischtes Bild eines Eingehüllten. [...] Auf die verschiedenste Weise einhüllbar.« (Robert Musil: *Werke*, hg. von Adolf Frisé. Reinbek 1978, Bd. 8, 1300) So beschreibt Musil die eigene literarische Darstellungsweise vor dem Hintergrund des Bewußtseins, daß sowohl die wissenschaftlich-präzisen als auch die tradierten Techniken literarischen Schreibens seinen Ansprüchen - bzw. denen seiner Themen - nicht genügen: »Die Dinge, die hier gesagt werden sollen, lassen sich nicht direkt sagen« (Musil 1978, 1003). Kaum ein Gleichnis als das des verwischten Bildes eines Eingehüllten, das sich zudem auf verschiedenste Weisen einhüllen läßt, paßt wohl besser zur Charakteristik der Selbstdarstellungen des autobiographischen Ichs. Daß dieses einen grundsätzlich ambigen Status besitzt, insofern es zwischen dem Schreibprozeß vorgängiger und ihn bedingender Instanz einerseits, vom Schreibprozeß erzeugter und durch ihn bedingter Instanz andererseits changiert, deutet sich bereits im Titel der Monographie von Carola Hilmes an. Denn während die Rede vom »inventarischen« Ich eine Perspektive auf das autobiographische Schreiben eröffnet, aus welcher sich die Schreibarbeit primär als archivierende, Daten und Befunde erhebende, sammelnde und auswertende Arbeit an einem vorgegebenen Gegenstand darstellt, deutet die Wendung vom »inventorischen Ich« auf eine ganz andere Sichtweise hin: auf den Gedanken, das »ich« erfinde sich im Schreibprozeß, speise sich also nicht in diesen ein, sondern gehe aus ihm hervor. Beide Deutungsansätze implizieren eine eminente Hochschätzung der Schreibarbeit selbst - im ersteren ›inventarischen‹ Modell als Vorgang der Selbst-Suche und vielleicht gar der möglichen Selbst-Objektivierung, im zweiten Fall als Prozeß der Ich-Konstitution. Beide Sichtweisen verhalten sich nicht nur antagonistisch, sondern zugleich auch komplementär, wie Carola Hilmes verdeutlicht. Ihre einleitenden gattungstheoretischen Reflexionen zur Autobiographie beginnen mit der These: »Die perfekte Biographie ist die einer erfundenen Person« (11). Diese Einleitung faßt zum einen grundlegende gattungstheoretische und gattungspoetologische Erörterungen zusammen. Sie stellt zum anderen auch in der gebotenen Deutlichkeit die Beziehung gerade dieser literarischen Gattung zur Frage des Subjekts nach sich selbst und der Diskurse nach dem Subjekt heraus - und sie führt an die im folgenden vorgestellten und interpretierten Fallbeispiele autobiographischen Schreibens heran, indem Kriterien für deren Auswahl benannt werden.

Eine solche Auswahl unterliegt diversen Vorentscheidungen, da angesichts der Ambiguität von Inventarisierung und Invention nicht einmal die Gattung Autobiographie klar konturiert ist - von der Problematik differierenden autobiographischer Intentionen ganz zu schweigen. Kontingenzen sind also unvermeidlich, und um sie zu kompensieren, muß in die ausgewählten Beispiele ein Ordnungsmuster hineingelesen werden. Bei C. Hilmes geschieht dies erstens in Orientierung an der Idee vom Kunstwerk-Charakter der Autobiographie. Die untersuchten Texte werden als *literarische* Werke gelesen - auch dann, wenn sie keiner im engeren Sinne literarischen Ambition entsprangen – und dadurch in einen literarhistorischen Kontext gestellt, dessen frühe und maßstabsetzende Vertreter Rousseau und Goethe sind. Ein zweites ordnungsstiftendes Kriterium ist das thematische Interesse der autobiographisch Schreibenden an der Kunst, an der eigenen Arbeit sowie an Funktionen und Bedingungen künstlerischer Produktivität in der Moderne.

Der Poetik (eher: den Poetiken) und den diskursiven Kontexten des autobiographischen Schreibens in der Moderne ist das 2. Großkapitel gewidmet, das eine weitere Focussierung vornimmt: schwerpunktmäßig werden hier und im folgenden vor allem künstlerische Doppelbegabungen als Verfasser autobiographischer Schriften in den Blick gerückt, so daß die Frage nach der Beziehung zwischen den verschiedenen Künsten sowohl als Gegenstand inhaltlicher Erörterungen zu den untersuchten autobiographischen Schriften wie auch als Ansatz bei der Interpretation der Schriften selbst Bedeutung gewinnt. Dargelegt werden auch die gattungstheoretischen Probleme, welche die Autobiographie hinsichtlich ihrer Abgrenzbarkeit gegenüber anderen (literarischen und nicht-literarischen) Gattungen, der Modellierung ihrer Entstehungsbedingungen und der Beschreibbarkeit ihrer Erscheinungsformen aufwirft.

Die Kapitel IV bis XIV sind Vertretern der literarischen und künstlerischen Moderne in ihr Eigenschaft als Autobiographen gewidmet. Die Reihe wird aus guten Gründen angeführt von Virginia Woolf (Kap. IV), welche biographisches wie autobiographisches Schreiben zum Anlaß nahm, die Leitdifferenz zwischen Fiktivem und Historisch-Faktischem zu demontieren. Woolf stellt das Ich ins Zentrum ihrer Ästhetik, unterstreicht jedoch, daß es erst als ästhetisch erarbeitetes Ich Kontur gewinnt. Wassily Kandinskys autobiographische Texte (Kap. V) dienen dem Künstler vor allem zur parallelen Explikation seiner selbst und seines innovatorischen Kunstbegriffs. Ausgehend von der Unterstellung einer möglichen Seelen- qua Wesensschau, interessiert sich Kandinsky vor allem für Prozesse der Inspiration des künstlerischen Ichs. Alfred Kubin (Kap. VI) und Ernst Barlach (Kap. VII) lassen in ihren Auszeichnungen ein Ich erstehen, das nach Formen der Vermittlung zwischen den als dichotomisch empfundenen Prozessen des Lebens und des Schreibens suchen. Der Form nach ein konventioneller Lebensbericht, ist Kubins Selbstbiographie vor allem durch die Einbeziehung des Traums programmatisch. Auch Barlach sucht keine neue autobiographische Form, unterwirft aber die Instanz des Schreibenden durch Strategien des Entzugs und der Facettierung einer eigentümlichen Derealisierung. Hugo Ball (Kap. VIII) wählt, ihnen vergleichbar, den Weg der Selbststilisierung, um jene Dichotomie von Leben und Kunst zu überbrücken; seine Kritik des bürgerlichen Ichs verbindet sich mit dem Postulat, sich durch Bereitschaft zum Selbstverlust selbst zu gewinnen. Die Surrealisten Magritte und Breton (Kap. VIII) begeben sich auf der Grundlage neuer diskursiver Voraussetzungen autobiographisierend auf die Suche nach mehr als einem Ich; zudem wird gerade hier die Differenz zwischen Leben und ästhetischer Kreativität auf eine Weise eingeebnet, die sich gerade an Texten anlässlich der eigenen Person ablesen läßt. Walter Benjamins Werk (Kap. X) ist von autobiographischen Impulsen in einer programmatischen Weise durchsetzt, die gerade das um Selbstversicherung noch bemühte und an ihrer Möglichkeit oft zweifelnde Ich zum Zentrum der literarischen Produktivität werden lässt. Mit Fernando Pessoa, dem bis heute unüberbotenen Fall einer Selbsterfindung als Autoren-Vielheit liegt hinsichtlich seiner autobiographischen Produktivität ein Sonderfall vor, insofern sich Leben (im Plural!) hier als erschriebenes Leben (im Plural!) jeweils schreibender Ichs konfiguriert, die aber keineswegs Teil-Identitäten eines ganzen sind (Kap. XI). Salomon Friedlaender, der unter dem Pseudonym »Mynona« als der Verkehrung von »Anonym« die autobiographische Tätigkeit von Vornherein ins Zeichen der Umkreisung einer Leerstelle rückt (Kap. XII.), stellt unter den behandelten Beispielen den wohl un-, wenn nicht gar antimodernsten Fall dar, wie es u. a. Adorno in seiner kritischen Bemerkung über die Mythologisierung des Ichs durch Friedlaender deutlich betonte (vgl. 295). Gleichwohl überholt Mynona die Moderne auch bereits in Richtung Postmoderne, wenn er das Ich-denke zum Es-denkt umformuliert und andeutet, daß sich über die erste Person Singular unerschöpflich viele Geschichten erzählen lassen. Gottfried Benns Ästhetizismus prägt auch seine Konzeption autobiographischer Arbeit (Kap. XIII) und lässt u. a. die Frage nach Wahrhaftigkeit der Darstellung an einem schreibend konstruierten Artisten-Ich abprallen, das sich angesichts nihilistischer Anfechtungen sprechend und schreibend am Leben zu erhalten sucht. Die komplexe Spiegelungsbeziehung zwischen Gertrude Stein, ihrer Lebensgefährtin Alice B. Toklas und dem »autobiographischen« Ich als das Toklas in Steins *Autobiography of Alice B. Toklas* figuriert, stellt eine weitere Facette autobiographischen Schreibens in der Moderne dar (Kap. XIV), bei welcher vor allem die Problematik sprachlicher Identifikation und Objektivierung zum Anlaß innovatorischer ästhetischer Strategien wird.

Es sind »Grenzfälle des Autobiographischen« (so der Untertitel des Buches), auf die C. Hilmes' Darstellung das Augenmerk lenkt: Grenzfälle in mehrerlei Hinsicht, sei es, daß der im engeren Sinn autobiographische Bericht durch sogenannte Fiktionen subvertiert wird, sei es, daß er sich mit anderen ästhetischen Anliegen als denen der Selbstfindung oder Selbst-Erfindung verbindet. Diese Strategie der Annäherung an die Gattung von ihren Grenzen her steht in offenkundiger Korrespondenz zu ihrem Gegenstand: »Was sich heraushebt, ist ein etwas verwischtes Bild eines Eingehüllten«, in diesem Fall der Autobiographie, von der es aber ihrer inneren Ambiguität wegen eben auch kein klar konturiertes Bild geben kann. Das Resümee (Kap. XV) führt die verschieden facettierten literarischen Phänomene, die dem inventarisch-inventorischen Ich gelten, gleichwohl abschließend zu einem, wenn auch nicht abschließbaren Sinn-Kontext zusammen. »Allen Selbstbiographien«, so heißt es etwa bilanzierend, »ist das Andere des Ich eingeschrieben: sei es als die Welt, die dunkle, verdeckte Seite des Ich oder die Vielfalt seiner Rollen und Funktionen, seien es seine Werke - auch sie ein Spiegel des Ich - die angesprochenen Freunde oder auch die Leser.« (393)

Das abendländische Subjekt, das über mehrere Jahrhunderte hinweg die Rolle eines Zentrums der zu konstituierenden Welt innehatte und das den Ausgangspunkt dafür bildete, Gewißheit - *seine* Gewißheit - zum Kriterium der Wahrheit zu deklarieren, steht seit mittlerweile mehr als einem Jahrhundert selbst radikal in Frage, und das »Ich«, als welches es sich artikulierte, nicht minder. Das Thema »Autobiographie« bezieht unter anderem hieraus seine Brisanz. Jeder der von C. Hilmes untersuchten Texte bietet eine bedenkenswerte Antwort auf die Frage, was von jenem Subjekt geblieben ist.

Wie gesagt: Kontingenzen bei der Auswahl sind unvermeidlich. Insofern es mit der vorliegenden Monographie um die Annäherung an ein zentrales Thema auf dem Weg über »Grenzfälle« ging, ist der Verzicht auf prominentere und häufiger untersuchte Beispiele doppelt erklärlich. Gleichwohl könnte man auf die Idee verfallen, Kafka zu vermissen, da sein Beispiel die thematisch zentrale Ambiguität zwischen Inventarischem und Inventorischem besonders luzide repräsentiert und die ästhetische Dimension des Projekts schreibender Selbstsuche hier auf nachdrücklichste Weise zur Anschauung kommt. Wollte man, unbescheiden, an der so instruktiven wie panoramatisch-kompetenten Monographie ein Weiteres vermissen, so wäre es ein Namenregister.

Monika Schmitz-Emans

Thomas Klinkert: *Literarische Selbstreflexion im Medium der Liebe. Untersuchungen zur Liebessemantik bei Rousseau und in der europäischen Romantik (Hölderlin, Foscolo, Madame de Staël und Leopardi)*. Freiburg im Breisgau (Rombach) 2002 (= Reihe Litterae; Bd. 92). 283 Seiten.

Vergleicht man die Verwendung des Romantikbegriffs in der Literaturgeschichtsschreibung der einzelnen europäischen Nationalliteraturen, ergibt sich ein höchst heterogenes Gesamtbild unterschiedlicher Einteilungen, Zuordnungen und Abrenzungen. Dagegen hat es sich Thomas Klinkert in seiner Regensburger Habilitationsschrift (2001) zur Aufgabe gemacht, das Konzept einer europäischen Romantik in der historischen Erfahrung eines fundamentalen gesellschaftlichen Umbruchs zu begründen, der sich an der Ausprägung »gemeinsame[r] Tendenzen der französischen, der deutschen und der italienischen Literatur um 1800« (259) ablesen lässt. Der wesentliche literarische Kristallisationspunkt dieser in ganz Europa geteilten Umbrucherfahrung ist die Rede über die Liebe. In der Thematisierung der Liebe artikuliert sich nicht nur in besonders prägnanter Form das veränderte Verhältnis zwischen Individuum und Gesellschaft, die Liebe avanciert in der Romantik auch zu einem bevorzugten Medium der literarischen Selbstreflexion, die ihrerseits wiederum durch den historischen Funktionswandel der Literatur motiviert ist.

Exemplifiziert wird diese komplexe These an fünf Fallstudien annähernd gleichen Umfangs. Analysiert werden in chronologischer Folge Jean-Jacques Rousseaus *Julie, ou La Nouvelle Héloïse* (1761), Friedrich Hölderlins *Hyperion* (1797/99), Ugo Foscolos *Ultime lettere di Jacopo Ortis* (1802), Germaine de Staëls *Corinne ou l'Italie* (1807) und verschiedene Texte Giacomo Leopardis, unter anderem aus dem *Zibaldone di pensieri* (entstanden 1817ff.) und den *Canti*

(1831). Vervollständigt wird dieser relativ klassische Aufbau durch eine längere literarhistorische und methodologische Einleitung sowie durch eine konzise Zusammenfassung, die noch einmal die Hauptthesen der einzelnen Kapitel in Erinnerung ruft, vor allem aber die einzelnen Texte zueinander in Beziehung setzt und damit abschließend die komparatistische Ausrichtung der Arbeit noch in einem direkten Werkvergleich hervortreten lässt, denn im Hauptteil dominiert der Nachweis der Teilhabe an einer gemeinsamen historischen Problemkonstellation. Das schließt nicht aus, dass Klinkert auch in seinen Werkanalysen immer wieder Querverbindungen herstellt, indem er an die realen Rezeptionsbeziehungen zwischen den Autoren erinnert, wie an Hölderlins Rousseaulektüre, oder typologische Ähnlichkeiten zwischen den Texten hervorhebt, etwa das nihilistische Element im *Hyperion* und in der Weltanschauung Leopardis.

Wie der Terminus »Liebessemantik« schon im Titel andeutet, stützt sich Klinkert methodisch hauptsächlich auf die systhemtheoretischen Arbeiten Niklas Luhmanns. Mit Luhmann geht er davon aus, dass der epochale Übergang von der stratifizierten zur funktional differenzierten Gesellschaft gegen Ende des 18. Jahrhunderts seinen Abschluss findet und zum Gegenstand gesellschaftlicher Selbstbeschreibung (›Semantik‹) wird, an der auch die Literatur teilhat. Im Zuge dieses Wandels entsteht das moderne Individuum, das sich selbst und in seiner Beziehung zur Gesellschaft zum Problem wird. Im Bereich der Liebe wird die *amour-passion* durch ein romantisches Konzept abgelöst, das Liebe und Ehe vereint und in paradoxer Weise Inkommunikabilität zur Voraussetzung von Kommunikation macht. Gleichzeitig entwickelt sich die Kunst und mit ihr die Literatur zu einem autonomen gesellschaftlichen Teilsystem, das auf seine reale Ausdifferenzierung mit dem kontrafaktischen Anspruch auf Totalität und Entdifferenzierung reagiert. Durch die Unmöglichkeit ihrer jeweiligen Ansprüche werden Liebe und Literatur in der Romantik aufeinander abbildbar: »Die scheiternde Liebe wird zu einem Tropus für die Ohnmacht der Literatur als autonomes Teilsystem in der modernen Gesellschaft.« (57)

Unterstützt und ergänzt wird der systemtheoretische Ansatz einerseits durch Foucaults epistemologiegeschichtliches Modell aus *Les mots et les choses* und dessen Ausführungen zum neuzeitlichen Umgang mit Sexualität, andererseits durch Friedrich Kittlers Rekonstruktion des ›Aufschreibesystems‹ um 1800. Während der heuristische Wert der von Luhmann und Foucault bereitgestellten Begriffe außer Frage steht – die nachfolgenden Analysen belegen das in überzeugender Weise –, bleibt doch in Bezug auf die zustimmend referierten Thesen Friedrich Kittlers offen, wie sich denn zum Beispiel die Rousseaus *Nouvelle Héloïse* zugeschriebene Einsicht in »die unhintergehbare Medialität der diskursiven Phänomene Liebe und Sexualität« (104) mit der von Kittler für das ›Aufschreibesystem 1800‹ postulierten Medienvergessenheit verträgt. Schließlich belegen Klinkerts eigene differenzierte Textanalysen viel eher, wie sehr doch Medialitätsbewusstsein und Unmittelbarkeitsverlangen miteinander verknüpft sind. Damit stehen sie neueren Untersuchungen, etwa Albrecht Koschorkes Buch *Medienströme und Schriftverkehr* (1999), das allerdings von Klinkert nicht mehr berücksichtigt wurde, wesentlich näher als der zitierten älteren Studie Kittlers.

Das Stichwort ›Textanalyse‹ verrät bereits, dass Klinkerts Lektüren nicht eigentlich systemtheoretisch oder diskursanalytisch angelegt sind. Er selbst nennt sie »ganz ›herkömmliche‹ literaturwissenschaftliche Textanalysen« (42f.), wobei freilich ein sehr feines, semiotisch und strukturalistisch geschärftes Instrumentarium zur Anwendung kommt. Luhmanns Systemtheorie und Foucaults Diskursarchäologie wird lediglich eine dienende Funktion zugestanden. Beide werden in erster Linie »als Anregung für Fragestellungen« (43) und für die »historische Situierung« (43) der Texte in Anspruch genommen. In der Tat gehören die sorgfältigen Analysen zentraler Textpassagen, in denen Klinkert die Tugend des *close reading* vorbildlich vor Augen führt, zu den Höhepunkten der Arbeit. Überzeugen kann man sich davon etwa anhand der Interpretation der Erstbegegnung von Corinne und Oswald, den Protagonisten von Madame de Staëls Roman *Corinne ou l'Italie* (195-201) - eine Szene, die in der geschilderten Umstellung von öffentlicher auf private Kommunikation geradezu als *mise en abyme* der von Klinkert behandelten Gesamtproblematik betrachtet werden kann.

Dass Rousseaus *Nouvelle Héloïse* den Auftakt der Textanalysen macht, ist natürlich nicht nur chronologischen Gesichtspunkten geschuldet. Vielmehr inauguriert Rousseau ein neues, utopisches Beziehungsmodell, dessen Scheitern literarisch kompensiert wird, wobei die Medien Schrift und Brief zum Garanten einer allein noch in Erinnerung und Imagination möglichen Erfüllung werden und sich der Roman selbst in ein Archiv des abendländischen Liebesdiskurses verwandelt. In Hölderlins *Hyperion* und Foscolos *Jacopo Ortis* dient die Literatur der ästhetischen Kompensation für ein unmöglich gewordenes politisches Handeln und der Erinnerung an eine unwiederbringlich verlorene gesellschaftliche Einheit - beides spiegelt sich jeweils auch im Verlust der Geliebten. In Madame de Staëls *Corinne* wird die enttäuschte Liebe zum Katalysator eines Prozesses, in dem sich die Titelheldin von der repräsentierenden Dichterin zur modernen, ihre Situation autobiographisch reflektierenden Schriftstellerin entwickelt. Bei Leopardi gerinnt die Liebe zur reinen Reflexionsfigur. Dass das Verhältnis von Liebe und Literatur, festgemacht am Wechselspiel von Schein und Desillusionierung, auch nicht mehr als Romanthema, sondern in Tagebuch- und Gedichtform abgehandelt wird, ist daher nur konsequent.

Klinkert gelingt es, in seinen Beispielanalysen die Ausgangsthese, dass der Konnex von Liebesthematik und literarischer Selbstreflexion eine grundlegende und historisch symptomatische Tendenz der europäischen Romantik sei, plastisch werden zu lassen: Die allgegenwärtige Thematik des unerfüllten Liebesbegehrens und der Unmöglichkeit öffentlichen Handelns ist in den analysierten Texten Anlass und Ausdruck einer Neuorientierung der Literatur, als deren Ergebnis die Funktionen der Beobachtung, Benennung, Beschreibung, Reflexion und Erinnerung in den Vordergrund treten. Dass dieser Wandel in einer geglückten Verbindung von konkreten Textanalysen und gesellschaftstheoretischen Konzepten dargelegt wird, ist das Hauptverdienst dieser Arbeit.

Christian von Tschilschke

Elke Mehnert (Hg.): *Landschaften der Erinnerung. Flucht und Vertreibung aus deutscher, polnischer und tschechischer Sicht*. Berlin, Bern, Bruxelles, Frankfurt/Main, New York, Oxford (Peter Lang) 2001 (= Studien zur Reiseliteratur und Imagologieforschung; Bd. 5). 464 Seiten.

Das Buch vereint Aufsätze deutscher, polnischer und tschechischer Wissenschaftler zu dem Themenkomplex der literarischen Gestaltung von Flucht und Vertreibung und konzentriert sich dabei auf Schlesien, Ostpreußen, Königsberg und das Sudetenland. Dem Anliegen der Herausgeberin, damit einen Beitrag zu einer »ideologiekritischen Geschichtsaufarbeitung» (11) zu leisten, folgen alle 17 Autoren, wobei freilich ein »stringent imagologischer Analyseansatz nicht immer praktiziert wird« (12).

Der Band ist wohldurchdacht konzipiert und ergänzt durch eine sinnvolle zwanzigseitige Bibliographie (Thomas Krause, Elżbieta Dzikowska, Viktor Viktora) von zwischen 1945 und 1995 erschienenen literarischen Werken über Schlesien, Ostpreußen/Memelgebiet, Westpreußen und Danzig, Polen (Weichsel-Warthe), Pommern, (Ost-)Brandenburg und das Baltikum sowie die Böhmischen Länder/ČSR, wobei auch eine Auswahl aus der polnischen und tschechischen Literatur aufgenommen worden ist.

Eingeleitet durch einen ausgesprochen gut lesbaren kurzen Aufriß zum historischen Prozeß des deutschen Umgangs mit Flucht und Vertreibung aus der Feder des Historikers Christoph Kleßmann, der klare Wertungen (z. B. zu Flucht und Vertreibung im Kontext des Kalten Krieges) trifft, folgen im Wechsel polnische, tschechische und deutsche Beiträge. Ihre relativ breit gefächerte Thematik und unterschiedliche Herangehensweise geben doch insgesamt einen Einblick in die nationale Spezifik der literarischen Gestaltung dieses brisanten Gegenstandes.

Es ist hier aus Platzgründen natürlich nicht möglich, jeden Beitrag in gleicher Ausführlichkeit zu behandeln, und so bietet sich die Fokussierung auf die Fragestellung nach dem Stellenwert der Thematik von Flucht und Vertreibung in den einzelnen Nationalliteraturen an, die eine Reihe der Literaturwissenschaftler ins Zentrum ihrer Aufmerksamkeit rückt. Das gilt z. B. für den Aufsatz Hubert Orłowskis, der deutsche und polnische Deprivationsliteratur gegenüberstellt und - auf seine langjährigen Forschungen gestützt - eben nicht nur bei Unterschieden, die sich aus der Historie des Kriegs- und Nachkriegsgeschehens erklären, stehenbleibt, sondern auch nach der verschiedenartigen ästhetischen Tradierung der Texte fragt.

Offenkundig spielt Louis Ferdinand Helbigs Buch *Der ungeheure Verlust. Flucht und Vertreibung in der deutschsprachigen Belletristik der Nachkriegszeit* (^{3}1996) in der Diskussion dieser Fragestellung eine Rolle, denn eine ganze Anzahl der hier versammelten Literaturwissenschaftler nimmt darauf Bezug, und zwar in polemischer Weise. So polemisiert Tadeusz Namowicz in seiner Untersuchung der westdeutschen Deprivationsliteratur zu Ostpreußen vehement gegen Helbigs Wertung, diese sei »eine der wichtigsten Leistungen der deutschen Literatur nach 1945« gewesen, und stellt vielmehr fest, daß sie nur »für eine kurze

Zeit« (159) relevant geworden ist. Zu einem ähnlichen Ergebnis kommt Elke Mehnert, die von einem »dürftigen ostdeutschen Textkorpus« (144) zu Flucht und Vertreibung spricht und dies zu Recht aus der Tabuisierung oder mindestens Verharmlosung des Themas durch die in der SBZ/DDR wirkende Parteidoktrin erklärt. Der Beitrag erfaßt in der hier gebotenen Kürze den »ostdeutschen Blick« auf »Vertriebene«, die sich als »Umsiedler« in den Werken Helmut Baierls, Franz Fühmanns oder Christa Wolfs finden. Die Verfasserin läßt die Aktualität der Deprivationsliteratur gerade in einem künftigen ›Haus Europa‹ deutlich werden, stellt aber nüchtern fest, daß das Vertreibungsthema auch nach der politischen Wende bei ostdeutschen Autoren keine Renaissance erfahren hat.

Die drei tschechischen Literaturwissenschaftler Václav Maidl, Lenka Vomáčková und Pawel Riha kommen in ihren Aufsätzen zu Flucht und Vertreibung in der Literatur ihres Landes fast im Wortlaut zu dem gleichen Ergebnis: »[...] Flucht und Vertreibung kommt in der tschechischen Literatur selten vor« (331; vgl. 118). Eine Erklärung findet dieser Tatbestand zunächst in der kommunistischen Tabuisierung des Themas, die aber z. T. bis heute nachwirkt, sowie wissenschaftstheoretisch in dem »Fehlen einer etablierten Imagologie« (132). Mit Blick auf die tschechische Kinder- und Jugendliteratur und die der DDR kommt Reiner Neubert zu einem gleichen Ergebnis - im Unterschied zur bundesdeutschen intentionalen Literatur für Kinder und Jugendliche, in die Flucht und Vertreibung breiteren Eingang fanden.

Drei Aufsätze von Wissenschaftlerinnen aus Wroclaw (Marta Kowalzcyk, Urszula Bonter, Małgorzata Kalisz) beschäftigen sich mit der literarischen Gestaltung der deutschen Vertreibung in den Texten polnischer Autoren, wobei die letztgenannte Verfasserin einen besonders interessanten Zugriff auf das Thema vornimmt, denn ihr Untersuchungsmaterial sind eine Serie von Zeitschriftenartikeln sowie ein Film. Ebenfalls einem dokumentarischen Genre widmet sich Jürgen Klose, dem es überzeugend gelingt, die ästhetische Qualität des aus der Feder des bekannten Fernsehjournalisten Klaus Bednarz stammenden Reportage-Bandes über Ostpreußen herauszuarbeiten. Pawel Zimniak, Thomas Krause und Gabriela Ociepa, die die literarische Gestaltung des Heimatverlustes bei Monika Taubitz und Barbara Suchner bzw. Ernst Jüngers konservative Haltung diesem Thema gegenüber untersuchen, wenden sich wieder literarischen Werken zu.

Es versteht sich von selbst, daß jede einzelne Arbeit in ihrem Herangehen an den Untersuchungsgegenstand immer auch implizit das theoretische Grundverständnis ihres Verfahrens reflektiert. Einer der Beiträge dieses Buches, der von Earl Jeffrey Richards, befaßt sich freilich explizit mit der »Vertreibung und Flucht als imagologischem Problem«, wobei sein Interesse besonders dem Autoimage einer Reihe deutscher Autoren gilt, die das Thema gestaltet haben. So plausibel dieser Ansatz auf den ersten Blick erscheint, so problematisch wird er durch die Art des Umgangs mit dem Untersuchungsmaterial: In folgender Reihung werden ein Gedicht von Volker Braun aus dem Jahre 1966, eines von Heinz Piontek von 1954, Ernst Wiecherts Roman *Missa sine nomine* (1950) und Christa Wolfs *Kindheitsmuster* (1976) auf Autoimages vom »guten Deutschen« (81) hin untersucht, wobei die einzelnen Texte weitgehend aus ihrem entstehungszeitlichen und werkgeschichtlichen Kontext herauspräpariert werden. Hier kommt ein in äußerster Konsequenz eingesetzter ontologischer Textbegriff zur Anwendung, der isolierte Textstrukturen betrachtet und nicht nach dem Sinnpotential des Werkes fragt, wie es im zeitgenössischen literarischen Kommunikationsprozeß entstanden ist, was nicht zuletzt auch das Prinzip der Historizität verletzt. Die Ergebnisse dieses ›imagologischen‹ Vergleichs sind denn auch nicht nachvollziehbar. So wird beispielsweise Christa Wolf eine »Beschränktheit des politischen Urteils« (75) vorgehalten, das »den Nationalsozialismus [...] relativier(t)« (76) und so folgerichtig auch die Reichskristallnacht »banalisiert und verharmlost« (77). Auch den anderen Schriftstellern ergeht es nicht besser; ob katholisch oder sozialistisch, sie alle zielten darauf ab, »nationale Stereotypen und Images«, die »zur Legitimierung der NS-Rassenpolitik« gedient haben, »nicht zu hinterfragen, sondern zu rehabilitieren« (80). »Statt eines Abschieds [...] von einer deutschen Identität schlechthin« (ebd.) hielten alle Autoren vielmehr an einer solchen fest, es müsse aber doch um ihre »Überwindung« (ebd.) gehen. Richards' Argumentation bedarf wohl keines Kommentars, sie diskreditiert sich selbst und sein Verfahren gleich mit.

Einen interessanten - und wie ich meine - produktiven theoretischen Ansatz bietet dagegen Jürgen Joachimsthalers Beitrag zu dem Komplex »verlorene Heimat - mythisierte Landschaften«, der dem Erinnern aus der Kindheitsperspektive eine - den Autoren zumeist unbewußt eingesetzte - Funktion zuspricht, die ein bestimmtes häufig idyllisiertes Konstrukt der Landschaftsdarstellung zur Folge hat, so daß strukturelle Muster entstehen, die ihre ›politische Unschuld‹ selbst dann verlieren können, wenn sie vom Verfasser zwar nicht im revanchistischen Sinne gemeint, aber durchaus in einem solchen instrumentalisierbar sind.

Im ganzen gesehen liegt hier bei einem breiten Spektrum von unterschiedlichen Herangehensweisen ein vor allem durch die Multinationalität der Beiträger anregender Band vor, der in dieser Zusammenarbeit ganz sicher eine richtungsweisende Qualität aufweist.

Regina Hartmann

Irina O. Rajewsky: *Intermedialität*. Tübingen, Basel (Francke) 2002 (= UTB für Wissenschaft; Bd. 2261). 216 Seiten.

Das Interesse von Kunst- und Literaturwissenschaftlern an intermedialen Beziehungen ist fast so alt wie die Literaturwissenschaft selbst. Bereits 1917 widmete sich Oskar Walzel der »wechselseitigen Erhellung der Künste«, die in unmittelbarer Folge so vielfältig diskutiert wurde, dass schon 1937 von Kurt Wais ein erster Überblick über den zeitgenössischen Forschungsstand gegeben werden konnte (vgl. Oskar Walzel: Wechselseitige Erhellung der Künste. Ein Beitrag zur Würdigung kunstgeschichtlicher Begriffe, Berlin 1917; Kurt Wais: Symbiose der Künste. Forschungsgrundlagen zur Wechselberührung zwischen Dichtung, Bild- und Tonkunst [1937], Nachdruck in: Literatur und bildende Kunst. Ein Handbuch zur Theorie und Praxis eines komparatistischen Grenzgebietes, hg. von Ulrich Weisstein, Berlin 1992, 34-53). Walzel und Wais legten damit die Grundlage für eine Forschungsrichtung, die im anglo-amerikanischen Raum später unter dem Label *interart(s)-studies* populär wurde und sich vorrangig mit den Relationen der traditionellen Hochkünste Literatur, bildende Kunst und Musik beschäftigte. Zudem rückten in der ersten Jahrhunderthälfte auch die neuen Medien Fotografie und Film ins Visier der Kunsttheorie. Vor allem Walter Benjamin reflektierte ausführlich die Konsequenzen, welche die neuen Künste für die Produktion und Wahrnehmung der alten mit sich brachten.[1] Spätestens seit Ende der 1970er Jahre gehören Vergleiche von Literatur und Film dann auch zum *mainstream* literaturwissenschaftlicher Forschung und Lehre. Erst zehn Jahre später allerdings fanden die *interart(s)-studies* und die Beschäftigung mit den Neuen Medien zusammen. Es etablierte sich im deutschsprachigen Diskurs der Begriff ›Intermedialität‹, der seitdem auf jedwede Beziehung zwischen distinkten Medien angewendet wird - unabhängig davon, ob sie den traditionellen oder den Neuen Medien, der E- oder der U-Kultur angehören. Mittlerweile haben sich ein Graduiertenkolleg und mehrere Forschungsprojekte mit intermedialen Phänomen beschäftigt. Seit 1988 ist kein Jahr vergangen, in dem nicht mindestens ein Sammelband zum Thema veröffentlicht wurde.

Vor diesem Hintergrund ist es umso erstaunlicher, dass für die Intermedialitätsforschung bisher insgesamt galt, was Klaus Dirscherl in der Einleitung zum Sammelband *Bild und Text im Dialog* 1993 konstatierte: »theoretische Defizite haben wir erneut entdeckt, aber zu wenig behoben« (Klaus Dirscherl: Elemente einer Geschichte des Dialogs von Bild und Text, in: Bild und Text im Dialog, hg. von Klaus Dirscherl. Passau 1993, 15-26, hier: 16). Einen ersten Versuch, die Intermedialitätsdebatte als Ganze in den Blick zu rücken, unternahm 2000 Mathias Mertens mit seinem *Forschungsüberblick ›Intermedialität‹*. Mertens lieferte in seiner Monographie die erste umfassende Bibliographie der deutschsprachigen Literatur zum Thema und kommentierte die wichtigsten Aufsätze und Sammelbände. Doch auch für ihn bestand kein Zweifel, dass »bisher kein Standardwerk zur *Theorie* der Intermedialität« existiere und die Bemühungen in diese Richtung nicht über den Status von »Vorarbeiten« hinausgekommen seien (Mathias Mertens: Forschungsüberblick ›Intermedialität‹. Kommentierungen und Bibliographie, Hannover 2000, 9 [Herv. d. Verf.]). Diese Lücke zu schließen hat sich nun Irina O. Rajewsky vorgenommen.

Dabei verspricht Rajewskys Titel *Intermedialität* in doppelter Hinsicht mehr, als der Text schließlich einlöst - und das ist zumindest für den primär literaturwissenschaftlich interessierten Leser durchaus von Vorteil. Denn der Verfasserin geht es zwar prinzipiell darum, die »Weichen für eine allgemeine Intermedialitätstheorie« (11) zu stellen. Ausgerichtet ist ihre Darstellung aber dennoch an den Beziehungen zwischen Literatur und anderen Medien (erläutert zumeist an Beispielen aus der italienischen Literatur des 20. Jahrhunderts, dem Dissertationsthema der Autorin). Damit verfügt Rajewskys Studie zwar nicht über die in-

1 Dies gilt insbesondere für Benjamins *Kleine Geschichte der Photographie* [1931] und *Das Kunstwerk im Zeitalter seiner technischen Reproduzierbarkeit* [entstanden 1935].

terdisziplinäre Breite, um die sich insbesondere die englischsprachige Diskussion der letzten Jahre bemüht hat (vgl. z. B. Interart Poetics. Essays on the Interrelations of the Arts and Media, hg. von Ulla-Britta Lagerroth, Hans Lund und Erik Hedling, Amsterdam, Atlanta 1997), trägt dafür aber dem Umstand Rechnung, dass die Literatur unbestreitbar im Zentrum bisheriger Intermedialitätsforschung gestanden hat. Eine zweite Einschränkung erlegt sich Rajewsky in systematischer Hinsicht auf, indem sie innerhalb der Intermedialität drei Subkategorien - *Medienkombination*, *Medienwechsel* und *Intermediale Bezüge* - unterscheidet und sich nur der letzteren intensiver zuwendet.[2] *Medienkombinationen* liegen dann vor, wenn zwei (oder mehr) konventionell als distinkt wahrgenommene Meiden so nebeneinander gestellt werden, dass sie sämtlich im Endprodukt materiell anwesend sind. Hierzu gehören u. a. die Verbindung von Text und Musik im Kunstlied und die Verknüpfung von Text und Bild im Fotoroman. Von *Medienwechsel* spricht die Autorin in Bezug auf die Transformation eines medialen Produkts in ein anderes Medium. In diesem Fall ist nur das Zielmedium präsent, wie es etwa für die meisten Literaturverfilmungen gilt. Intermedialität wird hier »zu einem produktionsästhetisch orientierten, genetischen Begriff« (16). Zwar weist der Ursprungstext Parallelen zum neu entstandenen Produkt auf, ersterer muss aber keinesfalls mitgelesen werden, um letzteres zu verstehen. Für die Bedeutungskonstitution eines Kunstwerks entscheidend ist dagegen Rajewskys dritte Kategorie des Intermedialen, die sie *Intermediale Bezüge* nennt. Auch hier ist nur das kontaktnehmende Medium präsent, welches sich nun aber explizit auf ein semiotisches System (oder ein einzelnes Werk) eines fremden Mediums beziehen muss. Zu dieser Form zählen z. B. Bezugnahmen eines literarischen Textes auf ein bestimmtes Gemälde, auf ein filmisches Genre oder auf die Sonatenform. Auch Literaturverfilmungen können unter diese Kategorie fallen - aber nur dann, wenn sie sich ausdrücklich auf den medialen Status ihres Prätextes rückbeziehen. Gewonnen ist mit dieser Dreiteilung die Möglichkeit, unterschiedliche Erkenntnisinteressen innerhalb der Intermedialitätsforschung zu profilieren und voneinander abzugrenzen. So kann sich die Verfasserin im weiteren Verlauf ihres Buches vorrangig literarischen Bezugnahmen auf den Film widmen, ohne der umfangreichen Forschung zur Literaturverfilmung (wo diese nur den Medienwechsel betrifft) weitere Beachtung schenken zu müssen. Gleichwohl hätten gerade das dritte und vierte Kapitel, in denen sich Rajewsky mit Literatur-Film-Relationen und dem Einfluss der Intertextualitäts- auf die Intermedialitätsdebatte beschäftigt, gestrafft, wenn nicht gestrichen werden können. So hätte es beispielsweise nicht einer in ihrer Kürze gezwungenermaßen holzschnittartigen »Einführung« in »Film und Literatur« bedurft. Auch der im wesentlichen auf Literatur-Film-Beziehungen beschränkte Literaturüberblick kann nach Mertens' kommentierter Bibliographie, die Rajewsky nicht zur Kenntnis nimmt, wahrlich keine

2 Eine ähnliche Unterteilung des Begriffs *Intermedialität* schlägt Claus Clüver vor, der sich im Gegensatz zu Rajewsky aber primär für den Bereich der *Medienkombination* (bei Clüver: *Medienfusion*) interessiert (vgl. Clüver: INTER TEXTUS / INTER ARTES / INTER MEDIA, in: Komparatistik. Jahrbuch der Deutschen Gesellschaft für Allgemeine und Vergleichende Literaturwissenschaft 2000/01, 14-50, hier: 30).

»Lücke in der Forschung« (40) mehr schließen. Die wichtigsten der in diesen Abschnitten verhandelten Fragen – etwa zur Zeitgebundenheit von Medienspezifika, zur Identifizierbarkeit intermedialer Beziehungen und zum ›Als-ob‹-Charakter filmbezogenen Schreibens – hätten problemlos in das fünfte und zentrale Kapitel integriert werden können. Dort entwickelt die Autorin auf einhundert Seiten ihren systematischen Neuansatz zur Differenzierung intermedialer Bezüge. Ohne Zweifel handelt es sich dabei um den produktivsten Teil des Buches.

Ausgangspunkt für Rajewskys Taxonomie intermedialer Systemreferenzen ist die Unterscheidung zwischen *Systemerwähnung* und *Systemkontamination*.[3] Bei einer *Systemerwähnung* werden einzelne Elemente oder Strukturen des fremden Mediums punktuell aufgerufen, nicht aber zur Textkonstitution verwendet. Um eine *explizite Systemerwähnung*, so die erste Unterkategorie, handelt es sich etwa, wenn sich das Personal eines Textes über das Fernsehprogramm unterhält oder den Besuch einer Kunstausstellung reflektiert. Von der zweiten Unterkategorie, einer *Systemerwähnung qua Transposition*, spricht die Verfasserin, wenn Charakteristika eines distinkten Mediums im Text zu einer fremdmedialen Illusionsbildung genutzt werden. Dies kann auf drei verschiedene Arten geschehen. Die *evozierende Systemerwähnung* wird häufig in Form von Vergleichen realisiert. Hier wird das fremdmediale Bezugssystem nicht einfach erwähnt, sondern z. B. eine Ähnlichkeit zwischen dem Habitus einer Figur des Textes und einem Westernhelden zur Sprache gebracht. Unter einer *simulierenden Systemerwähnung* versteht Rajewsky eine vorgetäuschte, eine ›Als-ob‹-Reproduktion des Fremdmedialen, bei der medienspezifische Elemente des distinkten Mediums diskursiv hergestellt werden. Dies ist u. a. dann der Fall, wenn eine Textpassage die filmische Überblendtechnik sprachlich simuliert. Bei einer *(teil-)reproduzierenden Systemerwähnung* werden dagegen medienunspezifische oder medial deckungsgleiche Elemente regelkonform in einen Text integriert, die vom Leser dennoch assoziativ mit einem fremden Medium verknüpft werden. So braucht in einem Roman nur die sprachliche Ebene einer Fußball-Live-Übertragung reproduziert zu werden, damit der Leser das visuelle Medium Fernsehen vor Augen hat. Genauso kann eine gelesene Liedzeile ausreichen, die zugehörige Musik zu assoziieren. Gemeinsam ist diesen Formen der *Systemerwähnung qua Transposition*, dass sie sich zwar punktuell auf ein fremdes Medium berufen, den narrativen Diskurs aber nicht grundlegend beeinflussen. Von *Systemkontamination*, dem zweiten Oberbegriff intermedialer Bezugnahmen, spricht Rajewsky nur da, wo ein Text »grundlegend in Richtung auf das kontaktgebende System modifiziert ist« (160). Auch hier werden zwei Unterkategorien geschaffen. Die *Systemkontamination qua Translation* kommt zustande, wenn die präskriptiven und restriktiven Regeln eines distinkten Mediums »kontinuierlich zur Texterzeugung verwendet« (118) werden. Zwar kann Literatur die Kommunikations- und Gestaltungsprinzipien einer Symphonie oder eines Films nie vollständig realisieren (weshalb sich die Autorin auch gegen Penzenstadlers Begriff *Systemaktualisierung* entscheidet) – um den Versuch einer maximalen Annäherung an fremdme-

3 Rajewsky bezieht sich dabei auf die von Franz Penzenstadler zur Analyse intertextueller Phänomene verwendeten Begriffe *Systemerwähnung* und *Systemaktualisierung* (vgl. 66ff.).

diale Spezifika geht es im Fall der *Systemkontamination qua Translation* aber doch. Hier wie bei der *teilaktualisierenden Systemkontamination* muss die intermediale Bezugnahme zudem den ganzen Text durchziehen. Letztere verwendet dabei allerdings nur medienunspezifische oder medial deckungsgleiche Elemente des distinkten Mediums.

So verwirrend die Kategorienvielfalt auf den ersten Blick auch wirken mag: Mithilfe des vorbildlich didaktisierten Layouts des Buches (Marginalien, Texttafeln, Schaubilder, Abbildungen und Glossar) gelingt es vorzüglich, die Systematik anschaulich und einprägsam zu machen. Gleichwohl bleiben einige Unklarheiten bestehen. So irritiert der Begriff *Systemkontamination* auch nach Rajewskys Beteuerung, dass er weder als »Verseuchung« (133) zu lesen noch überhaupt negativ konnotiert sei - diese Semantik wird den Begriff wohl begleiten und dieser sich deshalb kaum in der allgemeinen Diskussion etablieren. Verwirrend bleibt zudem die semantische Nähe der medienübergreifend verwendeten Begriffe *Translation* und *Transposition*, zumal Rajewsky an anderer Stelle selbst davor warnt, Fachtermini aus dem Bereich eines Mediums in ein anderes zu übertragen.

Von größerer Bedeutung als die Frage nach der Benennung einzelner Kategorien ist freilich die Frage nach deren Berechtigung. Und hier ist Rajewskys Argumentation immer da ungenau, wo die grundsätzliche Unterscheidung von *Systemerwähnung* und *Systemkontamination* verhandelt wird. Denn zunächst wird der Eindruck vermittelt, dass man es hier mit einer qualitativen Differenz zu tun habe (vgl. 66f.). Während die *Systemerwähnung* Elemente des fremden Mediums nur thematisiere, sei im Fall der *Systemkontamination* ein Text darum bemüht, das distinkte Medium mit den eigenen Mitteln auch zu inszenieren.[4] Um eine Inszenierung bzw. Imitation geht es dann aber bereits in der *simulierenden Systemerwähnung* - die sich schließlich nur noch quantitativ von der *Systemkontamination qua Translation* unterscheidet. Und auch die *(teil-)reproduzierende Systemerwähnung* differiert nicht in der Form, sondern nur in ihrer Ausdehnung von der *teilaktualisierenden Systemkontamination*. Grundsätzlich unterscheiden lassen sich die beiden Gruppen intermedialer Bezüge also doch nur danach, ob sie »punktuell« (*Systemerwähnung*) oder »durchgehend« (*Systemkontamination*; 161) den Text bestimmen. Diese graduelle Differenz rechtfertigt aber nicht Rajewskys kategoriale Trennung der Phänomene. So wäre es z. B. wenig plausibel, zwei identische Verfahren filmbezogenen Schreibens nur deshalb zwei unterschiedlichen Analysekategorien zuzuordnen, weil sie sich im ersten Fall über vier und im zweiten Fall über vierzig Seiten erstrecken. Ferner dürfte es zumindest bei der Lektüre postmoderner Texte schwer fallen, überhaupt noch für den gesamten Text gültige Prinzipien »›normalen‹ Erzählens« oder »konventioneller Erzählschemata« (132) auszumachen, die dann erst von einer intermedialen *Systemkontamination* in ihrer Einheitlichkeit durchbrochen würden.

4 Die Termini *Thematisierung* und *Inszenierung* übernehme ich von Werner Wolf, auf dessen Arbeiten sich Rajewsky sonst an zahlreichen Stellen beruft (vgl. Wolf: Intermedialität als neues Paradigma der Literaturwissenschaft? in: Arbeiten aus Anglistik und Amerikanistik 21 (1996), 85-116, hier: 87).

Trotz dieser Einwände stellt nicht nur Rajewskys klare Unterscheidung von *Medienkombination*, *Medienwechsel* und *Intermedialen Bezügen*, sondern auch ihre systematische Neuordnung intermedialer Bezüge ohne Zweifel einen Fortschritt in der Suche nach einer übergreifenden Ordnung in der Intermedialitätsdebatte dar. Es ist darüber nachzudenken, ob sich Rajewskys Taxonomie etwa dahingehend vereinfachen ließe, dass man kategorial nur zwischen einer expliziten *Systemerwähnung* und einer *Systemtransposition* unterscheidet. Zu nutzen wären dann in jedem Fall die qualitativen Subkategorien *evozierende*, *simulierende* und *(teil-)reproduzierende Systemtransposition*, anhand derer es gelingen sollte, erhellende Schneisen in das bisherige Theorie-Dickicht intermedialer Bezüge zu schlagen. Insgesamt ist Rajewsky damit sicher gelungen, worum es ihr schlussendlich auch ging: eine produktive Grundlage für einen »offenen Dialog der Sichtweisen und Ansätze« (181) zu schaffen. Dass es sich bei dieser Studie um das letzte Wort zur Systematik intermedialer Bezüge handelt, hat die Autorin nicht beabsichtigt und ist auch nicht zu erwarten. Aber ein Anfang ist gemacht.

Torsten Hoffmann

Ingo Stöckmann: *Vor der Literatur. Eine Evolutionstheorie der Poetik Alteuropas.* Tübingen (Niemeyer) 2001 (= Communicatio; Bd. 28). 402 Seiten.

Der Titel könnte mißverständlich sein: Es handelt sich nicht um eine ›soziobiologische‹ Erklärung, sondern um eine systemtheoretische Untersuchung der europäischen Poetik im 17. und 18. Jahrhundert. Der Autor betritt insofern Neuland, als sich bisher Systemtheorie Luhmannscher Prägung kaum mit dieser Epoche befaßt hat. Sie gilt als ›vormodern‹, d. h. sie hing einem Gesellschaftsmodell an, das noch eine stratische Ordnung (Schichten) zugrundelegte und nicht funktional ausdifferenziert (Fächer) war. Daß die Vormoderne zumindest für Systemtheoretiker bisher wenig relevant war, wird sich mit Stöckmanns Arbeit grundlegend wandeln. Er möchte den Blick der Literaturwissenschaft dafür schärfen, »daß die Ausdifferenzierung der modernen literarischen Kommunikation vorgängig an das Vergessen des alten poetologischen Wissens gebunden ist.« (367) Gerade diese De-aktivierung der traditionellen Semantik bzw. der Semantik des Traditionellen wurde aber in der Vormoderne vorbereitet.

Besonders auch die Systemtheorie hat den Epochensprung zur Moderne betont und kann es nun doch nicht einfach bei der Behauptung ihrer Emergenz belassen, um ihrer möglichen Reduktion auf Vorläufer zu entgegnen. Stöckmann führt aus, inwiefern das evolutionstheoretische Paradigma – also die Dynamik von Variation, Selektion und Stabilisierung – sich dennoch auf die Vormoderne anwenden läßt, um gerade dadurch erst den Sprung in die Moderne zu erklären. Mit anderen Worten, der Autor muß beschreiben können, auf welchen Wegen die alteuropäische Poetik ihre verpflichtende Bindung an Tradition progressiv zu lösen begann, wie also das an sich involutive Niveau der poetologischen Semantik im Verlauf des 17. und frühen 18. Jahrhunderts allmählich strukturelle Bedingungen für Innovationen und Variationen des überlieferten semantischen Materials bereitstellen konnte, ohne daß Teildifferenzierungen dieser Art bereits zur vollständigen Ausdifferenzierung des modernen Literatursystems führten. Drohende Evolution mußte auf Involution zurückgebogen werden. Mit Jan Assmann bezeichnet Stöckmann diese Strategie auch als »Hypolepse«, die besagt, daß in traditions- bzw. mnemotechnisch organsierten Wissenshaushalten der Bezug auf Texte der Vergangenheit auch in Form »kontrollierter Variation« (Assmann bei Stöckmann, 363) vorgenommen werden konnte.

›Alteuropa‹ war von redundanten Kennzeichen dieses poetologischen Gedächtnisses, das Evolution verhindern und gerade dadurch doch vorbereiten mußte, gezeichnet. Stöckmann zählt fünf dieser Kennzeichen auf und hat sie im Hauptteil seiner Arbeit eingehend untersucht: 1. Totalität des Kanons an Schreibregeln, 2. Exemplarizität und Normativität als Kriterien für Inklusion bzw. Exklusion von Texten in die ›Schatzkammern‹ der Poetik, 3. Kopräsenz von Autoren der Antike und der barocken Gegenwart in einem gemeinsamen Überlieferungszusammenhang, 4. Schriftlichkeit als einzig legitime Form der Überlieferung und 5. äquivalente Medialisierungen in Form von ›Schatzkammern‹ oder Bibliotheken. Der Autor stellt aber zurecht fest, daß die Gedächtnisfunktion der alteuropäischen Poetik im Verlauf des 18. Jahrhunderts in dem Maße verloren ging, wie das moderne Literatursystem die Möglichkeiten seiner auf sich *selbst* reagierenden Formenevolution zu nutzen begann. (367) Autonomie bedeutete nun, die eigene Reproduktion zu temporalisieren und sich unter den Zwang einer nur noch selbsterzeugten Anschließbarkeit der Kommunikation zu stellen. Soweit Luhmanns Definition der Emergenz der Moderne. Wie aber war es möglich, daß die lange Zeit gültigen semantischen Formationen einfach »vergessen« werden konnten? Dies ist die Frage, die der Autor mit seiner Darstellung des Umbaus von semantischer Involution (identischer Reproduktion) auf semantische Innovation (variationsbezogene Selektion) beantwortet. Innovation fand zwar schon statt, blieb aber verborgen.

Latent - also sozusagen »noch nicht erinnert« - ist die Moderne in der Vormoderne vor allem durch Rekombination. Rekombination ist einmal der Prozeß der laufenden Lektüre, der zwar immer Variationen hervorbringt - und damit unvorhergesehene Freiräume und Innovationen -, diese aber immer wieder als »Zufälle« nutzbar macht und in den Reproduktionszusammenhang zurückstellt. An Rekombinationen war der Zeitraum der Vormoderne allerdings reich: Traditionen und Theoriebestände werden rekombiniert, Rhetorik und Poetik, Um- und Neuinterpretationen, verschiedene ›Geschmäcker‹, Mißverständnisse und Fehldeutungen (etwa Lessings verfehlte Aristoteles-Rezeption und ihre nachfolgende Mitleidspoetik) und schließlich verschiedene Auffassungen vom Traditionshorizont selbst, vor dem diese Rekombinationen vorzunehmen waren. Mit der äußerst detailreichen Untersuchung solcher Rekombinationen kann Stöckmann zeigen, daß die Emergenz der Moderne zwar mit Emergenz adäquat beschrieben ist, ihre Voraussetzung aber dennoch in den emergentistischen Momenten der Vormoderne hat. Die literarische Moderne läßt sich damit immer noch nicht auf

Vormoderne zurückführen, kündigt sich aber immer dort schon an, wo in Rekombinationen Variationen reintegriert werden mußten. Dies feststellen zu können, ist sicher nicht nur ein Gewinn für die systemtheoretische Literaturwissenschaft, sondern allgemein auch für die Literaturwissenschaft der Vormoderne, die dort bisher selten eine evolutionäre Dynamik erkennen mochte.

Thomas Wägenbaur

Karin Tebben (Hg.): *Frauen - Körper - Kunst. Literarische Inszenierungen weiblicher Sexualität.* Göttingen (Vandenhoeck & Ruprecht) 2000. 272 Seiten.

»Einblicke«, »Frauenblicke« und »Männerblicke« sind die drei thematischen Blöcke und perspektivischen Leitlinien, denen Karin Tebben die zwölf Beiträge ihres interdisziplinären Sammelbandes zu literarischen Inszenierungen weiblicher Sexualität um 1900 zuordnet. Die Beiträge stammen von Peter Springer, Joachim Radkau, Alyth F. Grant, Bettina Pohle, Katharina Gerstenberger, Sigrid Schmid-Bortenschlager, Rita Morrien, Christa Gürtler, Horst-Jürgen Gerigk, Kerstin Gernig, Theodore Fiedler und Karin Tebben selbst.

In den Aufsätzen werden das starke Interesse der deutschen Kunst und Literatur des Fin de siècle am Geschlechtlichen und das daraus resultierende, zuweilen widersprüchliche, stets aber schillernde Bild der Frau und ihrer Sexualität unter verschiedenen Aspekten dargestellt und analysiert. Sozialhistorische und psychologische Betrachtungen spielen dabei ebenso eine Rolle wie kunsthistorische und literaturwissenschaftliche Sichtweisen; gesellschaftlich relevante Diskurse überlappen sich und vereinen sich in der Gesamtheit der Beiträge zu einem komparatistischen Blick auf das ›Rätsel Weib‹ und das Phänomen der unausgesetzten Stilisierung, Ästhetisierung oder Denunziation der Frau in der Kunst- und Sinnproduktion der bürgerlichen Gesellschaft der Jahrhundertwende. Deutlich treten dabei die Verschränkungen ökonomischer, politischer und emanzipatorischer Entwicklungen mit traditionellen oder progressiven Definitionen von Weiblichkeit sowie Moralvorstellungen einer patriarchalisch organisierten Gesellschaft und geschlechtsspezifischen Rollenmodellen hervor. Nicht selten erweisen sich in diesem Kontext stereotype Frauenbilder oder die Inszenierungen weiblicher Erotik und Sexualität als Projektionen männlicher Imagination, sei es nun in Form unausgesprochener Wünsche oder in Form uneingestandener Ängste: Die Darstellung der Frau und ihrer entweder unterdrückten oder aber entfesselten Sexualität spricht immer auch von Männern und deren sexuellen Dispositionen. Der weibliche Körper wird zur Projektionsfläche männlicher Phantasie und männlicher Selbstbehauptung und gleichsam zum Austragungsort eines in die Kunst und Literatur verlegten gesellschaftlichen Kampfes um Gleichberechtigung und sexuelle Befreiung; der um die Jahrhundertwende forcierte Emanzipationsprozess findet so seinen unübersehbaren Niederschlag in der künstlerischen Produktion und der sowohl positiven wie auch negativen Stilisierung der Frau.

Einen allgemeinen Überblick über die Darstellungen des weiblichen Körpers in der Bildenden Kunst und der Werbegraphik des Fin de siècle bietet Springer im ersten Beitrag des Themenblocks *Einblicke*. Radkau beleuchtet das gesellschaftliche Verständnis von Sexualität im Kaiserreich, den Sexualdiskurs im Bereich der Psychiatrie und Psychopathologie und die Ausprägungen des Geschlechtlichen im öffentlichen wie im privaten Leben und überrascht dabei mit der Tatsache, dass das Verhältnis zu Sexualität und weiblicher Erotik seinerzeit weitaus vielfältiger und weniger misogyn geprägt war als man heute gemeinhin vermutet - ein interessanter Befund, der ein bezeichnendes Licht auf die Polarisierungen und typologischen Vereinfachungen der literarischen Fiktionen von Weiblichkeit und Sexualität wirft: Durch die Kunst spricht eine tiefere Bewusstseinsschicht des Menschen, drücken sich latente Vorstellungen, existenzielle Bedürfnisse und Krisen, unterbewusste Konflikte und Sexualängste in verzerrter oder symbolischer Form aus Grant thematisiert die traditionell verankerte Norm weiblicher Unschuld und die Problematik der Tabuisierung von Sexualität im Kontext der Erziehung von Mädchen und des Selbstverständnisses junger Frauen. Pohle stellt schließlich die populärsten literarischen Entwürfe von Weiblichkeit im Fin de siècle dar, ein Spektrum, das von der selbstlosen Mutter zur lustvoll-naiven Kindfrau, von der zerbrechlichen *femme fragile* zur sexuell aggressiven *femme fatale* reicht, Stereotype und Klischees allesamt, in denen sich der Wunsch des männlichen Subjekts nach Beherrschung, Dämonisierung oder Pathologisierung des Weiblichen widerspiegelt. Damit sind einerseits die Grundlagen für das tiefere Verständnis der nun folgenden literaturwissenschaftlichen Einzelanalysen gelegt; andererseits zeigen die Ausführungen, dass das Generalthema des Sammelbandes - die Vorstellungen und die Gestaltungen weiblicher Sexualität und deren gesellschaftlichen Bedingungen - nicht nur für die Epoche des Fin de siècle bedeutsam war, sondern auch heute nichts an Aktualität und Brisanz verloren hat.

Im zweiten Block *Frauenblicke* widmet sich Gerstenberger der Schriftstellerin Wanda von Sacher-Masoch, deren Biographie mit eigenen literarischen Fiktionen und dem masochistisch geprägten Werk ihres Mannes Leopold von Sacher-Masoch verschmolzen scheint. Während sie einerseits in ihrer literarischen Produktion vorgegebene Muster grausamer Geschlechterbeziehungen weiterführt, bemüht sie sich andererseits in autobiographischen Schriften um neue Möglichkeiten sexueller Lebensformen, die frei von ritualisierten Machtkämpfen und Erniedrigungen sind. Schmid-Bortenschlager stellt Romane und Erzählungen der Autorinnen Else Jerusalem, Else Asenijeff und Maria Janitschek vor, in denen es um die Begegnungen weiblicher Protagonisten mit Sexualität und damit verbundenen repressiven gesellschaftlichen Strukturen geht. Dabei fungieren die literarischen Fiktionen als Projektionsflächen, die der Verarbeitung traumatischer Erfahrungen mit einer aggressiv und destruktiv erlebten männlichen Sexualität sowie der Erprobung alternativer Entfaltungsmöglichkeiten weiblicher Sexualität dienen. Der Zusammenhang zwischen Künstlertum und sexueller Identität steht im Mittelpunkt der Ausführungen Morriens über die Romane *Es lebe die Kunst!* (1899) von Clara Viebig und *Fanny Roth. Eine Jung-Frauengeschichte* (1902) von Grete Meisel-Hess. Das Spannungsfeld zwischen weiblichem Begehren und sozialen Normen und die Unmöglichkeit, sexuelle und künstlerische Selbstverwirklichung mit gesellschaftlichen Erwartungen und traditionellen Rollenmodellen zu vereinbaren, zeigen sich als thematische Schwerpunkte zahlreicher Texte von Autorinnen der Jahrhundertwende. Gürtler schildert den publizistischen Kampf der Schriftstellerinnen Rosa Mayreder und Irma von Troll-Borostyáni gegen Korsett und Mieder, die als zentrale Kleidungsstücke der Frauenmode symbolisch für gesellschaftliche Einengung und Behinderung persönlicher und geistiger Entwicklung stehen. Die Deformation des weiblichen Körpers mit dem Ziel gesteigerter erotischer Wirkung wird im Prozess zunehmender Emanzipation zum Indiz weiblicher Unterordnung unter den dominierenden männlichen Blick und zum schwer erträglichen Ausweis geschlechtlicher Unterdrückung schlechthin.

Im dritten thematischen Block - *Männerblicke* - wird die literarische Gestaltung der Frau, des weiblichen Körpers und weiblicher Sexualität aus männlicher Sicht in den Vordergrund gestellt. Am Beispiel von Oscar Wildes *Salomé* (1893) und Vladimir Nabokovs *Lolita* (1955) entwickelt Gerigk eine umfassende Typologie der Kindfrau in Form eines wiederkehrenden Archetypus, wobei er den intentionalen Ursprung des Romans von Nabokov im literarischen Umfeld und in der Atmosphäre des Fin de siècle betont. Einsichtig wird hier das Bedeutungsspektrum einer archetypischen Frauengestalt im Sinne C.G. Jungs durch die Doppelinterpretation Wildes und Nabokovs entfaltet. Gernig stellt mit Hermann Graf Keyserlings *Reisetagebuch eines Philosophen* (1919) ein ästhetisch und geschichtsphilosophisch fundiertes Plädoyer für Kurtisanen vor; der Kulturvergleich zwischen christlich-abendländischer Moral und sexueller Unterdrückung einerseits und asiatischer Inszenierung und Ästhetisierung weiblicher Erotik andererseits, den Keyserling auf Reisen durch Indien, China und Japan in den Jahren 1911 bis 1913 anstellen konnte, führt zu einer positiven Beurteilung der in Asien möglichen Verknüpfung von Sexualität und Spiritualität, von Körper und Geist. Fiedler widmet seinen Beitrag Rainer Maria Rilke und dessen Wahrnehmung und literarischer Gestaltung weiblicher Sexualität, die von Sehnsucht über Ekstase bis zur Askese reicht. Bedeutsam für Rilkes Entwicklung, die sich in seiner Lyrik und den *Aufzeichnungen des Malte Laurids Brigge* (1910) niederschlägt, erscheint vor allem die Begegnung mit Lou Andreas-Salomé und deren Schriften; es kreuzen sich hier also männlicher und weiblicher Blick. Mit einer Interpretation des Romans *Professor Unrat* (1905) von Heinrich Mann schließt Tebben den Sammelband; ihrer Deutung der beiden Protagonisten Unrat und Rosa Fröhlich als Verkörperungen von Macht und Erotik, die sich zu einer unheilvollen und gesellschaftlich katastrophalen Allianz zusammenfinden, unterlegt sie den Konflikt zwischen Heinrich und Thomas Mann, der aus deren unterschiedlichen Kunstauffassungen resultiert.

Fazit: Ein lesenswertes Buch, das sein Thema - die literarischen Entwürfe und die zugrundeliegenden sozialhistorischen Rahmenbedingungen weiblicher Sexualität um 1900 - facettenreich und informativ vermittelt und sicherlich auch für Leserinnen und Leser außerhalb wissenschaftlicher Kreise von Interesse ist. Im

Frühjahr 2002 erscheint im gleichen Verlag übrigens - im Sinne der Gleichberechtigung - ein Sammelband über Männerbilder des Fin de siècle: *Abschied vom Mythos Mann. Männlichkeit in der Literatur der Moderne*, ebenfalls von Karin Tebben herausgegeben.

Matthias Hurst

Sigrid Thielking: *Weltbürgertum. Kosmopolitische Ideen in Literatur und politischer Publizistik seit dem achtzehnten Jahrhundert.* München (Fink) 2000. 324 Seiten.

»Weltbürgertum als Kampfbegriff« – so lautete die Parole, die Reimar Zons vor einigen Jahren ausgab (Reimar Zons: *Weltbürgertum* als Kampfbegriff, in: Weltbürgertum und Globalisierung, hg. von Norbert Bolz, Friedrich Kittler und Reimar Zons, München 2000, 9-28). Tatsächlich hat, angesichts der Debatten um die ›Globalisierung‹ und ihre Folgen für die Kulturwissenschaften, die Auseinandersetzung mit supranationalen Konzepten wie Kosmopolitismus, Interkulturalität, Weltbürgertum und natürlich auch Weltliteratur an Bedeutung gewonnen. Das damit zugleich die begriffsgeschichtliche Entwicklung der entsprechenden Modelle eine weitergehende Ausdifferenzierung erfährt, ist angesichts des inflationären Gebrauchs dieser Schlagworte u. a. in der aktuellen Bildungsdebatte sehr zu begrüßen.

Innerhalb dieser begrifflichen Differenzierungsarbeit hat Sigrid Thielking 1999 ihre Habilitationsschrift unter dem Titel *Dimensionen größerer Einheit. Kosmopolitische Ideen in Literatur und politischer Publizistik seit dem achtzehnten Jahrhundert* vorgelegt. Die unter dem Titel *Weltbürgertum* erschienene Arbeit widmet sich der Darstellung und Entwicklung des Weltbürgergedankens in hauptsächlich deutschsprachiger Publizistik und Literatur. Der angegebene Untersuchungszeitraum ergibt sich für Thielking dabei bereits aus der Etymologie des Schlagwortes: Im 17. Jahrhundert erstmals als Lehnübersetzung nachweisbar, entwickelte es sich seit dem 18. Jahrhundert zu einem Modewort der Aufklärung. Angesichts der reichhaltigen Forschungsliteratur zum Themenbereich ›Kosmopolitismus‹ besonders im 18. und frühen 19. Jahrhundert (genannt sei hier nur: Peter Coulmas: Weltbürger. Geschichte einer Menschheitssehnsucht, Reinbek bei Hamburg 1990), beschränkt Thielking ihre historische Darstellung auf einen einleitenden Überblick zu den wichtigsten Stationen kosmopolitischen Denkens in Aufklärung, Romantik, Vormärz und Nachmärz (24-79).

Der Schwerpunkt ihrer Arbeit liegt auf kosmopolitischen Konzeptionen in der ersten Hälfte des 20. Jahrhunderts. Das den ersten Teil beschließende Kapitel über *Jüdische Renaissance und nationaljüdische Sendung* (79-83) ist, wenn auch als Exkurs bezeichnet, gleichsam programmatisch für den weiteren Verlauf der Studie. Der nachfolgende und zentrale zweite Teil *Vom Agressionsnationalismus zur Welt(bürger)gesellschaft – Dimensionen im zwanzigsten Jahrhundert* beginnt im Jahre 1914. Mit dieser historischen Grenzziehung folgt Thielking einem

Gedanken Theodor Lessings, der 1923 zur ›Epoche‹ des Weltbürgertums bemerkte: »Im August 1789 beschlossen die Menschen Weltbürger zu werden. Im August 1914 beschlossen sie das Gegenteil« (85).

Sigrid Thielking beginnt mit ihrer Darstellung eines sich wandelnden kosmopolitischen Interesses nach dem Ende der »Massenstaatseuphorie« von 1914. Für die Neukonstitution eines geistigen Europäertums ist Friedrich Naumanns Buch *Mitteleuropa* von 1915 konstitutiv. Von hier ausgehend präsentiert Thielking ihr Panoptikum kosmopolitischer Konzeptionen der Moderne zunächst bis 1933. Sie beschreibt diese kosmopolitischen Ideen als »eine Reflexbewegung auf anmaßende und übersteigerte nationalistische Auswüchse« (275). Als Beispiele dienen ihr vor allem Essays und Romane von bekannten Intellektuellen und Schriftstellern der Zeit: Hugo von Hofmannsthal, Thomas Mann, Robert Musil, Stefan Zweig, Heinrich Mann und Lion Feuchtwanger werden in meist ausführlichen Einzelanalysen vorgestellt. Thielking macht deutlich, daß die Ausdifferenzierung eines europäischen Kosmopolitismus im Laufe des 20. Jahrhunderts »eine singuläre, oftmals individuell geprägte Form« annimmt, »der nicht selten eine Aufwertung des Außenseiterstatus' oder auch eine subversive Oppositionskraft korrespondieren« (274).

Diese Tendenz zur Individualisierung ist - unter dem Gedanken einer neuen »Mondialität im Exil« (159) - auch Kennzeichen der Entwicklung weltbürgerlichen Denkens in der Zeit zwischen 1933 und 1945. Thielking bereitet dieses Kapitel ihrer Darstellung mit einer Lektüre von Feuchtwangers *Erfolg* und dem noch 1932 erschienenen *Der jüdische Krieg* vor. In ihrer Analyse entwickelt sie die Vorstellung eines spezifisch jüdischen Weltbürgertums, das als zunehmend ausgegrenztes transnationales Denken – nach Feuchtwanger – »eindeutig ein disziplinierter und selbsterzieherischer Ermächtigungsakt« (153) ist. Ein ähnliches Modell findet sie auch bei Erich von Kahler, der 1933 in der Entwicklung des europäischen Judentums »das befreiende Prinzip, die Verheißung einer völkervereinenden unmittelbaren Menschheit« (156) erkannte. Die Auseinandersetzung mit Feuchtwanger und von Kahler führt Thielking in ihrem Kapitel zum Exil fort. Hier stehen zum einen Feuchtwangers weitere Arbeit an der *Josephus*-Trilogie (174-189) sowie von Kahlers im amerikanischen Exil entstandene kulturhistorische Studie *Man the Measure* im Mittelpunkt (218-227). Beide greifen ihre Positionen aus der Zeit vor 1933 wieder auf und entwickeln sie unter neuen Bedingungen weiter. Die an den Beispielen Feuchtwanger und von Kahler kurz skizzierte Methode wird auch bei anderen Beispielen expliziert: Die Positionen des ersten Teils werden in ihrem durch das Exil geprägten diskursiven Wandel gezeigt. Hinzu treten neue Stimmen, die aus der Exilsituation heraus zur (Neu)Positionierung ihres weltbürgerlichen Denkens Anlaß haben. Neben Stefan Zweig, Lion Feuchtwanger und Thomas Mann werden im zweiten Teil nun auch die Konzeptionen von Joseph Roth, Hermann Broch und Oskar Maria Graf vorgeführt. In beiden Kapiteln gelingt es Thielking mit ausgesprochen spannenden Analysen überzeugend, das besondere Verhältnis von Kosmopolitismus und Exil darzustellen.

Abschließend folgt der Versuch, das Modell kosmopolitischen Denkens auch in die Gegenwart zu führen. Sie beginnt mit einem Ausflug in die unterdrückten kosmopolitischen Bestrebungen der DDR bis 1956. Danach, so scheint es, schloß sich der eiserne Vorhang unter den Mechanismen totalitärer Unterdrükkung endgültig und ließ keinen Blick nach außen mehr zu. Thielkings an dieser Stelle zu kurz greifende Analyse der DDR-Verhältnisse verläßt leider das in den vorhergehenden Kapiteln gut erprobte Modell. Dabei hätte doch u. a. das Beispiel Lion Feuchtwanger, der in der DDR seine erste publizistische Heimat nach 1945 gefunden hat, fortgeführt und durch eine Detailanalyse ein differenzierteres Bild entworfen werden können.

Für die Fortführung des kosmopolitischen Denkens im Westen Deutschlands sucht Thielking einen anderen Weg und entwickelt an exemplarischen Autoren das Bild je eines Nachkriegsjahrzehnts bis in die 1980er Jahre. Die Wahl der Autoren befremdet zunächst ein wenig, überzeugt nach der Lektüre aber dennoch: Karl Jaspers, Ernst Jünger, Günter Grass, Hans Magnus Enzensberger, Martin Walser und Peter Schneider sind die Repräsentanten ihrer Darstellung. Die 1990er Jahre werden unter dem Stichwort ›Globalisierung‹ den Soziologen und Historikern überlassen, die zumindest die Anfangsthese von Theodor Lessing in ein optimistischeres, fast goethesches Bild kehren: »Der weltbürgerliche Zustand ist kein bloßes Phantom mehr, auch wenn wir noch weit von ihm entfernt sind. Staatsbürgerschaft und Weltbürgerschaft bilden ein Kontinuum, das sich immerhin schon in Umrissen abzeichnet.« (Habermas, zit. nach Thielking, 273) Gerade für dieses letzte Kapitel über den Kosmopolitismus nach 1945 wäre ein gesamtdeutscher Ansatz, der ideologische Grenzen wie auch individuelle Produktionsbedingungen differenzierter behandelt hätte, wünschenswert gewesen. Das Konzept, die Begriffsgeschichte des ›Weltbürgertums‹ in deutschsprachiger Literatur und Publizistik von der Aufklärung bis in die Gegenwart vorzustellen stößt daher an diesem letzten Punkt an seine Grenzen. Während der einleitende Überblick eine gute Grundlage zum Verständnis der Entwicklung im frühen 20. Jahrhundert bietet, schreitet die Darstellung der Nachkriegsgesellschaft bis zur ›global community‹ zu rasch voran. Insgesamt ist jedoch festzuhalten, daß Sigrid Thielking mit ihrer Arbeit einen wichtigen und zudem gut lesbaren Beitrag zum komplexen Phänomen des ›Kosmopolitismus‹ aus deutschsprachiger Sicht liefert. Besonders mit ihrer Analyse des Themas ›Kosmopolitismus und Exil‹ liefert sie einen schon lange vermißten wichtigen und umfassenden Beitrag zu einem bislang nur wenig beachteten Phänomen.

Peter Goßens

Frank Zipfel: *Fiktion, Fiktivität, Fiktionalität. Analysen zur Fiktion in der Literatur und zum Fiktionsbegriff in der Literaturwissenschaft.* Berlin (Erich Schmidt) 2001 (= Allgemeine Literaturwissenschaft - Wuppertaler Schriften; Bd. 2). 344 Seiten.

Dem Grundbefund, den die vorliegende Monographie (zugleich eine Mainzer Dissertation von 1999) zum Ausgangspunkt der Erörterung nimmt, kann nur zugestimmt werden: Der Fiktionsbegriff steht in den vergangenen Jahrzehnten mehr denn je im Zentrum literaturtheoretischer und literaturwissenschaftlicher Diskurse, so divergent deren methodische Grundlagen auch sein mögen. Er übernimmt dabei nicht allein eine Vielzahl von Funktionen, sondern verliert durch seine vielfache und differente Verwendung auch an Bestimmtheit. In Ansätzen zur Charakteristik des spezifischen Bezugs zwischen poetischen Texten und der von ihnen jeweils evozierten »Welt« spielt der Begriff der Fiktion eine wichtige Rolle. Er wird verwendet, um das zu bezeichnen, was mit den Worten des poetischen Textes dargestellt ist, oft aber fungiert er auch als Synonym für das poetische Konstrukt als Ganzes - oder aber für den Prozeß seiner Hervorbringung. Die Beschreibung literarischer Texte als »fiktiv« ist vielfach nützlich, aber sie wirft auch Fragen und Probleme auf. So impliziert sie die Existenz von etwas, das »nicht-fiktiv« ist, die Möglichkeit, »nicht-fiktionaler« Rede und die Überprüfbarkeit der »Fiktionalität« oder »Nichtfiktionalität« von Aussagen respektive Darstellungen. Zu fragen ist ferner nach der Tauglichkeit der Kategorie der »Fiktionalität« als Kriterium zur Beschreibung aller Textgattungen. Wann ist diese Kategorie anwendbar auf eine Textgattung - bzw. unter welchen Prämissen?

Erstes Ziel der Monographie Zipfels ist es daher, dem Begriff der »Fiktion« und seinen Nachbarbegriffen zur Bestimmtheit zu verhelfen, gleichsam die Spielregeln seiner Verwendung sowie deren Implikationen zu klären. Damit verbindet sich zweitens sinnvollerweise eine Darstellung der Geschichte sowie der rezenten Auslegungen des Fiktionsbegriffs. Wer von literarischen »Fiktionen« spricht, artikuliert vielfach primär sein Verständnis der Beziehung zwischen dem Gegenstand *literarischer Darstellung* und der *außerliterarischen Sphäre*, auf welche der Text bezogen ist. Die Auseinandersetzung mit »Fiktionalität« ist daher oft durch ein in sie einfließendes, implizit bleibendes Vorverständnis von »Wirklichkeit« belastet. (Wie konsequent sich dies durchführen läßt, mag diskutiert werden.) Zipfels Entscheidung, den Fiktionsbegriff möglichst unter ausschließlicher Bezugnahme auf die Sprach- und Diskursebene zu verhandeln, statt ihn - und die durch ihn charakterisierten literarischen Werke - über außersprachliche Wirklichkeiten zu bestimmen (vgl. 15), erscheint da plausibel. Die Monographie leistet mehrerlei: Sie expliziert in systematischer Hinsicht die verschiedenen Aspekte der Diskussion über literarische »Fiktionen« sowie die Themenfelder, zu denen der Begriff in Beziehung steht. Sie bietet einen Abriß der wichtigsten literaturwissenschaftlichen Fiktionstheorien und -konzepte, deren unterschiedliche Profilierungen dabei auf instruktive Weise verdeutlicht werden. Und sie entwickelt auf dieser Grundlage schließlich ihr eigenes Modell literarischer Fiktion. Zipfels Ansatz ist handlungstheoretisch; er betrachtet literarische Texte im Kontext sprachlichen

Handelns und deutet die literarische Fiktion als eine spezifische Form der Sprachhandlung. Das fiktionale Erzählen als eine solche Form der Sprachhandlung ist demnach eingebettet in die Sprachhandlungspraxis »Fiktion«, die auch unabhängig von ihrer literarischen Realisierung sozial und kulturell etabliert ist. Anschließend an die Darlegung der diffusen literaturtheoretischen Umgangsweisen mit dem Fiktionsbegriff sowie der sprachtheoretischen Grundlagen, auf denen das Thema Fiktion erörtert werden soll, widmen sich relativ selbständige Teile der Monographie der Beziehung zwischen Fiktionsbegriff und »Geschichte«, wobei insbesondere die Kategorie des »Fiktiven« bzw. der »Fiktivität« diskutiert wird, der erzähltheoretischen Dimension des Fiktionsbegriffs, den produktions- und den rezeptionsästhetischen Aspekten literarischer Fiktion, sowie, im Sinne der Hauptthese Zipfels selbst, der Fiktion im Zusammenhang von Sprachhandlungssituationen. Die Explikation von »Fiktion« als soziale und kulturelle Sprachhandlungspraxis versteht sich zum einen als eigenständiger fiktionstheoretischer Entwurf, mit dem die unbefriedigend uneinheitliche und oft problematische Verwendung des Begriffs einer kritischen Revision unterzogen werden soll. Zum anderen soll auf der Basis der sprachhandlungstheoretischen Argumentation auch an die Analyse und Interpretation fiktionaler Texte herangeführt werden. Zu den wichtigsten Konzepten Zipfels gehört das des zwischen Autor und Leser geschlossenen Fiktionsvertrags, der entsprechend einer ausführlichen Erörterung unterzogen wird. Im erzähltheoretischen Kapitel wird ein Modell zur Unterscheidung fiktionalen und faktualen Erzählens vorgestellt. Kritisch würdigt Zipfel Ansätze, die tendenziell oder aktuell zur Einebnung der Differenz zwischen fiktionalem und nicht-fiktionalem Erzählen führen, wie etwa die konstruktivistische Theorie historiographischen Erzählens von Hayden White. Kritisch gesichtet und auf ihre Tragfähigkeit hin befragt werden aber auch die fiktionstheoretischen Ansätze Gérard Genettes und Michael Riffaterres, an denen Zipfel anschließend diverse Präzisierungen vornimmt. Die Beschreibung von fiktionsspezifischen Merkmalen der Textproduktion sowie des ›fiktionsadäquaten‹ Verhaltens bei der Rezeption von Texten setzt voraus, daß die Beteiligten das (Sprach-)Spiel »Fiktion« bewußt und absichtsvoll spielen. In der Darstellung dieses (Sprach-)Spiels ist Zipfels Theorie von Fiktion als Sprachhandlung konzis und schlüssig. Die Beschreibung solcher Sprachhandlungen ihrerseits setzt allerdings zunächst einmal voraus, daß überhaupt im Horizont der Dichotomie von Fiktion und Nichtfiktion gedacht wird. Es dürfte schwer sein, und zwar nicht nur für Literaturtheoretiker, der Suggestivität dieses Begriffspaars zu entgehen. Die Unterscheidung zwischen »Fiktion« und »Nichtfiktion« mag als eine Sprachspielregel im Wittgensteinschen Sinne betrachtet werden – und wer da nicht mitspielen will, gelangt auch nie hinter die Spielregeln zurück; er kann allenfalls aussetzen. (Nicht zufällig wird auch bei Zipfel der Begriff des Spiels zum Schlüsselbegriff.)

Insgesamt bietet die Monographie eine gute und gut lesbare Übersicht über divergente Ansätze zur Bestimmung der Begriffe Fiktion und Fiktionalität auf dem aktuellen Stand der Diskussion, wobei die damit verbundene Entwicklung eines eigenen Konzepts bei der Strukturierung des heterogenen historischen Materials hilft. Behutsam differenzierend erörtert Zipfel abschließend die Beziehungen zwischen Fiktion und Lyrik, Fiktion und Drama sowie Fiktion und Literatur. Die Reflexion über »Fiktionalität« betrifft ja unter anderem oftmals das Grundproblem einer Bestimmung des literarischen Gegenstandes; der Begriff wird häufig eingesetzt, um die Literarizität von Literatur zu definieren. Zipfel hingegen plädiert für eine »Trennung der Bestimmungen von Fiktion und Literatur«, da Literatur eine soziale Praxis sei, welche Texte fiktionaler und faktualer Art umfasse, während Fiktion nicht auf die Literatur beschränkt sei. Der unausräumbaren und zugleich stimulierenden Doppelbödigkeit des Fiktionsbegriffs vermögen vielleicht literarische Texte eher Rechnung zu tragen als jede Theorie der Fiktionalität. Eine Episode aus Cees Nootebooms Roman *Ein Lied von Schein und Sein*, das Zipfel seiner Monographie voranstellt, deutet dies an. Begriffe wie Fiktion, daran erinnert die abschließende Bemerkung, behalten »ihre Aussagekraft und ihr Differenzierungspotential nur dann, wenn es gelingt, sie an konkrete Phänomene zurück zu binden und von unnötigen Begriffsdehnungen frei zu halten« (324). Dazu leistet die vorliegende Arbeit einen so erhellenden wie informationsreichen Beitrag.

Monika Schmitz-Emans

BUCHANZEIGEN

Horst-Jürgen Gerigk: *Lesen und Interpretieren*. Göttingen (Vandenhoeck & Ruprecht) 2002 (= UTB; Bd. 2323). 192 Seiten.

In zwölf Kapiteln wird eine systematische Einführung in den Umgang mit literarischen Texten geliefert. Ziel ist die Kultivierung des natürlichen Verstehens auf dem Boden einer Literaturwissenschaft im strengen Sinne. Die Entfaltung des Leitbegriffs der »poetologischen Differenz« macht das Herzstück der Untersuchung aus. Im Lichte der »poetologischen Differenz« wird deutlich, dass jeder literarisch gestaltete Sachverhalt zweifach begründet ist: innerhalb der Fiktion (*causa efficiens*) und außerhalb der Fiktion (*causa finalis*): also »psychologisch« und »poetologisch«. Der Aufweis dieser Differenz legt das künstlerische Funktionieren des Textes frei und hat überraschende Konsequenzen für die Praxis des Interpretierens. Der Lehre vom »vierfachen Schriftsinn« und ihrer Aktualisierung wird ein eigenes Kapitel gewidmet. Zahlreiche Beispiele aus der Weltliteratur bilden das Anschauungsmaterial. Ein Personenregister erschließt den Band.

Horst-Jürgen Gerigk (Hg.): *Literarische Avantgarde. Festschrift für Rudolf Neuhäuser*. Heidelberg (Mattes) 2001. 352 Seiten.

Die hier vorgelegten 21 Abhandlungen zu Ehren des österreichischen Slavisten Rudolf Neuhäuser sind der literarischen Avantgarde gewidmet. Das Spektrum der analysierten Autoren reicht von Aimé Césaire und Kafka bis zu Celan und Martin Walser. Aus den slavischen Literaturen werden Texte von Ujevič, Gregorčič, Belyj, Remizov, Zamjatin, Chlebnikov, Gumilev, Majakovskij, Mandel'stam, Zabolockij, Charms, Bulgakov, Voznesenskij und Sokolov untersucht.

Neben der Erörterung avantgardistischer Dingwahrnehmung, die bei Dostojevskij beginnt, werden Fragen nach der Legitimität des Modernismus aufgeworfen und die Verdienste Janko Lavrins um die Förderung von Modernismus und Avantgarde in England gewürdigt. Überlegungen zu Bild und Text in der russischen Avantgarde beziehen parallele Entwicklungen auf dem Gebiet der bildenden Kunst mit ein.

Avantgarde wird als »Résistance« begriffen: als Widerstand nämlich gegen die Inhumanität des Selbstverständlichen, gegen die Diktatur der Konventionen und die Unterdrückung der Teile durch das Ganze.

Sandro M. Moraldo (Hg.): *Das Land der Sehnsucht. E.T.A. Hoffmann und Italien*, Heidelberg (C. Winter) 2002 (= Beiträge zur neueren Literaturgeschichte; Folge 3, Bd. 186). 201 Seiten.

Bekanntlich war es E.T.A. Hoffmann nicht vergönnt, in das Land seiner Träume und Sehnsüchte zu reisen. Dies hinderte ihn aber nicht daran, seiner Fantasie freien Lauf zu lassen und sich ein imaginäres Bild Italiens und der Italiener zu formen, das in zahlreichen Werken seinen Niederschlag gefunden hat. Unter dem Thema *»...das ersehnte Land«. E.T.A. Hoffmann und Italien* fand vom 2.-4. November 2000 an der Katholischen Universität Mailand der erste E.T.A. Hoffmann gewidmete Kongress in Italien statt, dessen Akten nun erschienen sind. Deutsche und italienische Hoffmann-Forscher (u. a. Wulf Segebrecht, Hartmut Steinecke, Lothar Pikulik, Detlef Kremer, Franz Loquai, Sandro M. Moraldo, Matteo Galli) widmeten sich neben Fragestellungen kunsttheoretischer und musikästhetischer Natur vor allem auch thematischen Schwerpunkten wie Hoffmanns imaginärer Italien-Bibliothek, der Rezeption Hoffmanns im kritischen Diskurs, der Annäherung Hoffmanns an die Commedia dell'arte und dessen kritische Auseinandersetzung mit der italienischen Stegreifkomödie. In weiteren Beiträgen werden in detaillierten Einzelanalysen Sachverhalte wie die Konstitution und Funktionalisierung von imagotypen Strukturen, der Einfluss auf italienische Autoren und motivgeschichtliche Untersuchungen zur Diskussion gestellt. Der vorliegende Band versteht sich als Versuch, einen Einblick in Hoffmanns facettenreiches Italien-Bild zu vermitteln, das als Thema zwar eine zentrale Funktion in seinen Werken einnimmt, bisher aber nicht gebührend analysiert wurde.

PUBLIKATIONEN VON MITGLIEDERN

Das folgende Verzeichnis erfaßt selbständige Veröffentlichungen von Mitgliedern insbesondere aus den Jahren 2000 bis 2003, sofern sie in der Redaktion eingegangen sind oder von den Autoren zur Auflistung angegeben wurden. Für die Publikationslisten der nächsten Ausgaben bitten wir die Mitglieder, uns ihre jeweiligen Neuveröffentlichungen mitzuteilen.

Bessière, Jean u. *Manfred Schmeling* (Hg.): Littérature, modernité, reflexivité. Conférences du Séminaire de Littérature comparée de l'Université de la Sorbonne Nouvelle, Paris (Honoré Champion) 2002 (Colloques, congrès et conférences sur la Littérature comparée; 5)

Corbineau-Hoffmann, Angelika: Die Analyse literarischer Texte. Einführung und Anleitung, Tübingen, Basel (A. Francke) 2002 (UTB für Wissenschaft; 2330)

Corbineau-Hoffmann, Angelika u. *Nicklas, Pascal* (Hg.): Körper / Sprache. Ausdrucksformen der Leiblichkeit in Kunst und Wissenschaft, Hildesheim, Zürich, New York (Georg Olms) 2002 (Echo. Literaturwissenschaft im interdisziplinären Dialog; 1)

Gerigk, Horst-Jürgen: Lesen und Interpretieren, Göttingen (Vandenhoeck & Ruprecht) 2002 (UTB für Wissenschaft; 2323)

Gerigk, Horst-Jürgen (Hg.): Literarische Avantgarde. Festschrift für Rudolf Neuhäuser, Heidelberg (Mattes) 2001

Glaser, Horst Albert u. *Kleine-Roßbach, Sabine* (Hg.): Abenteurer als Helden in der Literatur. Oder: Wie wurden oder machten sich Schwindler, Spione, Kolonialisten oder Militärs zu großen Gestalten der europäischen Literatur?, Stuttgart (Metzler) 2002

Grabovszki, Ernst: Methoden und Modelle der deutschen, französischen und amerikanischen Sozialgeschichte als Herausforderung für die Vergleichende Literaturwissenschaft, Amsterdam (Rodopi) 2002 (Internationale Forschungen zur Allgemeinen und Vergleichenden Literaturwissenschaft; 60)

Grabovszki, Ernst u. Hardin, James (Hg.): Literature in Vienna at the Turn of the Centuries. Continuities and Discontinuities Around 1900 and 2000, New York (Camden House) 2002

Greber, Erika: Textile Texte. Poetologische Metaphorik und Literaturtheorie. Studien zur Tradition des Wortflechtens und der Kombinatorik, Köln, Weimar, Wien (Böhlau) 2002 (pictura & poësis; 9)

Heinemann, Paul: Potenzierte Subjekte - potenzierte Fiktionen. Ich-Figuration und ästhetische Konstruktion bei Jean Paul und Samuel Beckett, Würzburg (Königshausen & Neumann) 2001 (Saarbrücker Beiträge zur vergleichenden Literatur- und Kulturwissenschaft; 16)

Hilmes, Carola: Das inventarische und das inventorische Ich. Grenzfälle des Autobiographischen, Heidelberg (C. Winter) 2000 (Frankfurter Beiträge zur Germanistik; 34)

Lehnert, Gertrud u. Fischer-Lichte, Erika (Hg.): [(v)er]SPIEL[en]. Felder - Figuren - Regeln, Berlin (Akademie) 2002 (Paragrana. Internationale Zeitschrift für Historische Anthropologie; 11)

Mehnert, Elke (Hg.): Landschaften der Erinnerung. Flucht und Vertreibung aus deutscher, polnischer und tschechischer Sicht, Berlin, Bern, Bruxelles, Frankfurt/Main, New York, Oxford (Peter Lang) 2001 (Studien zur Reiseliteratur und Imagologieforschung; 5)

Moraldo, Sandro M. (Hg.): Das Land der Sehnsucht. E.T.A. Hoffmann und Italien, Heidelberg (C. Winter) 2002 (Beiträge zur neueren Literaturgeschichte; Folge 3, 186)

Röttgers, Kurt; *Schmitz-Emans, Monika* u. *Lindemann, Uwe* (Hg.): Schweigen und Geheimnis, Essen (Die Blaue Eule) 2002 (Philosophisch-Literarische Reflexionen; 4)

Schmeling, Manfred u. *Monika Schmitz-Emans* (Hg.): Multilinguale Literatur im 20. Jahrhundert, Würzburg (Königshausen & Neumann) 2002

Schmitz-Emans, Monika: Seetiefen und Seelentiefen. Literarische Spiegelungen innerer und äußerer Fremde, Würzburg (Königshausen & Neumann) 2003 (Saarbrücker Beiträge zur Vergleichenden Literatur- und Kulturwissenschaft; 22)

Zima, Peter V.: La Négation esthétique. Le sujet, le beau et le sublime de Mallarmé et Valéry à Adorno et Lyotard, Paris (L`Harmattan) 2002

Zipfel, Frank: Fiktion, Fiktivität, Fiktionalität. Analysen zur Fiktion in der Literatur und zum Fiktionsbegriff in der Literaturwissenschaft, Berlin (Erich Schmidt) 2001 (Allgemeine Literaturwissenschaft - Wuppertaler Schriften; 2)

EINGEGANGENE BÜCHER

Albert, Claudia: Tönende Bilderschrift. Musik in der deutschen und französischen Erzählprosa des 18. und 19. Jahrhundert, Heidelberg (Synchron) 2002 (Hermeia. Grenzüberschreitende Studien zur Literatur- und Kulturwissenschaft; 5)

Bedorf, Thomas u. Blank, Stefan A.B. (Hg.): Diesseits des Subjektprinzips. Körper - Sprache - Praxis, Magdeburg (Scriptum) 2002 (SO/PHI/ST. Sozialphilosophische Studien; 3)

Bessière, Jean u. Manfred Schmeling (Hg.): Littérature, modernité, reflexivité. Conférences du Séminaire de Littérature comparée de l`Université de la Sorbonne Nouvelle, Paris (Honoré Champion) 2002 (Colloques, congrès et conférences sur la Littérature comparée; 5)

Böhn, Andreas: Das Formzitat. Bestimmung einer Textstrategie im Spannungsfeld zwischen Intertextualitätsforschung und Gattungstheorie, Berlin (Erich Schmidt) 2001 (Philologische Studien und Quellen; 170)

Cadot, Michel: Dostoïevski d'un siècle à l'autre ou la Russie entre Orient et Occident. Avant-propos Rudolf Neuhäuser, Paris (Maisonneuve et Larose) 2001

Corbineau-Hoffmann, Angelika: Die Analyse literarischer Texte. Einführung und Anleitung, Tübingen, Basel (A. Franke) 2002

Corbineau-Hoffmann, Angelika u. Nicklas, Pascal (Hg.): Körper / Sprache. Ausdrucksformen der Leiblichkeit in Kunst und Wissenschaft, Hildesheim, Zürich, New York (Georg Olms) 2002 (Echo. Literaturwissenschaft im interdisziplinären Dialog; 1)

Flasch, Kurt: Vernunft und Vergnügen. Liebesgeschichten aus dem Decameron, München (Beck) 2002

Foltinek, Herbert u. Leitgeb, Christoph (Hg.): Literaturwissenschaft: intermedial: interdisziplinär, Wien (Österreichische Akademie der Wissenschaften) 2002 (Philosophisch-Historische Klasse: Sitzungsberichte, 697)

Fricke, Harald: Gesetz und Freiheit. Eine Philosophie der Kunst. München (Beck) 2000

Gerhardt, Uta: Idealtypus. Zur methodischen Begründung der modernen Soziologie, Frankfurt/Main (Suhrkamp) 2001 (suhrkamp taschenbuch wissenschaft; 1542)

Gerigk, Horst-Jürgen (Hg.): Lesen und Interpretieren, Göttingen (Vandenhoeck & Ruprecht) 2002 (UTB für Wissenschaft; 2323)

Gerigk, Horst-Jürgen (Hg.): Literarische Avantgarde. Festschrift für Rudolf Neuhäuser, Heidelberg (Mattes) 2001

Glaser, Horst Albert u. Kleine-Roßbach, Sabine (Hg.): Abenteurer als Helden in der Literatur. Oder: Wie wurden oder machten sich Schwindler, Spione, Kolonialisten oder Militärs zu großen Gestalten der europäischen Literatur?, Stuttgart (Metzler) 2002

Grabovszki, Ernst: Methoden und Modelle der deutschen, französischen und amerikanischen Sozialgeschichte als Herausforderung für die Vergleichende Literaturwissenschaft, Amsterdam (Rodopi) 2002 (Internationale Forschungen zur Allgemeinen und Vergleichenden Literaturwissenschaft; 60)

Greber, Erika: Textile Texte. Poetologische Metaphorik und Literaturtheorie. Studien zur Tradition des Wortflechtens und der Kombinatorik, Köln, Weimar, Wien (Böhlau) 2002 (pictura & poësis; 9)

Grönke, Kadja: Frauenschicksale in Čajkovskijs Puškin-Opern. Aspekte einer Werke-Einheit, Mainz (Schott) 2002 (Čajkovskij-Studien; 5)

Heinemann, Paul: Potenzierte Subjekte - potenzierte Fiktionen. Ich-Figuration und ästhetische Konstruktion bei Jean Paul und Samuel Beckett, Würzburg (Königshausen & Neumann) 2001 (Saarbrücker Beiträge zur vergleichenden Literatur- und Kulturwissenschaft; 16)

Hilmes, Carola: Das inventarische und das inventorische Ich. Grenzfälle des Autobiographischen, Heidelberg (C. Winter) 2000 (Frankfurter Beiträge zur Germanistik; 34)

Klinkert, Thomas: Literarische Selbstreflexion im Medium der Liebe. Untersuchungen zur Liebessemantik bei Rousseau und in der europäischen Romantik (Hölderlin, Foscolo, Madame de Staël und Leopardi), Freiburg im Breisgau (Rombach) 2002 (Reihe Litterae; 92)

Kolboom, Ingo u. Grzonka, Sabine Alice (Hg.): Gedächtnisorte im anderen Amerika. Tradition und Moderne in Québec, Heidelberg (Synchron) 2002

Lehnert, Gertrud u. Fischer-Lichte, Erika (Hg.): [(v)er]SPIEL[en]. Felder - Figuren - Regeln, Berlin (Akademie) 2002 (Paragrana. Internationale Zeitschrift für Historische Anthropologie; 11)

Lieber, Maria u. Wentzlaff-Eggebert, Harald (Hg.): Deutschsprachige Romanistik - für wen?, Heidelberg (Synchron) 2002

Manske, Ariane: Political Correctness und Normalität. Die amerikanische PC-Kontroverse im kulturgeschichtlichen Kontext, Heidelberg (Synchron) 2002 (Diskursivitäten: Literatur, Kultur, Medien; 2)

Mehnert, Elke (Hg.): Landschaften der Erinnerung. Flucht und Vertreibung aus deutscher, polnischer und tschechischer Sicht, Berlin, Bern, Bruxelles, Frankfurt/Main, New York, Oxford (Peter Lang) 2001 (Studien zur Reiseliteratur und Imagologieforschung; 5)

Moraldo, Sandro M. (Hg.): Das Land der Sehnsucht. E.T.A. Hoffmann und Italien, Heidelberg (C. Winter) 2002 (Beiträge zur neueren Literaturgeschichte; Folge 3, 186)

Niehaus, Michael: Autoren unter sich. Walter Scott, Willibald Alexis, Wilhelm Hauff und andere in einer literarischen Affäre, Heidelberg (Synchron) 2002

Rajewsky, Irina O.: Intermedialität, Tübingen, Basel (Francke) 2002 (UTB für Wissenschaft; 2261)

Röttgers, Kurt; Schmitz-Emans, Monika u. Lindemann, Uwe (Hg.): Schweigen und Geheimnis, Essen (Die blaue Eule) 2002 (Philosophisch-Literarische Reflexionen; 4)

Schmeling, Manfred u. Monika Schmitz-Emans (Hg.): Multilinguale Literatur im 20. Jahrhundert, Würzburg (Königshausen & Neumann) 2002

Schmitz-Emans, Monika: Seetiefen und Seelentiefen. Literarische Spiegelungen innerer und äußerer Fremde, Würzburg (Königshausen & Neumann) 2002 (Saarbrücker Beiträge zur Vergleichenden Literatur- und Kulturwissenschaft; 22)

Schultz, Joachim: Von Baudelaire bis Houellebecq. Anmerkungen zur französischen Literatur in deutscher Übersetzung, Bayreuth (Schultz & Stellmacher) 2002

Stöckmann, Ingo: Vor der Literatur Eine Evolutionstheorie der Poetik Alteuropas, Tübingen (Niemeyer) 2001 (Communicatio; 28)

Tebben, Karin (Hg.): Frauen - Körper - Kunst. Literarische Inszenierungen weiblicher Sexualität, Göttingen (Vandenhoeck & Ruprecht) 2000

Tengemann, Claus Jürgen Heinrich: Das Unheil der Melancholie. Ein Beitrag zum Phänomen des melancholischen Antihelden in der russischen Literatur des neunzehnten Jahrhunderts unter besonderer Berücksichtigung von Saltykov-Ščedrins ›Die Herren Golovlev‹, ›Aksakovs Familienchronik‹ und ›Die Kinderjahre Bagrovs des Enkels‹, Tolstojs ›Familienglück‹ und Bunins ›Suchodol‹. Frankfurt/Main (Peter Lang) 2002 (Heidelberger Publikationen zur Slavistik B: Literaturwissenschaftliche Reihe; 20)

Thielking, Sigrid: Weltbürgertum. Kosmopolitische Ideen in Literatur und politischer Publizistik seit dem achtzehnten Jahrhundert, München (Fink) 2000

Wirth, Uwe (Hg.): Performanz. Zwischen Sprachphilosophie und Kulturwissenschaften, Frankfurt/Main (Suhrkamp) 2002

Zima, Peter V.: La Négation esthétique. Le sujet, le beau et le sublime de Mallarmé et Valéry à Adorno et Lyotard, Paris (L'Harmattan) 2002

Zipfel, Frank: Fiktion, Fiktivität, Fiktionalität. Analysen zur Fiktion in der Literatur und zum Fiktionsbegriff in der Literaturwissenschaft, Berlin (Erich Schmidt) 2001 (Allgemeine Literaturwissenschaft - Wuppertaler Schriften; 2)

RUFE, ERNENNUNGEN, EXAMINA

Herr HD Dr. Burkhard Dohm, Universität Kassel, hat einen Ruf an die Philipps-Universität Marburg auf eine C 4-Professur für Neuere deutsche Literatur angenommen.

NEUE MITGLIEDER 2002
(bis Januar 2003)

Deuling, Christian

Dietrich, Wiebke B.

Dörr, PD Dr. Volker

Donner, Frank, M.A.

Ernst, Ulrike, M. Theol.

Gumpert, Dr. Gregor

Hartwig, Sebastian, M.A.

Heselhaus, Dr. Herrad

Institut für Komparatistik der Johann Wolfgang Goethe-Universität, Frankfurt/Main

Ivanovic, Dr. Christine

Jang, Jinwon

Keith, Thomas, M.A.

Krüger, Dr. Brigitte

Lillge, Claudia, M.A.

May, Dr. Markus

Nöller, Jens

Scheid, Sabine

Schmidt, Marianne

Sochalzewski, Michael

Unfer Lukoschik, Dr. Rita

Urbich, Jan

Wolfzettel, Prof. Dr. Friedrich

LISTE DER MITGLIEDER DER DGAVL
(Stand: Januar 2003)

In das Adressenverzeichnis der DGAVL-Mitglieder werden seit dem vorletzten Jahr eMail-Adressen aufgenommen, sofern sie der Redaktion bekannt waren. Email-Anschlüsse weiterer Mitglieder können in der nächsten Ausgabe der *Komparatistik* mitgeteilt werden, falls dies die Anschlußinhaber wünschen. Bitte schicken Sie in diesem Fall eine entsprechende Mitteilung an: monika.schmitz-emans@ruhr-uni-bochum.de

Amodeo, Dr. Immacolata, Universität Bayreuth, 95440 Bayreuth. eMail: <immacolata.amodeo@uni-Bayreuth.de>
Bachleitner, Dr. Norbert, Universität Wien, Institut für Vergleichende Literaturwissenschaft, Berggasse 11/5, A-1090 Wien, Österreich.
Bachmann-Medick, Dr. Doris, Bühlstr. 8, 37073 Göttingen. eMail: <dbachma@gwdg.de>
Baron, Prof. Dr. Philippe, Université de Franche-Comté, 4 Impasse des Roses, F 21240 Talant, Frankreich. eMail: <Baron-ph@wandoo.fr>
Bauer, Prof. Dr. em. Roger, Aiblinger Str. 8/1, 80639 München.
Baumgart, M.A., Angelika, Industriestr. 99, 45899 Gelsenkirchen. eMail: <angelika.baumgart@ruhr-uni-bochum.de>
Becker, PD Dr. Claudia, Roomersheide 96, 44797 Bochum.
Behrens, Prof. Dr. Rudolf, Ruhr-Universität Bochum, Romanisches Seminar, Universitätsstr. 150, 44801 Bochum.
Beilharz, Dr. Alexandra, Meckenheimer Allee 80, 53115 Bonn. eMail: <alexandra.beilharz@rz.hu-berlin.de>
Beller, Prof. Dr. Manfred, Via Olevano, I-27100 Pavia, Italien.
Bernsen, Dr. Michael, Ruhr-Universität Bochum, Romanisches Seminar, Universitätsstr. 150, 44801 Bochum.
Birus, Prof. Dr. Hendrik, Ludwig-Maximilians-Universität München, Institut für AVL, Schellingstr. 3, 80799 München.
Bleicher, Dr. Thomas, Asternweg 31, 55126 Mainz.
Bode, Prof. Dr. Christoph, Ludwig-Maximilians-Universität München, Institut für Engische Philologie, Schellingstr. 3, 80799 München.
Bogumil-Notz, PD Dr. Sieghild. Ruhr-Universität Bochum, Ruhr-Universität Bochum, Lehrstuhl für AVL, Germanistisches Institut, Universitätsstr. 150, 44801 Bochum. eMail: <sieghild.bogumil@ruhr-uni-bochum.de>
Bolln, Frauke, Nelkenweg 7, 53359 Rheinbach.
Bosse, PD Dr. Monika, Holzhausenstr. 63, 60322 Frankfurt/Main.
Bost, Dr. Harald, Kirchstr. 30, 66129 Saarbrücken.
Bremer, Alida, Rockbusch 4, 48163 Münster.
Brockmeier, Prof. Dr. Peter, Regensburger Str. 4, 10777 Berlin.
Broich, Prof. Dr. Ulrich, Ludwig-Maximilians-Universität München, Institut für Englische Philologie, Schellingstr. 3, 80799 München.
Brunkhorst, Prof. Dr. Martin, Küchenfeld 8, 51519 Odenthal.
Burkhart, Prof. Dr. Dagmar, Ulmenstr. 8 b, 22299 Hamburg.
Burtscher-Bechter, M.A., Beate, Universität Innsbruck, Institut für Vergleichende Literaturwissenschaft, Innrain 52, A-6020 Innsbruck, Österreich. eMail: <beate.burtscher@uibk.ac.at>
Buschendorf, PD Dr. Bernhard, Schadowstr. 29, 60596 Frankfurt/Main.
Calmetta, Antonella, Via 5, Francesco 16, I-20040 Carnate/Mi., Italien.
Cziesla, Dr. Wolfgang. Casa de Culture Alemana, Av. Ca Universidade 2783, Caixa Postal 12102, BR-60020 180, Fortaleza-Ceavá, Brasilien.

Dahan, Danielle, Universität Tübingen, Romanisches Seminar, Wilhelmstr. 50, 72074 Tübingen. eMail: <danielle.dahan@uni-tuebingen.de>
Dahms, M.A., Christiane, Zum Alten Hof 23, 45721 Haltern. eMail: <christiane.dahms@uni-muenster.de>
Damblemont, Dr. Gerhard, Nerotal 35, 65193 Wiesbaden.
Deppermann, Prof. Dr. Maria, Michael-Glasmayrstr. 13, A-6020 Innsbruck, Österreich. eMail: <maria.deppermann@uibk.ac.at>
Deuling, Christian, Mühlenstr. 151, 07747 Jena. eMail: <Christian.Deuling@uni-jena.de>
Dieterle Prof. Dr. Bernhard, TU Berlin, Institut für Philologie, Straße des 17. Juni 135, 10623 Berlin. eMail: <kaosoigb@linux.zrz.tu-berlin.de>
Dietrich, Wiebke B., Ortelsburger Straße 23, 37083 Göttingen. eMail: <s088292@stud.uni-goettingen.de>
Dohm, PD Dr. Burkhard, Bruchstr. 69, 44627 Herne.
Donat, Dr. Sebastian. Ludwig-Maximilians-Universität München, Institut für AVL, Schellingstr. 3, 80799 München. eMail: <s.donat@lrz.uni-muenchen.de>
Donner, M.A., Frank, Hohenzollerngasse 142, 80796 München. eMail: <f.donner@webmiles.de>
Dornheim, Prof. Dr. Nicolás, Pje.Romairone 1771, 5501 Godoy Cruz-Mendoza, Argentinien.
Dörr, PD Dr. Volker, Händelstr. 5, 52115 Bonn. eMail: <vcdoerr@uni-bonn.de>
Eckel, Dr. Winfried, Ruhr-Universität Bochum, Lehrstuhl für AVL, Germanistisches Institut, Universitätsstr. 150, 44801 Bochum. eMail: <winfried.eckel@ruhr-uni-bochum.de>
Eder-Jordan, Beate, Universität Innsbruck, Institut für Vergleichende Literaturwissenschaft, Innrain 52, A-6020 Innsbruck, Österreich.
Eisermann, Dr. David, Maximilianstr. 26, 53111 Bonn.
Elpers, M.A., Susanne, Bonner Str. 55, 53175 Bonn. eMail: <s.elpers@uni-bonn.de>
Engel, Prof. Dr. Manfred, Fern-Universität Hagen, Feithstr. 188, 58084 Hagen. eMail: <manfred.engel@fernuni-hagen.de>
Engelhardt, M.A., Dorthe, Espenweg 3, 67454 Haßloch.
Erdmann, Dr. Eva, Universität Erfurt, Philosophische Fakultät, Postfach 900221, 99105 Erfurt.
Ernst, Dr. Jutta. Universität des Saarlandes, FB 8.3-Anglistik, Postfach 151150, 66041 Saarbrücken.
Ernst, Prof. Dr. Ulrich. Bergische Universität GH, Allgemeine Literaturwissenschaft, Gausstr. 20, 42097 Wuppertal.
Ernst, Ulrike, M. Theol, RSA CELTA, Streustr. 62, 13086 Berlin.
Eschweiler, M.A., Gabriele, Charles-Wimar-Str. 48, 53125 Bonn.
Feltes, Patrik H., Friedensstr. 33, 66787 Wadgassen. eMail: <p.feltes@buchinhalte.de>
Fischer, PD Dr. Carolin, Humboldt Universität, Institut für Romanistik, Unter den Linden 6, 10099 Berlin.
Foucart, Prof. Dr. Claude, Postfach 1663, 68706 Schwetzingen.
Frank, Prof. Dr. Armin Paul, Universität Göttingen, Seminar für Englische Philologie, Humboldtallee 13, 37073 Göttingen.
Fraunholz, Dr. Jutta, Blankertzweg 24g, 12209 Berlin. eMail: <fraunhlz@zedat.fu-berlin.de>
Frick, Dr. Werner, Universität Göttingen, Seminar für Deutsche Philologie, Käte-Hamburger-Weg 3, 37073 Göttingen. eMail: <wfrick@gwdg.de>
Fritz, Prof. Dr. Horst, Alicestr. 19, 55257 Budenheim.
Fröhling, Anja, Haydnstr.24, 66333 Völklingen.
Galle, Prof. Dr. Roland, Brentanostr. 2b, 46244 Bottrop.
Geisenhanslüke, Dr. Achim, Universität Duisburg, Sprach-und Literaturwissenschaft, 47058 Duisburg. eMail: <he302ge@unidui.uni-duisburg.de>

Geisler, Prof. Dr. Eberhard, Kesselbacher Weg 6, 66510 Idstein.
eMail: <geisler@mail.uni-mainz.de>
Gendolla, Prof. Dr. Peter, Wiechstr. 33, 57250 Netphen.
eMail: <peter@likumed.fb3.uni-siegen.de>
Geppert, Prof. Dr. Hans V., Universität Augsburg, Lehrstuhl Neuere Deutsche Literatur, Universitätsstr. 10, 86135 Augsburg.
Gerigk, Prof. Dr. Horst-Jürgen, Moltkestr. 1, 69120 Heidelberg.
Gerald, Prof. Dr. Gillespie. Stanford University, Bldg.242G. Stanford, USA CA 94305-2030. eMail: <gillespi@leland.stanford.edu>
Glaser, Prof. Dr. Horst, Via della Bufalina 1, 55048 Torre del Lago, Italien.
Glockner, Petra, Franz-Arnold-Str. 34, 70736 Fellbach-Schmiden.
eMail: <glockner.selzer@t-online.de>
Gomez-Montero, Prof. Dr. Javier, Sternstr. 4, 24116 Kiel.
eMail: <gomez-montero@uni-koeln.de>
Görling, Prof. Dr. Reinhold, Universität Hannover, Seminar für deutsche Literatur und Sprache, Königsworther Platz 1, 30167 Hannover.
Goßens, Dr. Peter, von-Sandt-Str. 25, 53225 Bonn.
eMail: <peter.gossens@uni-muenster.de>
Grabovszki, Mag. Ernst, Köblgasse 18/11, A-1030 Wien, Österreich.
eMail: <ernst.grabovszki@utanet.at>
Graf, Dr. Marga, Mariahilfstr. 7, 52062 Aachen.
Greber, Prof. Dr. Erika, Ludwig-Maximilians-Universität München, Institut für AVL, Schellingstr. 3, 80799 München.
Greiner, Prof. Dr. Norbert, Paul-Lincke-Weg 6, 69181 Leimen.
Grivel, Prof. Dr. Charles, Universität Mannheim, Romanistik 1, Schloß, 68131 Mannheim.
Grosse, Dr. Max, Schmiedestr. 23, 72138 Kirchentellinsfurt.
eMail: <max.grosse@uni-tuebingen.de>
Gruber-Scheller, PD Dr. Bettina, Fritz-Schulze-Str. 6, 01445 Radebeul.
eMail: <gruberbb@web.de>
Grünzweig, Dr. Walter. Universität Dortmund, Institut für Anglistik und Amerikanistik, 44221 Dortmund.
Gumpert, Dr. Gregor, Motzstr. 18, 10777 Berlin. eMail: <zembla62@aol.com>
Gutzen, Prof. Dr. Dieter, Fern-Universität Hagen, Institut für neuere deutsche und europäische Literatur, Feithstr. 188, 58084 Hagen.
eMail: <dieter.gutzen@fernuni-hagen.de>
Hähnel, Dr. Klaus D., Michendorfer Str. 3, 12629 Berlin.
Hansin, Prof. Dr. Oh, Hankuk University, 270 Imundong Dongdaemungo, Seoul, Korea.
Harth, Prof. Dr. Dietrich, Universität Heidelberg, Germanistisches Seminar, Hauptstr. 207, 69117 Heidelberg.
Hartwig, M.A., Sebastian, Kreisstr. 1 A, 58453 Witten.
Hassel, Eva, Rüdesheimer Str. 38, 65197 Wiesbaden. eMail: <Hassel.E@zdf.de>
Heilmann, Dr. Markus, Universität Tübingen, Deutsches Seminar, Wilhelmstr. 50, 72074 Tübingen.
Heinemann, Dr. Paul, Vereinsstr. 11, 44649 Herne.
eMail: <heinemann.zugberg@planet-interkom.de>
Hempel, Prof. Dr. em. Wido, Schönbuchstr. 20, 72135 Dettenhausen.
Hempfer, Prof. Dr. Klaus W., FU Berlin, FB Neue Fremdsprachliche Philologien, Habelschwerdter Allee 45, 14195 Berlin.
Heselhaus, Dr. Herrad, Universität Tübingen, Deutsches Seminar, Wilhelmstr. 50, 72074 Tübingen. eMail: <herrad.heselhaus@uni-tuebingen.de>
Hildebrandt, PD Dr. Hans-Hagen, Pielstickerstr. 5, 45326 Essen.

Hilmes, Prof. Dr. Carola, Johann Wolfgang Goethe-Universität, Institut für Sprache und Literatur II, Grünburgplatz 1, 60529 Frankfurt/Main.
eMail: <C.Hilmes@lingua.uni-frankfurt.de>

Hoffmann-Maxis, Prof. Dr. Angelika, Universität Leipzig, Lehrstuhl für AVL, Augustusplatz 9, O4109 Leipzig.

Hofmann, Dr. Gert, University College Cork, Department of German. Cork/Ireland, Irland.

Holstein, M.A., Judith, Scheefstr. 21, 72074 Tübingen.
eMail: <judithholstein@t-online.de>

Hölter, Prof. Dr. Achim, Jülicher Str. 16, 40477 Düsseldorf.
eMail: <hoelter@uni-muenster.de>

Holzkamp, Dr. Hans, Fuggerstr. 30, 10777 Berlin.
eMail: <holzkamp@zedat.fu-berlin.de>

Hörr, M.A., Beate, Bonifaziusplatz 10, 55118 Mainz.

Hurst, Dr. Matthias, Universität Heidelberg, Germanistisches Seminar, Hauptstr. 207–209, 69117 Heidelberg. eMail: <matthias.hurst@uni-heidelberg.de>

Ibsch, Prof. Dr. Elrud, Vreje Universiteit Amsterdam, De Boelelaan 1105, NL-1081 HV Amsterdam, Niederland.

Ikonomou-Agorastou, Ioanna, Mitropoleos Str. 87, GR-54622 Thessaloniki, Griechenland.

Institut für Allgemeine und Vergleichende Literaturwissenschaft. Johann Wolfgang Goethe-Universität, Grüneburgplatz 1 (Fach 133), 60629 Frankfurt/Main.

Ivanovas, Sabine. GR-72400 Milatos/Kreta, Griechenland.

Ivanovic, Dr. Christine, Friedrich-Alexander-Universität Erlangen-Nürnberg, Institut für Germanistik / Lehrstuhl für AVL, Bismarckstr. 1, 91054 Erlangen.

Jang, Jinwon, Charlottenstr. 23 /0105, 07749 Jena.

Janik, Prof. Dr. Dieter, Carl-Orff-Str. 51, 55127 Mainz.

Jordan, PD Dr. Lothar, Kleist-Museum, Faberstr. 7, 15230 Franurt (Oder).
eMail: <ljordan@uni-osnabrueck.de>

Kaemmerling, Ekkehard, Johannisberger Str. 17 A, 14197 Berlin.

Kahr, Dr. Johanna, Ruhr-Universität Bochum, Romanistisches Seminar, Universitätsstr. 150, 44801 Bochum.

Kaiser, Prof. Dr. Gerhard R., Friedrich-Schiller-Universität, Institut für Germanistische Literaturwissenschaft, 07740 Jena. eMail: <x6behe@rz.uni-jena.de>

Kauer, Dr. Ute, Philipps-Universität, Institut für Anglistik und Amerikanistik, Wilhelm-Roepke-Str. 6 d, 35039 Marburg. eMail: <kauer@mailer.uni-marburg.de>

Keith, M.A., Thomas, Kopenhagener Str. 68, 10437 Berlin.
eMail: <thomas.keith@ngi-box.de>

Kesting, Prof. Dr. em. Marianne, Bigge Str. 17, 50931 Köln.

Kiefer, Prof. Dr. Klaus H., Ludwig-Maximilians-Universität München, Institut für Deutsche Philologie / Lehrstuhl für Didaktik der deutschen Sprache und Literatur, Schellingstr. 3, 80799 München.
eMail: <klaus.kiefer@germanistik.uni-muenchen.de>

Kleine-Roßbach, Dr. Sabine, Rauscherstr. 60, 56626 Andernach.
eMail: <sabine.kleine@gmx.de>

Kleinert Prof. Dr. Susanne, Universität des Saarlandes, Lehrstuhl für Italienische Literaturwissenschaft, Postfach 151150, 66041 Saarbrücken.
eMail: <s.kleinert@rz.uni-sb.de>

Kloepfer, Prof. Dr. Rolf, Universität Mannheim, Lehrstuhl für Romanistik III, Schloß, 68131 Mannheim.

Knape, Prof. Dr. Joachim, Universität Tübingen, Seminar für Allgemeine Rhetorik, Wilhelmstr. 50, 72074 Tübingen.

Koch, Johann, Bahnhofstr. 21, 83139 Krottenmühl.

Koch-Overath, Dr. Manfred, Stiefelhof 5, 72070 Tübingen.

Kolesch, Prof. Dr. Doris, FU Berlin, Institut für Theaterwissenschaft, Grunewaldstr. 35, 12169 Berlin.

König, Dr. Irmtrud, Casilla 1 82-T, Providencia Santiago, Chile.

Konstantinovic, Prof. Dr. em. Zoran, Reithmannstr. 18, A-6020 Innsbruck, Österreich.

Koppenfels, Prof. Dr. Werner von , Boberweg 18, 81929 München.

Korthals, Holger, Hans-Böckler-Str. 179, 42109 Wuppertal. eMail: <korthals@uni-wuppertal.de>

Kreutzer, Prof. Dr. Leo, Heumarkt 60, 50667 Köln.

Krüger, Dr. Brigitte, Fichtenweg 10, 14547 Fichtenwalde.

Kruse, Prof. Dr. Margot, Universität Hamburg, Romanisches Seminar, von-Melle-Park 6, 20146 Hamburg.

Kullmann, Prof. Dr. Thomas, Humboldtallee 26, 37073 Göttingen.

Kümmerling-Meibauer, Dr. Bettina, Arndtstr. 8, 65185 Wiesbaden. eMail: <meibauer@mail.uni-mainz.de>

Kunz, Stefanie, Eichgärtenallee 12, 35394 Gießen.

Küpper ,Prof. Dr. Joachim, Freie Universität Berlin, Fachbereich Philosophie / Institut für Romanische Philologie, Habelschwerdter Allee 45, 14195 Berlin.

Lämmert, Prof. Dr. em. Eberhard, Persantestr. 26a, 14167 Berlin.

Lamping, Prof. Dr. Dieter, Universität Mainz, Institut für AVL, Postfach 3980, 55090 Mainz.

Lauterbach, Dorothea, Dompfaffstr. 136, 91056 Erlangen. eMail: <Dorothea.Lauterbach@FernUni-Hagen.de>

Lehmann, Dr. Annette Jael, FU Berlin, Seminar für AVL, Hüttenweg 9, 14195 Berlin. eMail: <ajlehman@zedat.fu-berlin.de>

Lehmann, Prof. Dr. Jürgen, Heckenweg 22, 91056 Erlangen.

Lehnert, Prof. Dr. Gertrud, Universität Postdam, Allgemeine und Vergleichende Literaturwissenschaft / Institut für Künste und Medien, Karl-Liebknecht-Str. 24-25, 14475 Golm. eMail: <glehnert@rz.uni-potsdam.de>

Leinwohl, Ellen Sue, Adelungstr. 11, 55131 Mainz.

Leiteritz, Dr. Christiane, Ruhr-Universität Bochum, Germanistisches Seminar, Universitätsstr. 150, 44780 Bochum. eMail: <christiane.leiteritz@ruhr-uni-bochum.de>

Lillge, M.A., Claudia, Universität Göttingen, Seminar für Englische Philologie, Käte-Hamburger-Weg 3, 37083 Göttingen. eMail: <clillge@gwdg.de>

Lindemann, Dr. Uwe, Ruhr-Universität Bochum, Ruhr-Universität Bochum, Lehrstuhl für AVL, Germanistisches Institut, Universitätsstr. 150, 44801 Bochum. eMail: <uwe.lindemann@ruhr-uni-bochum.de>

Link-Heer, Prof. Dr. Ursula, Universität Bayreuth, Lehrstuhl für AVL, Universitätsstr. 30, 95440 Bayreuth. eMail: <ursula.link-heer@uni-bayreuth.de>

Lobsien, Prof. Dr. Eckhard, Johann Wolfgang Goethe-Universität, Institut für England- und Amerikastudien, Postfach 111932, 60054 Frankfurt/Main.

Lobsien, Prof. Dr. Verena, Humboldt-Universität, Institut für Anglistik und Amerikanistik, Unter den Linden 6, 10099 Berlin.

Lubkoll, Prof. Dr. Christine, Universität Giessen, Institut für neuere deutsche Literatur, Otto-Behaghel-Str. 10, 35394 Giessen.

Lüsebrink, Prof. Dr. Jürgen, Universität des Saarlandes, Romanisches Seminar, Im Stadtwald, 66041 Saarbrücken.

Mainberger, Dr. Sabine, Hohenfriedbergstr. 6, 10829 Berlin. eMail: <mainberger@hotmail.com>

Maler, Prof. Dr. Anselm, An der Turnhalle 27, 34134 Kassel.

Malinowski. Dr. Bernadette, Universität Augsburg, Vergleichende Literaturwissenschaft, Universitätsstr. 10, 86159 Augsburg. eMail: <bernadette.malinowski@phil.uni-augsburg.de>

Martinez, Prof. Dr. Matias, International University Bremen, School of Humanities and Social Science, Campus Ring 1, 28759 Bremen. eMail: <m.martinez@iu-bremen.de>

Mattenklott, Prof. Dr. Gert, FU Berlin, Institut für AVL, Hüttenweg 9, 14195 Berlin.
Matthes, Dr. Lothar, Heinrich-Heine-Universität Düsseldorf, Romanisches Seminar, Universitätsstr. 1, 40225 Düsseldorf.
Matuschek, Prof. Dr. Stefan, Schützenstr. 9a, 48143 Münster.
Maurer, Dr. Arnold E., Im Krausfeld 17, 53111 Bonn.
Maurer, Prof. Dr. em. Karl, Ruhr-Universität Bochum, Romanisches Seminar, Postfach 10 21 48, 44780 Bochum.
May, Dr. Markus, Weingarts 41, 91358 Kunreuth.
Mehnert, Prof. Dr. Elke, Universität Chemnitz, Germanistik und Komparatistik, 09107 Chemnitz. eMail: <elke.mehnert@ohil.tu-chemnitz.de>
Menke, Prof. Dr. Bettine, Kaiserdamm 4, 14057 Berlin.
Mennemeier, Prof. Dr. em. Franz Norbert, Bettelpfad 56, 55130 Mainz.
Michaud, Prof. Dr. Stephane, Université Paris III Sorbonne nouvelle, UFR Litterature 17, Rue de la Sorbonne, F-75230 Paris Cedex 05, Frankreich.
Moog-Grünewald, Prof. Dr. Maria, Universität Tübingen, Romanisches Seminar, Wilhelmstr. 50, 72074 Tübingen. eMail: <maria-moog-gruenewald@uni-tuebingen.de>
Moraldo, M.A., Sandro, Schloßstr. 8, 69168 Wiesloch.
Moser, Dr. Christian, Uhlandstr. 2, 53173 Bonn.
Mülder-Bach, Prof. Dr. Inka, Ludwig-Maximilians-Universität München, Institut für Deutsche Philologie, Schellingstr. 3, 80799 München.
Münch, Ferdinand von, Niedstr. 28, 12159 Berlin.
Münchberg, Dr. Katharina, Falkenweg 36, 72076 Tübingen.
Naumann, Prof. Dr. Barbara, Universität Zürich, Deutsches Seminar, Schönberggasse 9, 8001 Zürich, Schweiz. eMail: <naumannb@rrz.uni-hamburg.de>
Nell, Dr. Werner, Gaustr. 43, 55278 Selzen.
Nethersole, Prof. Dr. Reingard. University of Witwatersrand, Private Bag 3, WITS University, 2050 Johannesburg, Südafrika. eMail: <128RN@muse.wits.ac.za>
Nicklas, Dr. Pascal, Winsstr. 31, 10405 Berlin. eMail: <nicklas@rz.uni-leipzig.de>
Niebisch, M.A., Arndt, Hellweg 7, 59423 Unna. eMail: <Arndt.Niebisch@hotmail.com>
Nivelle, Prof. Dr. Armand, Puy de Carn, F-46100 Figeac, Frankreich.
Nöller, Jens, Feldbergstr. 9, 81825 München.
Nunes, Dr. Manuele R., Josef-Priller-Str. 14, 86159 Augsburg.
O´Sullivan, Dr. Emer, Johann Wolfgang Goethe-Universität, Fachbereich Neuere Philologie, Grüneburgplatz 1, 60323 Frankfurt/Main. eMail: <osullivan@em.uni-frankfurt.de>
Oehler, Prof. Dr. Dolf, Rheinische Friedrich-Wilhelms-Universität Bonn, Germanistisches Seminar, Am Hof 1 d, 53113 Bonn.
Ortner-Buchberger, PD Dr. Claudia, Universität Bayreuth, Romanische Literaturwissenschaft und Komparatistik, Universitätsstr. 30, 95440 Bayreuth. eMail: <Claudia.Ortner-Buchberger@uni-bayreuth.de>
Oster-Stierle, PD Dr. Patricia, Steinrennen 7, 78465 Konstanz.
Pankow, Dr. Edgar, Landauer Str. 16, 14197 Berlin.
Pantenburg, M.A., Volker, Mehringdamm 49, 10961 Berlin. eMail: <pburg@uni-muenster.de>
Peters, Prof. Dr. Günter, TU Chemnitz, Lehrstuhl für AVL, 09107 Chemnitz. eMail: <guenter.peters@phil.tu-chemnitz.de>
Petropoulou, Dr. Evi, Chryssostomou Smyrnis 19, Gr-16452 Athen, Griechenland. eMail: <ppetrop@cc.uoa.gr>
Pillau, Dr. Helmut, Auxonner Str. 33, 55262 Heidesheim.
Platen, M.A., Wolfgang, Lutfridstr. 12, 53121 Bonn. eMail: <uzscmx@uni-bonn.de>
Rall, Prof. Dr. Dietrich, La Soledad 74-3, San Nicoläs Totolapan, 10900 México D.F., México.
Riesz, Prof. Dr. János, Universität Bayreuth, Romanische Literaturwissenschaft und Komparatistik, 95440 Bayreuth.

Ritter-Santini, Prof. Dr. em. Lea, An der Konradkirche 4, 48155 Münster.
Rodiek, Prof. Dr. Christoph, Geranienweg 13, 02159 Dresden.
Rohmann, Prof. Dr. Gerd, Romanistik Universität GhK, FB 08 Anglistik, Georg-Forster-Str. 3, 34109 Kassel.
Rosenthal, Dr. Regine, P.O. Box 346, Falmouth MA 02541, USA.
Ruffing, Simon, Lessingstr. 34, 60121 Saarbrücken.
Scheid, Sabine, Zülpicherstr. 13, 53115 Bonn. eMail: <uzsaf@uni-bonn.de>
Schettler, Sascha, Schulstr. 67, 50171 Kerpen.
Schmeling, Prof. Dr. Manfred, Universität des Saarlandes, Seminar für AVL, Im Stadtwald, 66041 Saarbrücken. eMail: <schme@rz.uni-sb.de>
Schmidt, Heike, Arndtstr. 29, 66121 Saarbrücken.
Schmidt, Dr. Karin, Eduard-Schloemann-Str. 46, 40237 Düsseldorf.
Schmidt, Marianne, Kleperweg 7, 37085 Göttingen. eMail: <m.schmidt@stud.uni-goettingen.de>
Schmitz-Emans, Prof. Dr. Monika, Ruhr-Universität Bochum, Lehrstuhl für AVL, Germanistisches Institut, Universitätsstr. 150, 44801 Bochum. eMail: <monika.schmitz-emans@ruhr-uni-bochum.de>
Scholz, Prof. Dr. Bernhard, Rijksuniversiteit Groningen, Faculteit der Letteren, Postbus 716, NL-9700 Groningen, Niederlande.
Schultz, Dr. Joachim. Universität Bayreuth, Lehrstuhl für Komparatistik, 95440 Bayreuth.
Schuster, Gabi, Gabelsberger Str. 19, 85221 Dachau.
Sexl, Dr. Martin, Universität Innsbruck, Institut für Vergleichende Literaturwissenschaft, Innrain 52, A-6020 Innsbruck, Österreich. eMail: <martin.sexl@uibk.ac.at>
Simonis, PD Dr. Annette, Claassen-Kappelmann-Str. 18, 50931 Köln. eMail: <annette.simonis@uni-koeln.de>
Sochalzewski, Michael, Schuerzenstr. 25, 44534 Luenen.
Söring, Prof. Dr. Jürgen, Université Neuchatel, Faculté des lettres et sciences humaines, Espace Louis-Agassitz 1, CH-2001 Neuchatel, Schweiz.
Spörl, Dr. Uwe, Fern-Universität Hagen, Institut für neuere deutsche und europäische Literatur Feithstr. 188, 58084 Hagen. eMail: <uwe.spoerl@fernuni-hagen.de>
Steinmetz, Prof. Dr. Horst, Haagweg 37, NL-2321 AC Leiden, Niederlande.
Stewart, M.A., Neil, Roettgener Str. 27, 53127 Bonn.
Stiehl, Dr. Hans-Adolf, Luigi-Pirandello-Straße 12, 53127 Bonn.
Stackelberg, Prof. Dr. Jürgen von, Zum Leimacker 42, 78337 Öhningen ot Schienen.
Stockhammer, Dr. Robert, FU Berlin, Institut für AVL, Hüttenweg 9, 14195 Berlin.
Stoll, Prof. Dr. André, Humboldtstr. 28, 33615 Bielefeld.
Strutz, Johann, Universität Klagenfurt, Institut für AVL, Universitätsstr. 65, A-9022 Klagenfurt, Österreich.
Sturm-Trigonakis, Dr. Elke. Syngrotima Chrysakti, Thermaikou 23, GR-57019 Agia Triada /Thessaloniki, Griechenland. eMail: <trigonakis@mland.gr>
Tiedemann, Dr. Rüdiger von, Auf dem Köllenhof 44, 53343 Wachtberg.
Torri, Stefania, Pfarrwegle 2, 70199 Stuttgart.
Tschilschke, Dr. Christian von, Langer Weg 60, 93055 Regensburg.
Unfer Lukoschik, Dr. Rita, Ulmenallee 62a, 14050 Berlin. eMail: <unfer.luk@t-online.de>
Urbich, Jan, Novalisstr. 11, 07747 Jena.
Wägenbaur, Dr. Thomas, Zollemstr. 41, 72074 Tübingen.
Wagner, Ulrike, Im Münchfeld 60, 55122 Mainz.
Wagner, Dr. Christoph, Großherzog-Friedrich-Str. 108, 66121 Saarbrücken.
Walstra, Kerst, Universität des Saarlandes, FB 4.5, Postfach 151150, 66041 Saarbrücken. eMail: <SL15mskw@rz.uni-sb.de>
Wasmuth, PD Dr. Axel, Universität Tübingen, Romanisches Seminar, Wilhelmstr. 50, 72074 Tübingen.

Weninger, Prof. Dr. Robert, Oxford Brookes University, German / Arts & Humanities Gipsy lane Camous, Headignton, Oxford OX3 0BP, Great Britian. eMail: <rweninger@sol.brookes.ac.uk>

Wiedemann, Kerstin, Karl-Schleich-Str. 10, 66119 Saarbrücken.

Wirth, Dr. Uwe, Eckenheimer Landstr. 68, 60318 Frankfurt/Main.

Wolff, Prof. Dr. Reinhold, Westerhauser Weg 4, 49143 Bissendorf.

Wolfzettel, Prof. Dr. Friedrich, Burgstr. 23, 35435 Wettenberg.

Zelle, Prof. Dr. Carsten, Ruhr-Universität Bochum, Germanistisches Institut, Universitätsstr. 150, 44780 Bochum. eMail: <zelle@ruhr-uni-bochum.de>

Zerinscheck, PD Dr. Klaus, Universität Innsbruck, Institut für Vergleichende Literaturwissenschaft, Innrain 52, A-6020 Innsbruck, Österreich.

Zima, Prof. Dr. Peter V., Universität Klagenfurt, Institut für AVL, Universitätsstr. 65-67, A-9022 Klagenfurt, Österreich.

Zipfel, Dr. Frank, Johann-Gutenberg-Universität, Institut für AVL, 55099 Mainz. eMail: <fzipfel@mail.uni-mainz.de>

Zymner, Prof. Dr. Rüdiger, Reiger Weg 18, 42553 Velbert.

Für ihre Mitarbeit bei der Entstehung der Komparatistik 2002/2003 gedankt sei Sigrun Gladen und Michaela Schmidt.

VERLAGSANZEIGEN

HERMEIA

Grenzüberschreitende Studien zur Literatur- und Kulturwissenschaft
Crossing Boundaries in Literary and Cultural Studies

HERAUSGEGEBEN VON

DIETRICH HARTH, MONIKA SCHMITZ-EMANS, BURCKHARD DÜCKER

Die unter dem Einfluß der zunehmenden interkulturellen Kommunikation zu beobachtende kulturwissenschaftliche Erweiterung literaturwissenschaftlicher Fragestellungen, Methoden und Funktionen, die durchaus ihre eigene Vorgeschichte hat, legt komparatistische, trans- und interdisziplinäre, also grenzüberschreitende Verfahrensweisen nahe. Die Reihe HERMEIA will in die literaturwissenschaftlichen Debatten, die die angedeuteten Veränderungen auf Begriffe zu bringen suchen, eingreifen. Sie ist offen für Studien, die zwischen Kultur-, Mentalitäts-, Literatur- und Theatergeschichte vermitteln, sich der kulturwissenschaftlichen Selbstkritik der Literaturwissenschaften stellen und neue Formen der Kontextualisierung von Literatur erproben.

Bereits erschienen:

Bd. 1: **Blinde Emergenz?** Interdisziplinäre Beiträge zu Fragen kultureller Evolution
Hg. v. Thomas Wägenbaur
2000, VI u. 338 Seiten, Brosch., EUR 44,80
ISBN 3-935025-00-9

Bd. 2: Sabine Wilke: **Ambiguous Embodiment.** Construction and Destruction of Bodies in Modern German Literature and Culture
2000, VIII u. 237 Seiten, Brosch., EUR 29,80
ISBN 3-935025-01-7

Bd. 4: **Die Macht der Differenzen.** Beiträge zur Hermeneutik der Kultur. Hg. v. Reinhard Düßel, Geert Edel und Ulrich Schödlbauer
2001, 448 Seiten, Brosch., EUR 44,80
ISBN 3-935025-09-2

Bd. 5: Claudia Albert: **Tönende Bilderschrift.** ›Musik‹ in der deutschen und französischen Erzählprosa des 18. und 19. Jahrhunderts
2002, VI u. 169 Seiten, Brosch., EUR 24,80
ISBN 3-935025-26-2

DIETRICH HARTH lehrte als Professor für Neuere Deutsche und Allgemeine Literaturwissenschaft an der Universität Heidelberg. Er ist Gründungsmitglied des Sonderforschungsbereichs »Ritualdynamik«.

MONIKA SCHMITZ-EMANS ist Inhaberin des Lehrstuhls für Allgemeine und Vergleichende Literaturwissenschaft an der Ruhr-Universität Bochum und Vorsitzende des Vorstands der DGAVL.

BURCKHARD DÜCKER ist Privatdozent für Neuere Deutsche Literaturwissenschaft an der Universität Heidelberg.

SYNCHRON
Wissenschaftsverlag der Autoren
Synchron Publishers Heidelberg

Bahnhofstr. 21
D-83139 Krottenmühl
Tel.: +49-(0)8053-208260
Fax: +49-(0)8053-208263
e-mail: info@synchron-publishers.com
http://www.synchron-publishers.com

Burckhard Dücker

Erlösung und Massenwahn

Zur literarischen Mythologie des Sezessionismus im 20. Jahrhundert

(Hermeia; Band 3)
Frühjahr 2003, ca. 500 Seiten, Brosch., EUR 49,80
ISBN 3-935025-04-1

Zahlreiche deutschsprachige Autoren – berühmte und weniger berühmte – des 20. Jahrhunderts haben in ihren Texten an die alten Mythen der Wiedertäufer und Heilsbringer, des Kinderkreuzzugs, des Rattenfängers und des geschundenen Marsyas angeknüpft. Es entstand so eine umfangreiche kulturkritische Sezessionsliteratur, in deren Licht die Moderne als ein Prozeß der Regression und der Re-Mythisierung erscheint. B. Dückers Buch untersucht die Funktion dieser Mythen, ausgehend von ihren Entstehungsgeschichten in Antike und Mittelalter, unter den Gesichtspunkten der Konflikt- und Zeitgestaltung. Es sind die Konflikte zwischen einer gegebenen Ordnung und deren Widersachern, die sich von jeder Mitgestaltung ausgeschlossen fühlen und sich daher an anderen als den geltenden Vorstellungen über gesellschaftliche Räume und Zeiten orientieren. Erlösungsbedürfnis und Massenwahn, die nicht selten auf eine charismatische Führerfigur fixiert sind, träumen in diesen Fällen von einer oppositionellen Bewegung, die den »reinen« Anfang einer anderen Ordnung setzen will: eine neue Zeit und einen neuen Sozialraum. Ausführliche Textanalysen gehen dem Zusammenhang dieser Literatur mit dem Mentalitätswandel der Deutschen nach. Präzise Analysen der Schlüsselbegriffe – z.B. »Mythos« und »Zeit« – erleichtern das Verständnis der in diesem Buch entfalteten Interpretationsthesen. Kontextuelle Einblicke in eine große Zahl von Paralleltexten der theoretischen, der politischen und soziologischen Literatur des 20. Jahrhunderts geben dem Buch die Weite eines gesellschaftsgeschichtlichen Panoramas.

Inhalt

1. Literaturgeschichte und Zeitbegriff (theoretische Grundlagen; Exkurs: Goethe, Faust I)
2. Das Reich: Nationale und religiöse Synthese 1900–1918 (Gerhart Hauptmann; Hermann Bahr; Wilhelm Schmittbonn; Theodor Tagger u.a.)
3. Orientierungssuche und Führerbilder 1918–1933 (Herbert Kranz; Joachim von der Goltz; Lulu von Strauß und Torney; Ludwig Strauss; Bernhard Kellermann; Felix Hartlaub; Ernst Wiechert; Martin Beheim-Schwarzbach; Thomas Mann u.a.)
4. Nationalsozialismus und Zeitwahrnehmung 1933–1945 (Misch Orend; Oskar Loerke; Friedrich Percyval Reck-Malleczewen; Johannes Wüsten; Albin Stübs; Hermann Broch; Martin Raschke; Bertolt Brecht u.a.)
5. Mythos und Demokratie 1945–1998 (Kurt Jähnig; Friedrich Dürrenmatt; Gertraud Röhricht; Josef Mühlberger; Otto Heuschele; Heinz Politzer; Anna Elisabeth Wiede; Carl Zuckmayer; Franz Fühmann; Thomas Brasch; Peter Härtling; Michael Ende u.a.)

SYNCHRON
Wissenschaftsverlag der Autoren
Synchron Publishers Heidelberg
www. synchron-publishers.com

Komparatistik als Arbeit am Mythos

Herausgegeben von Monika Schmitz-Emans

(Hermeia; Band 6)
2003, ca. 300 Seiten, Brosch., ca. EUR 34,80
ISBN 3-935025-44-0

Das Stichwort »Mythos« ruft offene Fragen grundlegender Art auf, wie ja insgesamt das Interesse verschiedener Wissenschaften und Diskurse am Mythischen gerade in jüngerer Vergangenheit zu lebhaften und kontroversen Diskussionen geführt hat. Die Verwendung des Begriffs »Mythos« in literaturwissenschaftlichen Kontexten ist diffus. Gelegentlich ist die Beziehung des jeweiligen Textes auf einen bestimmten Mythos gemeint, gelegentlich das nicht begrifflich Faßbare, Unbestimmbare im Hintergrund der literarischen Konstruktion. Ein Teil der in diesem Band enthaltenen Aufsätze sucht nach Antworten auf folgende Fragen: Besteht zwischen Literatur und Mythos eine funktionale Analogie, etwa im Sinne zu leistender Kontingenzbewältigung? Eine strukturelle, mit narratologischen Mitteln zu erhellende Korrespondenz? Gibt es im Bereich der literarischen Phänomene Strukturen, welche als Mythenäquivalente beschreibbar wären? Sind Poetik und Literaturtheorie privilegierte Instanzen, wenn es um die Erörterung des Mythischen geht? Wie verhalten sich die von diesen Instanzen vorgeschlagenen Konzepte des Mythos zu den entsprechenden Denkformen anderer Wissenschaften und Diskurse? – Daß sich ein Großteil der Beiträge mit einzelnen Mythen und Mythisierungsprozessen auseinandersetzt, ist kein Zufall, sondern darf mit der Problematik einer Begriffsbestimmung des Mythischen in direkter Auseinandersetzung mit dem Material zusammengesehen werden.

INHALT

I. Grundlagen

II. Mythos und Moderne

III. Zur Poetik des Mythischen / Mythos, Poetik, Ästhetik

IV. Einzelmythen im funktionalen Vergleich

SYNCHRON
Wissenschaftsverlag der Autoren
Synchron Publishers Heidelberg
www. synchron-publishers.com

Bd. 6: **(Nicht) normale Fahrten:**
Faszination eines modernen Narrationstyps.
Hg. v. Ute Gerhard, Walter Grünzweig, Jürgen Link und Rolf Parr
2003, ca. 300 Seiten, Brosch., EUR 34,80
ISBN 3-935025-28-9

Seit es Narrationen über das Leben individueller Helden gibt, werden sie kulturübergreifend mittels der Metaphorik und Symbolik des ›Weges‹ strukturiert. In diesem Band wird versucht, einen sehr spezifischen Typ solcher curricularer Narrationen in seiner strukturellen Besonderheit herauszuarbeiten, den der ›(nicht) normalen Fahrten‹. Er beruht auf einer spezifisch modernen, statistisch begründeten Vorstellung von ›Normalität‹: Der Lebensweg eines ›normalen Individuums‹, symbolisch eines Massenatoms, erscheint dabei als Kurve zufälliger Verwerfungen zwischen Durchschnittlichkeit und Grenze zur Anormalität. Diese Strukturen des Normalismus haben direkte Konsequenzen für die Literatur: Kann die prinzipielle Austauschbarkeit eines Individuums überhaupt erzählt werden? Kann ein Massenindividuum überhaupt ein ›Schicksal‹ haben? Oder verhält sich Statistik nicht eher antagonistisch zu jedweder Form des Erzählens? Und schließlich: Welche Rolle spielt die – etwa im Kino – ja durchaus lustvoll erlebbare Überschreitung von Normalitätsgrenzen und damit die generelle Ambivalenz in der Bewertung von Normalität und Denormalisierung?

Bd. 7: Renke Siems:
Die Autorschaft des Publizisten.
Schreib- und Schweigeprozesse in den Texten Kurt Tucholskys
2003, ca. 500 Seiten, Brosch., ca. EUR 49,80
ISBN 3-935025-34-3

Das von Erich Kästner entworfene Bild Tucholsky als dem kleinen dicken Berliner, der versucht habe, mit der Schreibmaschine die Katastrophe aufzuhalten, hat lange fortgewirkt. So hielt sich der größte Teil der Tucholsky-Rezeption an den Satiriker, den Moralisten und den politischen Aufklärer und stellte seine gesellschaftspolitische Wirkung in den Vordergrund. Zu wenig kam dabei in den Blick, daß man über Tucholskys Engagement erst dann gesichert sprechen kann, wenn klar ist, um welchen Typ von ›Literatur‹ es sich bei Tucholskys Texten eigentlich handelt. Die vorliegende Arbeit versucht darauf eine Antwort zu geben, indem sie Tucholskys Zickzackkurs vom Briefschreiber zur Pseudonymie, vom Kabarettisten zum Buchautor, vom Medientechniker zum Exilanten im zeitgenössischen Diskursraum nachgezeichnet. Seine Autorschaft erweist sich dabei insgesamt als eine Form von Paradoxienmanagement: in der nachrealistischen Moderne versucht der Medienarbeiter Tucholsky gesicherte Autorschaft und authentisches Erzählen, die er für die gesellschaftliche Wirksamkeit von ›Literatur‹ als konstitutiv ansieht, noch einmal technisch zu restituieren – ein spannungsreiches Unternehmen, an dem er immer wieder und im Exil schließlich final scheitern mußte.

Bd. 8: Arne Klawitter:
Die »fiebernde Bibliothek«.
Foucaults Sprachontologie und seine diskursanalytische Konzeption moderner Literatur
2003, ca. 400 Seiten, Brosch., ca. EUR 39,80
ISBN 3-935025-35-1

Dieser Band bietet eine umfassende Darstellung der Bedingungen und Grenzen von Foucaults Sprachontologie, auf deren Basis eine neuartige Applikation seiner Diskursanalyse auf moderne Literatur entwickelt wird. Phänomene wie eine referenzlose Simulation und eine fingierte Signifikation werden vor dem Hintergrund der Konzeption eines »Diskurses über den Nicht-Diskurs« systematisiert und als Konfigurationen einer Rede begriffen, die, indem sie ein Sein der Sprache ausspricht, ein undenkbares Draußen indiziert. Die Erprobung dieser Konzeption verläßt den von Foucault eingekreisten Kanon subjektkritischer Literatur und wendet sich den Werken deutscher Autoren (Arno Schmidt, Peter Weiss, Rolf Dieter Brinkmann, Hubert Fichte u. a.) zu, um aufzuzeigen, inwiefern tatsächlich von einer diskursiven Formation gesprochen werden kann. Die Untersuchung macht Ernst mit der Vorstellung, Literatur nicht mehr ausgehend von der Kategorie der Bedeutung zu betrachten, und die vorgelegte Diskurstopologie ist geeignet, dem diskursanalytischen Denken insgesamt neue Impulse zu verleihen.

SYNCHRON
Wissenschaftsverlag der Autoren
Synchron Publishers Heidelberg
www. synchron-publishers.com

kultuRRevolution nr. 45 / Frühling 2003

nr. 45 kulturwissenschaft / kulturrevolution

hg. von jürgen link und rolf parr

Kulturwissenschaft / Kulturrevolution

Kulturwissenschaft, Interdiskurs, Kulturrevolution • Die Medienprophetien der elektronischen Digitalisierung und die Resistenz von Bild und Schrift • Punktuelle Affinitäten, ungeklärte Verhältnisse: (Inter-) Diskursanalyse und Systemtheorie • Wieweit sind (foucaultsche) Diskurs- und (luhmannsche) Systemtheorie kompatibel? Vorläufige Skizze einiger Analogien und Differenzen

Jugend und Kultur - ihre Texte und Medien

Zur Frage, was eine kulturwissenschaftliche Orientierung der Literaturdidaktik ›bringen‹ könnte • Literatur als Therapie. Ein kulturwissenschaftlicher Blick auf die Kinder- und Jugendliteratur und ihre Didaktik • Game over? Narration und Spannung im Computerspiel • Nationalstereotype der Fußball-Berichterstattung als Gegenstand eines kulturwissenschaftlich erweiterten Deutschunterrichts • Aristoteles für Kinder. Mit Metaphernkommunikation zur »Medienkulturkompetenz«

Körper, kulturwissenschaftlich

Friedrich Schlegels Sprachvergleich vor dem Hintergrund der zeitgenössischen Anatomie in Deutschland • Ethnographische Paranoia. Die lateinamerikanischen Tropenreisen Theodor Koch-Grünbergs (1872-1924) • Ernst Haeckel: Der eugenische Gegenpapst, seine nationalsozialistische und seine realsozialistische Vergangenheit • Die Renaissance der Anatomie als Anatomie der (Post-)Moderne. Die Ausstellung »Körperwelten« im Kontext der Diskurse

Kulturwissenschaftliche Felder

Kultur und Chiasmus. ›Revolution der Vorstellungsarten‹ und kulturelle Differenz bei Hölderlin

Drähte

[sprachesprechenjazz]. überlegungen zu Helge Schneider • Kulturrevolution als ›rechter‹ Begriff

Autorinnen dieser Nummer:

Hansjörg Bay, Karin Bruns, Ludger Fittkau, Petra Gehring, Ute Gerhard, Jürgen Gunia, Christof Hamann, Gerd Katthage, Burkhardt Lindner, Jürgen Link, Rolf Parr, Manuel da Rocha Abreu, Malte Schnaidt, Alfred Schobert, Thomas Schwarz.